मुझे बनना है UPSC टॉपर

मुझे बनना है
UPSC टॉपर

निशान्त जैन

प्रकाशक

प्रभात प्रकाशन प्रा. लि.

4/19 आसफ अली रोड, नई दिल्ली-110002

फोन: 23289555 • 23289666 • 23289777 • हेल्पलाइन/ 7827007777

ई-मेल: prabhatbooks@gmail.com

वेब ठिकाना: www.prabhatbooks.com

संस्करण

नौवाँ

वर्ष

2025

मूल्य

तीन सौ पचास रुपए

अ.मा.पु.स. 978-93-86300-83-6

मुद्रक

सीता फाईन आर्ट्स प्रा. लि., दिल्ली

इस पुस्तक में व्यक्त विचार पूर्णतः लेखक के निजी विचार हैं।

Mujhe Banna Hai UPSC Topper

by Nishant Jain

ISBN 978-93-86300-83-6

₹350.00

कर्मण्येवाधिकारस्ते मा फलेषु कदाचन।
मा कर्मफलहेतुर्भूः मा ते संगोत्स्व कर्मणि।
—**श्रीमद्भगवद्गीता**

'परस्परोपग्रहो जीवानाम्।'
—**तत्त्वार्थ सूत्र**

'The woods are lovely, dark and deep,
But I have promises to keep,
and miles to go before I sleep,
and miles to go before I sleep.'
—**Robert Frost**

'इस नदी की धार से, ठंडी हवा आती तो है,
नाव जर्जर ही सही, लहरों से टकराती तो है।
एक चिनगारी कहीं से, ढूँढ़ लाओ ऐ दोस्तो,
इस दिये में तेल से भीगी हुई बाती तो है॥'
—**दुष्यंत कुमार**

सम्मतियाँ

वर्ष 2016 में मुझे मोटिवेशनल टॉक के लिए आई.ए.एस. अधिकारियों के प्रशिक्षण केंद्र 'लाल बहादुर शास्त्री राष्ट्रीय प्रशासन अकादमी', मसूरी जाने का अवसर मिला। वहीं इस पुस्तक के लेखक निशान्त जैन से मेरी मुलाकात हुई।

यह युवा आई.ए.एस. अधिकारी इस कार्यक्रम का संयोजन और संचालन बड़ी ही कुशलता से कर रहा था। मुझे यह जानकर और भी खुशी हुई कि निशान्त ने यू.पी.एस.सी. की वर्ष 2014 की परीक्षा में 13वीं रैंक और हिंदी माध्यम से सर्वोच्च स्थान प्राप्त किया था।

वहीं उन्हें देखकर मुझे यह भी आभास हुआ कि कुछ गुणी लोग अपनी सादगी, जीवट, आत्मविश्वास और सकारात्मकता के बल पर अपना रास्ता बनाते हैं, ताकि वे अपने सुकृत्यों से दूसरों को प्रेरणा देकर उनका भी मार्ग प्रशस्त कर सकें।

मैंने उनके विचार पढ़े, खासकर उनकी 'देने की खुशी' की सोच के बारे में और उनके व्यक्तित्व को और अच्छे से जाना। मेरा मानना है कि जो लोग अच्छाइयों के लिए बने हैं, उनको बहुत जिम्मेदारी से जीना होता है। यही वजह है कि आई.ए.एस. परीक्षा में खुद उच्च स्थान पाने के बाद भी उन्होंने अपने दायित्व बोध को समझा और अपने सारे ज्ञान, समझ एवं अनुभव का निचोड़ इस पुस्तक में प्रस्तुत कर यू.पी.एस.सी. अभ्यर्थियों, विशेषकर हिंदी पट्टी के विद्यार्थियों के लिए उनकी अपनी भाषा में यह पुस्तक लिखी।

आई.ए.एस. की परीक्षा उत्तीर्ण करना और टॉपर बनना हिंदुस्तान के हजारों-लाखों युवाओं का एक सपना होता है। इसमें सफलता पाना इतना मुश्किल नहीं

है तो इतना आसान भी नहीं। इस मुश्किल राह में निशान्त की पुस्तक 'मुझे बनना है यू.पी.एस.सी. टॉपर' संपूर्ण तैयारी में आपका मार्गदर्शन करेगी। इस श्रेष्ठ और संवेदनशील कार्य के लिए उन्हें मेरी ओर से बहुत-बहुत बधाई और भविष्य में और उन्नति एवं प्रगति की शुभकामनाएँ।

—कैलाश खेर

(पद्मश्री से सम्मानित, लोकप्रिय सूफी गायक और गीतकार)

यू.पी.-बिहार समेत समूची हिंदी पट्टी के राज्यों के लाखों युवा अभ्यर्थी हर साल आई.ए.एस. और आई.पी.एस. बनने का सपना देखते हैं। इसके लिए वे जुनून के साथ जमकर तैयारी और भरसक प्रयास करते भी हैं। पर कभी-कभी सटीक और प्रासंगिक मार्गदर्शन के अभाव या आत्मविश्वास की कमी के चलते अपेक्षित नतीजे नहीं मिल पाते। इस पुस्तक के लेखक निशान्त जैन ने अपनी पूरी पढ़ाई हिंदी माध्यम में की और आई.ए.एस. की परीक्षा में भी हिंदी को ही अपना माध्यम चुनकर सर्वश्रेष्ठ रैंक हासिल कर कीर्तिमान बनाया। इस तरह की उपलब्धियों से निश्चित रूप से हिंदी और भारतीय भाषाओं के अभ्यर्थियों का मनोबल बढ़ता है।

निशान्त की अदम्य जिजीविषा और 'अपनी लकीर बड़ी करने' की ललक का असर उनकी पुस्तक पर भी स्पष्ट दिखता है। मुझे विश्वास है कि उनकी यह पुस्तक सिविल सेवा परीक्षा के अभ्यर्थियों की उलझनों को सुलझाने में काफी मददगार साबित होगी। शुभकामनाएँ।

—आनंद कुमार

(जाने-माने शिक्षाविद् और 'सुपर 30' के संस्थापक)

भारतीय लोकतंत्र में व्यवस्था को सुचारु रूप से चलाए रखने के लिए भारतीय सिविल सेवाओं का गठन किया गया था, जिसमें चयन के लिए एक अखिल भारतीय प्रतियोगिता परीक्षा प्रणाली का निर्माण किया गया।

स्वतंत्रता मिलने के बाद आई.सी.एस. सेवा को आई.ए.एस. अर्थात् 'भारतीय प्रशासनिक सेवा' कहा जाने लगा। भारत का संविधान भारत के हर युवक-युवती को अवसर देता है कि वे अपनी मेधा और लगन के बल पर देश की इस प्रतिष्ठित सेवा में शामिल होकर देश की सेवा करें। किसी जमाने में आभिजात्य वर्ग की बहुसंख्या वाली इस सेवा में आज भारत के किसान का बेटा भी गर्व से उत्तीर्ण होकर अपने देश व समाज की सेवा करने का इरादा रखता है, चाहे वह देश के किसी भी अंचल, ग्राम या कस्बे से हो।

हम सब जानते हैं कि इस कठिन परीक्षा में बैठनेवाले प्रतिभागियों का बड़ा वर्ग हिंदी भाषा में ही बोलता, लिखता एवं सोचता है। कितने ही छात्र ऐसे हैं, जो हिंदी माध्यम को कमजोर विकल्प मानकर स्वत: मानसिक पराजय स्वीकार कर लेते हैं; जबकि भारतीय प्रशासनिक सेवा की प्रतियोगी परीक्षा का आधार सिर्फ मेधा और योग्यता है—और योग्यता सभी में वास करती है।

मुझे निशान्त पर गर्व होता है कि उन्होंने भारतीय प्रशासनिक सेवा में उत्कृष्ट स्थान पाकर यह भ्रम काफी हद तक तोड़ा है कि हिंदी माध्यम से आप प्रशासनिक सेवा में अपना स्थान नहीं बना सकते। निशान्त की प्रशंसा इसलिए भी की जानी चाहिए कि उन्होंने हिंदी माध्यम के परीक्षार्थियों के सामने न सिर्फ एक आदर्श प्रस्तुत किया, अपितु एक पुस्तक के रूप में उनका मार्गदर्शन करने का उत्तम निर्णय लिया।

यह सिर्फ एक पुस्तक ही नहीं, बल्कि एक प्रेरणादायक उपहार है निशान्त की ओर से। यह पुस्तक उन सभी युवाओं को समर्पित है, जिन्हें अभिमान है कि वे अपनी मातृभाषा, राजभाषा और राष्ट्रभाषा हिंदी में बोलते एवं लिखते हैं।

बधाई एवं शुभकामनाएँ!

—मालिनी अवस्थी

('पद्मश्री' से सम्मानित जानी-मानी लोक गायिका)

यू.पी.एस.सी. की सिविल सेवा परीक्षा के लिए हिंदी में लिखी गई यह पुस्तक अपने कलेवर में सभी महत्त्वपूर्ण पहलुओं को समाहित करती है। दिलचस्प बात यह है कि निशान्त अपनी बात कहते हुए कभी-कभी कुछ कविताओं, सूक्तियों और कहावतों का भी सहारा लेते हैं, जिससे पाठकों की रुचि बनी रहती है। यह पुस्तक परीक्षा की तैयारी में मदद करने के साथ ही सकारात्मकता से भरपूर एक मोटिवेशनल पुस्तक भी है।

मेरी हार्दिक शुभकामनाएँ!

—गौरव अग्रवाल

(यू.पी.एस.सी. टॉपर- 2013, आई.ए.एस., राजस्थान कैडर)

पिछले वर्षों में सिविल सेवा परीक्षा के पाठ्यक्रम, उसकी प्रवृत्ति और परीक्षा के ढाँचे में व्यापक परिवर्तन आया है, जिससे हिंदी समेत देसी भाषाओं के अभ्यर्थियों, विशेषकर ग्रामीण पृष्ठभूमि वाले अभ्यर्थियों के चयन पर थोड़ा प्रभाव पड़ा है। इसका कारण संभवत: अचानक आए व्यापक परिवर्तन के अनुरूप सटीक रणनीति और सार्थक मार्गदर्शन के होने का अभाव रहा है।

इसी बीच हिंदी माध्यम से निशान्त जैन के उच्च स्थान पर हुए चयन ने हिंदी माध्यम के प्रति कई भ्रांतियों को तोड़ने का काम किया है और अब उनका वही अनुभव, सटीक रणनीति, प्रभावशाली लेखन कौशल का तरीका एक निचोड़ के रूप में इस सार्थक पुस्तक में हम सबके सामने है। इस अर्थ में यह पुस्तक अभ्यर्थियों के लिए आवश्यक ही नहीं बल्कि अनिवार्य है। मेरी राय में, यह पुस्तक ग्रामीण पृष्ठभूमि के अभ्यर्थियों के लिए एक मित्र, मार्गदर्शक और गुरु के रूप में मील का पत्थर है।

—नीलोत्पल मृणाल

('साहित्य अकादमी युवा पुरस्कार' विजेता और 'डार्क हॉर्स' के लेखक)

इस पुस्तक में निशांत जैन ने सिविल सेवा परीक्षा में अपनी सफलता के अनुभवों के आधार पर सिविल सेवा परीक्षा के अभ्यर्थियों के लिए ठोस तथा व्यावहारिक सुझाव दिए हैं, जिनके माध्यम से सिविल सेवा परीक्षा की तैयारी करने से लेकर इंटरव्यू तक में लाभ मिलता है। मेरा हमेशा से यही मानना रहा है कि अधिकतर UPSC अभ्यर्थियों लिए परीक्षा पास न कर पाने में मुख्य बाधा स्टडी मटेरियल की कमी नहीं बल्कि उसकी अधिकता है।

मैंने यह अनुभव किया है कि अक्सर अभ्यर्थी बाज़ार में विशाल मात्रा में उपलब्ध स्टडी मैटीरियल और सूचना से विचलित हो जाते हैं, वे सही सामग्री या सूचना के स्रोत का चयन नही कर पाते हैं। लेकिन इस पुस्तक में निशांत जैन ने सिविल सेवा परीक्षा से सम्बंधित अन्य महवपूर्ण पहलूओं सहित इस समस्या का समाधान करने का प्रयास किया है जिसके कि सिविल सेवा परीक्षार्थियों की सफलता के मार्ग को आसान बनाया जा सके। मुझे पूर्ण विश्वास है कि यह पुस्तक UPSC सिविल सेवा परीक्षा की तैयारी करने वाले प्रत्येक अभ्यर्थी की तैयारी के लिए उपयोगी पुस्तक सिद्ध होगी।'

—अनुदीप दुरीशेट्टी

(यू.पी.एस.सी. टॉपर- 2017, आई.ए.एस., तेलंगाना कैडर)

"... you will not have
a united India if you have not
a good all India service which
has the independence to speak
out its mind..."
Sardar Vallabhbhai J. Patel
10 October,
Constituent Assembly

अपनी बात

प्रिय दोस्तों,

वर्ष 2014 की यू.पी.एस.सी. की सिविल सेवा परीक्षा में एथिक्स के पेपर में एक सवाल आया—'आपके लिए सुख की परिभाषा क्या है?' मैंने लिखा—'जॉय ऑफ गिविंग' या देने का सुख, मदद करने का सुख। हम पूरी जिंदगी किसी-न-किसी रूप में किसी-न-किसी की निस्स्वार्थ भाव से मदद करते ही हैं। आपने भी की होगी। आपने महसूस किया होगा कि उस सुख से मिलने वाला आनंद कितना असीम और अनूठा होता है।

जुलाई 2015 की गरम दोपहर में जब यू.पी.एस.सी. का परिणाम आया और अपेक्षा से भी बेहतर सफलता मिली तो लगा कि मदद करने का सुख अब भरपूर मिलेगा। सिविल सेवाओं की खूबी यही है कि ये जीवन के विविध क्षेत्रों में बेहतर काम का बड़ा प्लेटफॉर्म उपलब्ध कराती हैं और साथ ही कुछ अच्छा योगदान कर 'जॉय ऑफ गिविंग' का एक बेहतरीन अवसर तो देती ही हैं।

आई.ए.एस. की परीक्षा में श्रेष्ठ रैंक हासिल करना किसी भी युवा का स्वप्न हो सकता है, पर हर किसी के पास पर्याप्त साधन और संसाधन हों, यह जरूरी नहीं। सफलता की राह में कई अड़चनें या रुकावटें हो सकती हैं; किसी के लिए भाषा या माध्यम की वजह से, किसी के लिए ग्रामीण या कस्बाई पृष्ठभूमि की वजह से तो किसी मामले में कमजोर सामाजिक-आर्थिक पृष्ठभूमि के कारण। ऐसे में कभी-कभी निराशा, अवसाद और उलझनें भी पनपने लगती हैं।

लाख टके का सवाल यह है कि क्या कोई ऐसा तरीका है, जिससे हम अपनी निराशा से उबरकर सकारात्मक सोच के साथ, 'अपनी लकीर बड़ी करते हुए' आगे बढ़ें और सफलता का स्वप्न साकार कर पाएँ। यह पुस्तक दरअसल इसी दिशा में एक छोटा सा प्रयास है। साथ ही समय-समय पर प्राप्त होनेवाले

सवालों और शंकाओं-संदेहों के निराकरण की ईमानदार कोशिश भी।

साथ ही एक और बात भी इस पुस्तक के लेखन से जुड़ी है। सिविल सेवा परीक्षा में चयन के बाद अनेक अवसरों पर युवाओं से संवाद का अवसर मिला। इस दौरान मैंने यह स्पष्ट तौर पर महसूस किया कि उन्हें नए पैटर्न की अपेक्षा के अनुरूप परीक्षा की समग्र तैयारी के लिए एक संपूर्ण पुस्तक की शिद्दत से जरूरत है। इस परीक्षा में उत्कृष्ट प्रदर्शन के लिए ऐसे कई अनिवार्य पहलू हैं, जिनके प्रति हम जागरूक नहीं हैं। साथ ही, अनजाने में हम बहुत सी ऐसी गलतियाँ कर बैठते हैं, जिन्हें सही मार्गदर्शन से सुधारा जा सकता था। साथ ही मैंने यह भी महसूस किया कि ऐसे तमाम युवा अभ्यर्थी हैं, जो बाहर जाकर तैयारी नहीं कर सकते। दूर-दराज के गाँवों-कस्बों-शहरों में रहनेवाले ऐसे साथियों के लिए ऐसी एक समग्र पुस्तक एक बड़ी जरूरत बन गई थी। और अगर ऐसी कोई पुस्तक हिंदी में हो तो सोने पर सुहागा। हिंदी में इस तरह की पुस्तकों का जबरदस्त अकाल-सा है। मुझे यह कहने में कोई संकोच नहीं है कि मेरे लिए यह पुस्तक एक 'दायित्व-बोध' और 'कमिटमेंट' की तरह है।

मुझे लगता है कि इस पुस्तक की एक और विशेषता इसे खास बनाती है। यह है—इसकी सबके लिए अनुकूलता। यह पुस्तक ऐसे युवा साथियों के लिए तो जरूरी है ही, जो सिविल सेवा अधिकारी बनने का सपना सँजो रहे हैं, साथ ही इसमें ऐसे साथियों के लिए भी पर्याप्त सामग्री है, जो पिछले कुछ समय से सिविल सेवा परीक्षा की तैयारी में जुटे हैं, पर सकारात्मक परिणाम नहीं ला पा रहे हैं। कुल मिलाकर 18 अध्यायों की यह छोटी मगर कारगर पुस्तक आपकी तैयारी के नजरिए में सकारात्मक और बड़ा बदलाव ला सकती है।

एक सवाल यह भी हो सकता है कि इस पुस्तक का नाम 'मुझे बनना है यू.पी.एस.सी. टॉपर' ही क्यों रखा गया। दरअसल, यह पुस्तक संघ लोक सेवा आयोग की सिविल सेवा परीक्षा की समग्र तैयारी को समर्पित है। पर पुस्तक का यह नाम रखने का एक सहज कारण था। दरअसल जितने भी युवा अभ्यर्थी इस प्रतिष्ठित परीक्षा की तैयारी करते हैं, उनमें से ज्यादातर के मन में श्रेष्ठ रैंक लाकर यू.पी.एस.सी. टॉपर बनने का एक सपना छिपा होता है—और होना भी चाहिए। मेरे मन में भी कहीं यह सपना था कि मैं अच्छी रैंक लाऊँ। संयोग से मुझे अच्छी रैंक मिल भी गई। हममें यह कौतूहल भी स्वाभाविक है कि टॉपर्स में ऐसा क्या होता है, जो उन्हें टॉपर बनाता है ? मैं ऐसे ही कुछ बेहद महत्त्वपूर्ण

पहलुओं पर ध्यान देते हुए संपूर्ण तैयारी का तरीका साझा करना चाहता था। हालाँकि यह भी ध्यान रखें, कि टॉपर बनना या रैंक लाना या सिविल सेवक बनना ही सबकुछ नहीं है। तनाव मुक्त और प्रसन्नचित्त रहते हुए एक सार्थक क्वालिटी लाइफ बिताना हमेशा ज्यादा महत्त्वपूर्ण है और होना भी चाहिए।

यू.पी.एस.सी. और राज्य लोक सेवा आयोगों की सिविल सेवा परीक्षाओं की प्रकृति कुछ ऐसी है कि इसमें समग्र दृष्टिकोण, इंटिग्रेटेड एप्रोच, लेखन कौशल, मोटिवेशन लेवल और व्यक्तित्व-निर्माण के बगैर अंतिम रूप से सफलता मिलना बेहद मुश्किल हो जाता है। इस पुस्तक में सिविल सेवा परीक्षा की तैयारी के उद्देश्य और रणनीति से लेकर ऐसे तमाम अनछुए पहलुओं को शामिल करने की कोशिश की गई है। शायद यही बात इस पुस्तक को सबसे अलग और विशिष्ट बनाती है।

मेरे इस प्रयास से यदि एक भी अभ्यर्थी को थोड़ा सा भी फायदा हुआ या कुछ भी आत्मविश्वास बढ़ा तो मैं खुद को कृतार्थ समझूँगा। इस अपील के साथ कि हमेशा बड़ा सपना देखें, बड़ी सोच और बड़े जज्बे के साथ, यह ध्यान रखते हुए कि हमें अपनी लकीर बड़ी करते हुए खुद को साबित करना है। प्रकाशित होने के कुछेक महीनों के भीतर ही देश भर से, गाँव-शहर-कस्बों से इस किताब को लेकर इतनी सकारात्मक प्रतिक्रियाएँ इस प्रयास की सार्थकता का अहसास कराती हैं। आपके सुझावों का सदैव स्वागत रहेगा।

मैं हृदय से आभारी हूँ अपने परिवार, विशेषकर मेरे फ्रैंड, फिलॉसफर और गाइड बड़े भैया प्रशान्त जैन (वरिष्ठ पत्रकार), मेरे आदरणीय शिक्षकों, सम्माननीय सीनियर्स और प्रिय मित्रों का। साथ ही मैं विनयपूर्वक आभारी हूँ वरिष्ठ अधिकारियों व नामी लेखकों/हस्तियों का, जिन्होंने पुस्तक के लिए अपनी शुभ सम्मतियाँ सहृदय प्रदान कर मेरी हिम्मत बढ़ाई। साथ ही हाल के वर्षों में चयनित उन सिविल सेवा परीक्षा में सफल साथियों का, जिन्होंने अपनी सफलता की संघर्षपूर्ण अनकही कहानियाँ हमसे साझा कीं। हिंदी की कुछ पत्रिकाओं—'दृष्टि करेंट अफेयर्स टुडे', 'सफलता', 'योजना' और 'कादंबिनी' को भी साभार धन्यवाद, जिनमें प्रकाशित मेरे द्वारा लिखे गए कुछ लेखों/कविताओं का इस पुस्तक में प्रसंगानुकूल यथास्थान उपयोग किया गया है। आपके सुझावों व प्रतिक्रियाओं का इंतजार रहेगा।

प्रत्यक्ष या अप्रत्यक्ष रूप से प्रेरणा और साहस देनेवाले सभी महानुभावों का पुन: आभार! अंत में मुझे कवि युगलजी की ये पंक्तियाँ याद आती हैं—

"जीवन की काली रातें हों, आशा सरिता सूख चली हो,
सरस सरोवर मानस का जब मृगतृष्णा की मरुस्थली हो।
अंतिम श्वासें लेती हो जब ये मेरी मिट्टी की काया,
पर क्या मेरे ज्ञान दीप को कोई कभी बुझाने पाया?
जग के प्रलय-तिमिर में मेरे अंतर्दीप जला करते हैं,
अभिशापों में वरदानों के स्वर्णिम फूल खिला करते हैं।"

आपका
—निशान्त
nishantjainias.blogspot.in

Pic : Uttam Singh

अनुक्रम

1

क्यों करें यू.पी.एस.सी. सिविल सेवा परीक्षा की तैयारी

कुछ लोग वे, जो वक्त के साँचों में ढल गए
कुछ लोग वे, जो वक्त के ढाँचे बदल गए।

किसी कवि की ये पंक्तियाँ दरअसल कुछ हद तक जीवन के उद्देश्य को प्रतिबिंबित करने की कोशिश करती हैं। सच तो यह है कि प्रत्येक व्यक्ति अपने जीवन में सार्थकता की तलाश करता है। उसकी कोशिश होती है कि वह अपनी अभिरुचि, प्रतिभा, रुचि और योग्यता के मुताबिक एक बेहतर और अनुकूल कैरियर अपनाकर उसमें अपना यथासंभव योगदान कर सके। ऐसा कैरियर, जहाँ उसके अरमानों को उड़ान भी मिले और अपने काम से संतोष भी; जहाँ उसे यथासंभव पूर्णता और सार्थकता का अहसास भी मिले और एक सम्मानजनक आजीविका भी। प्रत्येक व्यक्ति के भीतर स्वाभाविक तौर पर यह चाह भी होती है कि वह अपने व्यक्तित्व का विकास करते हुए कुछ नया और कुछ अच्छा कर सके। इनसान की यह बड़े सपने देखने की चाहत ही तो है, जो उसे एक दिन उपलब्धि के सर्वोच्च शिखर पर ले जाती है। डॉ. कलाम ने यूँ ही नहीं कहा, **''सपने देखो! सपने विचारों में बदलते हैं और विचार कर्म में।''**

यूँ तो किसी भी व्यक्ति की इस कुछ कर गुजरने की चाहत और जिजीविषा या जीवट की अभिव्यक्ति अनेक क्षेत्रों में हो सकती है। उदाहरण के तौर पर, कोई साहित्य–संगीत–कला आदि के क्षेत्र में असाधारण प्रदर्शन कर देश–दुनिया में नाम कमा सकता है तो कोई इंजीनियर या डॉक्टर बनकर अपने–अपने क्षेत्र में

उत्कृष्टता को छू सकता है। कोई राजनीति या प्रशासन के क्षेत्र में उतरकर देश–समाज की सेवा में अनुकरणीय उदाहरण प्रस्तुत कर सकता है तो कोई सिनेमा या स्पोर्ट्स के क्षेत्र में अपनी रचनात्मकता की अभिव्यक्ति कर अपना योगदान कर सकता है। हमारे संविधान के मूल कर्तव्यों में लिखा भी है—

''व्यक्तिगत और सामूहिक गतिविधियों के सभी क्षेत्रों में उत्कर्ष की ओर बढ़ने का सतत प्रयास करें, जिससे राष्ट्र निरंतर बढ़ते हुए प्रयत्न और उपलब्धि की नई ऊँचाइयों को छू ले।''

इस संवैधानिक मूल कर्तव्य की मूल भावना यही है कि प्रत्येक नागरिक, चाहे वह किसी भी क्षेत्र में कार्यरत हो, अपने व्यक्तिगत जीवन और सार्वजनिक जीवन दोनों में बेहतरी की कोशिश करे और अपने निरंतर प्रयासों के माध्यम से आगे बढ़ता जाए। भारतीय वाङ्मय में भी लिखा है—

कुर्वन्नेवेह कर्माणि जिजीविषेच्छतं समाः।

(कर्म करते हुए सौ वर्ष तक जीने की इच्छा करनी चाहिए।)

संघ लोक सेवा आयोग या राज्य लोक सेवा आयोगों की सिविल सेवा परीक्षाओं को उत्तीर्ण कर भारतीय सिविल सेवाओं का हिस्सा बनना किसी भी युवा के लिए एक बेहतर कैरियर विकल्प हो सकता है। लाख टके का सवाल यह है कि जब कुछ अच्छा और नया करने या जीवन को सार्थक बनाने तथा सम्मानजनक आजीविका को अपनाने के ढेर सारे विकल्प हमारे सामने उपलब्ध हैं तो सिविल सेवाओं (आई.ए.एस., आई.पी.एस., आई.एफ.एस., आई.आर.एस. आदि) को ही क्यों चुनें? इसमें कोई संदेह नहीं है कि किसी भी क्षेत्र या परीक्षा की तैयारी से पहले इस प्रश्न का ठीक-ठाक जवाब हमारे मन में जरूर होना चाहिए कि हम इस क्षेत्र में क्यों जाना चाहते हैं?

मेरी समझ में, किसी भी युवा अभ्यर्थी के लिए सिविल सेवा परीक्षा की तैयारी के लिए कुछ महत्त्वपूर्ण प्रेरक तत्त्व हो सकते हैं। आइए, उन पर कुछ चर्चा करते हैं।

चूँकि किसी भी क्षेत्र या परीक्षा में बेहतर प्रदर्शन करने के लिए अदम्य इच्छा, लगन, जुनून और जीवट का होना एक अनिवार्य आवश्यकता है और यह भी स्पष्ट है कि पर्याप्त मोटिवेशन लेवल और उत्साह के बिना सफलता की राह में अभ्यर्थी के ठहरने और भटकने की गुंजाइश भी रहती है, लिहाजा सिविल सेवा परीक्षा की तैयारी से पहले और इसके दौरान ठीक–ठाक अभिप्रेरणा और सकारात्मक सोच की जरूरत है।

मुझे लगता है कि सिविल सेवाएँ जीवन में प्रभावी योगदान का बड़ा और

बेहतर अवसर उपलब्ध कराती हैं। भारतीय सिविल सेवाओं को देश का 'स्टील फ्रेम' इसीलिए कहा जाता है, क्योंकि ये देश के संविधान के मूल्यों और विधान के प्रावधानों के मुताबिक देश के आम नागरिक के जीवन से जुड़े लगभग सभी क्षेत्रों—खेती–किसानी, उद्योग, रोजगार, कानून–व्यवस्था, रेल और डाक, सूचना प्रौद्योगिकी, ऊर्जा, विज्ञान, शिक्षा, स्वास्थ्य, भूमि, राजस्व, संस्कृति, वंचित वर्गों का कल्याण आदि में योजनाओं के कार्यान्वयन और समुचित नियमन के माध्यम से बड़े स्तर पर अपना योगदान करती हैं।

सिविल सेवाओं की एक और बड़ी खासियत है—इसके कार्यक्षेत्र की विविधता। उपर्युक्त विभिन्न क्षेत्रों समेत शायद ही नागरिकों के जीवन का कोई ऐसा पक्ष हो, जहाँ सिविल सेवाएँ योगदान न करती हों। इन तमाम कार्यक्षेत्रों में बेहतर काम कर हम अपनी प्रतिभा व योग्यता का भरपूर उपयोग करते हुए देश व समाज के निर्माण में अपनी प्रभावी भूमिका निभा सकते हैं।

सिविल सेवक बनने के पीछे बहुत महत्त्वपूर्ण प्रेरक तत्त्व है—आत्मसंतोष का भाव और अपने अस्तित्व की पूर्णता के करीब पहुँचने की अनुभूति। क्या आपने कभी उस सुख की कल्पना की है, जब आप किसी गरीब व बेसहारा वृद्धा के जीवन में प्रभावी बदलाव लाकर उसकी रुकी हुई पेंशन दोबारा शुरू करवा सकें; जब लोक कल्याणकारी योजनाओं के प्रभावी कार्यान्वयन के माध्यम से आप वंचित वर्गों, अनुसूचित जाति/जनजाति, पिछड़े वर्गों, अल्पसंख्यकों, दिव्यांगों, महिलाओं, बच्चों, वरिष्ठ नागरिकों, भूमिहीन किसानों, असंगठित क्षेत्र के मजदूरों और युवाओं के जीवन में सकारात्मक बदलाव ला सकें। भारतीय संविधान के आदर्शों और मूल्यों से दिशा लेकर 'विधि का शासन' लागू करने की दिशा में प्रयास कर आनेवाली पीढ़ियों को बेहतर माहौल उपलब्ध कराने की मुहिम का अभिन्न हिस्सा बन पाएँ और आजादी की लड़ाई के सेनानियों की भावनाओं के अनुरूप इक्कीसवीं सदी में देश के विकास को पंख लगाने की प्रक्रिया का हिस्सा बनकर भारत के महाशक्ति बनने के सपने को साकार करने की ओर कदम बढ़ाएँ।

जीवन के प्रत्येक क्षेत्र में कार्यरत सभी लोग, जैसे—शिक्षक, डॉक्टर, इंजीनियर, सी.ए., आर्किटेक्ट, वकील, पत्रकार, लेखक, कलाकार, बैंकर, प्रबंधक, व्यवसायी, उद्योगपति, समाज-सेवी आदि अपने-अपने हिस्से की भूमिका निभाते हैं और उनका राष्ट्र-निर्माण में महत्त्वपूर्ण योगदान है। पर सिविल सेवाओं की यह विशेषता है कि ये बड़े प्लेटफॉर्म पर नीति-निर्माण, निर्णयन, कार्यान्वयन के माध्यम से उच्च स्तर पर प्रत्यक्ष व अप्रत्यक्ष रूप से योगदान करने का अवसर प्रदान करती हैं। मिसाल के तौर पर, ओडिशा कैडर के आई.ए.एस. अधिकारी श्री राजेश पाटिल

का उदाहरण हमारे सामने है। महाराष्ट्र के एक छोटे से गाँव के एक बाल मजदूर ने खुद कलेक्टर बनकर अपने कार्यक्षेत्र के जिले को 'बाल श्रम से मुक्त' बनाया। अपने संघर्ष की कहानी को उन्होंने लिखा भी, जो उनकी पुस्तक 'माँ, मैं कलेक्टर बन गया' के रूप में प्रकाशित भी है।

गांधीजी की कुंजी, जिसे भारत के हर स्कूल में पढ़ाया जाता है, के उस सपने को पूरा करने की दिशा में सिविल सेवाएँ बेहतर विकल्प हो सकती हैं। गांधीजी ने कहा था, "**मैं तुम्हें एक जंतर देता हूँ। जब भी तुम्हें कोई संदेह हो तो यह परीक्षण करो। अपने मन में उस सबसे गरीब और कमजोर आदमी का चेहरा लाओ, जिसे तुमने कभी देखा हो, फिर तुम सोचो कि तुम जो भी कदम उठाने वाले हो, क्या उससे उस आदमी को कुछ मिलेगा? क्या वह कदम उसके लिए उपयोगी होगा? अन्य शब्दों में, क्या यह कदम लाखों भूखे लोगों को स्वराज की ओर ले जाएगा?**"

गांधीजी के इस सपने को साकार करने की दिशा में उठाया गया एक कदम भी असीमित संतोष और अपरिमित सुख दे सकता है। सिविल सेवाएँ हर रोज ऐसे अवसर उपलब्ध कराती हैं, जब हम गांधीजी के इस सपने को पूरा करने की राह में छोटा ही सही, पर कदम बढ़ाते जरूर हैं।

रही बात प्रतिष्ठा और सामाजिक पहचान की तो इसमें कोई संदेह नहीं है कि सिविल सेवाएँ किसी भी युवा के लिए एक बेहद प्रतिष्ठित और सम्मानजनक कैरियर विकल्प हैं। 24 x 7 की यह जॉब दरअसल महज एक 'नौकरी' न होकर 'सेवा' है। सिविल सेवा परीक्षा की तैयारी करने के लिए उपर्युक्त अनेक कारणों के अलावा कुछ और भी चाहिए, वह है कमिटमेंट और जज्बा। अगर आपने खुली आँखों से आई.ए.एस. बनने का सपना देखा है और आप में उस सपने को पूरा करने का जोश, लगन और जुनून है; अगर आप देश–दुनिया के घटनाक्रम के प्रति जागरूकता रखते हैं, अपने देश व समाज के प्रति सरोकार और संवेदना का भाव है तो जुट जाइए अपने इस सपने को पंख लगाने के लिए। उम्मीदों का आसमान आपकी प्रतीक्षा कर रहा है। निदा फ़ाज़ली साहब ने लिखा भी है—

"अपना गम ले के कहीं और न जाया जाए,
घर में बिखरी हुई चीजों को सजाया जाए।
घर से मसजिद है बहुत दूर, चलो यूँ कर लें,
किसी रोते हुए बच्चे को हँसाया जाए॥"

□

2

सिविल सेवा परीक्षा के लिए कैसे करें व्यक्तित्व निर्माण

प्रसिद्ध विचारक फ्रैंक आउटलॉ ने लिखा है—

"Watch your thoughts, they become your words,
Watch your words, they become your actions,
Watch your actions they become your habits,
Watch your habits they become your character,
Watch your character it becomes your destiny."

देश की सर्वाधिक प्रतिष्ठित व अपेक्षाकृत कठिन मानी जानेवाली सिविल सेवा परीक्षा में अपनी किस्मत आजमाने की चाहत लिये छोटे-छोटे शहरों से, खाली बोर दुपहरों से, झोला उठाकर चलनेवाले युवा ऐसा क्या करें कि इस प्रतिष्ठित परीक्षा में उनकी सफलता की संभावनाएँ पर्याप्त रूप से बढ़ जाएँ। युवा अभ्यर्थी अपने व्यक्तित्व में ऐसे कौन से परिवर्तन या गुणात्मक सुधार लाने की कोशिश करें कि उनके खुली आँखों से देखे गए सपने उन्हें उनके ध्येय तक पहुँचाने में समर्थ हो सकें? इन्हीं प्रश्नों से जूझते युवाओं के कुछ सवालों के जवाब देने की ईमानदार कोशिश मैं अपने सीमित ज्ञान, अनुभव व नजरिए के आधार पर करूँगा।

सिविल सेवा परीक्षा आपके व्यक्तित्व और दृष्टिकोण का एक समग्र परीक्षण है। परीक्षा में आपके व्यक्तित्व के अलग-अलग पहलुओं का प्रत्यक्ष या अप्रत्यक्ष तौर पर इम्तिहान लिया जाता है, लिहाजा इसमें कोई संदेह नहीं कि कोई भी अभ्यर्थी अपने समग्र व्यक्तित्व में कुछ वांछनीय व प्रभावी सुधार लाकर इस परीक्षा में सफलता की अपनी संभावनाओं को कमोबेश बढ़ा तो सकता ही है। आइए, ऐसे

ही कुछ बिंदुओं पर चर्चा करें, जो सिविल सेवा परीक्षा की विशिष्ट प्रकृति और माँग के अनुरूप व्यक्तित्व-निर्माण में सहायक हो सकते हैं—

अनास्था से बचें और विश्वास बनाए रखें

सिविल सेवा परीक्षा की तैयारी की लंबी, उबाऊ और थकावट भरी प्रक्रिया में बहुधा ऐसा होता है कि आपकी अपने माध्यम, अपने वैकल्पिक विषय, अपनी काबिलियत या खुद पर ही, आस्था डगमगाने लगती है। कभी-कभी ऐसा भी लगता है कि यह परीक्षा 'मेरे बस का रोग' नहीं है। ऐसा महसूस होना स्वाभाविक है और इसमें कोई दिक्कत भी नहीं है। पर कुछ अभ्यर्थी अनास्था के संकट का बुरी तरह शिकार होकर व्यथित व उद्विग्न हो जाते हैं और परीक्षा से जुड़े हर पहलू को लेकर एक आशंकापूर्ण और नकारात्मक नजरिए का निर्माण कर लेते हैं। अनास्था इस हद तक कि 'मेरा तो चयन हो ही नहीं सकता' या 'मैं कभी अच्छे उत्तर नहीं लिख सकता' आदि। इस किस्म की अनास्था निश्चित रूप से चिंता का विषय हो सकती है। जब मैं अतीत में मुड़कर खुद को देखता हूँ तो मुझे याद आता है कि मुझे परीक्षा प्रणाली, अपने माध्यम, अपने विषय, अपनी काबिलियत और सबसे बढ़कर— खुद पर भरपूर आस्था रही है। अकसर मुझे लगता है कि इस तरह की आस्था परीक्षा में बेहतर प्रदर्शन में सहायता करती है। उदाहरणार्थ, यदि कोई अभ्यर्थी यह मानकर ही बैठ जाए कि 'मैं UPSC मुख्य परीक्षा में हिंदी में जो उत्तर लिखूँगा, उस पर अच्छे अंक नहीं मिलेंगे', तो क्या वह परीक्षा के दौरान पूर्ण मनोयोग से अपना 100% देकर अच्छा उत्तर लिख पाएगा? निश्चित रूप से यह संदेहास्पद ही है।

आस्था के इस सौंदर्य को अज्ञेय की कालजयी कविता '**असाध्य वीणा**' में कुछ इस तरह अभिव्यक्त किया गया है—

"श्रेय नहीं कुछ मेरा,
मैं तो डूब गया था स्वयं शून्य में,
वीणा के माध्यम से अपने को मैंने,
सबकुछ को सौंप दिया था—
सुना आपने जो वह मेरा नहीं,
न वीणा का था,
वह तो सबकुछ की तथता थी
महाशून्य

वह महामौन
अविभाज्य, अनाप्त, अद्रवित, अप्रमेय,
जो शब्दहीन,
सब में गाता है।''

जिजीविषा, जीवंतता और जीवट बनाए रखें

हमने ऐसे तमाम जीवंत उदाहरण देखे हैं, जब अभ्यर्थियों ने अपने जीवट और जुनून से बड़ी-से-बड़ी चुनौतियों का सामना कर आगे की राह बनाई। मैथिलीशरण गुप्त ने लिखा है—

''जितने कष्ट कंटकों में है, जिनका जीवन सुमन खिला,
गौरव गंध उन्हें उतना ही, यत्र-तत्र-सर्वत्र मिला।''

जिजीविषा का आलम यह होना चाहिए कि मुझे प्रत्येक दशा में आगे बढ़ना है और अपना रास्ता खुद बनाना है—यहाँ यह भी ध्यान रखने योग्य है कि यह जिजीविषा भी 'आसक्ति' से प्रभावित नहीं होना चाहिए। जब कोई व्यक्ति जीने की प्रबल इच्छा के साथ फल में आसक्त हुए बगैर आगे बढ़ता है, तो उसकी सफलता की संभावना बहुत बढ़ जाती है।

इस तरह की सोच के साथ तैयारी करने पर व्यर्थ के तनाव एवं दबाव से बचा जा सकता है और उत्कृष्ट प्रदर्शन को संभव बनाया जा सकता है। परीक्षा में सफलता मिले या न मिले, जिंदगी कभी रुकती या थमती नहीं है और व्यक्ति अपने जीवन में बेहतरी के लिए हमेशा प्रयास जारी रखता है, भले ही माध्यम कोई भी हो; क्योंकि Success is a journey, not a destination.

तीन मार्गदर्शक सिद्धांत

सिविल सेवा परीक्षा ही नहीं, जीवन के प्रत्येक क्षेत्र में सफलता की ऊँचाइयाँ छूने के लिए भारतीय दर्शन के तीन सिद्धांत मुझे विशेष तौर पर आकर्षित करते हैं और मेरी इस सफलता में इन तीनों सिद्धांतों का सर्वाधिक महत्त्वपूर्ण योगदान है।

इनमें पहला सिद्धांत है—गीता का '**निष्काम कर्मयोग**'। 'गीता' में कहा गया है—

''कर्मण्येवाधिकारस्ते मा फलेषु कदाचन
मा कर्मफलहेतुर्भूः मा ते संगोत्स्व कर्मणिः।''

सामान्य भाषा में इस 'निष्काम कर्मयोग' के सिद्धांत को इस रूप में समझा और बताया जाता है, 'कर्म करते रहो, फल की इच्छा मत करो।' इस सिद्धांत का

शाब्दिक अभिप्राय ही ग्रहण करने पर अकसर यह प्रश्न उठता है कि जब फल की इच्छा ही नहीं है तो कर्म करने के लिए प्रेरणा और हिम्मत कहाँ से लाएँ।

जहाँ तक मैं इस अद्भुत सिद्धांत को समझ पाया हूँ, उसके अनुसार 'निष्काम कर्मयोग' फल की इच्छा रखने पर प्रतिबंध नहीं लगाता, बल्कि यह तो फल की प्राप्ति के लिए बिना आसक्त हुए कर्म में लगे रहने की प्रेरणा देता है। धर्मवीर भारती ने 'अंधा युग' गीति नाट्य में 'निष्काम कर्मयोग' की शक्ति को इस प्रकार व्यक्त किया है—

''जब कोई भी मनुष्य
अनासक्त होकर चुनौती देता है इतिहास को,
उस दिन नक्षत्रों की दिशा बदल जाती है।
नियति नहीं है पूर्व निर्धारित
उसको हर क्षण मानव-निर्णय बनाता-मिटाता है।''

अनासक्त होकर पूर्ण मनोयोग से परीक्षा की तैयारी करने का सकारात्मक प्रभाव परीक्षा के हर स्तर पर पड़ता है। जैसे—प्रारंभिक परीक्षा देने के बाद कुछ अभ्यर्थी उसके फल में अत्यधिक आसक्त होकर आगे मुख्य परीक्षा की तैयारी में न जुटकर व्यर्थ की अटकलों में महीनों का समय व्यर्थ कर देते हैं, ऐसा ही मुख्य परीक्षा देने के बाद भी होता है, जब हम इंटरव्यू की तैयारी को उचित समय नहीं दे पाते। इस आसक्तिपूर्ण तैयारी का यह भी दुष्प्रभाव होता है कि हम सिविल सेवा परीक्षा की तैयारी में रोज जो कुछ नया सीखते हैं, उसे एंजॉय नहीं करते, उसका आनंद भी नहीं उठा पाते। लिहाजा, सिविल सेवा परीक्षा की तैयारी की प्रक्रिया में स्थिर व मजबूत बने रहने के लिए व्यक्तित्व में 'निष्काम कर्मयोग' का समावेश एक श्रेष्ठ विकल्प है।

दूसरा मार्गदर्शक सिद्धांत है—जैन दर्शन का **अनेकांतवाद व स्याद्वाद**। संक्षेप में, इस अनूठे सिद्धांत का अभिप्राय है कि 'सत्य को सभी लोग अपने-अपने भिन्न दृष्टिकोणों से देखते हैं, परंतु कोई भी नजरिया न तो पूरी तरह सही है और न ही पूरी तरह गलत।' आपको एक हाथी और सात अंधों वाला उदाहरण याद है? सड़क पर बैठे एक हाथी के विभिन्न अंगों को स्पर्श कर सात अंधे व्यक्ति हाथी का स्वरूप वैसा ही अलग-अलग समझते हैं जैसे कोई झाड़ू समझता है तो कोई पंखा।

अनेकांतवाद सिखाता है कि सिर्फ अपने ही विचार को सही मानना और दूसरों के विचारों को सिरे से नकारने का आग्रह स्वयं में गलत है। इस तरह अनेकांतवाद दूसरों के विचारों का सम्मान करना और स्वीकार्यता (acceptance) सिखाता है।

इस तरह से हम पाते हैं कि 'स्वीकार करना' (Acceptance) सभी समस्याओं के हल की कुंजी है।

किसी लेखक ने स्वीकार्यता के बारे में बड़ी महत्त्वपूर्ण बात लिखी है—

When we don't accept an undesired event, it becomes *Anger*; when we accept it, it becomes *Tolerance*.

When we don't accept uncertainty, it becomes *Fear*; when we accept it, it becomes *Adventure*.

When we don't accept other's bad behaviour towards us, it becomes *Hatred*;
when we accept it, it becomes *Forgiveness*.

When we don't accept other's Success, it becomes *Jealousy*; when we accept it, it becomes *Inspiration*.

Acceptance is the key to handle life well.

अनेकांतवाद का सिद्धांत सिविल सेवा परीक्षा में हर कदम पर साथ निभाता है। मुख्य परीक्षा और इंटरव्यू में तो अनेकांतवाद का विचार एक संजीवनी है। जब हम किसी प्रश्न का उत्तर लिखते या बताते समय अतिवादी (extermist) हुए बगैर, संतुलित तरीके से दूसरों के विचारों का सम्मान करते हैं तो उसका एक सकारात्मक प्रभाव पड़ना तय ही है। परीक्षा में सफलता के पहले भी और बाद भी दूसरों के विचारों और नजरिए का सम्मान करना सहिष्णुता को बढ़ावा देता है और हर क्षेत्र में सफलता की राह को आसान बनाता है।

मेरा तीसरा प्रिय मार्गदर्शक सिद्धांत है—बौद्ध दर्शन का **'मध्यम मार्ग'**। इसे 'Middle path' या 'golden mean' भी कहा जाता है। बुद्ध दोनों अतियों की उपेक्षा कर बीच का रास्ता निकालने की सलाह देते हैं। एक कहावत है—'Excess of everything is bad!' 'अति सर्वत्र वर्जयेत्'। यानी अधिकता हर चीज की बुरी होती है।' मध्यम मार्ग हर तरह के झगड़ों-विवादों के सरल और मैत्रीपूर्ण समाधान की राह सुझाता है।

सिविल सेवा परीक्षा की तैयारी में मध्यम मार्ग; एकीकृत दृष्टिकोण (integrated approach) और संतुलित मत (balanced view) के निर्माण

में मदद करता है। यदि हमारे व्यक्तित्व में संतुलन का तत्त्व शामिल हो तो जीवन के प्रत्येक क्षेत्र में सहजता के साथ सफलता की राह आसान हो जाती है। मध्यम मार्ग के सिद्धांत का प्रयोग परीक्षा की तैयारी में हर मोर्चे पर किया जा सकता है। जैसे—सहज और सरल भाषा का प्रयोग करना; न अधिक कठिन और न ही अधिक कामचलाऊ भाषा; शब्द सीमा का पालन करना; और न अधिक लंबा उत्तर न ही अधिक छोटा; बहुविकल्पीय प्रश्न के उत्तर देते समय अति से बचते हुए निकटतम सही उत्तर चुनना; इंटरव्यू में रेडिकल होने से बचना आदि। इस प्रकार सिविल सेवा परीक्षा में सफलता की संभावना बढ़ाने के लिए 'निष्काम कर्मयोग', 'अनेकांतवाद' और 'मध्यम मार्ग' के सिद्धांतों का व्यक्तित्व में समावेश एक बेहतरीन रास्ता है।

अपनी ताकत पहचानें और जुट जाएँ

प्रकृति ने प्रत्येक व्यक्ति को कुछ विशेषताएँ और गुण प्रदान किए हैं तो स्वाभाविक तौर पर कुछ कमियाँ भी। यद्यपि यह तय है कि हमारी कमियाँ या खूबियाँ समय के साथ बदलती रहती हैं और कुछ प्रयासों से अपनी कमियों और नुकसान पहुँचानेवाली आदतों से निजात भी पाई जा सकती है; परंतु इसके लिए खुद को पहचानना और खुद के प्रति एक समझ विकसित करना जरूरी है। दूसरे शब्दों में, इसी को 'आत्म-निरीक्षण' या 'आत्मान्वेषण' कहते हैं।

आत्म-निरीक्षण के लिए किसी को उपदेश देना जितना आसान है, उसे व्यावहारिक तौर पर खुद अमल में लाना उतना ही कठिन है। खुद का अन्वेषण और विश्लेषण करना बड़ी हिम्मत का काम है और बड़े-बड़े तीसमार खाँ इस काम में असफल हो जाते हैं। इसका सीधा सा मनोवैज्ञानिक कारण यह है कि हम ऐसे लोगों का साथ ज्यादा पसंद करते हैं, जो हमें एप्रिशिएट करता रहे या हमारी कमियों को नजरअंदाज करे। अपने आलोचकों का सम्मान करने का साहस तो कबीर जैसों में ही होता है—

निंदक नियरे राखिए, आँगन कुटी छवाय।
बिन पानी साबुन बिना, निर्मल करे सुभाय।।

कवि दौलतराम ने 'छहढाला' में श्रेष्ठ व्यक्ति का एक अनूठा गुण बताया है—**'निज गुण अरु पर अवगुण ढाँके।'** यानी वह व्यक्ति श्रेष्ठ है, जो अपने गुण और दूसरों के अवगुण छिपाए। एक शायर तो यहाँ तक लिखते हैं—

''जिससे खुद के भीतर के भी, ऐब दिखाई देते हों,
हमने ऐसा भी एक अपना, चश्मा बनवा रखा है।''

उपर्युक्त कथनों के क्रम में यदि सिविल सेवा परीक्षा की तैयारी के विशेष संदर्भ में बात करें तो यह समझना अनिवार्य ही है कि हमारे व्यक्तित्व में खुद की ताकत और कमजोरियों को पहचानने का हुनर शामिल होना चाहिए। खास तौर पर, यदि तैयारी के शुरुआती दौर में ही यह मालूम हो जाए तो अपनी विशेषताओं व गुणों को और निखारा जा सकता है और कमियों पर होमवर्क करके उन्हें काफी हद तक बेअसर किया जा सकता है।

निरंतरता सफलता की कुंजी है

अक्सर आपने एक कहावत सुनी होगी—

"Winners don't do the different things, they do the things differently."

चीजों को अलग ढंग से करनेवाले दरअसल जो रणनीति अपनाते हैं, उनमें निरंतरता (Consistency या persistence) एक प्रमुख तत्त्व होता है। हमारे—आपके बीच ऐसे तमाम लोग होते हैं, जो शुरुआत तो बड़ी शानदार और महत्त्वाकांक्षी ढंग से करते हैं, पर अपने उस जज्बे या चिनगारी (spark) को कायम नहीं रख पाते। ऐसे भी तमाम लोगों से हम मिलते हैं, जो रास्ते में छोटी-मोटी परेशानियों में धैर्य खोकर ढेर हो जाते हैं या परिस्थितियों पर ठीकरा फोड़कर खुद को जस्टिफाई करके बेदाग निकलने की कोशिश करने लगते हैं।

हमें यह समझना होगा कि जीवन के तमाम क्षेत्रों सहित सिविल सेवा परीक्षा के सफल अभ्यर्थियों के ऐसे असंख्य उदाहरण हैं, जिनमें निरंतरता प्राय: सफलता का एक अनिवार्य तत्त्व रहा है। आजकल व्यक्ति को योग्यता का आकलन करने के मानदंडों में काफी बदलाव आया है। पहले जहाँ IQ (Intelligence Quotient) को ही व्यक्ति की काबिलियत का आधार माना जाता था, वहीं बाद में इसमें EQ (Emotional Quotient) का तत्त्व भी शामिल हुआ और आजकल नियोक्ता (employer) अपने भावी अधिकारी/कर्मचारी के PQ (Persistence Quotient) का आकलन करना जरूरी समझने लगे हैं। यदि किसी अधिकारी/कर्मचारी को कोई प्रोजेक्ट सौंपा जाए और उसका शुरुआती उत्साह व रुचि कुछ दिनों में खत्म हो जाए तो उस प्रोजेक्ट की सफलता की

संभावना निश्चय ही कम हो जाती है।

लिहाजा, परीक्षा की पूरी प्रक्रिया के दौरान सतत उत्साह और निरंतरता बनाए रखना सफलता की संभावनाओं को कई गुना बढ़ा सकता है। निरंतरता के इस गुण की प्रासंगिकता को रेखांकित करते हुए कवि हरिवंशराय बच्चन ने लिखा है—

"जब तक न सफल हो, नींद-चैन को त्यागो तुम,
संघर्ष का मैदान छोड़कर, मत भागो तुम,
कुछ किए बिना ही जय-जयकार नहीं होती,
कोशिश करनेवालों की कभी हार नहीं होती।"

सकारात्मकता से भरपूर रहें

मेरी समझ में सफलता के प्रति प्रतिबद्ध किसी भी अभ्यर्थी का अदम्य सकारात्मकता से भरपूर होने का गुण उसे बाकी अभ्यर्थियों से काफी बेहतर स्थिति में पहुँचा सकता है। सिविल सेवा परीक्षा की लंबी व कठिन प्रक्रिया के दौरान सकारात्मकता और मोटिवेशन लेवल बनाए रखना इतना आसान भी नहीं है; पर थोड़े प्रयास से इस स्तर को कायम रखा जा सकता है। मेरी दृष्टि में, इस सकारात्मकता के स्तर को बनाए रखने में ये कुछ तरीके कारगर हो सकते हैं—

(i) अमूमन खुश रहें और खुश रखें। पढ़ाई को तनाव की तरह लेने के बजाय एंजॉय करें और भीतर से प्रसन्न रहें। एक शायर ने लिखा है —

"खुलूस दिल में, जुबाँ पर मिठास रहने दो,
न खुद रहो, न किसी को उदास रहने दो।"

(ii) छोटी-छोटी खुशियों को सेलिब्रेट करें और आज की खुशी कल के लिए आरक्षित न करें। मेरा अभिप्राय यह है कि ऐसा रवैया न बनाएँ कि मैं तो अमुक सफलता मिलने पर ही खुश होऊँगा या सेलिब्रेट करूँगा। जीवंतता बनी रहे, इसके लिए जरूरी है कि खुश रहने के लिए किसी मौके का इंतजार कतई न करें।

(iii) किसी से मिलना मोटिवेशनल लगता है और किसी से बात करके निराशा और अवसाद मिलता है। अत: कोशिश करें कि पॉजिटिव सोच रखनेवालों की संगति करें और निगेटिविटी से भरपूर लोगों से एक सुरक्षित दूरी बनाए रखें। यानी नकारात्मक लोगों से व्यर्थ के विवादों में उलझे बगैर अपनी राह में सकारात्मक सोच के साथ आगे बढ़ते जाएँ। हाँ, समालोचनात्मक टिप्पणी और

सुधार के सुझावों का खुलकर स्वागत करें।

(iv) रिश्ते निभाना सीखें। तैयारी की प्रक्रिया और जीवन की दौड़ में आपके अपने हमेशा आपका साथ निभाते हैं। परिवार और दोस्त आपको मोटिवेट कर ऊर्जा से भर सकते हैं और हर कदम पर आपको हिम्मत बँधा सकते हैं। खुश रहने और पॉजिटिविटी बनाए रखने के लिए घर-परिवार और अच्छे दोस्तों से जुड़ाव बनाए रखें। मैंने कहीं सुना था—

''लाख मुश्किल जमाने में है,
रिश्ता तो बस निभाने में है।''

(v) अपनी रुचियाँ विकसित करें। हममें से हर किसी का रुझान और अभिरुचियाँ अलग-अलग हो सकते हैं। किसी को खेलना पसंद है तो किसी को नॉवेल पढ़ना, किसी को योगाभ्यास भाता है तो किसी को सिनेमा-संगीत का शौक होता है। अपनी रुचियों पर बहुत ज्यादा वक्त न भी इन्वेस्ट कर सकें, पर दिन में आधा-एक घंटा तो इन्हें दे ही सकते हैं। ये रुचियाँ व शौक न केवल आपको एक खुशी और संतुष्टि देते हैं, बल्कि तरोताजा अहसास भी कराते हैं। सकारात्मकता बनाए रखने के लिए जरूरी है कि छोटी-छोटी खुशियाँ सेलिब्रेट करें और छोटी-छोटी बातों का तनाव न लें।

'माँझी : द माउंटेन मैन' मूवी के दशरथ माँझी की तरह मुश्किलों के बीच '**शानदार-जबरदस्त-जिंदाबाद**' वाला जज्बा बनाए रखें। मैंने सिविल सेवा परीक्षा की तैयारी के दौरान इसी तरह की एक कविता लिखी थी—

सकारात्मक सोच

''सकारात्मक सोच संग उत्साह और उल्लास लिये,
जीतेंगे हर हारी बाजी, मन में यह विश्वास लिये।

ऊहापोह-अटकलें-उलझनें, अवसादों का कर अवसान,
हों बाधाएँ कितनी पथ में, चेहरों पर बस हो मुसकान।

अंतर्मन में भरी हो ऊर्जा, नई शक्ति का हो संचार,
डटकर चुनौतियों से लड़कर, जीतेंगे सारा संसार।

लें संकल्प सृजन का मन में, उम्मीदों से हो भरपूर,
धुन के पक्के उस राही से, मंजिल है फिर कितनी दूर

जगें ज्ञान और प्रेम धरा पर, गूँजे कुछ ऐसा संदेश,
नई चेतना से जाग्रत् हो, सुप्त पड़ा यह मेरा देश।''

हमेशा सीखते रहें

मनुष्य में एक ऐसा विशिष्ट गुण है, जो उसे बाकी प्राणियों से भिन्न बनाता है और जिस गुण के बल पर वह आज महाबली बन गया है। वह गुण है—निरंतर सीखना (learning)। यह इनसान की सीखने की भूख ही है, जो उसे निरंतर नए आविष्कार करने, निरंतर आगे बढ़ने और कुछ नया सुधार करने को प्रेरित करती है। एक बच्चे में भी बचपन से ही सीखने की जबरदस्त प्रवृत्ति होती है और वह अनुकरण (imitation) से तेजी से चीजों को सीखता है। इस तरह सीखने की यह प्रक्रिया निरंतर चलती रहती है और हमारी सोच के आयामों का विस्तार होता जाता है। हम अपने परिवार, दोस्तों, शिक्षकों, पास-पड़ोस, आस-पास के पर्यावरण, अखबार, पत्रिकाएँ, इंटरनेट, साहित्य, विज्ञान, खेल-कूद—सबसे निरंतर सीखते ही जाते हैं और दिन-प्रतिदिन परिपक्व (mature) होते जाते हैं।

सिविल सेवा परीक्षा की प्रकृति ही कुछ ऐसी है कि इसके लिए परिपक्वता (maturity) का एक स्तर आवश्यक है, जिसका हमारी शारीरिक उम्र से कोई खास लेना-देना नहीं होता। हममें से ही कुछ साथी ऐसे होते हैं, जो कम उम्र में ही संतुलित राय, खुला दिमाग और व्यापक दृष्टिकोण रखते हैं और हममें से ही कुछ साथी अधेड़ उम्र में भी संकुचित सोच के दायरे में रहकर कूपमंडूक बने रहते हैं। इसीलिए सिविल सेवा परीक्षा में सफलता और सफलता के बाद के सुदीर्घ कैरियर में सफलता के लिए एक वैचारिक परिपक्वता और निरंतर सीखने का जज्बा अपरिहार्य है।

इसमें कोई भी संदेह हमें नहीं होना चाहिए कि ज्ञान का सागर अनंत व अथाह है और हमने इसकी कुछ बूँदें ही चखी हैं। संघ लोक सेवा आयोग एवं राज्य लोक सेवा आयोग की परीक्षाओं का पाठ्यक्रम भी स्वयं में बेहद व्यापक और विस्तृत है, इसमें कोई संदेह नहीं। लिहाजा इस बहुआयामी परीक्षा में सफलता के लिए अभ्यर्थी में सीखने की अदम्य ललक और लालसा उसकी राह आसान

कर सकती है। छोटों से सीखने में संकोच बिल्कुल न करें और आस-पास के वातावरण, देश-दुनिया में घट रही घटनाओं को ऑब्जर्व कर उनसे निरंतर सीखते रहें। सीखने का यह जज्बा परीक्षा में ही नहीं, उम्र भर मदद करता है और जीवनपर्यंत अधिगम (Life long learning) और आत्म-विकास (Self development) का आधार तैयार करता है।

अभिरुचि और अभिवृत्ति विकसित करें

जीवन के प्रत्येक क्षेत्र में सफलता के लिए जरूरी है कि सामान्यत: आपकी अभिवृत्ति (Attitude) और अभिरुचि (Aptitude) का झुकाव उस क्षेत्र की ओर हो। यानी आपका रुझान या झुकाव उस क्षेत्र विशेष की ओर होना उस क्षेत्र में आपकी सफलता की संभावनाओं को बहुत हद तक बढ़ा देता है। विशेषज्ञता (Specialization) के इस दौर में यदि आपको एक अच्छा प्रबंधक बनना है, तो आपके मैनेजमेंट एप्टीट्यूड का परीक्षण किया जाता है और यदि आपको एक अच्छा शिक्षक या शोधार्थी बनना है, तो आपका टीचिंग एवं रिसर्च एप्टीट्यूड जाँचा जाता है।

पर सिविल सेवा परीक्षा, इस दृष्टि से तमाम अन्य प्रतियोगी परीक्षाओं से कुछ भिन्न और अनूठी (unique) है। इसमें आपकी किसी क्षेत्र विशेष में महारथ की परीक्षा न होकर सामान्य जीवन और विकास के सभी क्षेत्रों की बेसिक समझ और नजरिए का परीक्षण करने की कोशिश की जाती है। यानी आपसे एक विशेषज्ञ (specialist) होने के स्थान पर एक सामान्यज्ञ (generalist) होने की अपेक्षा की जाती है। सिविल सेवाओं की प्रकृति भी कुछ ऐसी है कि इसमें अपने आस-पास के पर्यावरण की सामान्य समझ, व्यापक दृष्टिकोण और सीखने का जज्बा रखनेवाले विजनरी (Visionary) युवाओं की दरकार होती है, जिनके कौशलों (skills) को उत्कृष्ट प्रशिक्षण के माध्यम से निखारकर भविष्य के चुनौतीपूर्ण कैरियर के लिए तैयार किया जाता है।

अंग्रेजी में एक कहावत है—"Jack of all trades, master of none." सिविल सेवा परीक्षा की जरूरतों के हिसाब से इसमें छोटा सा संशोधन किया जा सकता है—

"Jack of all trades, master of one." उस "Master of One" यानी एक विशेषज्ञता के क्षेत्र-वैकल्पिक विषय पर बाद में चर्चा करेंगे, पर फिलहाल

यह समझना पर्याप्त है कि यह परीक्षा एक सामान्यज्ञ (generalist) एप्रोच की माँग करती है, लिहाजा एक अभ्यर्थी को इसी अनुरूप अपने रुझान को ढालने का प्रयास करना चाहिए।

अभिरुचि और अभिवृत्ति के विकास की इस सतत प्रक्रिया में अपने व्यक्तित्व निर्माण हेतु इन बातों का भी ध्यान रखें—

(i) देश-दुनिया व समाज में लगातार घट रही घटनाओं के विविध आयामों और उनके सामाजिक-आर्थिक-राजनीतिक-सांस्कृतिक प्रभावों के प्रति एक जागरूकता (awareness) बनाए रखें और निरंतर खुद को अपडेट रखने की आदत विकसित करें।

(ii) सामाजिक सरोकारों (social concerns) को अपनी सोच और जिंदगी का अनिवार्य हिस्सा मानकर चलें। जरूरतमंद लोगों और वंचित वर्गों के प्रति अपने योगदान (contribution) के बारे में भी सोचें और देने के सुख (joy of giving) का आनंद महसूस करें।

(iii) जब कभी अनिर्णय की स्थिति में हों या कुछ समझ न पा रहे हों तो कॉमन सेंस का इस्तेमाल करें। हममें से सबके पास कॉमन सेंस होती है, पर हम इसका प्रासंगिक इस्तेमाल नहीं कर पाते। एक मशहूर कहावत है—**'Common sense is not so common'.** सिविल सेवा परीक्षा के दौरान व तैयारी के दौरान अनेक अवसरों पर अक्सर कॉमन सेंस (सामान्य समझ) हमारा मार्गदर्शन करती है।

(iv) संकुचित दृष्टिकोण से बचें और खुले दिमाग से नए विचारों का स्वागत करते रहें तथा निरंतर सीखते रहें। ऋग्वेद में भी लिखा है कि—

'**आ नो भद्राः क्रतवो यन्तु विश्वतः**' यानी—विश्व भर से श्रेष्ठ विचार हमारी ओर आएँ। अत: किसी भी किस्म की संकीर्णता के दायरे में बँधने के बजाय व्यापक व संतुलित दृष्टिकोण अपनाएँ और अपने व्यक्तित्व का चहुँमुखी विकास करें।

कठिन परिश्रम से बिल्कुल न कतराएँ

एक पुरानी कहावत है—

'करत-करत अभ्यास ते जड़मति होत सुजान।
रसरी आवत-जात ते, सिल पर पड़त निसान॥'

यानी निरंतर अभ्यास से तो मूर्ख भी बुद्धिमान हो जाते हैं। जिस प्रकार

रस्सी के बार-बार रगड़ने से कुएँ के पत्थर पर भी निशान पड़ जाते हैं। इस कथन का सीधा सा अभिप्राय यह है कि अभ्यास और कठिन परिश्रम का कोई विकल्प नहीं है।

इस बात में कोई दो राय नहीं होगी कि '**सफलता का कोई शॉर्टकट नहीं होता**' और निरंतर कदम-दर-कदम आगे बढ़ते रहने पर ही सफलता प्राप्त होती है।

यू.पी.एस.सी. की सिविल सेवा परीक्षा पर यह बात बिल्कुल सटीक बैठती है। कठिन परिश्रम और अध्यवसाय के बल पर ही कोई अभ्यर्थी इस बेहद कठिन एवं प्रतिष्ठित मानी जानेवाली परीक्षा का तिलिस्म भेद सकता है। आप में कड़ी मेहनत करने की प्रवृत्ति होना इसलिए भी जरूरी है, क्योंकि परीक्षा में सफलता के बाद सेवाकाल में भी हर मोड़ पर कठिन परिश्रम व चुनौतियों का सामना करना ही होता है। कहा भी गया है—'कठिन परिश्रम का पुरस्कार है और अधिक परिश्रम।' लिहाजा मेहनत करने से कदापि न कतराएँ और आलस्य से बचते हुए खुशी-खुशी सहज भाव से भरपूर परिश्रम करें।

विनम्रता सर्वश्रेष्ठ गुण है

सिविल सेवा परीक्षा के लिए अपने व्यक्तित्व के निर्माण की प्रक्रिया में जो विशेषता विकसित करना अपरिहार्य है, वह है—विनम्रता। विनम्रता एक ऐसा गुण है, जो आपको भी प्रसन्न बनाता है और आपसे जुड़े लोगों को भी। हम अपने आस-पास अकसर ऐसे साथियों को देखते हैं, जो परीक्षा का कोई चरण उत्तीर्ण होने या अपने अच्छे प्रदर्शन पर विचलित हो जाते हैं और जमीन पर पाँव भी नहीं रख पाते। छोटी-छोटी खुशियों को जीना चाहिए; पर अपनी छोटी-छोटी सफलताओं का गुमान करना या व्यर्थ में इतराना अथवा दूसरों को नीचा दिखाना भला कहाँ की समझदारी है!

और फिर, हमें गुरूर हो भी तो भला किस बात का! हम जितना पढ़ते जाते हैं, हम पाते हैं कि उससे कहीं ज्यादा हमने पढ़ा ही नहीं है। जाने-माने दार्शनिक सुकरात ने यूँ ही नहीं कहा था—"**मैं सबसे ज्यादा ज्ञानी इस अर्थ में हूँ, क्योंकि मैं यह जानता हूँ कि मैं कुछ नहीं जानता।**" अत: ज्ञान एवं सीखने की लालसा बनाए रखें और खुद की लकीर बड़ी कर आगे बढ़ने का प्रयत्न करें।

अपने कौशलों का विकास करें

यूँ तो सभी व्यक्तियों की क्षमताएँ अनंत हैं, पर हम व्यक्तियों में भेद कैसे करते हैं। हम कैसे किसी व्यक्ति को बेहतर या अधिक योग्य समझते हैं और किसी को कमतर? इसका पैमाना होता है—उसके व्यक्तित्व में निहित कौशल (skill)। मजे की बात यह है कि हम में से कोई भी थोड़ी मेहनत और लगन से अपने कौशल को विकसित कर सकता है।

मैनेजमेंट में हम पढ़ते हैं कि मोटे तौर पर कौशल तीन तरह के होते हैं—

(i) तकनीकी कौशल (Technical skills)

(ii) सांबोधिक या अवधारणात्मक कौशल (Conceptual skills)

(iii) मानवीय कौशल (Human skills)।

यदि सिविल सेवा परीक्षा की दृष्टि से एक वाक्य में इन तीनों कौशलों का अर्थ समझें तो हमारी जानकारी, रणनीति, अभ्यास, रिवीजन आदि टेक्निकल स्किल के अंतर्गत; विभिन्न अवधारणाओं पर हमारी राय, समझ और विश्लेषण आदि कंसेप्चुअल स्किल के अंतर्गत; और हमारी जिजीविषा, सीखने का जज्बा, एटीट्यूड व एप्टीट्यूड हमारे ह्यूमन स्किल के अंतर्गत आएँगे। किसी व्यक्ति के संचार कौशल (communication skills) और अंतर्वैयक्तिक कौशल (interpersonal skills) भी उसके मानवीय कौशलों की श्रेणी में आएँगे।

कहने की जरूरत नहीं है कि यू.पी.एस.सी. की परीक्षा की अपेक्षाओं के अनुरूप खुद के सर्वांगीण व्यक्तित्व को सँवारने के लिए इन तीनों श्रेणियों के कौशलों की दरकार है। लिहाजा मेरी समझ में, सिविल सेवा परीक्षा के अभ्यर्थी कोशिश करें कि ये स्किल्स उनके व्यक्तित्व में समाहित हो जाएँ और उनके व्यक्तित्व का स्थायी हिस्सा बनकर उसे सँवारें।

रिश्ता तो बस निभाने में है

सिविल सेवा परीक्षा की तैयारी के दौरान हमेशा ऐसा नहीं होता कि आप 'सरल रेखा' में जीवन जिएँ। यानी परीक्षा की तैयारी शुरू करने से लेकर इस दौरान अकसर उतार-चढ़ाव आते रहते हैं। ऐसे में, आपको संबल देने, आपको सहज बनाए रखने के लिए कुछ अच्छे रिश्तों की दरकार होती है। ये रिश्ते आपके माता-पिता एवं भाई-बहन के भी हो सकते हैं और करीबी दोस्तों के भी।

तैयारी के दौरान तनाव-मुक्त, दबाव-मुक्त और प्रसन्नचित्त रहने के लिए

रिश्ते निभाना और उन्हें एंजॉय करना बहुत मदद करता है। आप भी रिश्ते निभाएँ और आपके इष्टजन भी आपके सुख-दुःख में आपका साथ निभाएँ, यह परीक्षा की तैयारी ही नहीं, पूरी जिंदगी की एक स्वाभाविक जरूरत है। यद्यपि यह भी ध्यान रहे कि तैयारी के इस समय में आप अपने वक्त का अनुकूलतम उपयोग करें। मैं आपसे तैयारी की उधेड़बुन के दौरान लिखी अपनी एक कविता 'वक्त कहाँ' यूँ ही साझा कर रहा हूँ, जो मैंने कभी भोपाल में झील के किनारे बैठकर लिखी थी—

वक्त कहाँ

वक्त कहाँ अब कुछ पल दादी के किस्सों का स्वाद चखूँ,
वक्त कहाँ बाबा के शिकवे, फटकारें और डाँट सहूँ।

कहाँ वक्त है मम्मी-पापा के दुःख-दर्द चुराने का,
और पड़ोसी के मुस्काते रिश्ते खूब निभाने का।

रिश्तों की गरमाहट पर कब ठंडी-रूखी बर्फ जमी,
सोंधी-सोंधी मिट्टी में कब, फिर लौटेगी वही नमी।

जब पतंग की डोर जुड़ेगी, भीतर के एहसासों से,
भीनी-भीनी खुशबू फिर महकेगी कब इन साँसों से।

सूने-से इस कमरे में कब तैरेंगी मीठी यादें,
बिछड़े साथी कब लौटेंगे, अपना-अपनापन साधे।

कब आएगा समझ मुझे क्या जीवन का असली मतलब,
खुशियों को आकार मिलेगा, होंगे सपने अपने जब।

कभी मिले कुछ वक्त अगर तो, ठहर सोचना तुम कुछ पल,
यूँ ही वक्त कटेगा या कुछ बेहतर होगा अपना कल।

□

3

कैसे करें समग्र तैयारी : समझें यू.पी.एस.सी. परीक्षा का नया पैटर्न

इस अध्याय में हम विस्तार से जानेंगे कि सिविल सेवा परीक्षा की तैयारी की संपूर्ण प्रक्रिया को कैसे व्यवस्थित करें। तैयारी शुरू करने से लेकर उसके हर पहलू पर विस्तृत चर्चा के माध्यम से हम समझने का प्रयास करेंगे कि आखिर वे कौन से बिंदु हैं, जिन पर ध्यान देकर या जिन्हें सुधारकर सिविल सेवा परीक्षा में उत्कृष्ट प्रदर्शन कर UPSC टॉपर बनने के सपने को साकार किया जा सकता है। यहाँ यह भी समझना होगा कि टॉपर कुछ अलग तैयारी नहीं करते, वे भी वही पुस्तकें और अध्ययन सामग्री पढ़ते हैं और उनकी तैयारी भी मोटे तौर पर बाकी अभ्यर्थियों जैसी ही होती है। पर ऐसा क्या है, जो उन्हें खास बनाकर उपलब्धि प्राप्त करने में सहायता करता है ? पिछले अध्याय में हमने जाना कि एक युवा अभ्यर्थी को अपने व्यक्तित्व को किस प्रकार सँवारना चाहिए। अब हम इस अध्याय में तैयारी की पूरी व्यावहारिक प्रक्रिया को वैज्ञानिक ढंग से समझेंगे।

आइए, सबसे पहले परीक्षा की योजना और नवीनतम पैटर्न के निहितार्थ समझते हैं।

सिविल सेवा परीक्षा की योजना

संघ लोक सेवा आयोग द्वारा प्रतिवर्ष आयोजित की जानेवाली बेहद प्रतिष्ठित सिविल सेवा परीक्षा भारत सरकार की विभिन्न अखिल भारतीय सेवाओं, केंद्रीय सेवाओं (ग्रुप-ए) और कुछ ग्रुप-बी सेवाओं में चयन के लिए आयोजित की जाती है।

परीक्षा तीन चरणों में होती है। सबसे पहले प्रारंभिक परीक्षा होती है, जिसमें एक ही दिन में दो पेपर होते हैं, जिनमें बहुविकल्पीय प्रश्न आते हैं। यह एक तरह से छँटनी परीक्षा है, क्योंकि फाइनल मेरिट में इसके अंक नहीं जुड़ते। प्रारंभिक परीक्षा में सफलता मुख्य परीक्षा का रास्ता खोलती है। मुख्य परीक्षा के नाम से ही स्पष्ट है कि यह सिविल सेवा परीक्षा की पूरी प्रक्रिया का सर्वाधिक महत्त्वपूर्ण चरण है। आपकी सफलता मुख्य रूप से इसी चरण पर निर्भर करती है। यह एक लिखित परीक्षा है, जिसमें कुल नौ पेपर होते हैं, जो लगभग एक सप्ताह चलते हैं। मुख्य परीक्षा में उत्तीर्ण घोषित किए गए अभ्यर्थियों को व्यक्तित्व परीक्षण (इंटरव्यू) के लिए आयोग के दिल्ली स्थित कार्यालय में बुलाया जाता है। आम तौर पर कुल वैकेंसी के ढाई से तीन गुना अभ्यर्थी इंटरव्यू के लिए बुलाए जाते हैं।

प्रारंभिक परीक्षा आम तौर पर मई-जून में, मुख्य परीक्षा अक्तूबर में और इंटरव्यू अगले साल की शुरुआत में फरवरी-मार्च में होते हैं। अंतिम रूप से चयनित अभ्यर्थियों की ट्रेनिंग का पहला चरण यानी फाउंडेशन कोर्स मसूरी स्थित लाल बहादुर शास्त्री राष्ट्रीय प्रशासन अकादमी (LBSNAA) में अगस्त-सितंबर में शुरू हो जाता है।

आइए, जानें सिविल सेवा परीक्षा के संबंध में कुछ बेसिक बातें—

सेवाएँ

यह प्रतिष्ठित परीक्षा भारत की विभिन्न अखिल भारतीय और केंद्रीय सेवाओं में सीधे चयन हेतु आयोजित की जाती है।

ये सेवाएँ इस प्रकार हैं—

- भारतीय प्रशासनिक सेवा IAS
- भारतीय विदेश सेवा IFS
- भारतीय पुलिस सेवा IPS
- भारतीय पी एंड टी लेखा व वित्त सेवा
- भारतीय ऑडिट व एकाउंट्स सेवा IAAS
- भारतीय राजस्व सेवा (आयकर) IRS IT
- भारतीय राजस्व सेवा (उत्पाद व सीमा शुल्क) IRS C&CE
- भारतीय ऑर्डनेंस फैक्टरी सेवा IOFS
- भारतीय सिविल लेखा सेवा ICAS
- भारतीय रक्षा लेखा सेवा IDAS

- भारतीय रेलवे लेखा सेवा IRAS
- भारतीय रेलवे यातायात सेवा IRTS
- भारतीय रेलवे कार्मिक सेवा IRPS
- भारतीय डाक सेवा IPoS
- भारतीय रक्षा संपदा सेवा IDES
- भारतीय सूचना सेवा IIS
- भारतीय ट्रेड सेवा ITS
- भारतीय कॉरपोरेट लॉ सेवा ICLS
- रेलवे सुरक्षा बल में सहायक सुरक्षा आयुक्त RPF
- सशस्त्र बल मुख्यालय सिविल सेवा ग्रुप-बी AFHQ
- दिल्ली, अंडमान-निकोबार द्वीप समूह, लक्षद्वीप, दमन-दीव, दादर व नगर हवेली सिविल सेवा ग्रुप-बी DANICS
- दिल्ली, अंडमान-निकोबार द्वीप समूह, लक्षद्वीप, दमन-दीव, दादर व नगर हवेली पुलिस सेवा ग्रुप-बी DANIPS
- पांडिचेरी सिविल सेवा ग्रुप-बी
- पांडिचेरी पुलिस सेवा ग्रुप-बी आदि

प्रारंभिक परीक्षा उत्तीर्ण करनेवाले अभ्यर्थियों से मुख्य परीक्षा के लिए आयोग द्वारा एक फॉर्म भरवाया जाता है। इसी फॉर्म में उनसे सेवाओं की प्राथमिकताएँ माँग ली जाती हैं। IAS और IPS सेवाओं के लिए राज्य कैडरों की प्राथमिकताएँ भी इसी फॉर्म में भरनी होती हैं।

तीनों चरणों का अंक विभाजन

प्रारंभिक परीक्षा

- सामान्य अध्ययन प्रथम प्रश्नपत्र 200 अंकों का होता है, जिसमें कुल 100 प्रश्न होते हैं।
- सामान्य अध्ययन द्वितीय प्रश्नपत्र (सी सैट) भी 200 अंकों का होता है, जिसमें कुल 80 प्रश्न होते हैं।
- दोनों ही पेपरों में बहुविकल्पीय प्रश्न पूछे जाते हैं और दोनों ही पेपरों में गलत उत्तर देने पर निगेटिव मार्किंग (एक-तिहाई) होती है। प्रारंभिक परीक्षा एक तरह की छँटनी परीक्षा है, जिसमें उत्तीर्ण होनेवाले अभ्यर्थियों को ही मुख्य परीक्षा में बैठने का अवसर मिलता है।

मुख्य परीक्षा

इस परीक्षा में कुल नौ पेपर होते हैं, जिसमें से दो पेपर क्वालिफाइंग होते हैं। पहला पेपर अंग्रेजी और दूसरा पेपर हिंदी समेत संविधान की आठवीं अनुसूची में उल्लिखित 22 भाषाओं में से कोई एक भाषा। इन दोनों पेपरों में से प्रत्येक 300 अंकों का होता है और इनके प्राप्तांक फाइनल मेरिट में नहीं जुड़ते।

मेरिट में गिने जाने के लिए मुख्य परीक्षा में कुल सात पेपर होते हैं, जो इस प्रकार हैं—

1. निबंध
2. सामान्य अध्ययन-एक
   (भारतीय विरासत और संस्कृति, विश्व का इतिहास और भूगोल, समाज)
3. सामान्य अध्ययन-दो
   (शासन, संविधान, राज-व्यवस्था, सामाजिक न्याय और अंतरराष्ट्रीय संबंध)
4. सामान्य अध्ययन-तीन
   (प्रौद्योगिकी, आर्थिक विकास, बायो-डाइवर्सिटी, पर्यावरण सुरक्षा और आपदा प्रबंधन)
5. सामान्य अध्ययन-चार
   (एथिक्स, सत्यनिष्ठा और अभिरुचि)
6. वैकल्पिक विषय : पेपर एक।
7. वैकल्पिक विषय : पेपर दो।

ये सातों पेपर प्रत्येक 250 अंक के होते हैं। इस तरह मुख्य परीक्षा कुल 1750 अंकों की होती है।

व्यक्तित्व परीक्षण/इंटरव्यू

मुख्य परीक्षा में सफल घोषित किए गए अभ्यर्थियों को आखिरी चरण, यानी इंटरव्यू के लिए आयोग के दिल्ली स्थित मुख्यालय बुलाया जाता है। प्रायः कुल रिक्त घोषित पदों के ढाई से तीन गुना अभ्यर्थी इंटरव्यू देते हैं। यह कुल 275 अंकों का होता है। इस प्रकार फाइनल मेरिट का कुल योग 1750 और 275 का योग, यानी 2025 अंक होता है।

वैकल्पिक विषय

वैकल्पिक विषयों की यह सूची इस प्रकार है—

- कृषि
- पशुपालन और वेटरिनरी साइंस
- मानव-शास्त्र
- पादप विज्ञान (बॉटनी)
- रसायन विज्ञान
- सिविल इंजीनियरिंग
- वाणिज्य और लेखांकन
- अर्थशास्त्र
- इलेक्ट्रिकल इंजीनियरिंग
- भूगोल
- भू-विज्ञान
- इतिहास
- विधि
- प्रबंधन
- गणित
- मेकैनिकल इंजीनियरिंग
- मेडिकल साइंस
- दर्शन-शास्त्र
- भौतिक विज्ञान
- राजनीति विज्ञान और अंतरराष्ट्रीय संबंध
- मनोविज्ञान
- लोक प्रशासन
- समाज-शास्त्र
- सांख्यिकी
- जंतु विज्ञान (जूलोजी)
- अंग्रेजी और हिंदी समेत संविधान की आठवीं अनुसूची में उल्लिखित 22 भाषाओं में से किसी एक का साहित्य।

उपर्युक्त वैकल्पिक विषयों में से कोई एक विषय चुनना होता है। वैकल्पिक

विषय के दोनों पेपर 250-250 अंकों के होते हैं। वैकल्पिक विषय चयन एवं अन्य पहलुओं पर इस पुस्तक में अलग से अध्याय दिया गया है।

क्या है नया पैटर्न

संघ लोक सेवा आयोग की सिविल सेवा परीक्षा में पिछले कुछ वर्षों में दो बड़े परिवर्तन हुए हैं। पहला बदलाव वर्ष 2011 में हुआ, जब प्रारंभिक परीक्षा में बड़ा बदलाव करते हुए आयोग ने वैकल्पिक विषय हटाकर सी-सैट की शुरुआत की। अब सामान्य अध्ययन और सी-सैट (सामान्य अध्ययन पेपर दो) दोनों में से प्रत्येक 200 अंकों का है। तब से लेकर वर्ष 2014 तक प्रारंभिक परीक्षा में दोनों पेपरों के अंक बराबर-बराबर जुड़ते रहे; पर 2015 में प्रीलिम्स में हुए एक और बदलाव के बाद अब पेपर-2 यानी सी-सैट के अंक नहीं जोड़े जाते और अब यह क्वालिफाइंग हो गया है। इस तरह अब प्रारंभिक परीक्षा में केवल जी.एस. पेपर-1 के अंक जोड़े जाते हैं और अब प्रीलिम्स में सफलता का रास्ता सामान्य अध्ययन से ही होकर जाता है।

दूसरा बड़ा बदलाव वर्ष 2013 में मुख्य परीक्षा में हुआ। पहले मेंस में, जहाँ दो ऑप्शनल सब्जेक्ट होते थे, वहाँ अब केवल एक वैकल्पिक विषय रह गया। पहले सामान्य अध्ययन के दो पेपर होते थे, जिन्हें बढ़ाकर चार कर दिया गया और जी.एस. पेपर-4 के रूप में नया पेपर 'एथिक्स' आया।

इस तरह अब मुख्य परीक्षा में सात पेपर ऐसे हैं, जिनके अंक फाइनल मेरिट में जुड़ते हैं और दो पेपर (अनिवार्य भाषा) के क्वालिफाइंग प्रकृति के हैं। मेरिट में जुड़ने वाले सातों पेपर 250-250 अंक के हैं और इंटरव्यू 275 अंक का। इस तरह कुल पूर्णांक हैं 2025 अंक।

इस तरह मेरी राय में नया पैटर्न काफी तर्कसंगत है। इसमें निबंध का वेटेज थोड़ा बढ़ा है और सामान्य अध्ययन का वेटेज भी काफी बढ़ा है। ऑप्शनल सब्जेक्ट एक ही रह गया है। पर अभी भी यदि वर्ष 2013 और उसके बाद के टॉपर्स की मार्कशीट देखें तो आप पाएँगे कि UPSC टॉपर बनने का रास्ता अभी भी वैकल्पिक विषय, निबंध और जी.एस. पेपर-4 यानी एथिक्स से होकर जाता है। मुख्य परीक्षा वाले अध्याय में इस पर विस्तृत चर्चा करेंगे।

कब और कैसे शुरू करें तैयारी

सिविल सेवाओं में सफलता का सपना देखनेवाले अभ्यर्थी अकसर यह

जानना चाहते हैं कि इस परीक्षा की तैयारी कब और कैसे शुरू करें। यहाँ मेरी राय है कि सिविल सेवा परीक्षा की समर्पित तैयारी ग्रेजुएशन के तुरंत बाद शुरू की जा सकती है। हालाँकि ऐसे बहुत से उदाहरण हैं, जिन्होंने पोस्ट ग्रेजुएशन के बाद तैयारी शुरू की और चयनित हुए। पर फिर भी बेहतर है कि यदि आपने सिविल सेवक बनने का सपना देखा है तो आप अपनी ग्रेजुएशन को ठीक से करके परीक्षा की तैयारी में जुट जाएँ।

यदि किसी ने इंटरमीडिएट (बारहवीं) के बाद ही आई.ए.एस. की परीक्षा देने का निर्णय ले लिया है तो उसके लिए मेरा यह सुझाव है कि वह ग्रेजुएशन को अच्छी तरह करने के साथ-साथ सिविल सेवा परीक्षा के प्रति अपना रुझान और झुकाव (Orientation) बढ़ाना शुरू कर दे।

ग्रेजुएशन ठीक से करने का फायदा यह होता है कि आप अपने विषय या स्ट्रीम पर अच्छी पकड़ रखते हैं। इससे न केवल आपके पास एक वैकल्पिक कैरियर तैयार होता है, बल्कि परीक्षा के किसी चरण, जैसे इंटरव्यू, में आपके ग्रेजुएशन के विषय से सवाल पूछे जाने पर भी आपको कोई दिक्कत नहीं होती।

जो अभ्यर्थी तैयारी शुरू कर रहे हैं, वे इसकी शुरुआत प्रतिदिन अखबार पढ़ने, मासिक पत्रिका पढ़ने, पिछले सालों के पेपर देखने और नौवीं से बारहवीं कक्षा तक की सामाजिक विज्ञानों की NCERT की पुस्तकें पढ़कर कर सकते हैं। आपके इस झुकाव का यह फायदा होता है कि जब आप ग्रेजुएशन के बाद पूरी तरह तैयारी में जुटते हैं तो आप परीक्षा से 'नजदीकी' (Familiarity) महसूस करते हैं।

जैसा कि मैंने पहले कहा कि यदि आप में पहले इस परीक्षा के प्रति रुझान नहीं था और आप अब यानी ग्रेजुएशन और पोस्ट ग्रेजुएशन या रिसर्च के बाद एकदम नए सिरे से सिविल सेवा परीक्षा की तैयारी शुरू करना चाहते हैं तो इसमें भी कोई समस्या नहीं है।

कई साथी यह भी जानना चाहते हैं कि इस परीक्षा की तैयारी के लिए कितना समय पर्याप्त है ? मैं कहूँगा कि जितने समय में आप पूरा पाठ्यक्रम कवर कर लें। फिर भी, मेरी समझ में एक से डेढ़ साल का समय तैयारी के लिए पर्याप्त है। इसके बाद परीक्षा के तीनों चरणों की यह प्रक्रिया भी प्रारंभिक परीक्षा से लेकर अंतिम परिणाम तक कुल मिलाकर आठ-नौ महीने चल जाती है। अतः इस अनुरूप धैर्य और मोटिवेशन लेवल बनाए रखें।

क्या हो परीक्षा का माध्यम?

कुछ अभ्यर्थी इस सवाल से भी जूझते हैं कि सिविल सेवा परीक्षा में किस भाषा को परीक्षा माध्यम के रूप में चुना जाए?

पहली बात तो यह कि आप UPSC की यह परीक्षा अंग्रेजी और हिंदी समेत 22 भारतीय भाषाओं के माध्यम में दे सकते हैं। लेकिन किसी भी भाषा को माध्यम के रूप में चुनने का अर्थ यह है कि आपकी मुख्य परीक्षा के सभी पेपर (क्वालिफाइंग भाषा को छोड़कर) उसी भाषा में लिखने होंगे। ऐसा संभव नहीं है कि आप जी.एस. अंग्रेजी में लिखें और वैकल्पिक विषय हिंदी में।

जहाँ तक मुख्य परीक्षा के भाषा माध्यम को चुनने का प्रश्न है, मेरी राय यही है कि आप उसी भाषा माध्यम को चुनें, जिस भाषा पर आपका अच्छा अधिकार हो और जिस भाषा में आप खुद को बेहतर ढंग से अभिव्यक्त कर सकें। जिन अभ्यर्थियों का प्राइमरी कक्षाओं से लेकर ग्रेजुएशन तक एक ही भाषा माध्यम रहा है, उन्हें कोई कन्फ्यूजन नहीं होता। उदाहरण के तौर पर, मेरी प्राथमिक से लेकर उच्च शिक्षा तक सबका माध्यम हिंदी ही था और मुझे यह स्पष्ट था कि भले ही मेरी अंग्रेजी ठीक-ठाक हो, पर अभिव्यक्ति के स्तर पर मेरी हिंदी मेरी अंग्रेजी से कहीं बेहतर है। लिहाजा निस्संदेह मैंने UPSC में हिंदी माध्यम चुना। कुछ ऐसे भी अभ्यर्थी होते हैं, जिन्होंने बारहवीं कक्षा तक हिंदी माध्यम में पढ़ाई की और फिर ग्रेजुएशन/पोस्ट ग्रेजुएशन अंग्रेजी माध्यम में की। ऐसे में कई बार कन्फ्यूजन यह रहता है कि UPSC में कौन सा माध्यम चुनें। मेरा मानना है कि UPSC में माध्यम चुनने से पहले एक बार पिछले कुछ वर्षों के पेपर भी देख लें। फिर समझने की कोशिश करें कि किस भाषा में आप पेपर को समझ पा रहे हैं और उससे भी ज्यादा महत्त्वपूर्ण यह है कि किस भाषा में आप खुद को अच्छे से अभिव्यक्त कर पाएँगे।

यद्यपि इसमें कोई संदेह नहीं है कि स्टडी मैटेरियल और गाइडेंस की दृष्टि से अंग्रेजी माध्यम की स्थिति अपेक्षाकृत बेहतर है, पर आजकल हिंदी माध्यम में भी अच्छी प्रामाणिक किताबें और गाइडेंस उपलब्ध होने लगे हैं। यहाँ मैं यह भी कहना चाहूँगा कि मैं ऐसे सफल अभ्यर्थियों से भी मिला हूँ, जिन्होंने हिंदी के अलावा बाकी भारतीय भाषाओं, जैसे—तमिल, मराठी, गुजराती, कन्नड़ आदि को मुख्य परीक्षा के माध्यम के रूप में चुना था।

कुल मिलाकर, संक्षेप में कहें तो सिविल सेवा परीक्षा में किसी भी भाषा को माध्यम के रूप में चुनने से पहले इन बातों का ध्यान रखें (प्राथमिकता के क्रम में)—

1. उस भाषा में आपकी सहजता और अभिव्यक्ति की क्षमता।
2. उस भाषा में उपलब्ध प्रामाणिक स्टडी मैटीरियल।
3. उस भाषा में उपलब्ध मार्गदर्शन।
4. UPSC परीक्षा में उस भाषा माध्यम का प्रचलन।

रही बात इंटरव्यू के माध्यम की, तो इसमें यह छूट उपलब्ध है कि आप जिस भाषा के माध्यम में मुख्य परीक्षा दे रहे हैं, उससे अलग किसी अन्य भाषा में इंटरव्यू दे सकते हैं। उदाहरण के तौर पर, मैंने ऐसे अनेक अभ्यर्थी देखे हैं, जिन्होंने मुख्य परीक्षा अंग्रेजी में दी, पर अंग्रेजी बोलने में ज्यादा सहज न होने के कारण इंटरव्यू अपनी मातृभाषा जैसे हिंदी या मराठी में दिया।

कोचिंग करें या नहीं?

कोचिंग जॉइन करने के बारे में एक बात तो एकदम स्पष्ट है कि UPSC में उत्कृष्ट प्रदर्शन के लिए कोचिंग बिल्कुल भी अनिवार्य नहीं है। हालांकि कोचिंग की मदद से यह समझने में मदद मिल सकती है कि क्या पढ़ें और क्या नहीं। अच्छी कोचिंग प्रोफेशनल ढंग से तैयारी में मदद कर सकती है। साथ ही, कोचिंग में उत्तर लेखन का अभ्यास किया जा सकता है और समय-समय पर अपनी तैयारी की समीक्षा की जा सकती है।

पर आँखें मूँदकर किसी भी कोचिंग संस्थान में प्रवेश ले लेना और अंधानुकरण करना भी उचित नहीं है। इसी प्रकार गैर-प्रामाणिक और निम्न दर्जे के स्टडी मैटीरियल पर भरोसा करना और विज्ञापनों से अत्यधिक प्रभावित हो जाना भी समझदारी नहीं कही जा सकती।

यदि आप कोचिंग में प्रवेश लेते हैं तो वहाँ कक्षाएँ करने के साथ-साथ अपने आँख-कान भी खुले रखें। कहने का मतलब यह है कि प्रामाणिक किताबें, पत्रिकाएँ और वेबसाइटें भी फॉलो करना जरूरी है। आजकल सामान्य अध्ययन के लिए ऑनलाइन काफी सामग्री उपलब्ध है। बशर्ते आप उत्कृष्ट और प्रतिष्ठित वेबसाइट/यू-ट्यूब चैनल को फॉलो करें। आज-कल काफी युवा अभ्यर्थी सामान्य अध्ययन की सम्पूर्ण तैयारी NCERT की पुस्तकें, प्रतिष्ठित प्रकाशकों की पुस्तकों, वेबसाइट व वीडियो लेक्चर्स से कर रहे हैं। (विस्तृत सूची इसी पुस्तक के अध्याय—'क्या पढ़ें, क्या न पढ़ें और कैसे पढ़ें' में दी गई है।) यहाँ यह भी ध्यान रखने योग्य है कि

कोई भी टॉपिक बहुत सारी जगहों से न पढ़ें। एक टॉपिक को यदि एक स्रोत से पढ़ लिया है तो उसे दूसरे स्रोत से पढ़ने की जरूरत सामान्यत: नहीं पड़ती।

जहाँ तक वैकल्पिक विषय की कोचिंग लेने का सवाल है तो मैंने यह महसूस किया है कि यदि आपका वैकल्पिक विषय आपके एजुकेशनल बैकग्राउंड से नहीं है और वह विषय आपके लिए नया है तो उस वैकल्पिक विषय के लिए मार्गदर्शन लेना बेहतर है। मैंने अकसर ऐसा देखा है कि कई सफल अभ्यर्थी ऑप्शनल सब्जेक्ट की कोचिंग कर चुके थे।

बेहद जरूरी है सही प्लानिंग

जब हम सिविल सेवा परीक्षा की समग्र तैयारी की शुरुआत करते हैं तो अकसर यह कन्फ्यूजन रहता है कि तैयारी की प्लानिंग कैसे करें। यदि एक से डेढ़ साल तैयारी को देना है तो इस समय को कैसे विभाजित करें, ताकि इस समय का अधिकतम उपयोग कर सकें। यानी किस समय किस पेपर पर फोकस करें और परीक्षा के तीनों चरणों (प्रीलिम्स, मेंस, इंटरव्यू) के बीच अपना वक्त कैसे बाँटें।

सही योजना बनाना बेहतर रहता है, ताकि हर दिन के ऊहापोह और तनाव से बचा जा सके। एक कहावत भी है—

1. **Plan** (How to study),
2. **Learn** (What to study),
3. **Share** (Knowledge),
4. **Achieve** (Our goal)

यहाँ यह भी ध्यान रखें कि आप अपनी तैयारी का जो भी प्लान बना रहे हैं, उसमें परिवर्तन और सुधार की गुंजाइश हमेशा रखें। ऐसा न हो कि कोई नया इनपुट या जानकारी मिलने के बाद भी आप अपनी योजना पर अड़ जाएँ। यदि यह मानें कि अगले साल प्रारंभिक परीक्षा जून-जुलाई और मुख्य परीक्षा अक्तूबर-नवंबर में होगी तो मोटे तौर पर मेरी यह व्यक्तिगत सलाह है कि यदि आप जून-जुलाई में तैयारी शुरू कर रहे हैं तो शुरुआत प्रारंभिक और मुख्य परीक्षा दोनों की समग्र तैयारी से करें। यह महत्त्वपूर्ण है कि आप तैयारी के शुरुआती दौर में अपने अनुकूल वैकल्पिक विषय चुन लें और उसकी तैयारी शुरू कर दें। आपके वैकल्पिक विषय की तैयारी दिसंबर-जनवरी तक खत्म हो जानी चाहिए। प्रारंभिक परीक्षा के ठीक पहले के तीन महीने प्रारंभिक परीक्षा पर ही फोकस करें और प्रीलिम्स देने के तुरंत बाद रिजल्ट का इंतजार किए बगैर फिर से मुख्य परीक्षा की तैयारी में जुट जाएँ।

रही बात इंटरव्यू की तैयारी की तो अभी तैयारी की शुरुआत में उसकी ज्यादा चिंता न करें। मुख्य परीक्षा देने के बाद इंटरव्यू की तैयारी के लिए मिला समय, मेरी समझ में, पर्याप्त है।

प्लानिंग की प्रक्रिया में एक बड़ा डर यह है कि कुछ साथी योजना बनाने में प्रवीण होते हैं और कार्यान्वयन में कमजोर। योजना बनाने में कभी-कभी इतना मन लगता है कि महीनों योजना ही बनाते रह जाते हैं। उनके लिए एक कहावत है—

"Well done is better than well said." अत: शुरू में बहुत ज्यादा सोच-विचार न करें और मोटे तौर पर एक सामान्य प्लानिंग करके जोर-शोर से पढ़ाई शुरू कर दें। तैयारी की प्रक्रिया में धीरे-धीरे आप पाएँगे कि आपके शुरुआती कन्फ्यूजन खुद-ब-खुद दूर हो रहे हैं और आपकी प्लानिंग में नए-नए सुधार सामने आ रहे हैं।

SWOT विश्लेषण से करें आत्म-मूल्यांकन

"कमजोरियाँ होना बुरी बात नहीं है, पर उन्हें न पहचानना बुरी बात है।"

सिविल सेवा परीक्षा की तैयारी के संदर्भ में इस कथन का बड़ा महत्त्व है। हर व्यक्ति में स्वाभाविक तौर पर कुछ कमजोरियाँ होती हैं तो उसके व्यक्तित्व के कुछ मजबूत पक्ष भी होते हैं। लेकिन हम जाने-अनजाने इनसे अनभिज्ञ रहते हैं।

इस स्थिति से निबटने के लिए एक बेहतरीन तरीका है—'SWOT एनालिसिस'। SWOT का अर्थ है—

- S—Strengths, मजबूत पक्ष
- W—Weakness, कमजोरियाँ
- O—Opportunities, अवसर
- T—Threats, चुनौतियाँ।

यदि कोई भी अभ्यर्थी तैयारी शुरू करते वक्त या बीच में कभी यह SWOT विश्लेषण कर ले तो वह अपना मूल्यांकन स्वयं कर सकता है। हालाँकि इस आत्म मूल्यांकन में अपने परिवार, शिक्षकों और साथियों की बेहिचक मदद ली जा सकती है।

यदि हम अपने कमजोर एवं मजबूत पक्षों को समझ पाएँ तो हम विशेष ध्यान देकर मजबूत पक्षों को और निखार सकते हैं तथा कमजोर पक्षों से हो सकनेवाले नुकसान को कम तो कर ही सकते हैं। साथ ही तैयारी की प्रक्रिया में मिलनेवाले अवसरों और चुनौतियों के प्रति सचेत होकर भी भविष्य की त्रुटियों से बच सकते हैं।

जोखिम विश्लेषण (Risk Analysis)

किसी भी प्रोजेक्ट की शुरुआत से पहले अमूमन अर्थशास्त्र में हम 'cost benefit analysis' और 'risk analysis' करते हैं, ताकि हम किसी भी परियोजना के भावी फायदे-नुकसान और उसमें शामिल जोखिम को समझकर निर्णय ले सकें।

यद्यपि सिविल सेवा परीक्षा से इसका प्रत्यक्ष तौर पर संबंध नहीं है, पर फिर भी मैं यह सलाह दूँगा कि मोटे तौर पर आप अपने भावी फायदे-नुकसान और जोखिम को समझ लें। मसलन, आप अगर सिविल सेवा परीक्षा की तैयारी फुल टाइम समर्पित होकर कर रहे हैं तो एक बार यह सोचकर देखें कि यदि आप यह तैयारी फिलहाल नहीं कर रहे होते तो आप क्या किसी उत्पादक गतिविधि या आर्थिक क्रिया में संलग्न होते; जैसे—नौकरी, बिजनेस, कृषि, स्व-रोजगार या कुछ और।

जब तैयारी करें तो यह भी ध्यान में रखें और तैयारी के प्रति अपने कमिटमेंट में कमी कतई न आने दें। हालाँकि यह सोच-सोचकर तनाव भी न लें, पर जब तैयारी कर ही रहे हैं तो पूरे मन और समर्पण से करें।

दूसरी बात है रिस्क की। एक कहावत आपने सुनी होगी—'No risk, no gain' (बिना जोखिम के कुछ लाभ प्राप्त नहीं होता)। इसमें कोई संदेह नहीं है कि हम जीवन में जब भी कुछ बड़ा करना चाहते हैं तो हमें कुछ जोखिम लेना ही पड़ता है। पर मेरी एक व्यक्तिगत सलाह है कि खुद को बहुत ज्यादा जोखिम में भी न डालें। कोशिश करें कि जोखिम को थोड़ा कम कर लें। एक कहावत है कि 'सारे अंडे एक ही टोकरी में नहीं रखने चाहिए।' यानी कोई कैरियर विकल्प सोचकर या एंपलॉयबिलिटी प्राप्त कर रिस्क फैक्टर को कुछ कम जरूर किया जा सकता है।

पिछले वर्षों के प्रश्नपत्रों से क्या सीखें?

तैयारी की शुरुआत में और फिर बाद में भी निरंतर UPSC की सिविल सेवा परीक्षा के गत वर्षों के प्रश्नपत्रों पर नजर डालते रहें। मैं इस बात पर विशेष जोर देना चाहूँगा। गत वर्षों के पेपरों (प्रीलिम्स व मेंस दोनों) के नियमित तौर पर अध्ययन-अवलोकन से आप बहुत कुछ सीखते जाते हैं। आपको इन पेपरों पर नजर डालते रहने से धीरे-धीरे यह समझ में आने लगता है कि अभ्यर्थियों से आयोग की अपेक्षा क्या है और किस तरह से कोई प्रश्न अधिक महत्त्वपूर्ण हो जाता है। साथ ही परीक्षा के स्तर के बारे में भी स्पष्टता आती है।

मेरी समझ में हमेशा कम-से-कम पिछले पाँच वर्षों के पेपर जरूर देखने

चाहिए। बहुत पुराने पेपर देखकर बहुत फायदा नहीं होता; यद्यपि कुछ वैकल्पिक विषयों में पुराने पेपर भी काम आ जाते हैं, पर जी.एस. में पिछले पाँच वर्षों के पेपर अच्छी समझ विकसित कर देते हैं।

कितने घंटे पढ़ें?

अकसर अभ्यर्थी UPSC टॉपर से यह सवाल जरूर पूछते हैं। मेरा इसमें स्पष्ट तौर पर यह कहना है कि घंटों की गिनती का कोई भी तय फॉर्मूला नहीं है, लिहाजा घंटे गिनने के चक्कर में न पड़ें। बेहतर होगा कि आप छोटे-छोटे लक्ष्य बनाकर उन्हें एक-एक कर पूरा करें। 'आज इतने घंटे पढ़ना है' यह लक्ष्य बनाने से अच्छा है कि 'आज इतना पढ़ना है' का लक्ष्य तय करें। अगर फिर भी आप मुझसे पूछेंगे कि कितने घंटे पढ़ना जरूरी है, तो मैं न्यूज पेपर पढ़ने के अलावा 7-8 घंटे जरूर पढ़ने की सलाह दूँगा। यदि आप ज्यादा पढ़ना चाहते हैं तो मेरी राय में कुल मिलाकर अधिकतम 12 घंटे तक पढ़ सकते हैं। ध्यान रहे कि दिनचर्या के दैनिक कार्यों को अनदेखा न करें। जो साथी जॉब के साथ तैयारी कर रहे हैं, वे एक दिन में 4-5 घंटे और सप्ताहांत में ज्यादा पढ़ सकते हैं। पर सबसे महत्त्वपूर्ण बात यही है कि घंटे गिनने से ज्यादा जरूरी है यह तय करना कि आज क्या-क्या पढ़ना है।

टाइम मैनेजमेंट : सफलता का आधार

'बुद्धिमान व्यक्ति वही है, जो उपलब्ध समय का अनुकूलतम उपयोग करे।'

लिहाजा समय प्रबंधन की कला सीखें। आखिर क्या कारण है कि एक व्यक्ति सारे जरूरी कामों के साथ अपनी रुचियों के लिए भी समय निकाल लेता है और दूसरा व्यक्ति लगातार व्यस्त रहकर भी अपने जरूरी काम भी नहीं निपटा पाता। आप अपने आस-पास कई ऐसे अभ्यर्थियों को देखेंगे, जो दिन भर बहुत व्यस्त रहते हैं और चिंता-तनाव में खूब भाग-दौड़ भी करते हैं; पर उनके पास इतने सारे इनपुट्स के बाद भी इस अनुपात में बहुत कम या नगण्य आउटपुट होता है। दरअसल ऐसे लोग समय के बेतरतीब कुप्रबंधन के शिकार होते हैं। अव्यवस्थित दिनचर्या के चलते वे अपने छोटे-छोटे लक्ष्य भी पूरे नहीं कर पाते।

मेरी सलाह यही है कि आप सामान्य दिनचर्या बना लें और यथासंभव उसका पालन करें। जैसे सोने और जागने का समय, अखबार पढ़ने और राइटिंग प्रैक्टिस का समय, टहलने और एक्सरसाइज का समय आदि। अकसर ऐसा भी होता है

कि हम शानदार दिनचर्या बना तो लेते हैं, पर उसे लागू नहीं कर पाते। एक और बात अकसर होती है। अमूमन हम लोग तय दिनचर्या का शत-प्रतिशत पालन नहीं कर पाते और तनाव ले लेते हैं। हम में से कोई भी परफेक्ट नहीं है, इसलिए यदि दिनचर्या आगे-पीछे, दाएँ-बाएँ हो भी जाए तो नाहक परेशान न हों और पीछे का तनाव लिये बगैर आगे बढ़ते जाएँ।

जहाँ तक जॉब के साथ तैयारी का प्रश्न है, तो मेरी समझ में नौकरी के साथ तैयारी दो तरह से होती है। एक तो आप अपनी तैयारी शुरू ही नौकरी के साथ करें और दूसरा तरीका यह है कि आप पहले एक-डेढ़ साल समर्पित होकर एक बार पूरी तैयारी कर चुके हैं और फिर आपने कोई पार्ट टाइम या फुल टाइम नौकरी जॉइन कर ली। दूसरे तरीके में तो कोई समस्या ही नहीं है। यदि आप एक बार पूरा सिलेबस कवर कर चुके हैं तो फिर नौकरी करते-करते आराम से रिवीजन किया जा सकता है और नया करेंट अफेयर्स भी तैयार किया जा सकता है। पर यदि आप तैयारी की शुरुआत ही नौकरी के साथ कर रहे हैं तो डगर थोड़ी मुश्किल है; पर असंभव नहीं। कभी-कभी तो ऐसा भी होता है कि हम दिन भर खाली रहकर समय का उतना सदुपयोग नहीं कर पाते, जितना नौकरी में व्यस्त रहने पर कर लेते हैं। जब हमारे पास कुछ घंटे ही पढ़ने के लिए होते हैं तो हम बिना समय व्यर्थ किए कम समय में अच्छे से तैयारी करते हैं। फिर सप्ताहांत में होनेवाली छुट्टी का भी बखूबी उपयोग किया जा सकता है। कहने का अर्थ है कि जॉब के साथ तैयारी चुनौतीपूर्ण तो है, पर असंभव नहीं। परीक्षा से पूर्व आप कुछ समय छुट्टी भी ले सकते हैं। जॉब करने का एक सकारात्मक पहलू यह भी है कि आपका आत्मविश्वास एवं अनुभव बढ़ता है और आपको तनाव-मुक्त रहकर तैयारी करने में भी मदद मिलती है।

नोट्स कैसे बनाएँ?

अनेक सफल अभ्यर्थी अपनी रणनीति में नोट्स बनाने को काफी महत्त्व देते हैं। इसमें किसी को कोई संदेह नहीं है कि खुद के नोट्स बनाना काफी कारगर होता है। इसके कुछ बड़े फायदे होते हैं जैसे एक तो आपका पाठ्यक्रम संक्षेप में तैयार हो जाता है और रिवीजन में आसानी हो जाती है और दूसरा यह कि जब आप स्टडी मैटीरियल को पढ़कर संक्षेप में अपनी भाषा में लिखते हैं तो न केवल आपको वह स्वत: याद हो जाता है, बल्कि जाने-अनजाने राइटिंग स्किल भी डेवलप होता है।

नोट्स बनाने के सबके अलग-अलग तरीके हैं। जैसे कोई अभ्यर्थी सारी अध्ययन सामग्री का अलग से नोटबुक में नोट्स बनाता है तो कोई पुस्तक में ही हाईलाइट या अंडरलाइन करके काम चला लेता है या कोई अभ्यर्थी सुविधानुसार कहीं पूरे नोट्स बनाता है तो कहीं हाईलाइट/अंडरलाइन करता है। मेरे विचार में, आप दोनों में से कोई भी तरीका या फिर दोनों तरीके एक साथ अपनी सुविधा के अनुसार अपनाएँ। बस, नोट्स बनाने का उद्देश्य जरूर पूरा होना चाहिए।

पर नोट्स बनाते समय कुछ बातें जरूर ध्यान रखें; जैसे—मिसाल के तौर पर, एक पेज पर इतना ज्यादा अंडरलाइन/हाईलाइट न करें कि महत्त्वपूर्ण अंश ढूँढ़ ही न पाएँ। दूसरा यह कि काफी संक्षिप्त नोट्स बनाएँ। ध्यान रहे, आपको कोई नई पुस्तक नहीं लिखनी है, बल्कि आप अपनी तैयारी और रिवीजन को सुविधाजनक बनाने के लिए नोट्स बना रहे हैं।

नोट्स बनाने के संबंध में मेरा एक और सुझाव है। आप चाहें तो एक छोटी सी डायरी बना लें, जिसमें तारीख-वार यह लिखते जाएँ कि कौन सा टॉपिक किस स्टडी मैटीरियल या पुस्तक से आपने तैयार किया। यह छोटा सा काम परीक्षा के नजदीक आने पर रिवीजन के वक्त आपकी मदद करेगा।

परीक्षा के ठीक पहले होनेवाले तनाव से बचने का एक कारगर उपाय यह भी है कि आप पहले ही यह तय कर लें कि परीक्षा के ठीक एक सप्ताह पहले या एक दिन पहले आप क्या-क्या पढ़ेंगे और किन-किन महत्त्वपूर्ण टॉपिक/नोट्स का रिवीजन करेंगे। क्योंकि परीक्षा के ठीक एक दिन पहले का अत्यधिक तनाव आपके प्रदर्शन पर असर डाल सकता है। यद्यपि परीक्षा के कुछ दिन पहले सभी अभ्यार्थियों को तनाव महसूस होता है और यह काफी स्वाभाविक है।

कैसे करें पढ़ाई? स्मार्ट स्टडी के टिप्स

आप अकसर अपने आस-पास ऐसे छात्रों को देखेंगे, जो दिन-रात जमकर पढ़ाई में जुटे रहते हैं, पर जब आउटपुट या परीक्षा में परफॉरमेंस की बारी आती है तो वे पीछे रह जाते हैं। इसके विपरीत, कुछ ऐसे अभ्यर्थी भी होते हैं, जो पढ़ाई तो अपेक्षाकृत कम करते हैं, पर करते हैं स्मार्ट और व्यवस्थित तरीके से और जब परीक्षा में आउटपुट की बारी आती है तो शानदार प्रदर्शन कर बाजी मार लेते हैं। दरअसल ऐसे अभ्यर्थी 'स्मार्ट स्टडी' करते हैं।

मैं यहाँ कम मेहनत करने की सलाह नहीं दे रहा हूँ; पर मेरे कहने का यह अभिप्राय है कि हम पढ़ाई और मेहनत में जितना इनपुट दे रहे हैं, उसके अनुरूप

हमारा आउटपुट या परिणाम भी होना चाहिए। इसका एक तरीका तो है, परीक्षा हॉल में बेहतर प्रदर्शन, जिसकी चर्चा इसी अध्याय में की गई है। दूसरा तरीका है अपने पढ़ाई के तरीके में सुधार, यानी स्मार्ट स्टडी।

मेरी राय में स्मार्ट स्टडी के कुछ टिप्स इस प्रकार हैं—

- पढ़ाई को एंजॉय करें। मेरे कहने का मतलब है कि UPSC की सिविल सेवा परीक्षा की तैयारी की समग्र प्रक्रिया ही स्वयं में बहुत व्यापक और समग्र है। इसमें आप जीवन के विविध पहलुओं, जैसे—सामाजिक, सांस्कृतिक, आर्थिक, राजनीतिक, दार्शनिक, वैज्ञानिक, तकनीकी और समसामयिक घटनाक्रम आदि से रू-बरू होते हैं। इस तैयारी की प्रक्रिया में आप हर रोज जो कुछ भी नया सीखें, उसका आनंद लें और उसे एंजॉय करें। इससे आपको एक सुखद सी संतुष्टि मिलेगी और व्यर्थ के तनाव से मुक्ति मिलेगी, सो अलग।
- 'कम पढ़ें, ज्यादा गुनें।' यानी जो पढ़ें, उसे समझे बगैर आगे न बढ़ें। इसे ही मनन और चिंतन कहते हैं।
- UPSC की तैयारी में स्टडी मैटीरियल भरपूर होता है। मेरी सलाह है कि पुस्तकों को समेटने की कोशिश करें, फैलाएँ नहीं। एक कहावत भी है—**'It is better to read one book for ten times, than to read ten books for one time.'**
- कोई भी सामान्य व्यक्ति लगातार घंटों नहीं पढ़ सकता। अत: हर एक घंटे की सिटिंग के बाद ब्रेक जरूर लें। इसमें धीमा संगीत सुनते हुए थोड़ा टहल सकते हैं। कुल मिलाकर पढ़ाई नीरस न हो, अत: पढ़ाई के दौरान ब्रेक लेते रहें।
- पढ़ाई का दिखावा न करें। मतलब यह नहीं है कि आप चोरी-छिपे पढ़ाई करें। खुलकर पढ़ें, पर उसका ढिंढोरा भी न पीटें। आपकी सफलता खुद शोर मचाएगी।
- ग्रुप डिस्कशन से लंबे समय तक याद रखने में आसानी होती है और नए विचार सामने आते हैं, सो अलग। अत: दोस्तों से विचार-विमर्श करें।
- पाठ्यक्रम को अधिकाधिक कवर करें। चयनात्मक अध्ययन से अब काम नहीं चलता। पाठ्यक्रम को इस तरह कवर करें कि अगर आपको हर टॉपिक के बारे में बहुत ज्यादा न भी पता हो, पर पाँच-सात बिंदु पता हों। आजकल परीक्षा में बहुत बड़े उत्तर नहीं लिखने होते।

- सरसरी तौर पर पहली रीडिंग के बाद महत्त्वपूर्ण बिंदुओं को रेखांकित कर दोहरा लें। इससे स्टडी बहुत आसान हो जाती है। साथ ही नियमित तौर पर रिवीजन करते रहें।

रिवीजन कैसे करें?

'पढ़ाई कैसे करें' और 'नोट्स कैसे बनाएँ' यह जानने के साथ-साथ यह भी एक बड़ा सवाल है कि रिवीजन करें तो कैसे, ताकि जो कुछ हमने पढ़ा व सीखा है, उसका लाभ परीक्षा भवन तक पहुँचे और मार्कशीट में प्रतिबिंबित भी हो।

आपने परीक्षा की समग्र तैयारी के लिए जो भी प्लानिंग की है, उसके अनुरूप रोज की पढ़ाई बिना टाले रोज करें और फिर नियमित अंतराल पर रिवीजन करते रहें।

आज जो भी पढ़ें, उसे एक बार अगले दिन भी संक्षेप में देख लें और फिर एक हफ्ते बाद हफ्ते भर की पढ़ाई का भी रिवीजन कर लें। इतना कर लें तो पर्याप्त है।

पढ़ाई के छोटे-छोटे लक्ष्य तय करें और उनको पूरा कर रिवीजन कर लें। बाकी यदि आपने टेस्ट सीरीज लगा रखी है तो उसके लिए पढ़ने के बहाने स्वत: भी रिवीजन होता रहता है। मुख्य परीक्षा और प्रारंभिक परीक्षा दोनों के ठीक पहले के समय (कम-से-कम दो सप्ताह) में केवल रिवीजन करें।

समग्र तैयारी के लिए हो एकीकृत और अंतर-अनुशासनात्मक एप्रोच

आज का युग अंतर-अनुशासनात्मक अध्ययन (inter-disciplinary studies) और एकीकृत व व्यापक एप्रोच (integrated and comprehensive approach) का है। वर्तमान परिप्रेक्ष्य में UPSC की सिविल सेवा परीक्षा भी नए पैटर्न के बाद बहुत डायनेमिक हो गई है और अब परीक्षा की तैयारी सोच का दायरा बढ़ाए बगैर करना मुश्किल है।

यूँ तो जीवन में सभी चीजें परस्पर जुड़ी हुई हैं, पर जब बात विशेष रूप से UPSC की परीक्षा की होती है तो हम पाठ्यक्रम और नए पैटर्न का गहराई से अवलोकन करने के बाद पाते हैं कि पूरा पाठ्यक्रम कमोबेश परस्पर जुड़ा और गुँथा हुआ है। उदाहरण के तौर पर, यदि अर्थव्यवस्था संकट में है तो उसका असर राजनीतिक परिदृश्य, समाज और अंतरराष्ट्रीय संबंधों पर भी पड़ता है। इसी तरह सामान्य अध्ययन का हर खंड आपस में प्रत्यक्ष या अप्रत्यक्ष तौर पर एक-दूसरे को प्रभावित करता है। जरूरत है कि हम इस संबंध को पहचानें और चीजों को

जोड़कर देखने की कोशिश करें।

इसके लिए दृष्टिकोण संतुलित और व्यापक होना चाहिए। किसी भी किस्म की अति (extreme) और अतिवाद (extremism) से बचें। आँख-कान खुले रखें और दूसरों के विचारों का सम्मान सहित स्वागत करें। यह प्रवृत्ति एक व्यापक दृष्टि विकसित करने में मदद करेगी।

तैयारी हो तनाव व दबाव-मुक्त

आपने अपने आस-पास ऐसे अनेक साथी देखे होंगे, जो हर समय चिंता, तनाव व ऊहापोह की स्थिति में रहते हैं और एक अनजाने भय से आशंकित-से रहते हैं। उनमें से कई तो ऐसे होते हैं, जो सबकुछ ठीक होने के बावजूद तनाव लेने के आदी-से हो जाते हैं। इस चक्कर में ज्यादातर साथी न तो अपने शारीरिक व मानसिक स्वास्थ्य का खयाल रखते हैं और न ही अपनी रुचियों का आनंद ले पाते हैं। वे हर खुशी को भविष्य के लिए आरक्षित कर देते हैं कि 'जब परीक्षा में मैं अंतिम रूप से सफल होऊँगा, तभी मैं खुश होऊँगा।'

इस तरह की सोच धीरे-धीरे आपको एक नीरस और अजीब सा इनसान बनाने लगती है। आप खुश रहना भूलने लगते हैं और आम तौर पर उदास रहने लगते हैं। मेरी समझ में, उदास रहना या निरंतर तनाव में रहना न तो परीक्षा की दृष्टि से ठीक है और न ही दीर्घकालिक दृष्टि से जीवन-शैली के लिए।

यद्यपि इसमें किसी को कोई संदेह नहीं होना चाहिए कि परीक्षा की तैयारी के दौरान तनाव होता ही है। ऐसे अनेक मौके आते हैं, जब आप बहुत स्ट्रेस में होते हैं या परेशान और उदास हो जाते हैं। स्ट्रेस या टेंशन होना एक बहुत स्वाभाविक-सी बात है। पर स्ट्रेस या टेंशन को लगातार खुद से चिपकाए रखना स्वाभाविक नहीं है। ऐसे में, समय-समय पर स्ट्रेस को रिलीज करने के लिए अपने शौक और रुचियों को भी वक्त देते रहें। अगर आपको सिनेमा देखना, घूमना-टहलना, संगीत सुनना या खेलना अच्छा लगता है तो अपने रुटीन में बेहिचक इन्हें शामिल करें। रोज नहीं तो हफ्ते में ही सही। उदाहरण के तौर पर, डायरी लिखना एक बेहतरीन हॉबी है, जिससे स्ट्रेस भी कम होता है और लिखने की आदत भी विकसित होती है। साथ ही छोटी-छोटी खुशियाँ सेलिब्रेट करते रहें। आज की खुशी को कल के लिए स्थगित न करें।

तनाव-मुक्त और दबाव-मुक्त होकर तैयारी करने के तरीकों में से एक

महत्त्वपूर्ण तरीका है—एक वैकल्पिक कैरियर के बारे में विचार कर लेना। रोजगार (employment) होना या रोजगार पाने की योग्यता (employability) होना तनाव को घटाने में काफी मदद करते हैं। कोई भी कैरियर विकल्प न सोचकर सारा दारोमदार एक परीक्षा पर रखना भविष्य में तनाव का कारण बन सकता है, क्योंकि कोई भी व्यक्ति सिविल सेवा परीक्षा या किसी भी प्रतियोगी परीक्षा की अनिश्चितता को देखकर सुनिश्चित सफलता का दावा नहीं कर सकता।

एक कहावत यह भी है कि 'चाँद बनने की ख्वाहिश करें, कहीं तारे बनकर तो लटक ही जाएँगे।' ('Shoot for the moon, even if you miss, you'll land among the stars.')

एक असफलता आपकी पूरी जिंदगी को परिभाषित नहीं करती। सितारों के आगे जहां और भी है। सफलता की राह अभी बंद नहीं हुई है। इस संबंध में इसी पुस्तक के अध्याय 'सिविल सेवा परीक्षा बनाम अन्य कैरियर विकल्प : सितारों के आगे जहां और भी है...' में चर्चा की गई है।

अंत में यह कि अपने शारीरिक व मानसिक स्वास्थ्य को कतई अनदेखा न करें। परिवार और दोस्तों से कटकर बिल्कुल अकेले रहने का रवैया आपकी कोई मदद नहीं करेगा, बल्कि तनाव और अवसाद ही बढ़ाएगा। यदि आप स्वयं को अवसाद या दुश्चिंता से ग्रस्त महसूस करें तो किसी काउंसलर या क्लीनिकल सायकोलोजिस्ट से सलाह लेने में बिल्कुल न हिचकिचाएँ। स्वस्थ रहें, सहज रहें; व्यस्त रहें, मस्त रहें। 'माँझी—द माउंटेन मैन' फिल्म के नायक दशरथ माँझी की तरह हर मोड़ पर 'शानदार-जबरदस्त-जिंदाबाद' का मंत्र गुनगुनाते रहें।

परफेक्शनिस्ट न बनें

कभी-कभी परीक्षा की तैयारी के दौरान हम परफेक्ट बनना चाहते हैं और हर चीज को बेस्ट तरीके से करना चाहते हैं; जैसे—हमारा स्टडी मैटीरियल, कोचिंग, टेस्ट सीरीज, रिवीजन, नोट्स, दिनचर्या—सभी कुछ सर्वश्रेष्ठ होना चाहिए, तभी हमारी बेस्ट रैंक आएगी और हम UPSC टॉपर बनेंगे।

परफेक्शनिस्ट बनने का यह आग्रह ही खुद से एक ज्यादती है; क्योंकि कोई भी चीज या कोई भी व्यक्ति स्वयं में पूर्ण या परफेक्ट नहीं होता। एक कहावत भी है—

**"There is no perfect way,
There are many good ways."**

किसी व्यक्ति या टॉपर को परफेक्ट समझने के चक्कर में हम आँखें बंद

करके उसका अनुकरण करने लगते हैं। मेरा यही आग्रह है कि प्रेरणा लें, पर अंधानुकरण न करें।

यहाँ यह भी समझना जरूरी है कि टॉपरों और अभ्यर्थियों में कोई बहुत ज्यादा फर्क नहीं होता। ज्यादातर टॉपर सफलता के बाद खुद स्वीकारते हैं कि उन्हें इस बात का अंदाजा नहीं था कि वे ऐसा असाधारण प्रदर्शन करेंगे। कोई भी समझदार अभ्यर्थी सही तरीके से परिश्रम और पुरुषार्थ के द्वारा टॉपर बन सकता है।

Jack of all trades, master of one

UPSC की प्रतिष्ठित सिविल सेवा परीक्षा में तमाम चीजों के साथ-साथ उम्मीदवार के एटिट्यूड का भी परीक्षण किया जाता है। इस परीक्षा की खूबी यह है कि इसमें किसी विषय विशेष का स्पेशलिस्ट बनने के स्थान पर 'जनरलिस्ट' बनने की जरूरत होती है। इस परीक्षा के पाठ्यक्रम को देखने पर आप समझ सकते हैं कि इसमें किसी अभ्यर्थी को सफल होने के लिए इतिहास-संस्कृति, भाषा, विज्ञान-प्रौद्योगिकी, समाज, नीति-शास्त्र, अर्थव्यवस्था, राजव्यवस्था, भूगोल, पर्यावरण-पारिस्थितिकी, सुरक्षा, अंतरराष्ट्रीय संबंध जैसे तमाम अलग-अलग प्रतीत होनेवाले विषयों का सामान्य अध्ययन कर एक सामान्य समझ विकसित करनी होती है।

कहावत में 'master of one' मैंने इसलिए जोड़ा है, क्योंकि सिविल सेवा मुख्य परीक्षा में अभ्यर्थियों को सामान्य अध्ययन, निबंध और भाषा के अलावा एक वैकल्पिक विषय पर भी अच्छी पकड़ बनानी होती है, जिसके लिए पर्याप्त अध्ययन की जरूरत होती है।

मेहनत का कोई विकल्प नहीं, सफलता का कोई शॉर्टकट नहीं

'कर्म करनेवाले लोगों में शामिल हों, क्योंकि उनकी संख्या कम होने के कारण प्रतियोगिता बहुत कम है और आपकी सफलता के अवसर ज्यादा।'

किसी लेखक की यह उक्ति UPSC की सिविल सेवा परीक्षा के अभ्यर्थियों पर काफी सटीक बैठती है। कठिन परिश्रम और अध्यवसाय का कोई विकल्प नहीं है। इसी तरह सफलता का कोई शॉर्टकट या तय फॉर्मूला भी नहीं है।

कुछ लोग मेहनत से जी चुराने के लिए या अन्य कारणों से परिस्थितियों को दोष देने लगते हैं। आप न तो संसाधनों की कमी से डरें और न ही परिस्थितियों को दोष देने की आदत विकसित होने दें।

आप युवा हैं और सकारात्मक ऊर्जा से भरपूर हैं तथा सशक्त व सक्षम समाज एवं राष्ट्र के निर्माण में आपकी बड़ी भूमिका है। अंग्रेजी के कवि आर.डब्ल्यू. एमर्सन ने लिखा भी है—

"Brave men who work while others sleep,
Who dare while others fly,
They build a nation's pillars deep,
And lift them to the sky."

राइटिंग प्रैक्टिस में आलस्य न करें

पढ़ने के साथ-साथ लिखना और चर्चा करना भी जरूरी है। कुछ अभ्यर्थियों को मैंने देखा है कि उनकी पढ़ाई का स्तर भी अच्छा है और वे अच्छा लिख भी सकते हैं। पर वे अकसर लिखने से कतराते हैं। मैं राइटिंग स्किल बेहतर बनाने के इच्छुक दोस्तों से यही कहूँगा—लिखिए, लिखिए और लिखिए।

आप एक बार हिम्मत करके लिखना शुरू तो कीजिए। किसी भी काम को शुरू करना ही सबसे ज्यादा मुश्किल होता है। लेखन-अभ्यास शुरू करने के बाद धीरे-धीरे आप पाएँगे कि उत्तर लेखन में आपका आत्मविश्वास बढ़ने लगा है। उत्तर लेखन के लिए सबसे ज्यादा आवश्यक चीज आत्मविश्वास है, जो लिखने से ही आता है। धीरे-धीरे आपकी गलतियों में सुधार होने लगेगा और मुख्य परीक्षा आने तक आपके उत्तरों की क्वालिटी बेहतर हो जाएगी।

मैं अभ्यर्थियों को लेखन कौशल इंप्रूव करने का एक मंत्र देता हूँ। आप सामान्य अध्ययन के उत्तर लेखन अभ्यास के अलावा एक काम और करें। हर हफ्ते एक निबंध और दो केस स्टडी लिखने की प्रैक्टिस जरूर करें। वह भी बगैर लाइनों वाले ब्लैंक सफेद पेज पर। UPSC की परीक्षा में भी उत्तर बिना रेखाओंवाले खाली पेज पर ही लिखने होते हैं। यदि आपने हर हफ्ते यह काम कर लिया तो आपको फिर कभी लेखन अभ्यास से दूर भागने की जरूरत नहीं पड़ेगी और आप भरपूर आत्मविश्वास के साथ मुख्य परीक्षा लिखेंगे। विस्तृत जानकारी के लिए इसी पुस्तक का एक अन्य अध्याय 'उत्कृष्ट लेखन कौशल : सफलता का आधार' पढ़ें।

'न' कहना सीखें

तैयारी की श्रमसाध्य प्रक्रिया के दौरान अकसर हम बिना काम के व्यस्त रहते हैं, जिसका एक कारण होता है—सबको खुश करने की कोशिश में लगे रहना।

यानी हम अपने हर रिश्तेदार, हर दोस्त, हर जान-पहचानवाले व्यक्ति की हर बात और हर काम को 'हाँ' कह देते हैं और सबको खुश करने के चक्कर में अपनी प्राथमिकताओं को नजरअंदाज कर बैठते हैं। मैं यह नहीं कहता कि आप रिश्ते या दोस्ती न निभाएँ, पर इसका अर्थ यह तो नहीं कि आप सबको खुश करने के चक्कर में अपना ही नुकसान कर लें। गैर-महत्त्वपूर्ण बातों और कामों के लिए 'न' कहना सीखें। अपनी प्राथमिकताएँ तय कर लें और उन्हें अनदेखा न करें। हिंदी के सुप्रसिद्ध साहित्यकार जयशंकर प्रसाद ने अपने एक नाटक में लिखा था—**'महत्त्वाकांक्षा का मोती निष्ठुरता की सीप में पलता है।'**

कन्फ्यूजन से बचें

इसमें कोई संदेह नहीं है कि हमें दूसरों के विचारों व सलाहों को ध्यानपूर्वक सुनना और उनके विचारों का सम्मान करना चाहिए; पर हर किसी से सलाह लेना और उनकी परस्पर विरोधी सलाहें सुनकर बार-बार कन्फ्यूज होना कहाँ की समझदारी है ? हालाँकि मैंने खुद कई बार महसूस किया है कि तैयारी के दौरान हम बार-बार कन्फ्यूज होते ही हैं और यह एक स्वाभाविक सी बात है। पर ऊहापोह की स्थिति को लगातार ढोना और निरंतर कन्फ्यूज बने रहना नुकसानदेह हो सकता है। लिहाजा, जब ज्यादा कन्फ्यूज हों तो किसी शिक्षक, अनुभवी सीनियर, परिवार या दोस्त से सलाह लेकर कोई निर्णय जरूर लें, भ्रमित न रहें।

कवि हरिवंशराय बच्चन ने लिखा भी है—

''मदिरालय जाने को घर से चलता है, पीने वाला,
किस पथ पर जाऊँ असमंजस में है वह भोला-भाला,
अलग-अलग पथ बतलाते सब, पर मैं यह बतलाता हूँ,
राह पकड़ तू एक चला चल, पा जाएगा मधुशाला।''

क्या पढ़ रहे हैं आजकल?

क्या कभी आपने खुद से पूछा है कि आप आजकल क्या पढ़ रहे हैं ? आपका जवाब होगा—सामान्य अध्ययन या वैकल्पिक विषय। पर मेरा सवाल कुछ और है। क्या आप पाठ्यक्रम की पुस्तकों (text books) के अलावा कभी कुछ पढ़ते हैं ?

अगर आपका जवाब 'नहीं' है तो इसे 'हाँ' में बदलने की कोशिश करें, यानी कभी-कभी कुछ वक्त अच्छी पुस्तकों, रुचिकर पत्रिकाओं को भी दें, जो प्रत्यक्ष

तौर पर आपके परीक्षा के पाठ्यक्रम से न जुड़ी हों।

ये किताबें/पत्रिकाएँ भले ही सीधे-सीधे आपकी तैयारी में काम नहीं आतीं, पर जाने-अनजाने ये किताबें आपकी सोच के दायरे को व्यापक बनाती हैं, आपका ज्ञान और अनुभव बढ़ाती हैं, आपका मनोरंजन करती हैं और आपका शब्द-ज्ञान बढ़ाकर आपके लेखन कौशल में सुधार की दिशा भी खोलती हैं। उदाहरण के तौर पर 'रीडर्स डाइजेस्ट', 'कादंबिनी', 'अहा जिंदगी' जैसी पत्रिकाएँ या जाने-माने लेखकों का साहित्य अथवा नेशनल बुक ट्रस्ट और प्रकाशन विभाग की नॉन फिक्शन एवं फिक्शन की किताबें। ऐसी और भी किताबें-पत्रिकाएँ हो सकती हैं। इस तरह 'जनरल रीडिंग हैबिट' आपकी सोच की गहराई और दायरा बढ़ाती है।

जनरल रीडिंग हैबिट केवल किताबों/पत्रिकाओं से ही नहीं, सोशल मीडिया से भी विकसित होती है। मुझे यह स्वीकारने में कोई संकोच नहीं है कि मेरी वैचारिक चेतना और भाव-बोध के विस्तार में और मुझे नए-नए विचारों से अवगत कराने में पुस्तकों व पत्रिकाओं के साथ-साथ अच्छे लोगों की संगति और फेसबुक जैसे सोशल मीडिया साधनों ने काफी महत्त्वपूर्ण भूमिका निभाई है। अगर सोशल मीडिया का इस्तेमाल सँभलकर और संतुलित ढंग से किया जाए तो यह बाधक नहीं, सहायक भी हो सकता है।

मैच्योरिटी

UPSC की यह प्रतिष्ठित सिविल सेवा परीक्षा अभ्यर्थी से एक स्तर की समझदारी और परिपक्वता की अपेक्षा करती है। यह मैच्योरिटी उम्र के सापेक्ष हो, यह जरूरी नहीं है। कोई छात्र कम उम्र में भी मैच्योर हो सकता है और कोई काफी उम्र में भी नहीं। इस मैच्योरिटी से मेरा मतलब हमेशा गंभीर बातें करना या दूसरों पर अपने ज्ञान व अनुभव का रोब जमाना नहीं है। इस मैच्योरिटी का मतलब है—संतुलित दृष्टिकोण, इंटिग्रेटेड एप्रोच, रीडिंग हैबिट, लेखन कौशल जैसे गुणों का विकास और यह समय के साथ धीरे-धीरे किया जा सकता है।

जब हम किसी सफल व्यक्ति को देखते हैं तो हम उसकी उपलब्धियों, खुशियों और उसे प्राप्त सुविधाओं को तो देखते हैं, पर उसके वर्तमान और अतीत के संघर्ष व परिश्रम को नजरअंदाज कर देते हैं। जबकि हर सफल व्यक्ति की सफलता के पीछे एक अंतहीन संघर्ष छिपा होता है, जो उसे दिन-प्रतिदिन और परिपक्व बनाता है।

मैच्योरिटी विकसित करने का एक और तरीका है—अच्छी आदतें विकसित करना। दरअसल हमारे जीवन और काम-काज में नई आदतें विकसित करने और पुरानी आदतें धीरे-धीरे छोड़ने का बड़ा महत्त्व है। मिसाल के तौर पर, पढ़ने के साथ-साथ लिखने की आदत डालना तथा अतिवाद से बचने की आदत आपको परिपक्वता की ओर ले जाती है।

साथ निभाएँ

जैन दर्शन के ग्रंथ 'तत्त्वार्थ सूत्र' में एक सूत्र है—'**परस्परोपग्रहो जीवानाम्**'। इसका अर्थ यह है कि सजीव प्राणी एक-दूसरे की सहायता करके लाभान्वित होते हैं। अत: मेरी यह सलाह है कि मदद लेने और करने में हिचकिचाएँ नहीं। आपस में चर्चा करें और जानकारियाँ व विचार साझा करें। जो नया सीखें, उसे शेयर करें। बताने से याद रहता है। यदि हमने कोई गलती या त्रुटि की है तो हमारा साथी भी वही गलती करे, इसमें कौन सी समझदारी है? मत भूलें कि ज्ञान बाँटने से बढ़ता है।

अच्छा गाइड, अच्छा टीचर, अच्छा दोस्त हो तो तैयारी आसान हो जाती है। तैयारी में निरंतर आपका मनोबल बनाए रखने में परिवार के साथ दोस्तों-सहपाठियों-रूममेट की भूमिका महत्त्वपूर्ण होती है। बस नकारात्मक सोचवाले लोगों से दूर रहें।

एक और बात, अगर हमारा दोस्त या परिचित सफल हो तो निस्संदेह हमें खुशी होनी चाहिए। हमारी सफलता कभी भी अकेले खुद की नहीं होती, उसमें सभी का सहयोग और योगदान होता है।

परीक्षा भवन में

मेरा हमेशा से यह मानना रहा है कि सारी तैयारी एक तरफ और परीक्षा हॉल में आपका प्रदर्शन एक तरफ। चूँकि परीक्षक आपके ज्ञान और समझ का अंदाजा आपकी उत्तर पुस्तिका से ही लगाते हैं, अत: परीक्षा भवन की रणनीति काफी महत्त्वपूर्ण है। लिहाजा, परीक्षा के ठीक पहले और परीक्षा के दौरान परीक्षा हॉल में कुछ बातों का जरूर ध्यान रखें—

- परीक्षा के ठीक पहलेवाले दिन पढ़ाई का बहुत तनाव न लें। हल्का व सुपाच्य भोजन लें और पूरी नींद लें।
- परीक्षा के समय के मुताबिक कुछ दिन पहले से ही सोने और जागने का

शेड्यूल बना लें, ताकि परीक्षा के दिन सुबह तरोताजा उठें।

- पेपर मिलते ही कुछ क्षण उसे पलटकर देखें। एक प्रश्न पर कितना समय देना है, यह पहले से ही तय कर लें और उस समय सीमा का पालन सुनिश्चित करें।
- कोशिश करें कि पेपर में आए सारे प्रश्न हल करें। यदि अंत में समय न बचे तो आखिरी के सवालों के उत्तर की रूपरेखा या बिंदु ही लिख आएँ।
- प्रस्तुतीकरण हमेशा महत्त्वपूर्ण होता है। अत: साफ-सुथरे ढंग से पठनीय हैंडराइटिंग में उत्तर लिखें। महत्त्वपूर्ण बातों को बेहिचक अंडरलाइन करें। यद्यपि अलग-अलग रंगों के पेन का प्रयोग करने के लिए उतना समय नहीं होता, पर आप चाहें तो नीली स्याही के साथ काली स्याही इस्तेमाल कर सकते हैं।
- आप जानते हैं कि अब प्रश्न-सह-उत्तर पुस्तिका (Questions-Cum-Answer Booklet) का प्रयोग होने लगा है। इसमें प्रश्नों के उत्तर उसी के साथ निर्धारित स्पेस में ही देने होते हैं। ऐसे में, मेरी व्यक्तिगत सलाह है कि शुरुआत से अंत की ओर क्रम से उत्तर हल करते जाएँ। पहले जब उत्तर पुस्तिका पेपर से अलग होती थी तो हम वह उत्तर पहले लिखते थे, जो हमें सबसे अच्छा आता था; पर अब यह पुराना तरीका अप्रासंगिक हो गया है।
- शब्द सीमा का ठीक से पालन करें। परीक्षा हॉल में बैठकर शब्द न गिनें। पहले ही यह जान लें कि एक पेज पर आप अमूमन कितने शब्द लिखते हैं। उसी के अनुरूप उत्तर लिखते समय उत्तर का आकार निर्धारित करें। मेरी एक सलाह यह भी है कि शब्द सीमा में थोड़े-बहुत अंतर से न घबराएँ। यदि 200 शब्दों में उत्तर लिखना है और आपने कोई उत्तर 170 शब्दों में लिख दिया तो कोई समस्या नहीं होनी चाहिए। निबंध में भी 50-100 शब्द आगे-पीछे हो जाएँ तो परेशान होने की आवश्यकता नहीं है।
- परीक्षा भवन में तीन घंटे का भरपूर उपयोग करें। हिम्मत कतई न हारें। यदि डाउन या ढीला महसूस करें तो यह सोचकर ऊर्जा बनाए रखें कि यह तीन घंटे का समय दोबारा नहीं मिलेगा। अपनी भरपूर ऊर्जा के साथ खुशी-खुशी पेपर दें।

□

4

क्या पढ़ें, क्या न पढ़ें, कैसे पढ़ें?

सिविल सेवा परीक्षा की पूरे मन से तैयारी करने की इच्छा रखनेवालों के मन में स्वाभाविक रूप से उठनेवाला मार्के का सवाल यह है कि आखिर क्या पढ़ें और क्या न पढ़ें? साथ ही जो भी कुछ पढ़ना है, उसे पढ़ें तो कैसे, क्या यू.पी.एस.सी. की परीक्षा के लिए पढ़ाई का तरीका बाकी परीक्षाओं की तुलना में कुछ अलग है या कमोबेश वैसा ही है, अपनी अध्ययन सामग्री में किन-किन पुस्तकों/पत्रिकाओं को जरूर शामिल करें, किस-किस सामग्री को नजरअंदाज कर सकते हैं और किस सामग्री को बिना पढ़े काम चल जाएगा और किसे न पढ़ना ही बेहतर रहेगा? कहीं ऐसा न हो कि बाकी लोग कोई सामग्री पढ़ लें और मैं उसे छोड़कर दौड़ में पीछे रह जाऊँ।

किसी भी युवा अभ्यर्थी के मन में उठनेवाले ये सवाल मुझे भी तैयारी के दौरान मथते रहे हैं। मुझे लगता है कि यूँ तो देश की इस सर्वाधिक प्रतिष्ठित प्रतियोगी परीक्षा की प्रवृत्ति कुछ ऐसी है कि उपर्युक्त विभिन्न सवालों के जवाब देने के लिए कोई सर्वमान्य और सटीक पुस्तक सूची बनाना मुश्किल है। सिविल सेवा परीक्षा की प्रकृति इतनी डायनेमिक है कि इसको लेकर कोई भी भविष्यवाणी या कयास लगाना बेमानी ही है; पर फिर भी, नए पैटर्न में उल्लिखित पाठ्यक्रम के अनुरूप उत्कृष्ट और प्रामाणिक सामग्री की एक ऐसी सूची तो बनाई ही जा सकती है, जिससे परीक्षा की विषयनिष्ठता (subjectivity) की थाह पाकर उसे कुछ वस्तुनिष्ठता (objectivity) की ओर ले जाया जा सके।

पुस्तकों और स्रोतों की सूची

हिंदी माध्यम के यू.पी.एस.सी. अभ्यर्थी अकसर यह जानना चाहते हैं कि हम सिविल सेवा परीक्षा की तैयारी के दौरान क्या पढ़ें और क्या न पढ़ें? मैंने अपनी समझ, अध्ययन और अनुभव के आधार पर पुस्तकों एवं अन्य स्रोतों की यह सूची तैयार की है।

यह सूची न तो अंतिम है और न ही बेस्ट। इनमें से आप अपनी सुविधा व तैयारी के स्तर के मुताबिक जोड़-घटाव कर सकते हैं। यह भी ध्यान रहे कि यह सूची संकेतात्मक है और इनमें से प्रत्येक स्रोत को पढ़ना-देखना अनिवार्य नहीं है।

पुस्तकें—

इतिहास—कक्षा 6 से 12 तक की NCERT पुरानी वाली, स्पेक्ट्रम की 'आधुनिक भारत का संक्षिप्त इतिहास' और बिपिन चंद्रा की 'आजादी के बाद का भारत'।

भूगोल—कक्षा 6 से 12 तक की NCERT, इसके बाद माजिद हुसैन या जी.सी. लियोंग की पुस्तक।

साथ में ऑक्सफोर्ड या ब्लैकस्वान का स्कूल एटलस।

राज-व्यवस्था—भारतीय राज-व्यवस्था (एम. लक्ष्मीकांत) और भारतीय शासन (एम. लक्ष्मीकांत)।

अर्थव्यवस्था—भारतीय अर्थव्यवस्था (रमेश सिंह), 9 से 12 तक की NCERT, सरकार द्वारा प्रकाशित 'आर्थिक सर्वेक्षण' और 'बजट'। वेबसाइट mrunal.org के वीडियो लेक्चर।

पर्यावरण—NCERT और परीक्षा वाणी (इलाहाबाद) द्वारा प्रकाशित पारिस्थितिकी की पुस्तक या शंकर IAS के नोट्स।

विज्ञान व प्रौद्योगिकी—छठी से 10वीं कक्षा तक की NCERT की किताबें और करेंट अफेयर्स।

भारतीय संस्कृति—नितिन सिंघानिया की 'भारतीय कला एवं संस्कृति' किताब और फाइन आर्ट्स की NCERT की पुस्तक से भारतीय कला का इतिहास।

आंतरिक सुरक्षा—'भारत की आंतरिक सुरक्षा' अशोक कुमार एवं विपुल (मैक्ग्रा हिल से प्रकाशित)।

अंतरराष्ट्रीय संबंध—समाचार-पत्र, मासिक पत्रिका और कभी-कभी विदेश मंत्रालय की वेबसाइट mea.gov.in

भारतीय समाज—श्यामाचरण दुबे (नेशनल बुक ट्रस्ट) की पुस्तक और 11वीं-12वीं कक्षा की समाजशास्त्र की NCERT की पुस्तकें।

एथिक्स—बालाजी डीके IAS और निशान्त जैन IAS की किताब 'नीतिशास्त्र, सत्यनिष्ठा और अभिरुचि' (JICE पब्लिकेशंस, बेंगलुरु) पढ़ें। मनोविज्ञान की NCERT की पुस्तक (सरसरी तौर पर), कुछ अच्छे लेखकों की किताबें। जनरल रीडिंग हैबिट। भारतीय दर्शन में वेदांत, बौद्ध, जैन दर्शन और गांधी, नेहरू, टैगोर, अंबेडकर एवं विवेकानंद का दर्शन अच्छे से समझ लें।

निबंध—'सिविल सेवा परीक्षा के लिए निबन्ध' पुस्तक (सम्पादक: निशान्त जैन IAS व गंगा सिंह IAS- 'अक्षर' राजकमल प्रकाशन से प्रकाशित)।

साथ ही फुरसत मिलने पर नेशनल बुक ट्रस्ट और प्रकाशन विभाग, सूचना व प्रसारण मंत्रालय द्वारा प्रकाशित विभिन्न ज्ञानवर्धक पुस्तकें।

टेस्ट सीरीज़ - Vision IAS

करेंट अफेयर्स

अखबार—'द हिंदू' और 'दैनिक जागरण' (राष्ट्रीय संस्करण)। 'बिजनेस स्टैंडर्ड' (हिंदी) का 'आर्थिक मुद्दे' और संपादकीय पृष्ठ।

पत्रिकाएँ—भारत सरकार की पत्रिका 'योजना' और यदि समय मिले तो 'कुरुक्षेत्र'। 'दृष्टि करेंट अफेयर्स टुडे' या विजन IAS मासिक बुकलेट। वक्त मिले तो 'फ्रंटलाइन' भी पढ़ सकते हैं।

भारत सरकार द्वारा प्रकाशित 'इंडिया ईयर बुक' (भारत)। साथ ही भारत सरकार की नवीनतम आर्थिक व सामाजिक कल्याणकारी योजनाएँ अच्छी तरह तैयार कर लें। इसके लिए भारत सरकार के विभिन्न मंत्रालयों की वेबसाइटें उपयोगी हैं।

सोच और भाषा-शैली के विकास के लिए—'अहा जिंदगी' और 'कादंबिनी' पत्रिकाएँ। इन्हें फुर्सत के समय रुचि के अनुरूप पढ़ें।

वेबसाइटें—

india.gov.in, newsonair.com, pib.nic.in, mrunal.org, insightsonindia.com, iasbaba.com, gktoday.in, iksa.in, unacademy.in, afeias.com, myGov.in, PRSindia.org., drishtiias.com , gshindi.com और भारत सरकार के विविध मंत्रालयों की वेबसाइटें। उपर्युक्त सभी वेबसाइटें देखना अनिवार्य नहीं हैं। अपनी जरूरत के अनुसार देखते रहें।

रेडियो-टी.वी.—

आकाशवाणी, डी.डी. न्यूज, राज्यसभा टी.वी.।

राज्य सभा टी.वी. के कार्यक्रम; देश-देशांतर, सरोकार आदि विशेष रूप से उपयोगी हैं।

फुरसत में टी.वी. सीरियलों—'**सत्यमेव जयते**', '**प्रधानमंत्री**', '**संविधान**' और '**भारत : एक खोज**' के एपिसोड देख सकते हैं।

उपर्युक्त पुस्तकों के अतिरिक्त मेरा मानना है कि अपनी समझ और दृष्टिकोण के विकास के लिए भारतीय व अंतरराष्ट्रीय राजनीति, प्रशासन, समाज, अर्थव्यवस्था, शासन व समकालीन इतिहास जैसे विषयों पर कुछ अच्छी व प्रामाणिक किताबें फुरसत मिलने पर पढ़ सकते हैं। उदाहरणत: इन विषयों पर लिखनेवाले कुछ मशहूर लेखक हैं—अमर्त्य सेन, रामचंद्र गुहा, गुरचरण दास, ज्याँ द्रेजे, रजनी कोठारी, श्यामाचरण दुबे, कौशिक बसु, जगदीश भगवती, सुनील खिलनानी, प्रताप भानु मेहता, नंदन नीलेकणी, शशि थरूर, पी. साँईनाथ आदि। इनकी बहुत सी किताबों के अच्छे हिंदी अनुवाद भी उपलब्ध हैं। यहाँ ध्यान रखें कि उपर्युक्त पुस्तकों को पढ़ना कतई अनिवार्य नहीं है; पर मेरी सलाह है कि इनके लेखकों की पुस्तकों में दो-तीन अपनी पसंदीदा और रुचिकर किताबें चुनकर फुरसत में पढ़ डालें। पढ़कर अच्छा लगेगा।

कुछ लोग तो यह भी कहते हैं कि यू.पी.एस.सी. की तैयारी में 'क्या पढ़ें' जानने से भी ज्यादा जरूरी है यह जानना कि 'क्या न पढ़ें'। इस संदर्भ में, मेरी सलाह है कि आमतौर पर यू.पी.एस.सी. की तैयारी के दौरान गैर-प्रामाणिक और दोयम दर्जे की अध्ययन सामग्री से बचें। अच्छे और प्रामाणिक लेखक अमूमन अच्छी किताबें ही लिखते हैं। इसी तरह प्रतिष्ठित प्रकाशक भी किताबें छापते वक्त अपनी साख और गुणवत्ता से समझौता नहीं करते। भारत सरकार की किताबें, पत्रिकाएँ, रेडियो, टी.वी. एवं वेबसाइटों का बेहिचक और भरपूर प्रयोग करें।

साथ ही किताबों/पत्रिकाओं तक खुद को सीमित न रखें। सूचना क्रांति के इस युग में इंटरनेट का समुचित उपयोग करते हुए उत्कृष्ट वेबसाइटें विजिट करते रहें, साथ ही आकाशवाणी, रेडियो, डी.डी. न्यूज, राज्यसभा टी.वी. आदि को भी फॉलो करना बेहतर विकल्प है। कुछ चर्चित धारावाहिकों जैसे 'प्रधानमंत्री', 'संविधान' और 'सत्यमेव जयते' के एपीसोड इंटरनेट पर उपलब्ध हैं, जिन्हें फुरसत में देखकर आप बिना खास परिश्रम के ढेर सारी काम की बातें समझ सकते हैं।

और अब अंत में बात करते हैं—'कैसे पढ़ें' की। मुझे पुन: यह कहना है कि पढ़ने का भी कोई एक सर्वश्रेष्ठ तरीका नहीं है और सबके पढ़ाई के तरीके और रणनीतियाँ अलग-अलग हो सकती हैं। यू.पी.एस.सी. की परीक्षाओं के विशेष संदर्भ में बात करें तो मेरी समझ में पढ़ाई के तरीके को इस प्रकार समझा जा सकता है—

1. किसी एक विषय या टॉपिक पर एक ही अध्ययन सामग्री को पढ़ें। सामग्री को समेटने की कोशिश करें, फैलाएँ नहीं। वरना रिवीजन असंभव-सा हो जाएगा।
2. सिविल सेवा परीक्षा की तैयारी में समयबद्ध रिवीजन का खासा महत्त्व है। लिहाजा साप्ताहिक रिवीजन करते रहें और परीक्षा से ठीक पहले किन-किन टॉपिक्स का संक्षेप में रिवीजन करना है, उन्हें भी तय कर लें।
3. जो कुछ भी जिस भी सामग्री से पढ़ें, उसे एक डायरी में नोट जरूर कर लें। नियमित रिवीजन और परीक्षा पूर्व रिवीजन में यह डायरी बहुत काम आएगी।
4. नोट्स बनाने की आदत डालें। संक्षिप्त नोट्स बनाएँ। जहाँ नोट्स बनाना संभव न हो, वहाँ अध्ययन सामग्री पर अंडरलाइन या हाइलाइट कर सकते हैं।
5. समाचार-पत्रों/पत्रिकाओं के अति महत्त्वपूर्ण आलेखों की कतरनें एक फाइल में लगा लेना बेहतर विकल्प है, क्योंकि अखबार और पत्रिकाएँ दोबारा पढ़ पाना संभव नहीं हो पाता।
6. कुछ टॉपिक्स एक बार में सरसरी तौर पर पढ़ने से ही स्पष्ट हो जाते हैं। उनका रिवीजन करने की आवश्यकता नहीं है।
7. महत्त्वपूर्ण अध्ययन सामग्री को आत्मसात् करने के दो या तीन चरण हो सकते हैं। सबसे पहले उसकी सरसरी निगाह से रुचिपूर्वक रीडिंग। उसके बाद महत्त्वपूर्ण बातें हाइलाइट करते हुए विस्तृत अध्ययन। अंतिम चरण है—टॉपिक से जुड़े सवालों का विश्लेषण, उसके आयामों की खोज, बाकी पाठ्यक्रम से उसका अंतर्संबंध और ग्रुप डिस्कशन।
8. 'ग्रुप डिस्कशन' का बड़ा फायदा है कि इससे टॉपिक्स कमोबेश याद हो जाते हैं। कोशिश करें कि ग्रुप ज्यादा बड़ा न हो। केवल शांत श्रोता बनकर सुनें नहीं, बल्कि कुछ टॉपिक्स खुद भी औरों को समझाएँ। आप पाएँगे कि समझाते-समझाते आप उस टॉपिक के एक्सपर्ट हो गए हैं।
9. पढ़ने के साथ-साथ नियमित तौर पर लिखते भी रहें। जो लिखें, उसे किसी सीनियर या शिक्षक को दिखाकर उनके इनपुट्स लेते रहें, ताकि नियमित तौर पर सुधार हो सके। 'टेस्ट सीरीज' में भी भाग ले सकते हैं।
10. एक कहावत है—"It is better to read one book for ten times, than to read ten books for time." कहने का अभिप्राय है कि कम पढ़ें, पर ठीक से पढ़ें। बाजार में अध्ययन सामग्रियों की भरमार है। उसमें खोने या भटकने की आवश्यकता नहीं है। हर विषय के अनुरूप सामग्री चुनें, उसे बार-बार दोहराएँ और लिखकर अभ्यास करें। निश्चित तौर पर आप सफलता के बहुत करीब होंगे।

□

5

प्रारंभिक परीक्षा : सफलता की पहली सीढ़ी

जैसा कि आप जानते हैं, संघ और राज्य लोक सेवा आयोगों की सिविल सेवा परीक्षाओं में प्रारंभिक परीक्षा ही सफलता की पहली सीढ़ी है। चूँकि प्रीलिम्स परीक्षा उत्तीर्ण होने के बाद ही आप मुख्य परीक्षा देने के लिए दावेदार बनते हैं, अतः प्रीलिम्स उत्तीर्ण करना इस प्रतिष्ठित परीक्षा में आगे बढ़ने की पहली शर्त है।

मेरी समझ में, यह चरण परीक्षा का सबसे कठिन और असंभावित एवं अननुमानित (unpredictable) चरण है। यानी कि इस चरण में अटकलें या संभावनाएँ जताना सबसे मुश्किल होता है। न तो यह अंदाजा लगाया जा सकता है कि सामान्य अध्ययन के किस खंड से ज्यादा सवाल पूछे जाने की संभावना है और न ही यह कि सुरक्षित कट ऑफ स्कोर क्या होगा, जिसके आसपास उत्तीर्ण होने की उम्मीद की जा सके। यह चरण कठिन इसलिए नहीं है कि इसकी तैयारी मुश्किल है; कठिन इसलिए है, क्योंकि इस चरण में प्रतिस्पर्धा सबसे ज्यादा है।

यद्यपि प्रीलिम्स में सुनिश्चित सफलता के लिए सेफ स्कोर जरूरी है; पर प्रीलिम्स के बारे में एक दिलचस्प बात यह भी है अनेक ऐसे टॉपर रहे हैं, जिन्होंने यह चरण बिल्कुल किनारे पर (यानी कट ऑफ से कुछ ही अंक ज्यादा लाकर) उत्तीर्ण किया और अंतिम रूप में बेहतरीन रैंक लाए। इस तरह कुल मिलाकर यह समझना जरूरी है कि यद्यपि प्रीलिम्स में किस्मत भी ठीक-ठाक भूमिका निभाती है, पर प्रीलिम्स उत्तीर्ण करने का कोई विकल्प नहीं है और इस चरण को अनदेखा करने या हल्के में लेना भारी पड़ सकता है।

प्रीलिम्स में रिस्क न लें

जैसा कि मैंने पहले कहा कि UPSC सिविल सेवा परीक्षा का पहला चरण, यानी प्रारंभिक परीक्षा सबसे ज्यादा असंभावित एवं अननुमानित (unpredictable) है। यह एक ऐसा चरण है, जिसमें हर साल लगभग आठ-नौ लाख अभ्यर्थी आवेदन करते हैं और करीब पाँच लाख अभ्यर्थी परीक्षा में भाग लेते हैं; जबकि कुछ हजार (आम तौर पर कुल रिक्तियों के 12-13 गुना अभ्यर्थी) अभ्यर्थी ही मुख्य परीक्षा देने के लिए चयनित होते हैं। लिहाजा, इस चरण में लापरवाही भारी पड़ सकती है।

इसलिए बेहतर और सुरक्षित विकल्प यह है कि प्रारंभिक परीक्षा की तैयारी की रणनीति कुछ इस तरह बनाई जाए कि आपका प्रीलिम्स का स्कोर इतना हो कि आप सुरक्षित रूप से इस चरण को पार कर सकें।

प्रारंभिक परीक्षा : योजना और पाठ्यक्रम

आप जानते ही हैं कि प्रारंभिक परीक्षा में बहुविकल्पीय प्रश्न पूछे जाते हैं। एक ही दिन में दो पालियों में संपन्न होनेवाली इस परीक्षा में एक-तिहाई निगेटिव मार्किंग होती है, यानी तीन प्रश्नों के गलत उत्तर देने पर एक प्रश्न के बराबर अंक काट लिये जाते हैं।

पहला प्रश्नपत्र सामान्य अध्ययन का होता है, जिसमें कुल 200 अंकों के 100 प्रश्न होते हैं। दूसरा प्रश्नपत्र 'सीसैट' के नाम से जाना जाता है। इसमें 200 अंकों के 80 प्रश्न पूछे जाते हैं। वर्ष 2015 से, अब दूसरे पेपर के अंक प्रारंभिक परीक्षा की मेरिट में नहीं जुड़ते और इसे क्वालिफाई करना पर्याप्त है। प्रारंभिक परीक्षा का पाठ्यक्रम इस प्रकार है—

सामान्य अध्ययन पेपर-1

1. राष्ट्रीय व अंतरराष्ट्रीय महत्त्व की सामयिक घटनाएँ।
2. भारत का इतिहास और भारतीय राष्ट्रीय आंदोलन।
3. भारत और विश्व का भूगोल—भारत और विश्व का भौतिक/प्राकृतिक, सामाजिक और आर्थिक भूगोल।
4. भारतीय राजनीति और शासन संविधान, राजनीतिक प्रणाली, पंचायती राज, लोक नीति, अधिकार संबंधी मुद्दे आदि।
5. आर्थिक और सामाजिक विकास, सतत विकास, गरीबी, समावेशन, जनसांख्यिकी, सामाजिक क्षेत्र में की गई पहलें आदि।

6. पर्यावरणीय पारिस्थितिकी, जैव विविधता और जलवायु परिवर्तन संबंधी सामान्य मुद्दे, जिनके लिए इस विषयगत विशेषज्ञता की आवश्यकता नहीं है।
7. सामान्य विज्ञान।

सामान्य अध्ययन पेपर-2 (सी-सैट)

1. बोधगम्यता /अवबोध
2. संचार कौशल सहित अंतर-वैयक्तिक कौशल
3. तार्किक कौशल और विश्लेषणात्मक क्षमता
4. निर्णय लेना और समस्या समाधान
5. सामान्य मानसिक योग्यता
6. आधारभूत संख्ययन (संख्याएँ और उनके संबंध, विस्तार क्रम आदि—दसवीं कक्षा का स्तर), डेटा इंटरप्रिटेशन (चार्ट, ग्राफ, टेबल, डाटा पर्याप्तता आदि दसवीं कक्षा का स्तर)

प्रारंभिक परीक्षा की समग्र तैयारी के आयाम

- समझते हुए चीजों को याद करें। केवल रटने से बात नहीं बनेगी। पर यह भी ध्यान रहे, कुछ चीजें ज्यों-की-त्यों भी याद करनी पड़ती हैं, जैसे—अनुच्छेद 14 से 32 तक क्रम से मूल अधिकार।
- यद्यपि सीखने की आदत, यानी एक अच्छा लर्नर होना हमेशा और हर मोड़ पर मदद करता है, पर प्रारंभिक परीक्षा में यह प्रवृत्ति विशेष रूप से महत्त्वपूर्ण है। जहाँ से जो सीखने या जानने को मिले, उसे सीखते रहें। उदाहरण के तौर पर, मेट्रो ट्रेन या एफ.एम. रेडियो पर आनेवाले सरकारी योजनाओं और जागरूकता संबंधी विज्ञापन भी कई बार बहुविकल्पीय सवालों में काम आ जाते हैं। इसी तरह इंडिया ईयरबुक, योजना, पी.आई.बी., ए.आई.आर. आदि की खबरों के प्रति भी जागरूक रहें। कुल मिलाकर आँख-कान खुले रखें। वैविध्यपूर्ण अध्ययन और जागरूकता इस चरण में बहुत काम आती है। जी.एस. के किसी एक खंड की तैयारी किसी दूसरे खंड में भी काम आ सकती है।
- प्रारंभिक परीक्षा के पाठ्यक्रम के पहले पेपर में ज्यादातर खंड ऐसे हैं, जो मुख्य परीक्षा में भी काम आते हैं; जैसे—करेंट अफेयर्स, इतिहास और

स्वतंत्रता आंदोलन, भारत और विश्व का भूगोल, भारतीय राज-व्यवस्था और संविधान, आर्थिक विकास और पर्यावरण। अतः इन खंडों पर ज्यादा फोकस करें, क्योंकि ये खंड सिविल सेवा परीक्षा के सभी चरणों में काम आते हैं।

- सामान्य अध्ययन के सभी खंडों से संबंधित नवीन समसामयिक घटनाओं पर विशेष ध्यान दें; जैसे—सामान्य विज्ञान वाले खंड में समसामयिक उपलब्धियों और प्रौद्योगिकीय विकास पर ज्यादा ध्यान दिया जाना चाहिए। इसी तरह उदाहरण के तौर पर हालिया विधेयक, संविधान संशोधन, अध्यादेश आदि, मौद्रिक नीति, बैंकिंग सुधार, जलवायु परिवर्तन वार्त्ताओं का प्रभाव, संकटग्रस्त प्रजातियाँ, किसी नए भौगोलिक या सांस्कृतिक उत्खनन की खबर, अंतरराष्ट्रीय संस्थाओं के सम्मेलन और निर्णय आदि पर विशेष ध्यान दिया जाना चाहिए।
- यह अनुमान लगाना नामुमकिन ही है कि सामान्य अध्ययन के किस खंड (segment) से ज्यादा सवाल आएँगे। कभी राज-व्यवस्था और स्वतंत्रता आंदोलन से ज्यादा सवाल आ जाते हैं तो कभी भूगोल और पर्यावरण से। वर्ष 2016 की प्रारंभिक परीक्षा करेंट अफेयर्स से बहुत सारे सवाल पूछे गए थे। इसलिए बेहतर है कि जी.एस. के सभी खंडों की तैयारी अच्छे से करें।
- प्रारंभिक परीक्षा की संपूर्ण तैयारी करेंट अफेयर्स तक सीमित नहीं की जा सकती। पिछले वर्षों में अधिकतर यह ट्रेंड रहा है कि प्रारंभिक परीक्षा के 'पेपर एक' में जी.एस. के विविध खंडों की आधारभूत/बेसिक समझ पर सवाल पूछे जाते रहे हैं। इसके लिए छठी कक्षा से बारहवीं कक्षा तक की NCERT की सामाजिक विज्ञान (इतिहास,भूगोल, नागरिक शास्त्र व अर्थशास्त्र) की किताबें पढ़नी चाहिए। (इसी पुस्तक में एक अध्याय 'क्या पढ़ें, क्या न पढ़ें और कैसे पढ़ें' में पुस्तकों व स्रोतों की विस्तृत सूची दी गई है।)
- करेंट अफेयर्स में जो कुछ भी पढ़ें, उसका बेसिक ज्ञान प्राप्त कर लें। क्योंकि अकसर प्रीलिम्स में करेंट अफेयर्स के सवाल सीधे न पूछकर सामान्य अध्ययन की ट्रेडिशनल जानकारी से जोड़कर पूछे जाते हैं। इस तरह आप आधारभूत पारंपरिक ज्ञान और समसामयिक घटनाक्रम को कनेक्ट करके प्रारंभिक परीक्षा की समग्र तैयारी कर सकते हैं।

कैसे करें पेपर-2 यानी 'सी-सैट' की तैयारी

पेपर-2 का नाम यद्यपि सामान्य अध्ययन-2 है, पर यह सीसैट (सिविल सर्विस एप्टीट्यूड टेस्ट) के नाम से ज्यादा लोकप्रिय है। हालाँकि अब यह पेपर क्वालिफाइंग ही रह गया है, पर प्रारंभिक परीक्षा आप तभी उत्तीर्ण कर पाएँगे, जब इस पेपर में निर्धारित न्यूनतम अंक प्राप्त कर पाएँगे।

यह पेपर दरअसल एप्टीट्यूड टेस्ट ही है, जिसमें आपके विभिन्न कौशलों, योग्यताओं और क्षमताओं का परीक्षण किया जाता है। इनमें अवबोध क्षमता, संचार कौशल, तार्किक योग्यता, विश्लेषण क्षमता, मानसिक योग्यता और संख्यात्मक अभियोग्यता आदि शामिल हैं। इसके लिए आधारभूत अंकगणित और सांख्यिकी, रीजनिंग, अवबोध क्षमता (comprehension) पर बेसिक पकड़ जरूरी है।

पेपर में अवबोध क्षमता से काफी सवाल आते हैं। इन सवालों को सही तरीके से हल करने के लिए पढ़ने व समझने की गति तेज होना और सटीक उत्तर देने की क्षमता होना जरूरी है। लिहाजा, तैयारी के स्तर पर मैं कहूँगा कि खूब पढ़ें और पढ़ने तथा अवबोध की गति व क्षमता में इजाफा करें। रही बात गणित और रीजनिंग की, तो इनसे ज्यादा न डरें, क्योंकि इनका स्तर बहुत जटिल न होकर बेसिक और सामान्य होता है। गणित और रीजनिंग में, मेरा मानना है कि हर टाइप के आठ-दस सवाल हल करने का अभ्यास कर लेना चाहिए।

द्वितीय प्रश्नपत्र की तैयारी में अभ्यास का महत्त्व सर्वविदित है। इसमें तैयारी का बड़ा समय अभ्यास को दें। इस पेपर को लापरवाही से न देखें और इतनी पकड़ बना लें कि न्यूनतम उत्तीर्णांक से ज्यादा स्कोर आराम से ला सकें।

प्रैक्टिस से राह होगी आसान

प्रारंभिक परीक्षा के दोनों प्रश्नपत्रों में अभ्यास का जबरदस्त महत्त्व है। अभ्यास पढ़ने की गति और सतर्कता (allertness) को बढ़ाता है और निगेटिव मार्किंग से निपटने में भी मदद करता है। अतः अपनी बेसिक तैयारी के बाद निरंतर अभ्यास को एक आदत बना लें।

इस अभ्यास में पिछले वर्षों के पेपर (खास तौर पर पिछले 5-6 वर्षों के) विशेष रूप से उपयोगी हैं। इन पेपरों को समय-समय पर देखते रहने से ट्रेंड का अंदाजा होता है और हल करने से आत्मविश्वास बढ़ता है, सो अलग।

साथ ही, आप चाहें तो किसी टेस्ट सीरीज में हिस्सा ले सकते हैं या बाजार में अथवा ऑनलाइन मिलनेवाले ऑबजेक्टिव टाइप के पेपर घर बैठे हल करने का

अभ्यास कर सकते हैं। पर अभ्यास करने का कोई विकल्प नहीं है, इसलिए जमकर अभ्यास करें। जिन प्रश्नों को टेस्ट में हल करें, बाद में उनके सही उत्तर देखकर उन्हें भी तैयारी में शामिल कर लें। इस तरह प्रीलिम्स में अधिकाधिक प्रश्नों का अभ्यास करें और उन प्रश्नों को अध्ययन सामग्री की तरह पढ़ भी लें।

निगेटिव मार्किंग से कैसे निपटें

प्रारंभिक परीक्षा में निगेटिव मार्किंग को हैंडिल करना अपरिहार्य है और ऐसा केवल अभ्यास से ही किया जा सकता है। ध्यान दें, कभी भी यह न सोचें कि मुझे सारे-के-सारे सवाल हल करने ही हैं। और यह भी न भूलें कि किसी भी अभ्यर्थी को सारे सवालों के सही उत्तर मालूम नहीं हैं।

मेरी राय में, पहले राउंड में उन सवालों को हल करें, जिनमें आप कॉन्फिडेंट हैं। यानी एकदम सुनिश्चित टाइप के सवालों को सबसे पहले हल करें। यह तय मानकर चलिए कि बहुत सारे सवाल ऐसे होंगे, जिनमें आपको दृढ़ आत्मविश्वास नहीं होगा। कहीं-कहीं फिफ्टी-फिफ्टी वाली स्थिति भी पैदा होगी। इसका एक कारगर तरीका है—विलोपन विधि (elimination method)। यानी सबसे पहले ऐसे विकल्पों को काट दें, जो निश्चित तौर पर गलत हैं। यदि इसके बाद भी दो विकल्प बच जाते हैं, तो मेरी व्यक्तिगत सलाह है कि ऐसे में रिस्क लिया जा सकता है।

कुछ अभ्यर्थी निगेटिव मार्किंग से इतना ज्यादा आतंकित रहते हैं कि वे बहुत ही कम सवाल हल करने की हिम्मत जुटा पाते हैं। यह भी समझदारी नहीं कही जा सकती। अत: ठीक-ठाक संख्या में सवाल अटेंप्ट करें।

प्रारंभिक परीक्षा में कितने सवाल अटेंप्ट किए जाएँ, इसकी कोई आदर्श संख्या नहीं हो सकती। यह प्रश्नपत्र की कठिनता के स्तर, आपकी तैयारी और जानकारी के स्तर आदि पर निर्भर करता है। कुल मिलाकर निगेटिव मार्किंग को हैंडिल करना एक कला है, जो निरंतर टेस्ट पेपर हल करने और अभ्यास से सीखी जा सकती है।

प्रारंभिक परीक्षा के ठीक पहले

प्रारंभिक परीक्षा क्वालिफाई करना कितना महत्त्वपूर्ण है, यह हम सब जानते ही हैं। आइए, समझें कि इस प्रीलिम्स परीक्षा के ठीक पहले की तनावपूर्ण घड़ी में कैसे सहज रहकर सफलता हासिल करें—

- सबसे पहले तो मन से यह गलतफहमी निकाल दें कि आप पहले पढ़ी हुई चीजें भूल गए हैं। निश्चिंत रहें, परीक्षा भवन में आप सबकुछ पढ़ा हुआ रिकलेक्ट कर पाएँगे। इस बात का सिरदर्द बिल्कुल न पालें कि आपको पढ़ी हुई बातें याद हैं या नहीं। आपने साल भर जो कुछ भी पढ़ा है, वह निश्चित रूप से आपके स्मृति-पटल पर सुरक्षित है और वह जरूरत पड़ने पर स्वत: याद आ जाएगा।
- भरपूर विश्वास रखें कि आपकी तैयारी अच्छी है तो चयन की संभावनाएँ भी ज्यादा हैं। वैसे भी, लाखों अभ्यर्थियों में गंभीर (sincere) अभ्यर्थी काफी कम ही होते हैं।
- 'निष्काम कर्मयोग' (disinterested action) का सिद्धांत खास तौर पर प्रीलिम्स में बहुत सहारा देता है। परीक्षा को तनाव-मुक्त होकर देना हमारा काम है। उसके परिणाम की उधेड़बुन में लगे रहने का कोई औचित्य नहीं है। प्रीलिम्स में असफल हो जानेवाले ज्यादातर अभ्यर्थी यह स्वीकार करते हैं कि हमने सवाल का उत्तर जानने के बावजूद जल्दबाजी, तनाव, स्ट्रेस या ऊहापोह में गलत विकल्प चुन लिया या फिर गलत गोला भर दिया।
- रिवीजन करें, यह नया पढ़ने का समय नहीं है। हो सके तो एक बार राज-व्यवस्था, अर्थव्यवस्था, पर्यावरण और करेंट अफेयर्स को दोबारा देख लें।
- निगेटिव मार्किंग से निपटने के लिए अभ्यास जरूरी है, लिहाजा टेस्ट पेपर हल करें और निगेटिव मार्किंग का गणित अच्छे से समझकर अपनी एक संभावित रणनीति बना लें।
- पेपर-1 और पेपर-2, दोनों के प्रश्नपत्रों का अभ्यास करें।
- परीक्षा चूँकि सुबह होती है, अत: आखिरी के दिनों में वक्त पर सोने और सुबह वक्त पर उठने की आदत डालें, ताकि परीक्षा की सुबह तरोताजा होकर उठें।
- किसी की देखा-देखी अपनी नींद को नजरअंदाज न करें और रोज कम-से-कम सात घंटे की नींद जरूर लें।
- हल्का और सुपाच्य भोजन लें, फल-सब्जियाँ-सलाद का सेवन करें।
- सुबह या शाम के समय आधा घंटा हरियाली के बीच जरूर टहलें।
- अपने आराध्य पर और खुद पर आस्था बनाए रखें।
- इधर-उधर की बातों या व्यर्थ के तनावों से बचें और नकारात्मकता से कोसों दूर रहें।

परीक्षा हॉल में

- प्रीलिम्स में होनेवाली एक आम गलती यह है कि हम सवाल को ध्यान से या सावधानी से नहीं पढ़ते। मसलन अगर किसी बहुविकल्पीय प्रश्न में पूछा गया है कि कौन-कौन से विकल्प सही 'नहीं' हैं? और जल्दबाजी या लापरवाही में हमने 'नहीं' शब्द पर ध्यान नहीं दिया तो पूरी तरह सही हो सकने वाला प्रश्न भी गलत हो जाएगा। अत: हर सवाल को धैर्यपूर्वक पढ़ें।
- प्रीलिम्स का पेपर अंग्रेजी और हिंदी दोनों भाषाओं में आता है। मेरी व्यक्तिगत सलाह है कि यदि आपको कोई शब्द या वाक्य एक भाषा में समझ नहीं आ पा रहा है, तो दूसरी भाषा में उसका अनुवाद देख लें। कभी-कभी उससे भी कुछ 'क्लू' मिल जाता है।
- पेपर के पहले पन्ने पर दिए गए दिशा-निर्देशों को जरूर पढ़ें। आपको उत्तर-पत्रक पर काले रंग के बॉलपेन से गोले (bubbles) भरने होते हैं। निर्देशानुसार सही तरीके से गोले भरें।
- पेपर को देखकर ही आपको अंदाजा होता है कि इस साल पेपर कैसा आया है। कुछ अभ्यर्थी कठिन पेपर देखकर बुरी तरह घबरा जाते हैं। मैं उन्हें याद दिलाना चाहूँगा कि पेपर आसान हो या कठिन, सभी अभ्यर्थियों के लिए एक जैसा ही है। अत: घबराए बगैर आसन्न परिस्थितियों में ही अपना सर्वश्रेष्ठ प्रदर्शन करें।
- कुछ अभ्यर्थी इतने ज्यादा उतावले और व्यग्र होते हैं कि पहला पेपर देने के बाद दूसरा पेपर शुरू होने के पहले फर्स्ट पेपर के विकल्पों की जाँच करने लगते हैं। यह सरासर गलत है। आप पहला पेपर कुछ घंटों के लिए भूल जाएँ। खुद को थोड़ा रीलैक्स करें और तरोताजा होकर दूसरा पेपर देने पहुँचें।
- दोनों पेपर देने के तुरंत बाद उत्तर कुंजियाँ (answer key) न ढूँढ़ें। यदि आपको सही उत्तर जानने ही हैं तो आराम से दो-तीन दिन बाद किसी अच्छी 'आन्सर की' से मिलान करें। ध्यान रहे कि कोई भी 'आन्सर की' शत-प्रतिशत सही नहीं है। कट ऑफ कितना जाएगा, इन अटकलों में उलझे बगैर अगले चरण यानी मुख्य परीक्षा की तैयारी में जी-जान से जुट जाएँ। □

6

कैसे करें 'मुख्य परीक्षा' में उत्कृष्ट प्रदर्शन

यदि मैं यह कहूँ कि UPSC टॉपर बनने का रास्ता जिस चरण से होकर जाता है, वह मुख्य परीक्षा है तो कोई अतिशयोक्ति न होगी। यह मुख्य परीक्षा ही है, जो फाइनल मेरिट में निर्णायक भूमिका निभाती है। प्रारंभिक परीक्षा एक छँटनी परीक्षा है, जिसके अंक फाइनल मेरिट में नहीं जुड़ते। आपका चयन होगा या नहीं और अगर चयन हुआ तो रैंक क्या आएगी, इन सबके निर्धारण में मुख्य परीक्षा ही सबसे अहम भूमिका अदा करती है। लिहाजा, मुख्य परीक्षा की तैयारी प्रीलिम्स के साथ-साथ निरंतर करनी चाहिए। सिविल सेवा परीक्षा की तैयारी की पूरी प्रक्रिया में मुख्य परीक्षा को कहीं भी अनदेखा नहीं किया जा सकता।

मुख्य परीक्षा की योजना व पाठ्यक्रम

सिविल सेवा परीक्षा की फाइनल मेरिट कुल 2025 अंकों की होती है, जिसमें से मुख्य परीक्षा का योगदान भारी-भरकम यानी 1750 अंकों का होता है, जो कुल मेरिट का लगभग 86 प्रतिशत है।

मुख्य परीक्षा लगभग एक सप्ताह चलती है, जिसमें कुल नौ पेपर होते हैं। इनमें से सात पेपरों के अंक फाइनल मेरिट में जुड़ते हैं और दो पेपर (अनिवार्य भाषा के) क्वालिफाइंग प्रकृति के होते हैं।

अनिवार्य भाषा के दो प्रश्नपत्रों में एक अंग्रेजी का होता है और दूसरा हिंदी समेत संविधान की आठवीं अनुसूची में उल्लिखित 22 भाषाओं में से किसी एक भाषा का। इन दोनों पेपरों में से प्रत्येक 300 अंकों का होता है और इनके प्राप्तांक फाइनल मेरिट में नहीं जुड़ते।

मेरिट में गिने जाने के लिए मुख्य परीक्षा में कुल 7 पेपर होते हैं, जो इस प्रकार हैं—

1. निबंध
2. सामान्य अध्ययन-1
   (भारतीय विरासत और संस्कृति, विश्व का इतिहास और भूगोल, समाज)
3. सामान्य अध्ययन-2
   (शासन, संविधान, राज-व्यवस्था, सामाजिक न्याय और अंतरराष्ट्रीय संबंध)
4. सामान्य अध्ययन-3
   (प्रौद्योगिकी, आर्थिक विकास, बायो-डायवर्सिटी, पर्यावरण सुरक्षा और आपदा प्रबंधन)
5. सामान्य अध्ययन-4
   (नीतिशास्त्र, सत्यनिष्ठा और अभिरुचि)
6. वैकल्पिक विषय : पेपर-1
7. वैकल्पिक विषय : पेपर-2

ये सातों पेपर प्रत्येक 250 अंक के होते हैं। इस तरह मुख्य परीक्षा कुल 1750 अंकों की होती है।

वैकल्पिक विषयों और निबंध के अलावा बाकी अनिवार्य प्रश्नपत्रों के पाठ्यक्रम इस प्रकार हैं (वैकल्पिक विषय और निबंध की तैयारी के लिए इसी पुस्तक के दो अध्यायों में अलग से विस्तृत चर्चा की गई है)।

अनिवार्य भाषा—हिंदी/कोई भारतीय भाषा—

(1) दिए गए अनुच्छेदों का अवबोध/समझ
(2) संक्षेपण
(3) उपयोग और शब्दावली
(4) लघु निबंध
(5) अंग्रेजी से भारतीय भाषा और भारतीय भाषा से अंग्रेजी में अनुवाद

अनिवार्य भाषा : अंग्रेजी—

(1) Comprehension of given passages
(2) Précis writing

(3) Usage and vocabulary
(4) Short essays

सामान्य अध्ययन-I

(भारतीय विरासत और संस्कृति, विश्व का इतिहास एवं भूगोल और समाज)

- भारतीय संस्कृति में प्राचीन काल से आधुनिक काल तक के कला के रूप, साहित्य और वास्तुकला के मुख्य पहलू शामिल होंगे।
- 18वीं सदी के लगभग मध्य से लेकर वर्तमान समय तक का आधुनिक भारतीय इतिहास, महत्त्वपूर्ण घटनाएँ, व्यक्तित्व, विषय।
- स्वतंत्रता संग्राम—इसके विभिन्न चरण और देश के विभिन्न भागों से इसमें अपना योगदान देनेवाले महत्त्वपूर्ण व्यक्ति/उनका योगदान।
- स्वतंत्रता के पश्चात् देश के अंदर एकीकरण और पुनर्गठन।
- विश्व के इतिहास में 18वीं सदी की घटनाएँ यथा औद्योगिक क्रांति, विश्व युद्ध, राष्ट्रीय सीमाओं का पुन: सीमांकन, उपनिवेशवाद, उपनिवेशवाद की समाप्ति, राजनीतिक दर्शनशास्त्र जैसे साम्यवाद, पूँजीवाद, समाजवाद आदि शामिल होंगे; उसके रूप और समाज पर उनका प्रभाव।
- भारतीय समाज की मुख्य विशेषताएँ, भारत की विविधता।
- महिलाओं की भूमिका और महिला संगठन, जनसंख्या एवं संबद्ध मुद्दे, गरीबी और विकासात्मक विषय, शहरीकरण, उनकी समस्याएँ और उनके रक्षोपाय।
- भारतीय समाज पर भूमंडलीकरण का प्रभाव।
- सामाजिक सशक्तीकरण, संप्रदायवाद, क्षेत्रवाद और धर्मनिरपेक्षता।
- विश्व के भौतिक भूगोल की मुख्य विशेषताएँ।
- विश्व भर के मुख्य प्राकृतिक संसाधनों का वितरण (दक्षिण एशिया और भारतीय उपमहाद्वीप को शामिल करते हुए), विश्व (भारत सहित) के विभिन्न भागों में प्राथमिक, द्वितीयक और तृतीयक क्षेत्र के उद्योगों को स्थापित करने के लिए जिम्मेदार कारक।
- भूकंप, सुनामी, ज्वालामुखीय हलचल, चक्रवात आदि जैसी महत्त्वपूर्ण भू-भौतिकीय घटनाएँ, भौगोलिक विशेषताएँ और उनके स्थान—अति महत्त्वपूर्ण भौगोलिक विशेषताओं (जल स्रोत एवं हिमावरण सहित) और वनस्पति एवं प्राणी-जगत् में परिवर्तन और इस प्रकार के परिवर्तनों के प्रभाव।

सामान्य अध्ययन-II

(शासन व्यवस्था, संविधान, शासन-प्रणाली, सामाजिक न्याय तथा अंतरराष्ट्रीय संबंध)

- भारतीय संविधान—ऐतिहासिक आधार, विकास, विशेषताएँ, संशोधन, महत्त्वपूर्ण प्रावधान और बुनियादी संरचना।
- संघ एवं राज्यों के कार्य तथा उत्तरदायित्व, संघीय ढाँचे से संबंधित विषय एवं चुनौतियाँ, स्थानीय स्तर पर शक्तियों एवं वित्त का हस्तांतरण और उसकी चुनौतियाँ।
- विभिन्न घटकों के बीच शक्तियों का पृथक्करण, विवाद-निवारण तंत्र तथा संस्थान।
- भारतीय सांविधानिक योजना की अन्य देशों के साथ तुलना।
- संसद और राज्य विधायिका—संरचना, कार्य, कार्य-संचालन, शक्तियाँ एवं विशेषाधिकार और उनसे उत्पन्न होनेवाले विषय।
- कार्यपालिका और न्यायपालिका की संरचना, संगठन और कार्य—सरकार के मंत्रालय एवं विभाग, प्रभावक समूह और औपचारिक/अनौपचारिक संघ तथा शासन-प्रणाली में उनकी भूमिका।
- जन-प्रतिनिधित्व अधिनियम की मुख्य विशेषताएँ।
- विभिन्न संवैधानिक पदों पर नियुक्ति और विभिन्न संवैधानिक निकायों की शक्तियाँ, कार्य एवं उत्तरदायित्व।
- सांविधिक, विनियामक और विभिन्न अर्ध-न्यायिक निकाय।
- सरकारी नीतियों और विभिन्न क्षेत्रों में विकास के लिए हस्तक्षेप और उनके अभिकल्पन तथा कार्यान्वयन के कारण उत्पन्न विषय।
- विकास प्रक्रिया तथा विकास उद्योग—गैर-सरकारी संगठनों, स्वयं-सहायता समूहों, विभिन्न समूहों और संघों, दानकर्ताओं, लोकोपकारी संस्थाओं, संस्थागत एवं अन्य पक्षों की भूमिका।
- केंद्र एवं राज्यों द्वारा जनसंख्या के अति संवेदनशील वर्गों के लिए कल्याणकारी योजनाएँ और इन योजनाओं का कार्य-निष्पादन, इन अति संवेदनशील वर्गों की रक्षा एवं बेहतरी के लिए गठित तंत्र, विधि, संस्थान एवं निकाय।
- स्वास्थ्य, शिक्षा, मानव संसाधनों से संबंधित सामाजिक क्षेत्रों/सेवाओं के

विकास और प्रबंधन से संबंधित विषय।

- गरीबी और भूख से संबंधित विषय।
- शासन व्यवस्था, पारदर्शिता और जवाबदेही के महत्त्वपूर्ण पक्ष, ई-गवर्नेंस-अनुप्रयोग, मॉडल, सफलताएँ, सीमाएँ और संभावनाएँ, नागरिक चार्टर, पारदर्शिता एवं जवाबदेही और संस्थागत तथा अन्य उपाय।
- लोकतंत्र में सिविल सेवाओं की भूमिका।
- भारत एवं इसके पड़ोसी संबंध।
- द्विपक्षीय, क्षेत्रीय और वैश्विक समूह और भारत से संबंधित और/अथवा भारत के हितों को प्रभावित करनेवाले करार।
- भारत के हितों पर विकसित एवं विकासशील देशों की नीतियों तथा राजनीति का प्रभाव।
- महत्त्वपूर्ण अंतरराष्ट्रीय संस्थान, संस्थाएँ और मंच—उनकी संरचना, अधिदेश।

सामान्य अध्ययन-III

(प्रौद्योगिकी, आर्थिक विकास, जैव विविधता, पर्यावरण सुरक्षा तथा आपदा प्रबंधन)

- भारतीय अर्थव्यवस्था तथा योजना, संसाधनों को जुटाने, प्रगति, विकास तथा रोजगार से संबंधित विषय।
- समावेशी विकास तथा इससे उत्पन्न विषय।
- सरकारी बजट।
- मुख्य फसलें—देश के विभिन्न भागों में फसलों का पैटर्न—सिंचाई के विभिन्न प्रकार एवं सिंचाई प्रणाली—कृषि उत्पाद का भंडारण, परिवहन तथा विपणन, संबंधित विषय और बाधाएँ, किसानों की सहायता के लिए ई-प्रौद्योगिकी।
- प्रत्यक्ष एवं अप्रत्यक्ष कृषि सहायता तथा न्यूनतम समर्थन मूल्य से संबंधित विषय, जन-वितरण प्रणाली—उद्देश्य, कार्य, सीमाएँ, सुधार; बफर स्टॉक तथा खाद्य सुरक्षा संबंधी विषय; प्रौद्योगिकी मिशन; पशुपालन से संबंधित अर्थशास्त्र।
- भारत में खाद्य प्रसंस्करण एवं संबंधित उद्योग—कार्यक्षेत्र एवं महत्त्व, स्थान, ऊपरी और नीचे की अपेक्षाएँ, आपूर्ति शृंखला प्रबंधन।

- भारत में भूमि सुधार।
- उदारीकरण का अर्थव्यवस्था पर प्रभाव, औद्योगिक नीति में परिवर्तन तथा औद्योगिक विकास पर इनका प्रभाव।
- बुनियादी ढाँचा—ऊर्जा, बंदरगाह, सड़क, विमानपत्तन, रेलवे आदि।
- निवेश मॉडल।
- विज्ञान एवं प्रौद्योगिकी—विकास एवं अनुप्रयोग और रोजमर्रा के जीवन पर इसका प्रभाव।
- विज्ञान एवं प्रौद्योगिकी में भारतीयों की उपलब्धियाँ, देशज रूप से प्रौद्योगिकी का विकास और नई प्रौद्योगिकी का विकास।
- सूचना प्रौद्योगिकी, अंतरिक्ष, कंप्यूटर, रोबोटिक्स, नैनो-टेक्नोलॉजी, बायो-टेक्नोलॉजी और बौद्धिक संपदा अधिकारों से संबंधित विषयों के संबंध में जागरूकता।
- संरक्षण, पर्यावरण प्रदूषण और क्षरण, पर्यावरण प्रभाव का आकलन।
- आपदा और आपदा प्रबंधन।
- विकास और फैलते उग्रवाद के बीच संबंध।
- आंतरिक सुरक्षा के लिए चुनौती उत्पन्न करनेवाले शासन-विरोधी तत्त्वों की भूमिका।
- संचार नेटवर्क के माध्यम से आंतरिक सुरक्षा को चुनौती, आंतरिक सुरक्षा चुनौतियों में मीडिया और सामाजिक नेटवर्किंग साइटों की भूमिका, साइबर सुरक्षा की बुनियादी बातें, धन-शोधन और इसे रोकना।
- सीमावर्ती क्षेत्रों में सुरक्षा चुनौतियाँ एवं उनका प्रबंधन—संगठित अपराध और आतंकवाद के बीच संबंध।
- विभिन्न सुरक्षा बल और संस्थाएँ तथा उनके अधिदेश।

सामान्य अध्ययन-IV

(नीतिशास्त्र, सत्यनिष्ठा और अभिरुचि)

इस प्रश्न-पत्र में ऐसे प्रश्न शामिल होंगे, जो सार्वजनिक और जीवन में उम्मीदवारों की सत्यनिष्ठा, ईमानदारी से संबंधित विषयों के प्रति उनकी अभिवृत्ति एवं उनके दृष्टिकोण तथा समाज से आचार-व्यवहार में विभिन्न मुद्दों और सामने आनेवाली समस्याओं के समाधान को लेकर उनकी मनोवृत्ति का परीक्षण करेंगे।

इन आयामों का निर्धारण करने के लिए प्रश्न-पत्रों में किसी मामले के अध्ययन (केस स्टडी) का माध्यम भी चुना जा सकता है। मुख्य रूप से निम्नलिखित क्षेत्रों को कवर किया जाएगा—

- **नीतिशास्त्र तथा मानवीय सह-संबंध :** मानवीय क्रिया-कलापों में नीतिशास्त्र के सार तत्त्व, इसके निर्धारक और परिणाम; नीतिशास्त्र के आयाम; निजी और सार्वजनिक संबंधों में नीतिशास्त्र, मानवीय मूल्य—महान् नेताओं, सुधारकों और प्रशासकों के जीवन तथा उनके उपदेशों से शिक्षा, मूल्य विकसित करने में परिवार, समाज और शैक्षणिक संस्थाओं की भूमिका।
- **अभिवृत्ति :** सारांश (कंटेंट), संरचना, वृत्ति, विचार तथा आचरण के परिप्रेक्ष्य में इसका प्रभाव एवं संबंध; नैतिक और राजनीतिक अभिरुचि; सामाजिक प्रभाव और धारण।
- सिविल सेवा के लिए अभिरुचि तथा बुनियादी मूल्य, सत्यनिष्ठा, भेदभाव-रहित तथा गैर-तरफदारी, निष्पक्षता, सार्वजनिक सेवा के प्रति समर्पण भाव, कमजोर वर्गों के प्रति सहानुभूति, सहिष्णुता तथा संवेदना।
- **भावनात्मक समझ :** अवधारणाएँ तथा प्रशासन और शासन व्यवस्था में उनके उपयोग और प्रयोग।
- भारत तथा विश्व के नैतिक विचारकों एवं दार्शनिकों के योगदान।
- **लोक प्रशासनों में लोक/सिविल सेवा मूल्य तथा नीतिशास्त्र :** स्थिति तथा समस्याएँ; सरकारी व निजी संस्थानों में नैतिक चिंताएँ तथा दुविधाएँ; नैतिक मार्गदर्शन के स्रोतों के रूप में विधि, नियम, विनियम तथा अंतरात्मा; शासन व्यवस्था में नीतिपरक तथा नैतिक मूल्यों का सुदृढ़ीकरण; अंतरराष्ट्रीय संबंधों तथा निधि व्यवस्था (फंडिंग) में नैतिक मुद्दे; कॉरपोरेट शासन व्यवस्था।
- **शासन व्यवस्था में ईमानदारी :** लोक सेवा की अवधारणा, शासन व्यवस्था और ईमानदारी का दार्शनिक आधार, सरकार में सूचना का आदान-प्रदान और पारदर्शिता, सूचना का अधिकार, नीतिपरक आचार संहिता, आचरण संहिता, नागरिक घोषणा-पत्र, कार्य संस्कृति, सेवा प्रदान करने की गुणवत्ता, लोक निधि का उपयोग, भ्रष्टाचार की चुनौतियाँ।
- उपर्युक्त विषयों पर मामला संबंधी अध्ययन (केस स्टडी)।

मुख्य परीक्षा का गणित समझें

मुख्य परीक्षा के महत्त्व को लेकर किसी को कोई संदेह नहीं है। मुख्य परीक्षा की तैयारी कैसे करें, यह जानने से पहले एक बार मुख्य परीक्षा के विभिन्न पेपरों में विभिन्न टॉपरों को प्राप्त हुए अंकों का गणित समझना बेहतर रहेगा, ताकि हम यह जान सकें कि किस तरह अपने अनुकूल एक बेहतर रणनीति बनाई जा सकती है। इसके लिए हमें नए पैटर्न के बाद के कुछ UPSC टॉपरों की मेंस एग्जाम की मार्कशीट का तुलनात्मक अध्ययन कर एक संक्षिप्त विश्लेषण द्वारा मोटे तौर पर कुछ निष्कर्षों तक पहुँचना होगा।

वर्ष 2013 की सिविल सेवा परीक्षा में पहली रैंक हासिल की **गौरव अग्रवाल** ने। उन्हें निबंध में 135 अंक, सामान्य अध्ययन में 338 अंक और वैकल्पिक विषय में 296 अंक हासिल हुए। इस तरह कुल मिलाकर मुख्य परीक्षा के 1750 अंकों में से 769 अंक मिले, जो लगभग 44 प्रतिशत स्कोर है।

वर्ष 2014 की टॉपर **इरा सिंघल** को निबंध में 160 अंक, सामान्य अध्ययन में 455 और वैकल्पिक विषय में 305 अंक मिले। इस तरह मुख्य परीक्षा में कुल 920 अंक (लगभग 52.5 प्रतिशत) लाकर इरा ने पहली रैंक पाई। यदि इसी वर्ष के हिंदी माध्यम के परिणामों की बात करें तो मुझे (**निशान्त जैन**, रैंक-13 को) भी निबंध में 160 अंक, सामान्य अध्ययन में 378 अंक (एथिक्स में 124 अंक) और वैकल्पिक विषय में 313 अंक प्राप्त हुए। इस तरह मेंस का कुल स्कोर रहा 851, यानी लगभग 49 प्रतिशत स्कोर रहा।

वर्ष 2015 की सिविल सेवा परीक्षा की टॉपर **टीना डाबी** की अंक तालिका देखें तो उन्हें निबंध में 145 अंक, सामान्य अध्ययन में 424 अंक, वैकल्पिक विषय में 299 अंक और मुख्य परीक्षा में कुल 868 अंक (लगभग 50 प्रतिशत) प्राप्त हुए। यदि इस वर्ष के हिंदी माध्यम के नतीजों पर गौर करें तो हिंदी माध्यम की टॉपर **अनुराधा पाल** (रैंक 62) को मुख्य परीक्षा में कुल 780 अंक (लगभग 45 प्रतिशत) प्राप्त हुए, जिसमें से निबंध में 146 अंक, सामान्य अध्ययन में 372 अंक और वैकल्पिक विषय में 262 अंक हासिल हुए थे।

सिविल सेवा परीक्षा-2016 के हिंदी माध्यम के परिणाम देखें, तो रैंक 33 प्राप्त करने वाले **गंगा सिंह** को निबंध में 157 अंक, सामान्य अध्ययन में 417 अंक, वैकल्पिक विषय में 315 अंक प्राप्त हुए हैं, वहीं 38वीं रैंक हासिल करने वाले **शैलेंद्र सिंह इंदोलिया** को निबंध में 154 अंक, सामान्य अध्ययन में 435 अंक और वैकल्पिक विषय में 291 अंक प्राप्त हुए हैं। 2016 के मुख्य परीक्षा परिणामों

में अभ्यर्थियों के प्राप्तांक गत कुछ वर्षों के अपेक्षा बढ़े हैं। 2017 की सिविल सेवा परीक्षा में हिन्दी माध्यम के टॉपर **अनिरुद्ध कुमार** को निबंध में 160 अंक, सामान्य अध्ययन में 402 अंक व वैकल्पिक विषय में 297 अंक प्राप्त हुए है।

ऊपर हमने पिछले कुछ वर्षों के कुल टॉपरों की मुख्य परीक्षा के अंकों पर नजर डाली। इससे हमें कई महत्त्वपूर्ण बातें पता चलती हैं। पहली तो यह कि पिछले तीन वर्षों से मुख्य परीक्षा में टॉपर का स्कोर 50 प्रतिशत के आस-पास है। दूसरा यह कि तीनों वर्षों में निबंध, एथिक्स (जी.एस. पेपर-4) और वैकल्पिक विषय सफलता के महत्त्वपूर्ण सोपान बनकर उभरे हैं। यद्यपि सामान्य अध्ययन के पहले तीन पेपरों के अंकों का अपना महत्त्व है, पर आप पाएँगे कि इन तीनों पेपरों में टॉपरों को प्राप्त अंकों में बहुत ज्यादा अंतर नहीं है; जबकि निबंध, एथिक्स और वैकल्पिक विषयों में अंतर की रेंज काफी बड़ी है। हालाँकि वर्ष 2016 व 2017 की परीक्षा का ट्रेंड यह भी बताता है कि अब हिंदी माध्यम में सामान्य अध्ययन में भी बेहतर अंक आने लगे हैं।

लिहाजा, कहना होगा कि सामान्य अध्ययन के साथ-साथ वैकल्पिक विषय और निबंध व एथिक्स जैसे उपेक्षित-से समझे जाने वाले प्रश्नपत्रों की तैयारी पर भी ध्यान देना होगा। साथ ही यह भी समझा जा सकता है कि इंटरव्यू के अंकों के भरोसे न रहकर मुख्य परीक्षा में ही अधिकाधिक स्कोर करने की कोशिश करनी होगी। ऐसे अनेक टॉपर हैं, जिन्हें मुख्य परीक्षा में बेहतरीन अंकों के बावजूद इंटरव्यू में औसत अंक मिले।

रेडी रेफरेंस के लिए मैं UPSC और उत्तर प्रदेश PSC की वर्ष 2014 की मुख्य परीक्षाओं की अपनी अंक तालिकाएँ यहाँ साझा कर रहा हूँ—

UPSC CSE मुख्य परीक्षा-2014—निशान्त जैन

निबंध—160 अंक/250

सामान्य अध्ययन पेपर-1—89 अंक/250

सामान्य अध्ययन पेपर-2—88 अंक/250

सामान्य अध्ययन पेपर-3—77 अंक/250

सामान्य अध्ययन पेपर-4—124 अंक/250

वैकल्पिक विषय—हिंदी साहित्य पेपर-1—166 अंक/250

वैकल्पिक विषय—हिंदी साहित्य पेपर-2—147 अंक/250

कुल अंक—851 अंक/1750

UP PCS मुख्य परीक्षा-2014—निशान्त जैन

सामान्य हिंदी—94 अंक/150

निबंध—110 अंक/150

सामान्य अध्ययन पेपर-1—121 अंक/200

सामान्य अध्ययन पेपर-2—145 अंक/200

वैकल्पिक विषय—हिंदी साहित्य पेपर-1—157.64 अंक/200

वैकल्पिक विषय—हिंदी साहित्य पेपर-2—140.93 अंक/200

वैकल्पिक विषय—समाज कार्य पेपर-1—138.83 अंक/200

वैकल्पिक विषय—समाज कार्य पेपर-2—145.74 अंक/200

कुल अंक—1053.14 अंक/1500

प्रीलिम्स के तुरंत बाद क्या करें?

प्रारंभिक परीक्षा देने के बाद कुछ अभ्यर्थी मुख्य परीक्षा की तैयारी शुरू कर देते हैं तो कुछ इसी उधेड़बुन में रहते हैं कि प्री क्लीयर होगा भी या नहीं। मैं आपको इस असमंजस से उबरने का व्यावहारिक समाधान बताता हूँ। अगर आपका प्रीलिम्स उत्तीर्ण हो रहा है, तो आपको बिना देरी किए तैयारी शुरू करनी ही है और यदि संयोग से प्रीलिम्स क्लीयर नहीं भी हो रहा है, तो भी आपको अभी बिना देरी किए अगले वर्ष के लिए मुख्य परीक्षा की तैयारी शुरू कर देनी चाहिए। इसका मतलब यह हुआ कि भले ही आपकी प्रारंभिक परीक्षा क्वालिफाई हो या नहीं, आपको इसी साल के अंत तक मुख्य परीक्षा की तैयारी करनी ही है। आइए, जानें कि प्रीलिम्स के बाद क्या करें?

- बाजार में उपलब्ध ढेर सारी उत्तर कुंजियों के चक्कर में न पड़ें और थोड़ा रिलैक्स करके सीधे मुख्य परीक्षा की तैयारी में जुट जाएँ।
- मुख्य परीक्षा में अच्छे अंक लाने के लिए दो काम अपरिहार्य हैं—एक लेखन कौशल का विकास और दूसरा रिवीजन। आज से लेकर मुख्य परीक्षा देने तक लेखन अभ्यास न छोड़ें। चाहे आधा-एक घंटा ही लिखें, पर लिखें जरूर।
- निबंध का प्रश्नपत्र तैयारी का वक्त कम माँगता है, पर अंक ज्यादा दे सकता है। अत: मेरी सलाह है कि हर हफ्ते एक या दो निबंध निर्धारित समय में लिखने का अभ्यास करें।

- यही काम एथिक्स की केस स्टडी के लिए भी कर सकते हैं। हर सप्ताह 2-3 मॉडल केस स्टडी का अभ्यास जरूर करें।
- मुख्य परीक्षा में करेंट अफेयर्स की गहरी समझ होना बहुत महत्त्वपूर्ण है। वर्ष 2016 की प्रारंभिक परीक्षा में तो करेंट्स के सवालों की भरमार थी। अत: आप न्यूज पेपर, एक अच्छी मंथली मैगजीन, रेडियो और वेबसाइटों से खुद को अपडेट करते रहें।
- जब कभी फुरसत में हों या बोर हो रहे हों तो कुछ सीरियलों के एपिसोड देख सकते हैं, जैसे—'प्रधानमंत्री', 'संविधान' और 'सत्यमेव जयते'।
- NCERT की नौवीं से बारहवीं कक्षा की सामाजिक विज्ञान की किताबें दोहरा लें। आधुनिक इतिहास के लिए स्पेक्ट्रम, 'भारतीय राजव्यवस्था' और 'भारतीय शासन' पर एम. लक्ष्मीकांत की किताबें, समकालीन इतिहास के लिए 'आजादी के बाद का भारत' आर्थिक सर्वेक्षण, भूगोल और पर्यावरण के लिए NCERT आदि विविध महत्त्वपूर्ण किताबें फिर से देख लें।
- कुछ वेबसाइटों से नियमित तौर पर जुड़े रहें—mrunal.org, insightsonindia.com, iasbaba.com, newsonair.com, pib.nic.in
- Test series करना एक अच्छा विकल्प है। अपना स्तर समय-समय पर जाँचते रहें। सामान्य अध्ययन और वैकल्पिक विषय के टेस्ट देना अच्छा रहता है। टेस्ट सीरीज के मॉडल उत्तर जरूर देखें और उन्हें भी तैयार कर लें। बहुत सारी टेस्ट सीरीज जॉइन न करें।
- पूरा फोकस मुख्य परीक्षा पर ही रखें, न कि इंटरव्यू या अगले प्रीलिम्स पर। इनकी तैयारी के लिए पर्याप्त समय मिलेगा।
- राइटिंग स्पीड को थोड़ा बढ़ाएँ (ठीक-ठाक पठनीय और स्पष्ट हैंडराइटिंग बनाए रखते हुए), ताकि मुख्य परीक्षा में सभी पेपर पूरे-पूरे अटेंप्ट कर सकें। शब्द सीमा का अतिक्रमण कतई न करें।
- एक डायरी बनाकर यह लिखना शुरू करें कि आज कौन-सा टॉपिक पढ़ा और कहाँ से पढ़ा। परीक्षा के दिनों में यह काम आएगा।
- वैकल्पिक विषय में अच्छा प्रदर्शन आपकी सफलता को काफी सरल बना सकता है, लिहाजा कोशिश करें कि अभी से लेकर मुख्य परीक्षा तक अपने वैकल्पिक विषय को निरंतर समय देते रहें और उसे रिवाइज करते रहें।

- सबका पढ़ाई व तैयारी का ढंग और रणनीति अलग-अलग होती है, अतः किसी दोस्त से अत्यधिक प्रभावित होकर तनाव न लें।
- जो अभ्यर्थी पहले मुख्य परीक्षा दे चुके हैं और तब सफल नहीं हो सके थे, वे यह सोचने के बजाय कि इस बार भी एग्जाम क्लीयर होगा या नहीं, तनाव-मुक्त होकर पिछली बार की गलतियों से सीखकर पूरे उत्साह से परीक्षा दें।

मुख्य परीक्षा का फॉर्म भरते वक्त किन बातों का ध्यान रखें

जब आप प्रारंभिक परीक्षा उत्तीर्ण कर लेते हैं तो आपको मुख्य परीक्षा के लिए एक विस्तृत आवेदन पत्र (DAF) भरना होता है। यही वह दस्तावेज है, जिसे इंटरव्यू बोर्ड आपके बारे में आधारभूत जानकारी जुटाने के लिए इस्तेमाल करता है। इसमें विभिन्न जनकारियाँ, जैसे—नाम, गृह जिला, गृह राज्य, मातृभाषा, समुदाय/श्रेणी, शैक्षिक व व्यावसायिक योग्यता, अभिरुचियाँ, अनुभव, वैकल्पिक विषय, उपलब्धियाँ और सेवा व कैडर की प्राथमिकताएँ आदि लिखनी होती हैं।

मेरी राय में, यह फॉर्म भरते हुए खुद को थोड़ा समय देना चाहिए और थोड़ा धैर्यपूर्वक इस फॉर्म को भरना चाहिए, क्योंकि इंटरव्यू कॉल आने के बाद इसमें कोई बदलाव नहीं किया जा सकता। यही नहीं, आपकी सर्विस और कैडर का आवंटन भी इसी फॉर्म के आधार पर होता है।

आइए, जानें कि यह महत्त्वपूर्ण फॉर्म भरते वक्त क्या-क्या सावधानियाँ बरतनी चाहिए—

- सबसे पहली बात तो यह कि DAF भरते समय जल्दबाजी बिल्कुल न करें। स्पेलिंग गलत न लिखें। अंकों को लिखते समय भी गलती न करें।
- भूलकर भी गलत, त्रुटिपूर्ण या भ्रामक जानकारी न दें।
- मुख्य परीक्षा का केंद्र आप बदल सकते हैं, अतः केंद्रों की सूची में से अपनी पसंद के अनुसार परीक्षा केंद्र चुनें।
- मुख्य परीक्षा का माध्यम और इंटरव्यू का माध्यम अलग-अलग हो सकता है। उदाहरण के तौर पर, यदि किसी ने मुख्य परीक्षा अंग्रेजी माध्यम में लिखी है तो भी वह हिंदी में इंटरव्यू दे सकता है। भाषा-माध्यम संविधान में उल्लिखित 22 भाषाओं और अंग्रेजी में से कोई भी हो सकता है। अतः अपनी सुविधानुसार मुख्य परीक्षा व इंटरव्यू का भाषा-माध्यम चुनें।
- शैक्षिक एवं उच्च शैक्षिक योग्यताओं और अनुभव का पूरा ब्योरा दें। जैसे

विषय के कॉलम में दसवीं और बारहवीं कक्षा के सारे विषय लिखें। यदि आपने पूर्व में सरकारी/निजी क्षेत्र में कोई नौकरी की है या वर्तमान में कर रहे हैं तो उसका विवरण भी देना होगा।

- अब बारी आती है DAF के प्रश्न संख्या 18 की, जिससे इंटरव्यू में भी काफी सवाल पूछे जाने की संभावना होती है। इसमें आपको प्राप्त किन्हीं पुरस्कारों, मेडलों, स्कॉलरशिप आदि; टीम, खेल, एन.सी.सी., पर्वतारोहण आदि; स्कूल/कॉलेज में महत्त्वपूर्ण उपलब्धि या स्थान आदि और अन्य सह-शैक्षिक गतिविधियों एंड अभिरुचियों का विवरण देना होता है। इसमें सबसे महत्त्वपूर्ण है 18(d)। इसमें पूछा गया है—'अन्य सह-शैक्षिक गतिविधियों और रुचि के विषय (जैसे शौक/हॉबीज आदि)'। इस कॉलम को भरने में अभ्यर्थी काफी परेशान रहते हैं। मेरा यह मानना है कि आप वही हॉबी भरें, जिससे आपका वस्तुत: जुड़ाव रहा हो; क्योंकि इंटरव्यू बोर्ड बहुत आसानी से पता लगा लेता है कि आपकी रुचि संबंधित क्षेत्र में है भी या नहीं। इस कॉलम में आप केवल आपके शौक नहीं, सह-शैक्षिक गतिविधियाँ (Extra-curricular Activities) और अभिरुचियाँ (interests) भी लिख सकते हैं।

  उदाहरण के तौर पर, कहानियाँ या उपन्यास पढ़ना, सिनेमा देखना, संगीत सुनना, बैडमिंटन खेलना, भ्रमण, कविताएँ लिखना, डिबेट, थिएटर, क्रिकेट, कुकिंग आदि। हॉबीज लिखते समय ध्यान रखें कि सच्ची हॉबी लिखें और कोशिश करें कि थोड़ा स्पेसिफिक हॉबी लिखें। जैसे—'किताबें पढ़ना' लिख देने से बेहतर है यह लिखना कि आप किस तरह की किताबें पढ़ना पसंद करते हैं, जैसे—उपन्यास पढ़ना या गजलें पढ़ना आदि। काल्पनिक या गैर-व्यावहारिक हॉबीज न ही लिखें तो बेहतर रहेगा।

- रही बात सर्विस और कैडर की प्राथमिकताएँ भरने की, तो मैं कहूँगा कि यह कॉलम सोच-समझकर ही भरें। बाद में आपकी सर्विस और कैडर आपके जीवन में काफी महत्त्वपूर्ण हो जाते हैं। कुछ लोग यह भी सोचते हैं कि अभी कौन सा हमारा सेलेक्शन हो गया है? जब हो जाएगा, तब सोचेंगे। न भूलें कि फाइनल सेलेक्शन के बाद भी आप ये प्राथमिकताएँ (preferences) नहीं बदल सकते। जहाँ तक इन प्राथमिकताओं को भरने का प्रश्न है तो मैं कहूँगा कि हर सर्विस का प्रोफाइल पता कर लें। इसके लिए आप सीनियर्स की मदद लेने के साथ DoPT की वेबसाइट

भी विजिट कर सकते हैं। अपनी रुचि, क्षमता और सर्विस के प्रोफाइल के आधार पर प्राथमिकताएँ तय करें। दो सेवाओं—आई.ए.एस. और आई.पी.एस. के लिए आपको कैडर की प्राथमिकता भी भरनी होती है। आम तौर पर लोग भौगोलिक और सांस्कृतिक नजदीकी के आधार पर स्टेट कैडर चुनते हैं; पर मेरी राय में, इन फैक्टर्स के अलावा यदि संभव हो तो उस राज्य कैडर की प्रशासनिक संस्कृति की थोड़ी जानकारी भी कर लें।

मुख्य परीक्षा की समग्र तैयारी : कुछ काम की बातें

- वर्ष 2013 की मुख्य परीक्षा से नया पैटर्न लागू हुआ है। अतः मुख्य परीक्षा के 2013 से अब तक के पेपरों को अच्छे से देख व समझ लें और समय-समय पर संदर्भ लेते रहें। आपको इन पुराने पेपरों का अध्ययन और विश्लेषण करने पर धीरे-धीरे मुख्य परीक्षा में पूछे जाने वाले प्रश्नों का ट्रेंड समझ में आने लगेगा।
- लेखन कौशल को सुधारे बगैर मुख्य परीक्षा में बेहतरीन अंक लाना संभव नहीं है। लिहाजा लेखन कौशल के लिए रोज कुछ वक्त राइटिंग प्रैक्टिस को दें। कम-से-कम हर सप्ताह एक निबंध और एथिक्स की दो केस स्टडी लिखने का अभ्यास जरूर करें। (लेखन कौशल के अत्यधिक महत्त्व को देखते हुए इसी पुस्तक के अध्याय 'उत्कृष्ट लेखन कौशल : सफलता का आधार' में अलग से विस्तृत चर्चा की गई है)
- मैंने यह महसूस किया है कि जो चीजें किसी टॉपर को बाकी अभ्यर्थियों से खास बनाती हैं, उनमें बेहद अहम है उसका उसके माध्यम की भाषा पर अधिकार। चाहे आप अंग्रेजी माध्यम चुनें या हिंदी माध्यम अथवा मराठी, कन्नड़ या तमिल, आपकी उस भाषा-माध्यम पर बेहतरीन पकड़ होनी चाहिए, ताकि आप खुद को सहज ढंग से अभिव्यक्त कर सकें। ध्यान रहे, भाषा पर अधिकार से मेरा अभिप्राय साहित्यिक, काव्यात्मक या आलंकारिक भाषा के प्रयोग से बिल्कुल नहीं है। भाषा सरल, सहज और बोधगम्य होनी चाहिए। (भाषा पर अधिकार को ठीक से समझने के लिए इसी पुस्तक के अध्याय 'भाषा पर अधिकार बना सकता है अधिकारी' में विस्तृत चर्चा की गई है।)

- जैसा कि मैंने पहले भी जिक्र किया है कि मुख्य परीक्षा में उत्कृष्ट प्रदर्शन के लिए हमारी एप्रोच एकीकृत और व्यापक होनी चाहिए। साथ ही चीजों और घटनाओं को आपस में जोड़कर देख सकने की क्षमता भी जरूरी है। विशेषकर सामान्य अध्ययन की पारंपरिक जानकारी को नवीनतम समसामयिक घटनाक्रम से कनेक्ट करके देखने का स्किल उत्तर की क्वालिटी को बहुत बेहतर बना सकता है। इसलिए मुख्य परीक्षा की तैयारी के दौरान अपने ट्रेडिशनल नॉलेज को करेंट अफेयर्स से निरंतर अपडेट करते रहें; जैसे—निरंतर जारी न्यायिक सुधारों या प्रशासनिक एवं पुलिस सुधारों की प्रक्रिया और आज का स्टेटस आदि।
- मुख्य परीक्षा की तैयारी में यह बात ध्यान रहे कि सभी पेपरों को महत्त्व दें और किसी भी पेपर को अपनी कमजोर कड़ी न बनने दें। यद्यपि यह संभव नहीं है कि आपके सभी पेपर बेहतरीन जाएँ, पर साथ ही यह भी ध्यान रखना होगा कि किसी पेपर में भले ही बहुत अच्छे अंक न मिले हों, पर किसी भी पेपर में बहुत कम अंक भी न हों।
- वर्ष 2013 की मुख्य परीक्षा से लेकर अब तक के मुख्य परीक्षा के प्रश्नपत्रों पर विशेष फोकस करें। जी.एस., निबंध, ऑप्शनल सब्जेक्ट—सभी के पेपरों को समय-समय पर देखते रहें, ताकि आप पेपर की प्रवृत्तियाँ और ट्रेंड समझ सकें।
- मुख्य परीक्षा में समयबद्ध और सटीक उत्तर लेखन अभ्यास के लिए अनेक अभ्यर्थी कोई टेस्ट सीरीज जॉइन करते हैं। यह एक बेहतर विकल्प है। टेस्ट सीरीज में आनेवाले प्रश्नों के उत्तरों को टेस्ट के बाद एक बार देख लें। कभी-कभी ये भी तैयारी में मदद करते हैं। टेस्ट के उत्तरों में सुधार के सुझावों का स्वागत करें और निरंतर सुधार करते जाएँ; लेकिन किसी भी टेस्ट सीरीज पर आँखें मूँदकर भरोसा न करें। टेस्ट सीरीज वाले परीक्षक के मत से आयोग के परीक्षक का मत भिन्न हो सकता है। कुछ ऐसे भी सफल अभ्यर्थी हैं, जो टेस्ट सीरीज में मिलनेवाले औसत अंकों के बावजूद मुख्य परीक्षा में अच्छा प्रदर्शन करते हैं।
- चूँकि अब मुख्य परीक्षा में सामान्य अध्ययन के प्रश्नों के उत्तर 200 शब्दों में लिखने होते हैं, अत: अपनी बात को संक्षेप में लिखने की कला सीखें। हर प्रश्न पर अगर चार-पाँच बिंदुओं की जानकारी आपको है तो भी आप एक अच्छा उत्तर लिख सकते हैं। यदि आपके पास ज्यादा जानकारी है

तो उसे संश्लिष्ट (compact) कर एक सटीक उत्तर लिखने का अभ्यास करें और अनावश्यक बातों को लिखने से बचें।

कैसे करें अनिवार्य भाषा प्रश्नपत्रों की तैयारी

अनिवार्य भाषा का प्रश्नपत्र क्वालिफाइंग प्रकृति का है, पर कभी-कभी कुछ अभ्यर्थी इसमें अनुत्तीर्ण हो जाते हैं और उनकी बाकी पेपरों की उत्तर-पुस्तिका जाँची नहीं जाती। अत: भले ही ज्यादा तैयारी न की जाए, पर थोड़ा ध्यान अनिवार्य भाषाओं के इन दो पेपरों पर जरूर देना चाहिए।

जहाँ तक हिंदी का प्रश्न है (ऐसे अभ्यर्थी, जिन्होंने भारतीय भाषाओं में से हिंदी को चुना है), इसमें आम तौर पर 600 शब्दों का एक लघु निबंध, अपठित गद्यांश पर आधारित प्रश्नों के उत्तर, गद्यांश का संक्षेपण, गद्यांश का अंग्रेजी से हिंदी तथा हिंदी से अंग्रेजी में अनुवाद और कुछ शब्द भंडार से प्रश्न (जैसे—मुहावरे-लोकोक्तियाँ, शब्द-युग्म, पर्यायवाची और वाक्यों के शुद्ध रूप आदि) पूछे जाते रहे हैं।

अकसर देखा गया है कि ऐसे अभ्यर्थी, जो पिछले कुछ वर्षों से हिंदी पढ़ने-लिखने से दूर रहे हैं (पढ़ाई, नौकरी या अन्य कारणों से), उन्हें इस पेपर में कुछ दिक्कत महसूस होती है। हालाँकि इस पेपर का स्तर हाई स्कूल (कक्षा-10) लेवल का ही है, पर ऐसे साथी, जिन्हें हिंदी का अखबार गति से पढ़ने या हिंदी को बिना व्याकरणिक अशुद्धियों के लिखने में समस्या है, उन्हें मैं सलाह दूँगा कि वे बाकी तैयारी के साथ-साथ हिंदी पढ़ने और कभी-कभी लिखने का अभ्यास करते रहें। विशेषकर ऐसे अभ्यर्थी, जो परीक्षा अंग्रेजी माध्यम में दे रहे हैं और उन्होंने अनिवार्य भारतीय भाषा के रूप में हिंदी को चुना है। इसके लिए हिंदी का एक अखबार देखना बेहतर विकल्प है। कहने का सीधा सा अर्थ यह है कि हिंदी से थोड़ा टच बनाए रखें, ताकि परीक्षा में कोई परेशानी न हो।

अनिवार्य भाषा—अंग्रेजी के प्रश्नपत्र को भी हर साल कई अभ्यर्थी क्वालिफाई नहीं कर पाते। इसका कारण भी इस पेपर की अनदेखी और अंग्रेजी से 'आउट ऑफ टच' रहना है। विशेषकर हिंदी माध्यम से मुख्य परीक्षा दे रहे अभ्यर्थी इस पेपर पर भी थोड़ा ध्यान दें। यदि आपको अंग्रेजी पढ़कर समझने और सही (correct) अंग्रेजी लिखने में दिक्कत होती है तो आप सचेत हो जाएँ।

मैं हमेशा यह कहता रहा हूँ कि अंग्रेजी हौवा नहीं है और कुछ अर्थों में यह

हिंदी से भी आसान है, इसलिए इससे डरें नहीं। यह मुख्य परीक्षा उत्तीर्ण करने के लिए जरूरी है। हालाँकि पेपर का स्तर सामान्य होता है और आप थोड़ा अभ्यास करते रहने से वह स्तर प्राप्त कर सकते हैं।

इसके अलावा, अंग्रेजी पढ़ने में यदि आपको कोई तकलीफ नहीं है, तो आपको मुख्य परीक्षा की तैयारी में और मदद मिल सकती है। अंग्रेजी में उपलब्ध किसी बेहतर अध्ययन सामग्री या किसी अच्छी वेबसाइट को आप आसानी से पढ़कर अपने ज्ञान में वृद्धि कर सकते हैं।

इस तरह, अनिवार्य भाषा के दोनों प्रश्नपत्रों में अपने स्तर और क्षमता के मुताबिक देख लें कि आपको तैयारी की कितनी जरूरत है और उसी के अनुरूप अभ्यास के माध्यम से आप तैयारी कर सकते हैं।

कैसे करें सामान्य अध्ययन और एथिक्स की तैयारी

UPSC मुख्य परीक्षा का नवीनतम पाठ्यक्रम थोड़ा व्यापक जरूर है, पर बहुत तर्कसंगत और गत्यात्मक (dynamic) भी। मुख्य परीक्षा के नए पाठ्यक्रम में कुछ नए खंड जोड़े गए हैं; जैसे—आंतरिक सुरक्षा, विश्व इतिहास, विश्व भूगोल, आजादी के बाद का समकालीन भारतीय इतिहास, भारतीय समाज और एथिक्स का पूरा पेपर। इसमें कोई संदेह नहीं है कि अब सामान्य अध्ययन का महत्त्व काफी बढ़ गया है और साथ ही तैयारी का दायरा भी बढ़ा है। पर अच्छी बात यह है कि पाठ्यक्रम आपस में जुड़ा हुआ (इंटर-कनेक्टेड) है और बहुत रोचक व अर्थपूर्ण भी है।

इससे पहले कि हम पेपर-वार यह जानें कि तैयारी में किन-किन बातों का ध्यान रखना है, मैं आपसे यह कहना चाहता हूँ कि आप सबसे पहले UPSC के वर्ष 2013 और उसके बाद के मुख्य परीक्षा के सामान्य अध्ययन के पेपर जरूर देखें। इससे आपको परीक्षा की प्रकृति, स्तर और नया पैटर्न समझने में सहायता मिलेगी।

सामान्य अध्ययन के चारों प्रश्नपत्रों का पाठ्यक्रम काफी व्यापक और विस्तृत है। इस पाठ्यक्रम को बार-बार देखते रहें और इसके प्रत्येक भाग को कवर करके पूरे पाठ्यक्रम को अपनी मुख्य परीक्षा की तैयारी का आधार बनाएँ।

रही बात पुस्तकों और स्टडी मैटीरियल की तो उनकी सूची इसी पुस्तक के एक अध्याय 'क्या पढ़ें, क्या न पढ़ें, कैसे पढ़ें' में दी गई है। आइए, प्रश्नपत्र-वार समझें तैयारी के लिए कुछ काम की बातें—

जी.एस. पेपर-1

इस पेपर में मुख्य रूप से भारत और विश्व का इतिहास, भारतीय संस्कृति और विरासत, विश्व का भूगोल और भारतीय समाज सम्मिलित हैं।

इस पेपर में परंपरागत प्रश्न ज्यादा पूछे जाते हैं। इस पेपर में विशेष तौर पर इन बातों का ध्यान रखें—

- भारतीय इतिहास को भारतीय संस्कृति और विरासत से जोड़कर पढ़ें।
- 'भारत के स्वतंत्रता संघर्ष' वाले खंड की तैयारी बहुत अच्छे से कर लें।
- याद रहे, अब आपको भारत का आजादी के बाद का इतिहास भी पढ़ना है।
- 'भारतीय समाज' वाले खंड की भी थोड़ी तैयारी कर लेना बेहतर रहेगा।
- भूगोल में प्राकृतिक भूगोल के साथ मानव भूगोल की भी तैयारी कर लें।
- 'प्राकृतिक आपदा' वाले खंड की ठीक से तैयारी कर लें।

जी.एस. पेपर-2

इस पेपर में मुख्य रूप से भारतीय राज-व्यवस्था और भारतीय शासन, भारतीय संविधान, सामाजिक न्याय और अंतरराष्ट्रीय संबंधों पर सवाल पूछे जाते हैं। आइए, जानें पेपर-2 के लिए कुछ काम की बातें—

- एम. लक्ष्मीकांत की दो किताबें 'भारतीय राज-व्यवस्था' और 'भारतीय शासन' पढ़ें। 'भारतीय राज-व्यवस्था' वाली पुस्तक बार-बार पढ़ें और 'भारतीय शासन' पुस्तक को सरसरी तौर पर पढ़ लें। राजव्यवस्था और संविधान का खंड प्रीलिम्स और मेंस दोनों चरणों में बहुत महत्त्वपूर्ण है।
- 'सामाजिक न्याय' खंड काफी महत्त्वपूर्ण है। इसकी तैयारी के लिए एम. लक्ष्मीकांत की पुस्तक 'भारतीय शासन' से 'अधिकार संबंधी मुद्दे' अच्छी तरह तैयार कर लें।
- शासन व्यवस्था (governance) वाले भाग को अच्छे से तैयार करें। यह पेपर 4 (एथिक्स) में भी काम आएगा।
- अंतरराष्ट्रीय संबंधों (IR) की तैयारी में पड़ोसी देशों और अंतरराष्ट्रीय संस्थाओं पर विशेष फोकस करें। इस खंड में करेंट अफेयर्स का महत्त्व अत्यधिक है।
- पेपर-2 के लिए करेंट अफेयर्स का अच्छा-खासा महत्त्व है, अतः आप

अपने उत्तरों में प्रासंगिक समसामयिक घटनाक्रम का भी उल्लेख कर सकते हैं।

जी.एस. पेपर-3

इस पेपर में मुख्य रूप से अर्थव्यवस्था और आर्थिक विकास, प्रौद्योगिकी, पर्यावरण एवं जैव-विविधता, सुरक्षा और आपदा प्रबंधन से जुड़े सवाल पूछे जाते हैं। प्रस्तुत हैं इस पेपर से जुड़ी कुछ काम की बातें—

- इस पेपर में करेंट अफेयर्स बेहद महत्त्वपूर्ण हैं। यदि पिछले वर्षों में अर्थव्यवस्था और आर्थिक विकास संबंधी प्रश्नों को देखें तो यह स्पष्ट है कि समसामयिक मुद्दों पर UPSC अधिक बल देता है, किंतु साथ ही परंपरागत पाठ्यक्रम से संबंधित प्रश्न भी पूछे जा रहे हैं।
- अर्थव्यवस्था संबंधी प्रश्नों के संदर्भ में एक और प्रवृत्ति दिखाई देती है कि आर्थिक पहलुओं के साथ-साथ सामाजिक पहलुओं पर भी जोर रहता है। पाठ्यक्रम में भी समावेशी विकास, गरीबी, रोजगार, भूख जैसे विषय शामिल हैं। ऐसे में एक समन्वित रणनीति बनाना उपयोगी होगा।
- अर्थव्यवस्था संबंधी प्रश्नों के उत्तर देते समय आर्थिक सर्वेक्षण, बजट और सरकारी नीतियों को ध्यान में जरूर रखें। यथास्थान अपने उत्तरों में बजट तथ्यों और सरकारी नीतियों का उदाहरण देना उपयोगी होता है। आर्थिक सर्वेक्षण में विभिन्न स्थानों पर भारतीय अर्थव्यवस्था की तुलना विदेशी अर्थव्यवस्था से भी की गई है। अपने उत्तर में आप इन तुलनात्मक बिंदुओं को शामिल कर सकते हैं।
- कृषि संबंधी मुद्दे और भूमि-सुधार भी महत्त्वपूर्ण हैं।
- पेपर-3 के कुछ टॉपिक पेपर-2 के साथ मिलाकर पढ़े जा सकते हैं।
- 'साइंस-टेक' के खंड में यदि आप कमजोर हैं तो घबराएँ नहीं। इसमें ज्यादातर सवाल करेंट अफेयर्स से पूछे जाते हैं। पिछले एक वर्ष और हाल में जारी प्रौद्योगिकीय विकास एवं उसके प्रभाव को तैयार कर लें तो काम चल सकता है।
- आंतरिक सुरक्षा के टॉपिक को अलग से तैयार कर लें। इसके लिए श्री अशोक कुमार (IPS) और श्री विपुल की मैकग्रा हिल की पुस्तक ठीक रहेगी।
- पर्यावरण और आपदा प्रबंधन के टॉपिक भी देख लेना बेहतर रहेगा।

जी.एस. पेपर-4

'नीतिशास्त्र, सत्यनिष्ठा और अभिरुचि' नामक यह प्रश्नपत्र 2013 की परीक्षा से शुरू किया गया। यद्यपि यह पेपर भी मुख्य परीक्षा के बाकी पेपरों की तरह 250 अंकों का ही है, पर फिर भी इसे काफी महत्त्वपूर्ण माना जाता है। इसका कारण है इसके अंकों की व्यापक रेंज। किसी को 125-150 अंक मिल सकते हैं तो किसी को 75 या उससे भी कम। उदाहरण के तौर पर, मुझे वर्ष 2014 की मुख्य परीक्षा में एथिक्स के इस पेपर में 124 अंक प्राप्त हुए थे। यह पेपर एक ऐसा पेपर है, जो अपेक्षाकृत कम तैयारी में भी अच्छा आउटपुट दे सकता है। बस, जरूरत है समग्र नजरिए और संपूर्ण तैयारी की।

आइए, जानते हैं कि इस पेपर में बेहतर स्कोर कैसे किया जा सकता है।

- सबसे पहली बात यह कि यह पेपर दो खंडों में बँटा होता है। पहला खंड थ्योरी के सवाल हैं, जबकि दूसरा खंड प्रैक्टिकल है, जिसमें आपको कुछ केस स्टडी हल करनी होती हैं। अत: सबसे पहले ध्यान दें कि तैयारी के दौरान और परीक्षा भवन में भी दोनों खंडों को बराबर समय व महत्त्व दें।
- नीतिशास्त्र, अभिवृत्ति, भावनात्मक समझ आदि विषयों से जुड़े सभी पारिभाषिक शब्दों (terminology) को सही ढंग से पढ़ व समझ लें, ताकि जरूरत पड़ने पर सटीक अर्थ बता सकें और इन पारिभाषिक शब्दों का सही जगह उपयोग भी कर सकें। ऐसे कुछ शब्द हैं—नैतिकता, सुशासन, पारदर्शिता, ईमानदारी, जवाबदेही, मनोवृत्ति, अभिवृत्ति, बुद्धिमत्ता, सत्यनिष्ठा, सहानुभूति, समानुभूति, निष्पक्षता, सहिष्णुता, वस्तुनिष्ठता, प्रतिबद्धता, करुणा, दृढ़ता, भावनात्मक बुद्धिमत्ता, विश्वसनीयता, सहनशीलता, हित-संघर्ष, पर्यावरणीय नैतिकता आदि। मनोविज्ञान से जुड़े शब्दों के लिए NCERT की पुस्तक सरसरी तौर पर पढ़ सकते हैं।
- इस पेपर में महान् नेताओं, सुधारकों और प्रशासकों के जीवन एवं उपदेशों की शिक्षाओं से जुड़े सवाल भी पूछे जाते हैं। साथ ही भारत और विश्व के नैतिक विचारकों और दार्शनिकों के योगदान पर भी प्रश्न पूछे जाते हैं। यह भाग कुछ हद तक दर्शन से जुड़ा है। मेरी सलाह है कि विशेष रूप से आप वेदांत, जैन, बौद्ध और गांधी दर्शन की व्यावहारिक बातें बखूबी तैयार कर लें। यद्यपि अन्य महापुरुषों के विचार भी पढ़ें, पर मेरी राय में भारतीय नेताओं/ सुधारकों में गांधीजी के साथ-साथ नेहरू, टैगोर, डॉ. अंबेडकर और स्वामी विवेकानंद के विचारों को अच्छे से तैयार कर लेना बेहतर रहेगा।

- लोक प्रशासन में सुधार के विभिन्न तंत्रों और विधियों पर विशेष ध्यान दें। ई-गवर्नेंस, सिटीजन चार्टर और सूचना का अधिकार (RTI) को अच्छे से समझ लें। साथ ही प्रशासन में इनका व्यावहारिक अनुप्रयोग भी समझें।
- यद्यपि इस पेपर की तैयारी का कोई तय फॉर्मूला नहीं है, क्योंकि ज्यादातर सवाल गत्यात्मक (dynamic) और व्यावहारिक होते हैं, जिनके लिए बेहतर अध्ययन और अनुभव की दरकार होती है। अनेक प्रश्न ऐसे होते हैं, जिनके लिए किसी भी पुस्तक से तैयारी नहीं की जा सकती। इस तरह के प्रश्नों को आपको अपने सहज मन से हल करना होता है; जैसे—'आपके लिए सुख की परिभाषा क्या है ?' 'आप किस महापुरुष से प्रभावित हैं और क्यों ?'
- एथिक्स की तैयारी के लिए एक सामान्य 'रीडिंग हैबिट' और 'ऑब्जर्वेशन' को भी मैं काफी महत्त्व दूँगा। टेक्स्ट बुक के साथ-साथ वक्त मिलने पर अच्छी पुस्तकें और पत्रिकाएँ ('कादंबिनी' और 'अहा जिंदगी' आदि) पढ़ने की आदत बनाएँ।
- अपने जीवन के संपूर्ण अध्ययन और अनुभव से उपजी समझ, परिपक्वता, और दृष्टिकोण का उपयोग इस पेपर में करें। आपका नजरिया संतुलित, व्यापक व गत्यात्मक हो और एप्रोच समन्वित एवं अंतर-अनुशासनात्मक तो उत्तर में परिपक्वता स्वत: दिखेगी।
- केस स्टडी के संबंध में सर्वाधिक महत्त्वपूर्ण है अभ्यास। हर हफ्ते दो-चार केस स्टडी हल करने का अभ्यास जरूर करें। चूँकि केस स्टडी इस पेपर के थ्योरी वाले भाग का ही अप्लाइड रूप है, अत: सैद्धांतिक पक्ष को जरूर तैयार कर लें।
- अब यह सवाल उठता है कि केस स्टडी को कैसे हल करें। तैयारी के स्तर पर मैं कहूँगा कि सैद्धांतिक पक्ष (खंड-1) को पढ़ते समय आप कुछ आदतें विकसित करें; जैसे—विभिन्न निर्णयों या बातों के नैतिक दृष्टि से औचित्य को देखना, अनैतिक निर्णय के पीछे की परिस्थितियों और दबावों को समझना, सैद्धांतिक पक्ष की बातों को व्यावहारिक जीवन में लागू करके देखना आदि।
- आप केस स्टडी जब भी हल करें तो अपने सुझाव का कानूनी (legal) और नैतिक (ethical) पक्ष जरूर देखें। यह देखें कि आपका उत्तर सामान्य तौर पर विधि-विरुद्ध तो नहीं है ? कभी-कभी कुछ ऐसे मामले होते हैं, जिनमें कानून और नैतिकता में अंतर्विरोध होता है। मेरी राय है कि पहले विधिक पक्ष को प्राथमिकता दें और फिर नैतिक पक्ष को।

- केस स्टडी हल करते समय घटना की परिस्थिति और उसके प्रभाव, उपलब्ध विभिन्न नैतिक विकल्प और उनके संभावित परिणाम का विश्लेषण कर सर्वाधिक उपयुक्त विकल्प का चयन करें।

मुख्य परीक्षा में उत्तर कैसे लिखें

मुख्य परीक्षा में उत्तर लिखने की कला सीखकर आप सफलता की राह को काफी आसान बना सकते हैं। आइए, कुछ बिंदुओं के माध्यम से अपना उत्तर लेखन कौशल सुधारें—

- अपने मौलिक उत्तर लिखें। कहने का मतलब यह है कि किसी की लेखन शैली को अनावश्यक रूप से कॉपी न करें। यहाँ मौलिकता का अर्थ साहित्य- सृजन नहीं है।
- विभिन्न पक्षों को संबद्ध कर समग्रता में उत्तर लिखें। यानी उत्तर भले ही 200 शब्दों का हो, पर उत्तर के कुछेक अधिक महत्त्वपूर्ण पहलू उभारे जा सकते हैं।
- ज्यादातर अभ्यर्थी जानना चाहते हैं कि उत्तर की संरचना कैसी हो? यदि आपको 200 शब्दों में ही उत्तर को समेटना है तो मेरी राय में, सबसे पहले उत्तर की पृष्ठभूमि से जुड़ी दो-तीन पंक्तियाँ लिखें। फिर दो-तीन छोटे पैराग्राफों में उत्तर के मुख्य भाग को प्रश्न की अपेक्षा के अनुरूप विविध पक्षों को उभारते हुए लिखें और फिर अंत की दो-तीन पंक्तियों में एक निचोड़ भरा निष्कर्ष लिखें, जिसमें कोई सकारात्मक समाधान छिपा हो।
- शब्द सीमा से ज्यादा न लिखें, अन्यथा पूरा पेपर हल करना मुश्किल हो जाएगा। बल्कि मैं तो कहूँगा कि हर उत्तर को 20-25 शब्द कम करके लिखने में भी कोई समस्या नहीं है। यदि आपने शब्द सीमा का 10-20 प्रतिशत उल्लंघन कर दिया है तो घबराने की कोई बात नहीं है।
- कुछ साथी मुख्य परीक्षा, विशेषकर सामान्य अध्ययन के उत्तरों में जानना चाहते हैं कि उत्तर बिंदुओं में लिखें या पैराग्राफ में। ध्यान रहे कि निबंध के पेपर में शीर्षकों (headings) के प्रयोग से बचें और बिंदुओं का प्रयोग न करके पैराग्राफ में ही लिखें। जहाँ तक सामान्य अध्ययन का प्रश्न है तो उसका उत्तर सपाट 'हाँ' या 'न' में नहीं दिया जा सकता। यदि प्रश्न विश्लेषणात्मक है तो पैराग्राफ ही बेहतर है और यदि तथ्यात्मक है तो कुछ बिंदु दिए जा सकते हैं। पर फिर भी, मेरी राय है कि कोई भी उत्तर

सिर्फ बिंदुओं के सहारे न लिखें, पैराग्राफ का भी प्रयोग करें। अभिप्राय यह है कि आम तौर पर पैराग्राफ का प्रयोग बेहतर है। जहाँ जरूरत लगे, वहाँ बिंदुओं का प्रयोग कर सकते हैं।

- एक सामान्य जिज्ञासा यह भी होती है कि ऐसे सवालों को कैसे डील करें, जिनके उत्तर बिल्कुल न आते हों; क्योंकि आम तौर पर सभी यह सलाह देते हैं कि सभी प्रश्न अटेंप्ट करने चाहिए। इसके लिए बाकी बातों के साथ मैं 'लेखन कौशल' के विकास की बात कहूँगा, जिसकी विस्तृत चर्चा इसी पुस्तक के लेखन कौशल पर केंद्रित एक अध्याय में की भी गई है। पर फिर भी, आप उस प्रश्न के आस-पास की चीजों और प्रश्न में निहित हिंट्स के सहारे आगे बढ़ें। चाहे कम ही सही, पर कुछ बिंदु जरूर लिखें।
- उत्तर लिखते वक्त कुछ साथी यह जानना चाहते हैं कि हमारी एप्रोच कैसी रहे ? मेरा व्यक्तिगत तौर पर मानना है कि आपका हर जवाब सुझाव और समाधान की उम्मीद से भरपूर होना चाहिए, ताकि परीक्षक को लगे कि बतौर ब्यूरोक्रेट आप समाज में सकारात्मक बदलाव लाने की सोच रखते हैं। अपने उत्तर में आप थोड़ा डिस्कशन भी कर सकते हैं। आपको उस योजना या कार्यक्रम के सकारात्मक व नकारात्मक पक्ष (pros and cons) पहले ही पता होने चाहिए। इसके बाद भी आपका दृष्टिकोण एकदम संतुलित नजर आना चाहिए। आप अगर किसी भी विषय के बारे में लिख रहे हैं तो आपको उसकी अच्छाई और बुराई दोनों पता होनी चाहिए, तभी आप अपना एक संतुलित दृष्टिकोण पेश कर पाएँगे।
- कोई कितनी भी सलाह दे, पर अपनी कॉमन सेंस का हमेशा इस्तेमाल करें। आपने अपनी अब तक की पढ़ाई, अनुभव और तैयारी में बेहतर कॉमन सेंस विकसित की है, उसका उपयोग करें। वैसे भी, 'Common sense is not so common.'
- उत्तर लिखते समय इस बात का भी ध्यान रखें कि पेपर एवं प्रश्न की माँग और अपेक्षा क्या है ? उन्हें उनके मुताबिक ही अलग-अलग डील करने की जरूरत है। मसलन, अगर कहीं पर विचारकों और विद्वानों के सूत्र वाक्य ज्यादा हैं (जैसे राजनीति विज्ञान या दर्शनशास्त्र जैसे किसी वैकल्पिक विषय में) तो उसमें आप भी ऐसे कथन और उक्तियों का ज्यादा इस्तेमाल कर सकते हैं; वहीं अगर अंतरराष्ट्रीय संबंध की बात है तो उसमें करेंट्स का ज्यादा इस्तेमाल करें।

- इसके अलावा, यह भी ध्यान दें कि अगर आप चीजों को व्यवस्थित तरीके से लिखेंगे तो एग्जामिनर को लगेगा कि आपकी सोच भी व्यवस्थित है। आपकी सोच और चिंतन-प्रक्रिया अस्त-व्यस्त (haphazard) नहीं होनी चाहिए।
- थ्योरी को अच्छे से लिखें और अगर करंट में कुछ प्रासंगिक चल रहा हो तो उसे भी जोड़ दें। इससे हमारा उत्तर बेहतर हो जाता है, जिस पर बेहतर अंक मिलने की संभावना रहती है। कुल मिलाकर, उत्तर प्रासंगिक होना चाहिए।
- जहाँ तक शब्दावली के प्रयोग का सवाल है तो मैं कहूँगा कि यद्यपि शब्दावली सरल, सहज और बोधगम्य होनी चाहिए, पर ऐसी नहीं कि अनौपचारिक बातचीत जैसी लगने लगे। दरअसल बोलने की भाषा और लिखने की भाषा में थोड़ा फर्क होता ही है। हम आपसी बोल-चाल में जिस बात के लिए अनौपचारिक ढंग और शब्दावली का प्रयोग करते हैं, उसी बात को लिखते समय भाषा थोड़ी परिष्कृत और परिपक्व हो जाती है। हाँ, भाषा को साहित्यिक या आलंकारिक बनाने की कोई आवश्यकता नहीं है।

मुख्य परीक्षा से कुछ दिन पहले

- अब रिवीजन पर फोकस करें। बेहतर होगा कि अब आखिरी के पंद्रह दिनों का रिवीजन चार्ट बना लें। रिवीजन का क्रम इस तरह से बनाएँ कि डेटशीट का पहला पेपर सबसे अंत में आए।
- लेखन अभ्यास आपने किया ही होगा। अब उसे धार दें। प्रस्तुतीकरण के महत्त्व को भी समझें। थोड़ा-बहुत लिखना जारी रखें। स्टेशनरी खरीद लें, जो परीक्षा में इस्तेमाल करनी है।
- अब तक का करेंट अफेयर्स रिवाइज कर लें। अब नया पढ़ना छोड़ सकते हैं।
- परीक्षा के ठीक एक दिन पहले के तनाव से बचने के लिए अभी से तय कर लें कि उस दिन कौन-कौन से महत्त्वपूर्ण टॉपिक रिवाइज करेंगे; क्योंकि पूरे साल का पूरा रिवीजन एक दिन में करना लगभग असंभव है।
- वैकल्पिक विषय (optional subject) के नोट्स या महत्त्वपूर्ण खंड दोबारा रिवाइज कर लें।
- मुख्य परीक्षा सिर पर है, और यह भी संभव है कि खूब पढ़कर भी आप

एक अजीब सा तनाव महसूस कर रहे होंगे। यह स्वाभाविक है। मैं भी परीक्षा से पहले तनाव का सामना करता था। पर इसका यह मतलब नहीं कि तनाव में बिखर जाएँ। मैंने कहीं पढ़ा था—

"मुश्किलें सब पर आती हैं,
कोई बिखर जाता है, और कोई निखर जाता है।"

- यह आप बखूबी समझते हैं कि व्यर्थ के तनाव से कोई फायदा तो होने से रहा, बल्कि नुकसान जरूर हो सकता है। अगर आप स्ट्रेस लेकर एग्जाम देने जाते हैं तो आप काफी एक्सट्रीम में चले जाते हैं और पेपर में सभी पक्षों को नहीं उभार पाते। लिहाजा, किसी की बातों में ज्यादा न आएँ और खासकर शेखी बघारने वालों से बचें।
- जो आपने नहीं पढ़ा है, जरूरी नहीं कि परीक्षा में वही आएगा। अतः जितना पढ़ा है, उतना काफी है। बस, उसे दोहराते रहें और कूल रहें।
- किसी एक सवाल या समस्या पर ज्यादा केंद्रित न हों उससे ध्यान हटाकर आगे बढ़ें।
- साल भर की तैयारी एक तरफ है और परीक्षा के दिन आपका प्रदर्शन एक तरफ है। अतः सिर पर ज्यादा बोझ न रखते हुए मुसकराते हुए परीक्षा देने जाएँ।
- साथ ही यह भी कि अपने स्वास्थ्य का खुद ध्यान रखें। छोटी-छोटी बातों पर कन्फ्यूज न हों और तनाव न लें। अगर कोई बात आपको परेशान कर रही है तो उसे मुख्य परीक्षा के बाद के लिए छोड़ दें।

परीक्षा भवन में

- परीक्षा भवन में तीन घंटे के स्वर्णिम समय में हिम्मत न हारें। यह मौका बार-बार नहीं मिलता। पूरी ऊर्जा लगाकर तीन घंटे लिखें और सारे प्रश्न हल करने की कोशिश करें।
- शब्द सीमा के अनुरूप लिखें। आपको खुद पता होना चाहिए कि UPSC की बुकलेट में एक पेज पर आपके कितने शब्द आएँगे। उतने ही पेज लिखें। परीक्षा के दौरान शब्द गिनकर समय कतई व्यर्थ न करें। वैसे भी, शब्द सीमा थोड़ा-बहुत आगे-पीछे होने से कोई फर्क नहीं पड़ता।
- प्रश्नों को धैर्यपूर्वक पढ़ें। आप पाएँगे कि उत्तर की दिशा आपको प्रश्न में ही मिल जाएगी।

- लिखने की गति बढ़ाएँ और पठनीय व स्पष्ट लिखें। महत्त्वपूर्ण बिंदुओं और वाक्यों को अंडरलाइन करने में कोई दिक्कत नहीं है; बल्कि महत्त्वपूर्ण बातों को अंडरलाइन करने से अच्छा ही प्रभाव पड़ता है।
- कोशिश करें कि आपके पैराग्राफ बहुत लंबे न हों।
- यदि कहीं पर 200 शब्दों में उत्तर लिखने की अपेक्षा की गई है तो बेफिक्र होकर 175 शब्दों में लिख दें। महत्त्वपूर्ण बातों और तर्कों को कम शब्दों में समेटने की कोशिश करें।
- यदि कोई उत्तर लिखते समय कोई हाल-फिलहाल का घटनाक्रम ध्यान आए तो उसका भी प्रासंगिक उल्लेख कर सकते हैं।
- निबंध पैराग्राफ में लिखें। सामान्य अध्ययन में भी कोशिश करें कि छोटे-छोटे पैराग्राफ में लिखें। जरूरत पड़ने पर बिंदुओं के माध्यम से भी लिख सकते हैं।
- यदि संभव हो तो क्रम से सवालों को हल करते चलें।
- यदि आखिरी के सवालों के लिए समय न बचा हो तो उत्तर की रूपरेखा या बिंदु लिख आएँ। कोशिश करें कि कोई प्रश्न अनुत्तरित न रहे।
- आपके ही कुछ 'ज्ञानी' टाइप के मित्र परीक्षा केंद्र के बाहर परीक्षा से कुछ मिनट पहले, लंच ब्रेक में और फिर परीक्षा के बाद प्रश्नों का विश्लेषण और उत्तरों की तुलना करते दिखेंगे। उनसे ठीक-ठाक दूरी बनाए रखें और ध्यान न दें।
- सामान्य अध्ययन का या अन्य किसी विषय का कोई एक प्रश्नपत्र यदि कुछ खराब हो भी जाए तो उसका तनाव कतई न लें; क्योंकि इसका इतना ज्यादा भी प्रभाव नहीं पड़ेगा, जितना आपको लग रहा है।
- चीजों को जोड़ना तथा उन्हें समग्र रूप में देखना सीखें और समस्या को सभी पहलुओं के साथ समझने की कोशिश करें।
- अच्छा प्रस्तुतीकरण और स्पष्ट लेखन अंक बढ़ाते हैं, अत: इनकी अनदेखी न करें।
- अंत में यही कहना है कि 'अंत भला सो सब भला।' यानी अगर अभी भी आप अच्छे से लिखकर आ जाते हैं तो पहले की सब लापरवाहियाँ बेअसर हो जाएँगी।

□

7

निबंध : कैसे पाएँ सर्वश्रेष्ठ अंक

सिविल सेवा परीक्षा में निबंध के प्रश्न-पत्र की प्रासंगिकता और महत्त्व के संबंध में किसी को कोई संदेह नहीं है। दरअसल निबंध का यह 250 अंकों का प्रश्न-पत्र मुख्य परीक्षा के नवीनतम पैटर्न में सफलता की एक बड़ी अनिवार्यता बनकर उभरा है। सिविल सेवा परीक्षा 2014 की टॉपर इरा सिंघल और मुझे, दोनों को ही निबंध में 160 अंक प्राप्त हुए थे, जो संभवतया उस वर्ष के सर्वाधिक प्राप्तांक थे। सुखद तथ्य यह है कि मेरे द्वारा हिंदी माध्यम में लिखे गए निबंधों को भी सुश्री इरा सिंघल के अंग्रेजी माध्यम में लिखे गए निबंधों के बराबर अंक प्राप्त हुए। इससे अनिवार्य तौर पर तो नहीं, पर सामान्य तौर पर यह जरूर तय माना जा सकता है कि निबंध के प्रश्न-पत्र में भाषा माध्यम कोई समस्या नहीं है और यदि बेहतर व सटीक रणनीति बनाकर अच्छे निबंध लिखे जाएँ तो श्रेष्ठ अंक हासिल किए जा सकते हैं।

प्रथम दृष्टया ऐसा प्रतीत होता है कि निबंध उन सात प्रश्न-पत्रों की तरह ही एक 250 अंकों का प्रश्न-पत्र है, जिसके अंक मुख्य परीक्षा के कुल स्कोर (1750 अंक) में जोड़े जाते हैं; पर बारीकी से समझने पर यह बात सामने आती है कि निबंध का प्रश्न-पत्र इसमें प्राप्त हो सकनेवाले अंकों के लिहाज से कहीं अधिक महत्त्वपूर्ण और उपयोगी है। निबंध के प्रश्न-पत्र में मिलनेवाले गत वर्षों के अंक यह बताते हैं कि निबंध में प्राप्तांकों की रेंज बहुत व्यापक है। इसका अर्थ है कि एक ओर जहाँ यह प्रश्न-पत्र 50 अंक या उससे भी कम अंकों का स्कोर दे देता है, वहीं दूसरी ओर कुछ लोग इसमें 150 या उससे अधिक अंक भी प्राप्त कर पाते

हैं। इस तरह यह 100 अंकों का गैप न केवल आपकी रैंक को प्रभावित करता है, बल्कि अंतिम रूप से आपके चयन को भी।

अत्यधिक महत्त्व और बढ़ती प्रासंगिकता के बावजूद एक दिलचस्प पहलू यह भी है कि संघ लोक सेवा आयोग की प्रतिष्ठित 'सिविल सेवा परीक्षा' में यह अभ्यर्थियों द्वारा सर्वाधिक उपेक्षित-सा प्रश्न-पत्र है; जिसकी तैयारी से लेकर इसमें प्रदर्शन तक प्रतियोगी मित्र इसे उपेक्षा के भाव से इसे डील करते हैं। कई अभ्यर्थी तो अपनी तैयारी की पूरी अवधि के दौरान पहला निबंध ही सीधे मुख्य परीक्षा के केंद्र पर जाकर लिखते हैं। कई अभ्यर्थियों का यह भी मानना है कि चूँकि यह प्रश्न-पत्र अत्यधिक विषयनिष्ठ (सब्जेक्टिव) प्रकृति का है और इसकी तैयारी का कोई स्पष्ट फॉर्मूला नहीं है, अत: इसकी तैयारी में समय देने का कोई लाभ ही नहीं है।

मेरी समझ में, निबंध के प्रश्न-पत्र की यह घोर उपेक्षा अविवेकपूर्ण और कदाचित् आत्मघाती है। यदि मैं अपनी रणनीति और तैयारी की समग्र प्रक्रिया के संदर्भ में बात करूँ तो यह सत्य है कि मेरी रणनीति में निबंध का अति महत्त्वपूर्ण स्थान रहा है और मैं इसकी तैयारी को प्राथमिकता पर रखता रहा हूँ। सौभाग्य से, उसका सुफल मुझे प्राप्त भी हुआ और मेरी श्रेष्ठ रैंक में इस प्रश्न-पत्र ने बेहद प्रभावी भूमिका भी निभाई है।

यद्यपि निबंध एक विषयनिष्ठ (सब्जेक्टिव) प्रकृति का प्रश्न-पत्र है और इसकी तैयारी करने का कोई रटा-रटाया फॉर्मूला नहीं हो सकता और इसके प्राप्तांकों को लेकर कोई सटीक भविष्यवाणी कर पाना भी उचित नहीं है; पर फिर भी कुछ ऐसी प्रविधियाँ, तकनीकें और तथ्य जरूर हो सकते हैं, जो निबंध के प्रश्न-पत्र में बेहतर प्रदर्शन का मार्ग न केवल प्रशस्त कर सकते हैं, बल्कि मेरी समझ में कम-से-कम यह तो सुनिश्चित कर ही सकते हैं कि एक अभ्यर्थी को औसत से बेहतर अंक प्राप्त हों। यह मेरा एक विश्वास है कि निबंध की समुचित तैयारी और सटीक रणनीति से इस अति महत्त्वपूर्ण प्रश्न-पत्र का मजबूती से सामना कर इसमें बेहतर और उत्कृष्ट प्रदर्शन किया जा सकता है। इस लेख के माध्यम से मेरा प्रयास है कि मैं इस निबंध के प्रश्न-पत्र में श्रेष्ठ प्रदर्शन के लिए कुछ कारगर उपायों और रणनीति पर चर्चा कर इसे अपेक्षाकृत वस्तुनिष्ठ और सरल बनाने की कोशिश करूँ।

सबसे पहले निबंध के प्रश्न-पत्र से जुड़े सभी महत्त्वपूर्ण पहलुओं पर चर्चा करूँगा और फिर इस प्रश्न-पत्र से जुड़ी विविध उलझनों के निराकरण की कोशिश। सबसे पहले समझें कि संघ लोक सेवा आयोग की इस प्रश्न-पत्र में अभ्यर्थियों से क्या अपेक्षा है। आधिकारिक पाठ्यक्रम के अनुसार, "उम्मीदवारों को विविध

विषयों पर निबंध लिखने होंगे। उनसे अपेक्षा की जाएगी कि वे निबंध के विषय पर ही केंद्रित रहें तथा अपने विचारों को सुनियोजित रूप से व्यक्त करें और संक्षेप में लिखें। प्रभावी और सटीक अभिव्यक्ति के लिए अंक प्रदान किए जाएँगे।''

आइए, सबसे पहले निबंध के इस निर्धारित पाठ्यक्रम का अभिप्राय समझने की कोशिश करते हैं। उपर्युक्त पैरा में चार बिंदुओं पर बल दिया गया है।

1. विषय पर ही केंद्रित रहना।
2. विचारों को सुनियोजित रूप से व्यक्त करना।
3. संक्षेप में लिखना।
4. प्रभावी और सटीक अभिव्यक्ति।

यद्यपि निबंध के प्रश्न-पत्र की तैयारी के कुछ और भी महत्त्वपूर्ण बिंदु हो सकते हैं, पर उपर्युक्त चार बिंदु निश्चित तौर पर बेहद महत्त्वपूर्ण हैं—

1. विषय पर ही केंद्रित रहना—निबंध लेखन में बेहतर प्रदर्शन का मंत्र है विषय की मूल भावना से स्वयं को जोड़े रखना। समूचे निबंध का झुकाव निरंतर विषय की ओर बने रहना चाहिए और परीक्षक को ऐसा बिल्कुल भी प्रतीत नहीं होना चाहिए कि आप विषय से भटक गए हैं। प्राय: निबंध के विषय बहुत सामान्य, पर अमूर्त किस्म के होते हैं। यदि किसी विषय विशेष के सभी पहलुओं (सकारात्मक व नकारात्मक) को कवर करते हुए विचारों को व्यवस्थित ढंग से प्रस्तुत किया जाए तो अच्छे अंक हासिल करना कोई कठिन कार्य नहीं है।

2. विचारों को सुनियोजित रूप से व्यक्त करना—दरअसल निबंध न केवल हमारी लेखन शैली का प्रतिबिंब है, बल्कि यह हमारे अब तक के अर्जित ज्ञान, अनुभव और चिंतन-प्रक्रिया का भी निचोड़ प्रस्तुत करता है। अगर हमारा सोचने का ढंग अव्यवस्थित और उलझाऊ होगा तो इसका प्रभाव हमारे निबंध पर भी पड़ेगा।

बहुत से अभ्यर्थी विचारों की दृष्टि से बहुत समृद्ध और अनुभवी होते हैं; पर निबंध लिखते समय उन विचारों को क्रमबद्ध, सुनियोजित व व्यवस्थित तरीके से अभिव्यक्त नहीं कर पाते। 'कहीं की ईंट, कहीं का रोड़ा' की प्रवृत्ति से बचने की कोशिश करें। विचारों को सुनियोजित ढंग से व्यक्त करने के लिए एक संक्षिप्त रूपरेखा बना लेना बेहतर रहता है। इस रूपरेखा में आप विषय के विभिन्न संभावित पहलुओं के साथ-साथ कुछ प्रासंगिक उदाहरणों, उक्तियों, पंक्तियों को भी शामिल कर सकते हैं।

3. संक्षेप में लिखना—कम लिखें, पर प्रभावी लिखें। ध्यान रखें, 'अति'

हर चीज की बुरी होती है। 'अति सर्वत्र वर्जयेत्'। चूँकि अब तीन घंटे के निर्धारित समय में दो निबंध लिखने होते हैं, अत: अब निर्धारित शब्द–सीमा का उल्लंघन करने से बचें। पैराग्राफ में लिखें और बहुत लंबे पैराग्राफ न बनाएँ। संक्षेप में लिखना और 'कम शब्दों में अधिक कहना' एक कला है और यह निबंध लेखन में ही नहीं, बल्कि अभिव्यक्ति के अन्य तरीकों, यथा—संवाद, भाषण, साक्षात्कार, परिचर्चा और व्याख्यान—सभी में काम आती है।

4. प्रभावी और सटीक अभिव्यक्ति—अभिव्यक्ति एक अच्छे निबंध का सर्वाधिक महत्त्वपूर्ण पक्ष है। इस बिंदु पर हम विस्तार से चर्चा करेंगे। दरअसल उपर्युक्त तीनों बिंदुओं को समझकर निबंध लिखते समय उनका समावेश करना निबंध को प्रभावी और सटीक बनाता है।

आयोग द्वारा निर्धारित इन चारों बिंदुओं की कसौटी पर खरा उतरने के लिए अग्रलिखित बातों का ध्यान रखना आवश्यक है—

1. प्रवाह—निबंध लेखन का सबसे आकर्षक पक्ष है—निबंध का प्रवाह (Flow)। यदि निबंध में एक सहज प्रवाह होगा तो परीक्षक की रुचि आरंभ से लेकर अंत तक उसमें बनी रहेगी और यह निश्चित तौर पर अंकदायी होगा। पर प्रश्न यह है कि आखिर निबंध लिखते समय प्रवाह कैसे बनाए रखें? दरअसल, निबंध विचारों का व्यवस्थित, सुनियोजित और क्रमबद्ध प्रस्तुतीकरण है। लिहाजा, विचारों को व्यक्त करते समय उनके मध्य निहित अंतर्संबंध को पहचानने की कोशिश करें और सुनिश्चित करें कि यह अंतर्संबंध आपके निबंध में झलके।

जब एक पैराग्राफ का अंत होता है तो कोशिश करें कि अगले पैराग्राफ की शुरुआत पहले पैराग्राफ के अंत से जुड़ी हो, यानी दोनों में एक संबंध होना चाहिए। परीक्षक को ऐसा नहीं लगना चाहिए कि आप कहीं से भी, कुछ भी, अव्यवस्थित ढंग से लिखे जा रहे हैं। निबंध में यह प्रवाह निरंतर अभ्यास से विकसित किया जा सकता है।

2. संतुलित दृष्टिकोण/मध्यम मार्ग—विचारधाराएँ और दृष्टिकोण सबके अलग–अलग हो सकते हैं, पर सत्य इन सभी विचारधाराओं के बीच में कहीं निहित होता है। अत: दो विपरीत ध्रुवों पर जाने के बजाय एक संतुलित और व्यावहारिक पक्ष लेना हमेशा बेहतर होता है, विशेषकर निष्कर्ष लिखते समय। बुद्ध का 'मध्यम मार्ग' यहाँ विशेष रूप से उपयोगी हो सकता है।

3. विषय वस्तु का व्यापक दायरा/सभी पहलुओं को कवर करना—अभिव्यक्ति प्रभावी और सटीक हो सकती है, जब आपका कथ्य अच्छा और

व्यापक हो। विचारों पर हावी संकीर्णता से बचते हुए कोशिश करें कि संतुलित दृष्टिकोण अपनाते हुए चीजों को समग्रता में देखें। इसके लिए निबंध के विषय में निहित विभिन्न पहलुओं/पक्षों को पहचानना और उन पर सुनियोजित ढंग से चर्चा करना निबंध को प्रभावी बना सकता है। अकादमिक जगत् में यह युग 'अंतर अनुशासनात्मक अध्ययन' (Inter-disciplinery Studies) का है। ज्ञान के विभिन्न संकाय/विषय/अनुशासन परस्पर संबद्ध हैं। यह वैसा ही है जैसे हमारे सिविल सेवा पाठ्यक्रम में सामान्य अध्ययन के विभिन्न हिस्से आपस में जुड़े हुए हैं।

ज्ञान के विभिन्न आयामों के बीच परस्पर जुड़ाव और इन सबकी एक-दूसरे को प्रभावित करने की ताकत को समझने के बाद हम पाते हैं कि निबंध दरअसल *'विषय विशेष का उसके सभी प्रासंगिक पहलुओं को कवर करते हुए सुनियोजित व व्यवस्थित विस्तार'* है।

निबंध की विषय-वस्तु के दायरे को व्यापक करने और इसके सुनियोजित विस्तार के लिए इसके विभिन्न पहलुओं को समझना जरूरी है। किसी भी विषय विशेष के कुछ संभावित पहलू (अनिवार्य तौर पर नहीं) इस प्रकार हो सकते हैं—

1. सामाजिक (Social)
2. सांस्कृतिक/साहित्यिक (Cultural/literary)
3. आर्थिक (Economic)
4. राजनीतिक/प्रशासनिक/प्रबंधकीय (Political/Administration/Managerial)
5. दार्शनिक (Philosophical)
6. धार्मिक/आध्यात्मिक (Religious/spiritual)
7. वैज्ञानिक/तकनीकी (Scientific/Technical)
8. ऐतिहासिक (Historical)
9. भौगोलिक (Geographical)
10. कूटनीतिक (Diplomatic)
11. जनसांख्यिकीय (Demographic)
12. पर्यावरणीय/पारिस्थितिकीय (Environmental/Ecological)
13. लैंगिक-आदि (Gender Based)

इस सूची को अपने मानस-पटल पर रखकर विषय के विभिन्न पक्षों को सुव्यवस्थित तरीके से उभारा जा सकता है।

साथ ही इन बातों को भी ध्यान में रख सकते हैं—

(i) समस्याओं के सभी पहलुओं को समझने की कोशिश करें। हमारा प्रशासनिक व राजनीतिक ढाँचा गाँव/शहर से शुरू होकर जिला, राज्य होते हुए देश और फिर विश्व तक जाता है। अत: समस्याओं को उनके सभी स्तरों पर देखें।

(ii) वंचित वर्गों का कल्याण 'कल्याणकारी राज्य' की प्रमुख जिम्मेदारी है। एक जागरूक और जिम्मेदार नागरिक होने के नाते हममें भी इन वर्गों के प्रति एक संवेदनशीलता और जागरूकता का विकास होना चाहिए। ये वंचित या हाशिए पर मौजूद वर्ग इस प्रकार हो सकते हैं, जिन्हें साथ लेकर ही समावेशी विकास का लक्ष्य प्राप्त किया जा सकता है—

1. अनुसूचित जाति/जनजाति
2. अन्य पिछड़ा वर्ग
3. अल्पसंख्यक
4. विकलांग
5. महिलाएँ व बच्चे
6. वरिष्ठ नागरिक
7. सीमांत कृषक व असंगठित क्षेत्र के मजदूर
8. थर्ड जेंडर।

(iii) विकास के कुछ मानक या कसौटियाँ हो सकती हैं, जिसके माध्यम से विषय का सार्थक विकास किया जा सकता है; जैसे—

1. शिक्षा, 2. स्वास्थ्य, 3. रोजगार, 4. कृषि, 5. ग्रामीण विकास, 6. गरीबी-उन्मूलन, 7. स्वच्छता, 8. न्याय, 9. ऊर्जा, 10. पर्यावरण व जैव विविधता संरक्षण, 11. संचार व परिवहन, 12. नगरीय विकास आदि।

4. समग्रता/दूसरों के विचारों का सम्मान—चीजों को उनकी समग्रता (totality) में देखने की कोशिश करें। ज्ञान बहुआयामी और बहुपक्षीय है। किसी एक बात को पकड़कर उसी पर बल देना और बाकी महत्त्वपूर्ण पक्षों को अनदेखा करना समझदारी नहीं कहा जा सकता। एक हाथी के सात अलग-अलग हिस्सों को छूकर हाथी को वैसा ही समझने का सात अंधों वाला उदाहरण याद रखें। हाथी केवल पूँछ या सूँड न होकर स्वयं में एक संपूर्ण इकाई है।

इसी प्रकार अपनी बात को सर्वश्रेष्ठ न मानकर दूसरों की बातों का भी सम्मान करना सीखें। तीर्थंकर महावीर का 'अनेकांतवाद' और 'स्याद्वाद' इस दृष्टि से उपयोगी हो सकता है। सभी के दृष्टिकोणों का सम्मान करना और विषय को समग्रता में देखना निबंध को व्यापक, संतुलित और बहुआयामी बनाता है।

5. भूमिका और निष्कर्ष—भूमिका और निष्कर्ष लिखने के तरीके को लेकर बहुत सी ऊहापोह और उलझनें होती हैं। दरअसल भूमिका लिखने का कोई तय फॉर्मूला न तो है और न ही होना चाहिए। भूमिका लेखन में मौलिकता जरूरी है। कुछ लोग किसी उक्ति/उद्धरण से शुरुआत करते हैं तो कुछ लोग किसी कहानी से। कुछ विषय की पृष्ठभूमि से शुरुआत करते हैं तो कुछ विषय की आधारभूत जानकारी से। आप इनमें से या इनके अतिरिक्त कोई भी तरीका अपना सकते हैं। बस, इतना अवश्य सुनिश्चित करें कि भूमिका दूरदर्शी (Visionary) और प्रभावी (effective) हो।

भूमिका लिखने के बाद निबंध के विषय का विस्तार करते हुए निरंतर प्रवाह बनाए रखें। अंत में निष्कर्ष लिखना न भूलें। निष्कर्ष लिखने के भी अनेक ढंग हो सकते हैं, पर कोशिश करें कि 'अतिवाद' से बचते हुए संतुलित व विनम्र राय रखें। अतिशय भावुकता या उग्रता से लाभ मिलना संदिग्ध ही होता है। यदि संभव हो तो सकारात्मक नजरिया अपनाते हुए आशावादी बने रहें और निराशापूर्ण निष्कर्ष लिखने से बचें।

6. लेखन शैली व प्रस्तुतीकरण—'भोजन कैसा बना है' और 'कैसे परोसा गया है'—ये दो अलग–अलग बातें हैं। अगर स्वादिष्ट भोजन को अच्छे ढंग से परोस भी दिया जाए तो सोने पर सुहागा हो जाता है। यदि आपके विचार, तथ्य और तर्क श्रेष्ठ व प्रभावी हैं तो उनका प्रस्तुतीकरण भी प्रभावी होना चाहिए। यद्यपि आयोग की परीक्षा में 'पठनीय हस्तलिपि' (Legible Hand-writing) को छोड़कर प्रस्तुतीकरण की शैली को लेकर स्पष्ट तौर पर कुछ नहीं कहा गया है; पर फिर भी मेरी समझ में यदि निम्नलिखित बातों का ध्यान रखा जाए तो प्रस्तुतीकरण को बेहतर बनाया जा सकता है—

1. पैराग्राफ बनाकर लिखें। पैराग्राफ ज्यादा बड़े न हों। उत्तर–पुस्तिका के एक पृष्ठ पर दो से तीन पैराग्राफ होना अच्छा प्रभाव छोड़ता है।
2. व्याकरण की अशुद्धियाँ परीक्षक पर नकारात्मक प्रभाव डाल सकती हैं। अत: सामान्यत: भाषा की इन त्रुटियों से बचें और वर्तनी का ध्यान रखें।
3. व्याकरणिक शुद्धता का अभिप्राय 'शुद्ध हिंदी का प्रयोग' नहीं है। सरल और सहज हिंदी का प्रयोग करें। प्रसंगानुकूल उर्दू के शब्द प्रवाह बनाए रखने में सहायता ही करते हैं; पर ध्यान रखें कि कोई शब्द जान–बूझकर थोपा हुआ न लगे। जहाँ तक तकनीकी/पारिभाषिक शब्दों के प्रयोग का प्रश्न है, तो जरूरत पड़ने पर ऐसा कर सकते हैं। भाषा के प्रयोग के दौरान

हमेशा ध्यान रखें कि भाषा यांत्रिक या कृत्रिम न होकर सहज और नैसर्गिक होनी चाहिए।

4. हस्तलिपि (Hand writing) को लेकर कई अभ्यर्थी चिंतित रहते हैं। इसमें कोई संदेह नहीं है कि अच्छी हस्तलिपि प्रस्तुतीकरण में चार चाँद लगा देती है और इसका परीक्षक के मनोविज्ञान पर सकारात्मक असर पड़ता है, पर यह असर कमोबेश थोड़ा ही होता है। यथासंभव स्वच्छ और स्पष्ट लिखें। पठनीयता बनी रहे और परीक्षक को निबंध पढ़ने के लिए अत्यधिक श्रम न करना पड़े।
5. यदि उचित समझें तो किसी महत्त्वपूर्ण बात को रेखांकित (Underline) कर सकते हैं।

7. सूक्तियों/कथनों/उद्धरणों का प्रयोग—सूक्तियों/कथनों/उद्धरणों का प्रयोग करें या नहीं, करें तो कितना करें, ये कुछ प्रासंगिक प्रश्न हैं। मुझे लगता है कि यदि किसी महापुरुष/विचारक/दार्शनिक की उक्ति विषय के अनुरूप है, तो उसका प्रयोग बेझिझक किया जा सकता है। हो सके तो निबंध की रूपरेखा बनाते समय इन सूक्तियों को भी लिख लें।

सूक्तियों का प्रयोग प्रसंगानुकूल और सहज होना चाहिए। सूक्ति निबंध के विषय से मेल खाती हो और थोपी हुई न लगे। विवादास्पद कथनों को उद्धृत करने से बचें और प्रवाह बनाए रखें।

8. गुणात्मक सामग्री (content) का प्रयोग—जितना गुड़ डालें, उतना ही मीठा होता है। अच्छी और स्तरीय विषय सामग्री निबंध को उत्कृष्ट बनाने में सहायता करती है। अतः भूलकर भी वैचारिक संकीर्णता या हल्कापन प्रदर्शित न होने दें। यथा—

1. आपके लेखन में व्यक्त विचारों से जातिवाद, क्षेत्रवाद, भाषावाद और सांप्रदायिकता की गंध नहीं आनी चाहिए।

2. यद्यपि बहुत से विचारकों/महापुरुषों के जीवन-दर्शन और कथनों को उद्धृत किया जा सकता है; पर कुछ सर्वमान्य विचारकों, यथा—अरस्तू, सुकरात, प्लेटो, बुद्ध, महावीर, गुरु नानक, कबीर, रैदास, तुलसी, गांधी, नेहरू, टैगोर, अंबेडकर, विवेकानंद, अरविंदो आदि को उद्धृत करना सामग्री की गुणात्मकता को बढ़ाता है। धर्म, दर्शन, अध्यात्म तक ही सीमित न रहकर इतिहास, भाषा, साहित्य, मनोविज्ञान, राजनीति-शास्त्र, समाज-शास्त्र, विज्ञान, प्रौद्योगिकी, प्रबंधन-विधि, प्रशासन आदि विभिन्न क्षेत्रों के भारतीय व पाश्चात्य जगत् के श्रेष्ठ

विद्वानों को प्रसंगानुकूल उद्धृत किया जा सकता है।

भारतीय स्वतंत्रता आंदोलन के मूल्य व आदर्श और **भारतीय संविधान का दर्शन** हमेशा हमारे पथ-प्रदर्शक और प्रेरणा-स्रोत हैं। प्रसंग के अनुरूप भारतीय संविधान की **उद्देशिका (preamble)**, **मूल कर्तव्य**, **राज्य–नीति के निर्देशक तत्त्वों** और **मूल अधिकारों** का संदर्भ लिया जा सकता है।

3. आवश्यकतानुसार अपनी बात की पुष्टि के लिए तथ्यों व आँकड़ों का सहारा लेना बेहतर विकल्प है; पर यह इतना अधिक न हो कि निबंध की सहजता और प्रवाह टूटने लगे।

4. जहाँ तक सरकार की नीतियों की आलोचना का प्रश्न है, मुझे लगता है कि कोरी आलोचना करना किसी समस्या का समाधान नहीं हो सकता।

एक बार एक चित्रकार ने चित्र बनाकर रेलवे स्टेशन पर टाँगा और लिख दिया कि इसमें जो गलतियाँ हैं, उन्हें चिह्नित कर दें। अगले दिन सुबह जब वह स्टेशन पहुँचा तो उसने देखा कि पूरा चित्र निशानों से भरा हुआ था। चित्रकार ने पुनः एक नया चित्र बनाया। उसी स्थान पर उसे टाँगकर उसने लिखा कि इसमें जो भी गलतियाँ हों, कृपया उन्हें ठीक भी कर दें। अगले दिन जब वह चित्रकार अपने चित्र को देखने गया तो आश्चर्यजनक रूप से वह ज्यों-का-त्यों था। अभिप्राय यह है कि सवाल उठाना सरल है और समाधान सुझाना कठिन है।

शिव खेड़ा का एक प्रसिद्ध कथन है, ''अगर हम समाधान का हिस्सा नहीं हैं तो हम स्वयं ही समस्या हैं।''

अतः इस संबंध में मेरी यही राय है कि कल्याणकारी राज्य नागरिकों की बेहतरी के लिए ही योजनाएँ और कार्यक्रम बनाता है; पर उनमें सुधार की गुंजाइश हमेशा बनी रहती है। लिहाजा, शिकायती और विघ्न–संतोषी प्रवृत्ति से बचें और सकारात्मक रवैए से चीजों को ग्रहण करें।

9. विषय चयन—निबंध के सही विषय का चयन आधी जंग जिता सकता है। अंग्रेजी में एक कहावत है— *'well begun is half done.'* अगर विषय चुन लिया जाए तो उस पर एक अच्छा निबंध लिखे जाने की संभावना कहीं अधिक बढ़ जाती है। अतः विषय चुनते समय इन बातों का ध्यान रखें—

1. जिस विषय के प्रति आपकी नजदीकी अधिक हो, उसे चुनना हमेशा बेहतर होता है। जैसे मीडिया पर अपनी ठीक–ठाक समझ होने के चलते मैंने अपनी परीक्षा में 'क्या स्टिंग ऑपरेशन निजता पर प्रहार है?' विषय चुना था। साहित्य, दर्शन, भूगोल, विज्ञान, संस्कृति, इतिहास आदि विभिन्न क्षेत्रों की अच्छी समझ

रखनेवाले अभ्यर्थी अपनी समझ और जागरूकता के क्षेत्र का चुनाव कर सकते हैं।

2. जिस विषय पर आपके पास पर्याप्त सामग्री और उसकी पुष्टि हेतु तर्क उपलब्ध हों, उसे प्राथमिकता दें। यदि निबंध लेखन के अभ्यास के दौरान जिस विषय पर कभी निबंध लिखा हो और उससे मिलता-जुलता निबंध ही परीक्षा में आ जाए तो उसे चुना जा सकता है।

10. क्या करें, क्या न करें—उपर्युक्त सभी बातों का ध्यान रखने के अलावा भी क्या तैयारी या रणनीति के स्तर पर कुछ और बातें हो सकती हैं, जिनको समझकर निबंध में बेहतर प्रदर्शन लगभग सुनिश्चित किया जा सकता है? मेरी समझ में, यह संभव है, बशर्ते आप इस प्रश्न-पत्र को अनदेखा न करें और कुछ छोटी-छोटी बातों का सामान्य तौर पर ध्यान रखें—

1. पढ़ने और गुनने की आदत हमेशा विचारों को परिपक्व बनाकर सोच का दायरा बढ़ाती है। भवानी प्रसाद मिश्र ने लिखा है—

''कुछ लिखकर सो, कुछ पढ़कर सो,
तू जिस जगह जगा सवेरे, उस जगह से बढ़कर सो।''

अतः पढ़ने, लिखने, चर्चा करने और मनन (गुनने) की आदत बनाए रखें तथा इसे विकसित करते रहें। ज्ञान के स्रोत को सीमित न करें—अच्छी किताबें व पत्रिकाएँ पढ़ते रहें और हमेशा सीखने की कोशिश करें।

2. लेखन अभ्यास का कोई विकल्प नहीं है। परफेक्शनिस्ट बनने के चक्कर में लिखने से आलस्य कतई न करें। हर सप्ताह निबंध लिखने का अभ्यास जरूर करें और कोशिश करें कि उसका मूल्यांकन करा लें, ताकि तदनुरूप और सुधार किया जा सके।

3. समूह चर्चा (group discussion) तैयारी का एक गतिशील (dynamic) और सहभागितापूर्ण (participatory) तरीका है; साथ ही चर्चा करने से विचार उर्वर और स्थायी हो जाते हैं।

उपनिषद् में कहा गया है—

'वाद-विवादाः जायते तत्त्वबोधाः।'

(वाद-विवाद से ही तत्त्व-बोध होता है)

4. ज्ञान अथाह और अनंत है। हमने इस महासागर की सिर्फ कुछ बूँदें ही चखी हैं। अतः 'अधजल गगरी छलकत जाय' या 'थोथा चना, बाजे घना' वाली प्रवृत्ति से दूर रहें और हमेशा अपने अहं को सीखने की प्रक्रिया में आड़े न आने दें। सुकरात ने कहा था कि ''मैं ज्ञानी इस अर्थ में हूँ कि मैं यह जानता

हूँ कि मैं कुछ नहीं जानता।''

5. अति आत्मविश्वास से बचें, पर अपनी तैयारी और धारणा पर भरपूर विश्वास बनाए रखें। जब आप निरंतर अभ्यास करते रहेंगे और तदनुरूप सुधार भी करेंगे तो यह लगभग तय मानिए कि आप एक बेहतर निबंध लिख पाएँगे।

6.समय विभाजन का भी ध्यान रखें। अनिवार्य तौर पर दोनों (या अधिक) निबंध लिखें और उन्हें लगभग बराबर समय दें। पहले निबंध को यदि 5–10 मिनट अधिक दे दिए जाएँ तो कोई बड़ी समस्या नहीं है। कोशिश करें कि प्रश्न-पत्र के क्रम में निबंध लिखें।

7. शब्द सीमा का उल्लंघन न करें। अधिक लिखकर कोई श्रेय प्राप्त नहीं होगा।

8. अंत में, सकारात्मक ऊर्जा बनाए रखें। किसी भी कीमत पर हार न मानें— न तैयारी के दौरान और न ही परीक्षा कक्ष में।

दुष्यंत कुमार की पंक्तियाँ न भूलें—

''कौन कहता है आसमाँ में छेद हो सकता नहीं,
एक पत्थर जरा तबीयत से उछालो यारों।''

कुछ और काम की बातें—

1. अभ्यास का कोई विकल्प नहीं है। हर हफ्ते तीन घंटे के लिए बैठें और डेढ़–घंटे में कुल 2 निबंध लिखने का अभ्यास जरूर करें। इसका आपको बेहद फायदा होगा।
2. पहले कुछ मिनटों में निबंध की एक लिखित रूपरेखा जरूर बना लें, इसमें निबंध के विषय विस्तार के पक्ष, तथ्य, उदाहरण और उक्तियाँ शामिल कर सकते हैं।
3. विषय तसल्ली से चुनें। उसी क्षेत्र के विषय चुनें, जिन पर आपकी पकड़ और समझ अच्छी हो। उदाहरण के लिए, विज्ञान पृष्ठभूमि के लोग तकनीकी विषयों पर कुछ बेहतर लिख सकते हैं। मुझे साहित्य–संस्कृति–जनसंचार और दर्शन से जुड़े विषय ज्यादा आकर्षित करते हैं। अमूर्त विषयों पर ज्यादा बेहतर लिख पाता हूँ। मेरी सलाह है कि अपनी रुचि और संबंधित विषय क्षेत्र की समझ के आधार पर निर्णय लें।
4. शुरुआत प्रस्तावना से करें, जो कई तरह की हो सकती है, जैसे कोई प्रसिद्ध कथन या उक्ति, कोई उदाहरण या विषय की पृष्ठभूमि, पर प्रस्तावना

में एक विजन होना चाहिए और विषय के विस्तार का संकेत भी होना चाहिए।

5. निबंध को पैराग्राफ में ही लिखें। एक पृष्ठ पर दो से तीन पैराग्राफ अच्छे लगते हैं।
6. जिस तरह खाना न केवल अच्छा बना हो, बल्कि उसका ढंग से परोसा जाना भी उतना ही महत्त्वपूर्ण है, ठीक इसी तरह निबंध में भी प्रस्तुतीकरण का अच्छा–खासा महत्त्व है।
7. विषय का विस्तार करते वक्त कोशिश करें कि उसके ज्यादातर पहलुओं को छू सकें। हर विषय के बहुत से पक्ष हैं, जैसे आर्थिक, सामाजिक, सांस्कृतिक, दार्शनिक, ऐतिहासिक और वैज्ञानिक। जितने ज्यादा पहलुओं को छुएँगे, उतना अच्छा प्रभाव पड़ेगा, पर व्यर्थ के विस्तार से बचें।
8. क्रमबद्ध और व्यवस्थित ढंग से लिखें। बेतरतीब और मनमाने ढंग से लिखना खराब प्रभाव छोड़ता है।
9. शब्द सीमा का अतिक्रमण करके समय और श्रम व्यर्थ न करें।
10. निबंध पूरे जीवन के अध्ययन और अनुभव का एक निचोड़ है। लिहाजा पढ़ते रहें, लिखते रहें और सीखते रहें।

निबंध हेतु उपयोगी तालिकाएँ (tables)

निबंध की विषयवस्तु का विस्तार करते समय काम आनेवाले तथ्यों और सूचनाओं की कुछ तालिकाएँ (tables) आपकी सुविधा के लिए साझा कर रहा हूँ। किसी भी विषय पर निबंध लिखते समय प्रसंगानुसार इनका उपयोगकर अपने निबंध को अधिक व्यापक, सारगर्भित और समावेशी बना सकते हैं—

तालिका 1 : विकास के स्तर

1. व्यक्ति
2. परिवार
3. समाज
4. गाँव
5. कस्बा
6. नगर
7. राज्य

8. राष्ट्र
9. विश्व

तालिका 2 : समाज कल्याण के कुछ लक्षित वर्ग

1. एस.सी
2. एस.टी
3. ओ.बी.सी
4. अल्पसंख्यक
5. महिलाएँ
6. बच्चे
7. वरिष्ठ नागरिक
8. विकलांग/दिव्यांग
9. थर्ड जेंडर/ एल.जी.बी.टी.
10. सीमांत किसान
11. गरीबी रेखा के नीचे के लोग [बी.पी.एल]
12. स्ट्रीट वेंडर
13. असंगठित क्षेत्र के मजदूर

तालिका 3 : विविध दर्शन/विमर्श

1. गांधीवाद
2. मार्क्सवाद
3. साम्यवाद
4. पूँजीवाद
5. समाजवाद
6. उदारवाद
7. अस्तित्ववाद
8. मानववाद
9. उपयोगितावाद
10. स्त्री विमर्श
11. दलित विमर्श
12. आदिवासी विमर्श

तालिका 4 : भारतीय राष्ट्र के निर्माता प्रमुख दार्शनिक

1. महात्मा गांधी—अहिंसा, सत्य, ट्रस्टीशिप, सत्याग्रह, सर्वोदय
2. जवाहरलाल नेहरू— समाजवाद, पंथनिरपेक्षता, लोकतंत्र
3. रवींद्रनाथ टैगोर—अंतर्राष्ट्रवाद, मानववाद, राष्ट्रवाद, पुनर्जागरण, आधुनिकतावाद
4. डॉ. भीमराव अंबेडकर—सामाजिक न्याय, अफरमेटिव एक्शन, मानवाधिकार
5. स्वामी विवेकानंद—आध्यात्मिकता, सहिष्णुता, नव्य वेदांत

तालिका 5 : भारत के समक्ष प्रमुख चुनौतियाँ

1. जातिवाद
2. क्षेत्रवाद
3. भाषावाद
4. सांप्रदायिकता
5. अपराधीकरण
6. जलवायु परिवर्तन
7. गरीबी
8. असमानता
9. नक्सलवाद/उग्रवाद/चरमपंथ
10. आतंकवाद

तालिका 6 : कुछ महत्त्वपूर्ण अधिकार

1. सूचना का अधिकार
2. शिक्षा का अधिकार
3. खाद्य सुरक्षा का अधिकार
4. निजता का अधिकार
5. पुनर्वास और पुनर्स्थापन का अधिकार
6. सामाजिक सुरक्षा का अधिकार
7. रोजगार की गारंटी का अधिकार
8. वन अधिकार
9. स्वास्थ्य का अधिकार

तालिका 7 : हमारे संवैधानिक मूल्यों के कुछ आधार

1. संविधान की प्रस्तावना/उद्देशिका
2. मूल अधिकार
3. मूल कर्तव्य
4. राज्य नीति के निर्देशक तत्व

तालिका 8 : हमारे कुछ सार्वभौम मूल्य

1. समानता
2. स्वतंत्रता
3. भातृत्व/भाईचारा
4. अहिंसा
5. समता
6. सहिष्णुता
7. पंथनिरपेक्षता
8. समाजवाद
9. अखंडता

निबंध हेतु कुछ महत्त्वपूर्ण सूक्तियाँ/विचार

जैसा कि मैंने लिखा कि प्रसंगानुसार सूक्तियों/पंक्तियों/उद्धारणों/विचारों/कथनों का प्रयोग निबंध को आकर्षक बनाता है। बस शर्त यह है कि अनावश्यक प्रयोग से बचें। यहाँ मैं उदाहरण के तौर पर, हिंदी, उर्दू, संस्कृत और अंग्रेजी की कुछ सूक्तियाँ साझा कर रहा हूँ। इसी तरह आप भी कुछ अच्छी, प्रासंगिक और गरिमापूर्ण सूक्तियों का प्रयोग कर सकते हैं। इनमें से कोई भी सूक्ति/पंक्ति मेरे द्वारा लिखी हुई नहीं है। कृपया इनके लेखकों व स्रोतों के नाम जाँच लें—

संस्कृत

आ नो भद्रा क्रतवो यन्तु विश्वतः। (ऋग्वेद)

चरैवैति-चरैवैति। (अज्ञात)

उत्तरं यत् समुद्रस्य हिमोद्रेश्चैव दक्षिणम्।
वर्षं तद् भारतं नाम भारती यत्र सन्ततिः।। (विष्णु पुराण)

धृति क्षमा दमोऽस्तेयं शौचमिन्द्रियनिग्रहः।
धीर्विद्या सत्यमक्रोधो, दशकं धर्मलक्षणम्।। (गीता)

यत्र नार्यस्तु पूज्यन्ते रमन्ते तत्र देवताः। (मनुस्मृति)

कीर्तिर्यस्य स जीवति। (अज्ञात)

स्वयमेव मृगेन्द्रता। (अज्ञात)

सत्यमेव जयते। (मुण्डकोपनिषद्)

अयं निजः परोवेति, गणना लघुचेतसाम्,
उदार चरितानान्तु वसुधैव कुटुम्बकम्। (अज्ञात)

परस्परोपग्रहो जीवानाम्। (जैन दर्शन)

बहुजनहिताय बहुजनसुखाय। (बौद्ध दर्शन)

English

1. Child is the father of the man. –Anonymous
2. God made the man
Tailor made a gentle man –Anonymous
3. Reading makes a full man,
Conference a ready man,
Writing a perfect man. –Bacon
4. Give us good mothers,
We will give you a great nation.
–Dr. Radhakrishanan
5. God helps those who help themselves.
6. Be the change you wish to see in the world. –Gandhi
7. Justice delayed, is justice denied.
8. The Woods are lovely, dark and deep
but I have promises to keep
and miles to go before sleep. –Robert Frost
9. Hate the sin, not the sinner. –Gandhi
10. Success is a journey, not a destination. –Anonymous

हिंदी/उर्दू

1. पोथी पढ़-पढ़ जग मुआ, पंडित भया न कोय,
ढाई आखर प्रेम का, पढ़ै सो पंडित होय॥
–कबीर
2. बड़े बड़ाई ना करें, बड़े न बोलें बोल,
रहिमन हीरा कब कहै, लाख टका मेरो मोल॥
–रहीम
3. कर्म प्रधान विश्व करि राखा,
जो जस करहि सो तस फल चाखा॥
–तुलसी

4. खुद में वह बदलाव लाएँ,
   जो आप दूसरों में देखना चाहते हैं।

—गांधी

5. अपने घर के खिड़की—दरवाजे बिल्कुल बंद भी मत करो
   कि बाहर की खुली हवा भी भीतर न आ सके।

—गांधी

6. प्रकृति मनुष्य की आवश्यकताओं की पूर्ति कर
   सकती है, लालच की नहीं।

—गांधी

7. आपके विचार आपके कर्म बनाते हैं,
   और आपके कर्म आपका चरित्र।

—विवेकानंद

8. औरत पैदा नहीं होती, बनाई जाती है।

—सिमोन द बुवा

9. सबकुछ प्रतीक्षा कर सकता है, पर कृषि नहीं।

—नेहरु

10. भारत स्वयं में एक लघु विश्व है।

—नेहरु

11. आधुनिकता पोशाक से नहीं, विचारों से आती है।

—टैगोर

12. मैं ज्ञानी इस अर्थ में हूँ कि मैं जानता हूँ कि मैं कुछ नहीं जानता।

—सुकरात

13. तुमने जो सबसे गरीब और कमजोर आदमी देखा है, उसका
    ध्यान करो और यह विचार करो कि जो कदम तुम उठानेवाले
    हो, उससे इस आदमी को कितना फायदा होगा।

—गांधी

14. मैं ऐसे स्वतंत्र भारत के लिए काम करूँगा,
    जहाँ गरीब से गरीब भी महसूस करे कि यह उसका देश है,
    और राष्ट्र निर्माण में उसकी भी प्रभावी भूमिका है।

—गांधी

15. ये क्या हुआ कि फासले इतने बढ़ा दिए,
इन दो घरों के बीच में दीवार ही तो है।

—वसीम बरेलवी

16. धूप में निकलो घटाओं में नहाकर देखो,
जिंदगी क्या है, पुस्तकों को हटाकर देखो।

—निदा फाजली

17. कुछ लोग वे, जो वक्त के साँचों में ढल गए,
कुछ लोग वे, जो वक्त के ढाँचे बदल गए।

—अज्ञात

18. किसी की चार दिन की जिंदगी सौ काम करती है,
किसी की सौ बरस की जिंदगी में कुछ नहीं होता।

—अज्ञात

19. तुम्हारी फाइलों में गाँव का मौसम गुलाबी है,
मगर ये आँकड़े झूठे हैं, ये बातें किताबी हैं।

—अदम गोंडवी

20. खीचों न कमानों को न तलवार निकालो,
जब तोप मुकाबिल हो तो अखबार निकालो।

—अकबर इलाहाबादी

21. जलाओ दिए पर रहे ध्यान इतना,
अंधेरा धरा पर कहीं रह न जाए।

—गोपालदास नीरज

22. कीमत तो बढ़ गई है, दिल्ली में धान की,
लेकिन विदा न हो सकी, बेटी किसान की।

—अज्ञात

23. महज तनख्वाह से निपटेंगे क्या नखरे लुगाई के,
हजारों रास्ते हैं सिन्हा साहब की कमाई के,
मिसेज सिन्हा के हाथों में जो बेमौसम खनकते हैं,
पिछली बाढ़ के तोहफे हैं ये कंगन कलाई के।

—अदम गोंडवी

24. जितने कष्ट कंटकों में है, जिनका जीवन सुमन खिला,
गौरव गंध उन्हें उतना ही, यत्र तत्र सर्वत्र मिला।

—मैथिलीशरण गुप्त

25. क्षमा शोभती उस भुजंग को, जिसके पास गरल हो,
उसका क्या जो दंतहीन विषहीन विनीत सरल हो।

—दिनकर

26. शक्ति की करो मौलिक कल्पना करो पूजन,
छोड़ दो समर, जब तक न सिद्धि हो रघुनंदन।

—निराला

27. तुम्हारे पाँव की चुभन जरूर कम होगी,
किसी के पाँव का काँटा निकालकर देखों।

—अज्ञात

28. सीने में जलन आँखों में तूफान सा क्यूँ है,
इस शहर में हर शख्स परेशान सा क्यूँ हैं।

—शहरयार

29. जलते घर को देखनेवालों, फूस का छप्पर आपका है,
आग के पीछे तेज हवा है, आगे मुकद्दर आपका है,
उसके कत्ल पे मैं भी चुप था, मेरा नम्बर अब आया,
मेरे कत्ल पे आप भी चुप हैं, अगला नम्बर आपका है।

—नवाज़ देवबंदी

30. मदिरालय जाने को घर से चलता है पीनेवाला,
किस पथ पर जाऊँ, असमंजस में है वह भोला—भाला,
अलग—अलग पथ बतलाते सब, पर मैं यह बतलाता हूँ,
राह पकड़ तू एक चलाचल, पा जाएगा मधुशाला।

—हरिवंश राय बच्चन

मेरा एक मॉडल निबंध

'शिक्षा अपने अज्ञान की प्रगतिशील खोज है'—निशान्त जैन

Education is the progressive discovery of self ignorance

"शिक्षा अपने अज्ञान की प्रगतिशील खोज है।"

(अनादिकाल से लेकर आज तक सभ्यताओं ने नित नए रूप बदले हैं, संस्कृतियों ने नित नई करवटें ली हैं। समय का चक्र निरन्तर चलता रहा है, पर यदि नहीं बदला, तो मानव जीवन का विकास क्रम और उसकी अनवरत यात्रा। 'परिवर्तन और विकास प्रकृति के शाश्वत नियम हैं'' के सिद्धान्त के अनुरूप भी आदिम युग से शुरूकर आज मशीनों के युग में प्रवेश कर चुका है।)

मानव को अधिक परिपक्व, समझदार और प्रबुद्ध बनाने में शिक्षा की भूमिका हर युग में बेहद प्रभावी रही है चाहे वह अनौपचारिक रूप से घर-बाहर माता-पिता, दादी-नानी, पड़ोसियों द्वारा सिखाए गए सबक हों या वैदिक वाचिक परम्परा से मकतब-मदरसे तक की औपचारिक शिक्षा पद्धतियाँ, निस्संदेह शिक्षा का मानव के व्यक्तित्व के सर्वांगीण विकास में महत्वपूर्ण योगदान रहा है।

"शिक्षा तो है वह चित्रकार,
जो विद्या की तूली लेकर,
भावों के नूतन रंगों से,
मानव का रूप सजाती है।"

इस तरह मानव विकास के अपने इस सतत क्रम में निरन्तर शिक्षा के महत्व को समझता गया और ज्ञान-विज्ञान के नए-नए क्षेत्रों का शोधों व अनुसंधानों के माध्यम से विकास करता गया। वैदिक व बौद्ध-जैन काल में हुई शैक्षिक प्रगति के इस क्रम का विकास मध्य काल में विदेशों से सांस्कृतिक सम्पर्क से होते हुए आधुनिक नवजागरण तक पहुँच गया। विशेषकर

(2)

भारत में विलियम जोन्स की एशियाटिक सोसायटी, कलकत्ता का फोर्ट विलियम कॉलिज, मेयो कॉलिज, फर्ग्यूसन कॉलिज और बम्बई, कलकत्ता व मद्रास के विश्वविद्यालयों के रूप में ज्ञान-विज्ञान के नवीन केन्द्र स्थापित हुए। प्राचीन भारतीय ग्रन्थों के अंग्रेजी में अनुवाद और भारतीय-पाश्चात्य संस्कृति के सम्पर्क से ज्ञान के नए स्त्रोतों का विस्तार हुआ। आधुनिक शिक्षा के प्रसार के साथ-साथ भारत में राजा राममोहन राय, ईश्वरचन्द्र विद्यासागर, विवेकानंद, केशवचंद्र सेन आदि समाज-सुधारकों के साथ सामाजिक कुरीतियों पर कुठाराघात की शुरुआत हुई।

पूर्व और पश्चिम के ज्ञान-विज्ञान, सभ्यता-संस्कृति के सतत सम्पर्क के बाद धीरे-धीरे यह बात समझ में आने लगी कि ज्ञान का विस्तार अनंत है और ज्ञान-विज्ञान को किसी देश, क्षेत्र या समुदाय विशेष की परिधि में नहीं बांधा जा सकता। पूरब जहाँ पश्चिम द्वारा ईजाद किए गए अनूठे आविष्कारों और तकनीकों :- ग्रामोफोन, रेडियो, टी॰वी॰, हवाई जहाज, इंजन आदि को देखकर हैरान था, तो पश्चिम पूरब की प्राचीन सांस्कृतिक विरासत :- कला, स्थापत्य, साहित्य, आयुर्वेद, योग, धर्म-दर्शन को देखकर दाँतो तले उंगली दबा रहा था। ज्ञान-विज्ञान के क्षेत्र में निरन्तर नए-नए और उन्नत शोध विश्व भर में हो रहे हैं और हर शोध एक नए प्रगामी शोध की संभावनाओं को उद्घाटित कर रहा है। ऐसा प्रतीत होने लगा है कि हर नई खोज में आगामी एक और बेहतर खोज के बीज छिपे हैं।

(3)

सुकरात ने इस मर्म को सदियों पहले समझते हुए कहा था, "मैं ज्ञानी इस अर्थ में हूँ, कि मैं यह जानता हूँ कि मैं कुछ नहीं जानता।" इसका सीधा सा अभिप्राय है कि हम शिक्षा और ज्ञान के विकास के साथ जैसे-जैसे बौद्धिक-चेतना के सोपान चढ़ते हैं, हमें निरन्तर अपनी अकिंचनता, लघुता और अल्पज्ञता का बोध होता जाता है। शायद इसीलिए गांधी ने आह्वान किया था कि हमें अपने खिड़की-दरवाजे आने वाली हवाओं के लिए खुले रहने चाहिएँ। यह अकारण नहीं था कि ऋग्वेद के ऋषि चारों दिशाओं से शिक्षा और ज्ञान को आमंत्रित कर रहे थे:- "आ नो भद्राः क्रतवो यन्तु विश्वतः।"

दरअसल शिक्षा अपने अज्ञान की एक प्रगतिशील खोज ही है। ज्यों-ज्यों हम ज्ञान के इस अथाह सागर में डुबकी लगाते हैं, इससे निकले अनुभव के मोती हमें इस बात का अहसास करते हैं कि अभी बहुत कम जाना है और अभी बहुत कुछ जानना बाकी है।

जीवन के हर क्षेत्र में हम हर रोज़ इसी तथ्य से दो-चार होते हैं। धार्मिक-दार्शनिक व आध्यात्मिक क्षेत्र में देखें तो भारतीय षड्दर्शन व जैन-बौद्ध दर्शन से नव्य वेदान्त तक नित नवीन चिन्तन सामने आता रहा है और ईश्वर-जीव-जगत के रहस्यों पर से पूरी तरह परदा अभी उठना बाकी है। पाश्चात्य दर्शन में भी सुकरात-प्लेटो-अरस्तू से काण्ट-हीगल-मार्क्स तक दर्शन की अनसुलझी पहेलियाँ अभी भी मानव के लिए अबूझ ही हैं। यदि इस क्षेत्र में कोई स्पष्ट निष्कर्ष स्थापित हुए होते तो विश्व भर में इतनी परस्पर विभिन्न धार्मिक

(4)

दार्शनिक मान्यताएँ अस्तित्व में न होतीं। लिहाजा मानव पर्याप्त अध्ययन के बाद यह अनुभव करता है कि अभी हम ज्ञान की कुछ बूंदें ही चख पाए हैं और पूरा सागर अभी बाकी है। कबीर ने अपने इस अनुभव को कुछ इसी तरह व्यक्त किया था:-

"पोथी पढ़ पढ़ जग मुआ,
पण्डित भया न कोय।"

सामाजिक और राजनीतिक क्षेत्र में तो हमेशा सुधार और समझ की गुंजाइश बनी रहती है। विशेषकर भारतीय समाज और भारतीय राजनीति अपनी संरचना में बहुत जटिल है। कहीं एकल व संयुक्त परिवार का द्वन्द्व है तो कहीं जातियों-उपजातियों-जनजातियों का विराट संसार। भारतीय समाज का जितना अध्ययन करते जाते हैं, हम पाते हैं कि उसके और नए पहलू सामने आ रहे हैं। पिछली सदी के युगपुरुष राष्ट्रपिता गांधी ने भी अपनी आत्मकथा 'सत्य के साथ मेरे प्रयोग' में अनेक स्थानों पर अपनी अल्पज्ञता, भूलों और त्रुटियों की ओर संकेत किया है। अक्सर यह देखा गया है कि जिन भी महापुरुषों ने प्रज्ञा के उच्च स्तर को छुआ, उन्होंने अपने अज्ञान को उतनी ही ईमानदारी से स्वीकार किया। सच ही कहा गया है कि—

"बड़े बड़ाई न करें, बड़े न बोलें बोल,
रहिमन हीरा कब कहै, लाख टको मेरो मोल।"

वैयक्तिक और मनोवैज्ञानिक स्तर पर हम दिन-प्रतिदिन के व्यवहार में नित नए पाठ सीखते हैं। मनोविज्ञान के अध्येता जहाँ नवीन अनुसंधान के माध्यम से मस्तिष्क की नई परतें खोलने में जुटे हैं, वहीं अमेरिकी राष्ट्रपति बराक ओबामा ने भी

(5)

मस्तिष्क पर अनुसंधान के लिए करोड़ों डॉलर का नया कार्यक्रम शुरू किया है। चिकित्सा विज्ञान के क्षेत्र में तो इतनी तेज गति से अनुसंधान हो रहे हैं कि रोज़ नए रोग, उनके टीके और उपचार सामने आ रहे हैं। जन्तु विज्ञान व पादप विज्ञान के अध्येता आज तक यह दावा नहीं कर सके हैं कि उन्होंने दुनिया की सारी प्रजातियों की खोज कर ली है।

साहित्यिक-साँस्कृतिक क्षेत्र में देखें, तो हम पाते हैं कि अभी संस्कृति और साहित्य के इतने रंग अछूते हैं, कि उन पर अध्ययन और शोध का एक पूरा क्षेत्र अभी बाकी है। पुरातात्विक खोजों से ही 1921 में पता चला था कि भारत में वैदिक सभ्यता से पहले भी सिन्धु के किनारे हड़प्पा सभ्यता फल-फूल रही थी। आज भी हम बहुत से क्षेत्रों और जनजातियों की संस्कृति तक पहुँच नहीं सके हैं। विश्व भर के साहित्य को पढ़ने पर हम पाते हैं कि दुनिया कितनी वैविध्यपूर्ण और बहुरंगी है, और हम अभी इसके बारे में कितना कम जानते हैं। इसके अतिरिक्त औपचारिक अध्ययन के दायरे से बाहर जो मुक्त भ्रमण के माध्यम से शिक्षा अर्जन है, वह भी जीवन को समझने का एक महत्वपूर्ण माध्यम है। निदा फाजली लिखते हैं:-

"धूप में निकलो, घटाओं में नहाकर देखो,
ज़िन्दगी क्या है, किताबों को हटाकर देखो।"

इस तरह हम जीवन के प्रत्येक क्षेत्र और स्तर पर अनुभव करते हैं कि शिक्षा दरअसल हमें यह बोध कराती है कि हम कितने अज्ञानी हैं। हम समाज में अपने आस-पास अक्सर कुछ ऐसे लोगों को

देखते हैं, जो ~~क~~ थोड़ा-बहुत अधकचरा ज्ञान जुटाकर शेखी बघारते और पाण्डित्य प्रदर्शन करते घूमते हैं:- "थोथा ~~चना~~ चना, बाजे घना।"
पर जो सचमुच सुशिक्षित, प्रबुद्ध और ज्ञानी लोग होते हैं, वे स्वयं को अज्ञानी, अकिंचन, अल्पज्ञ मानते हैं। ऐसा महज इसलिए नहीं होता, कि वे अपनी विनम्रता का प्रदर्शन करना चाहते हैं, बल्कि वह सच में इस तथ्य का अनुभव कर पाते हैं कि शिक्षा अपने अज्ञान की प्रगतिशील खोज है। भरा हुआ घड़ा आवाज नहीं करता, इसी तरह सुशिक्षित व्यक्ति यह जानता है कि ज्ञान का विस्तार असीम है और ज्ञान व शिक्षा के विकास के अनुपात में अपनी अज्ञानता का बोध भी स्पष्ट होता जाता है।

□

8

गेम चेंजर है वैकल्पिक विषय : तैयारी के आयाम

वर्ष 2013 से सिविल सेवा मुख्य परीक्षा के पैटर्न में आए बदलावों के बाद अब अभ्यर्थियों को दो वैकल्पिक विषयों के स्थान पर एक ही वैकल्पिक विषय चुनना होता है। मेरी समझ में, यह काफी राहत की बात है। दरअसल किसी भी व्यक्ति के लिए 'सामान्य अध्ययन' के अलावा किसी एक विषय विशेष की ही विशेषज्ञता की अपेक्षा की जा सकती है। किसी विद्यार्थी या अभ्यर्थी से सामान्य ज्ञान और अध्ययन की अपेक्षा किया जाना वाजिब है और साथ में उसकी रुचि के किसी एक वैकल्पिक विषय पर अच्छी पकड़ की अपेक्षा भी न्यायोचित है। पर एक ही व्यक्ति दो विषयों में उस उच्च स्तर की काबिलियत हासिल कर पाए, यह थोड़ा मुश्किल और अव्यावहारिक लगता है। इस तरह UPSC ने केवल एक वैकल्पिक विषय रखकर अभ्यर्थियों की तैयारी की कुछ ऐसी मुश्किलें जरूर आसान कर दी हैं। मुझे लगता है, अब UPSC की सिविल सेवा परीक्षा पर यह कहावत 'Jack of all trades, master of none' थोड़े बदले रूप में, यानी 'Jack of all trades, master of one' बखूबी लागू होती है।

क्यों महत्त्वपूर्ण है इस परीक्षा में वैकल्पिक विषय

यद्यपि अब सिविल सेवा मुख्य परीक्षा में एक ही वैकल्पिक विषय रह जाने से वैकल्पिक विषय के अंक और उनका मार्कशीट पर प्रभाव कम हुआ है, पर फिर भी UPSC टॉपर बनने की चाबी कुछ हद तक अभी भी वैकल्पिक विषय के पास ही है। पिछले तीन-चार वर्षों के UPSC टॉपर्स की मुख्य परीक्षा की मार्कशीट पर

नजर डालकर देखें। आप पाएँगे कि टॉप रैंक हासिल करनेवाले ज्यादातर अभ्यर्थियों के वैकल्पिक विषय के अंक साधारण नहीं थे और उनके वैकल्पिक विषय के अंक बाकी अभ्यर्थियों से काफी ज्यादा थे।

बतौर उदाहरण, सिविल सेवा परीक्षा 2013 के टॉपर गौरव अग्रवाल को उनके वैकल्पिक विषय इकोनॉमिक्स में 500 में से 296, सिविल सेवा परीक्षा 2014 में टॉपर इरा सिंघल को उनके वैकल्पिक विषय ज्योग्राफी में 305, मुझे (निशान्त जैन) मेरे वैकल्पिक विषय हिंदी साहित्य में 313, सिविल सेवा परीक्षा 2015 में टीना डाबी को उनके वैकल्पिक विषय राजनीति विज्ञान में 299, अनुराधा पाल (हिंदी माध्यम) को उनके वैकल्पिक विषय इतिहास में 262 अंक प्राप्त हुए। सिविल सेवा परीक्षा 2016 में गंगा सिंह को वैकल्पिक विषय में 315 अंक और 2018 में अनिरुद्ध कुमार को 297 अंक प्राप्त हुए। आप देख सकते हैं कि इनमें से सभी को 500 में से 250 से अधिक और कुछ को तो 300 से भी अधिक अंक मिले। यह स्पष्ट ही है कि वैकल्पिक विषय में प्राप्त बेहतर अंकों ने उन अभ्यर्थियों की सफलता और उन्हें UPSC टॉपर बनाने में महत्त्वपूर्ण भूमिका निभाई।

वैकल्पिक विषय कुछ अन्य कारणों से भी महत्त्वपूर्ण है। एक तो यह कि वैकल्पिक विषय का पाठ्यक्रम विधिवत् निर्धारित है। यद्यपि पाठ्यक्रम तो सामान्य अध्ययन का भी निर्धारित है, पर सामान्य अध्ययन की प्रकृति ही कुछ ऐसी है कि उसके व्यापक दायरे को पाठ्यक्रम के माध्यम से पूरी तरह बाँधना मुश्किल है। वैकल्पिक विषय में अमूमन पाठ्यक्रम तक सीमित सवाल पूछे जाते हैं और इसमें आप सामान्य अध्ययन की अपेक्षा अधिक कॉन्फिडेंट भी होते हैं। यानी वैकल्पिक विषय के निर्धारित पाठ्यक्रम को अच्छे से तैयार करके और ठीक से रिवीजन करके अच्छे अंक पाने की उम्मीद की जा सकती है।

दूसरी बात यह है कि यदि सफल अभ्यर्थियों की मार्कशीट देखें तो हम पाते हैं कि अभ्यर्थियों के वैकल्पिक विषय के अंकों का अंतर (range) काफी होता है। यानी किसी अभ्यर्थी को वही वैकल्पिक विषय 200 से कम अंक देता है और किसी को 300 से ज्यादा। जबकि सामान्य अध्ययन में प्राप्तांकों की यह रेंज बहुत ज्यादा अंतर नहीं रखती।

कैसे चुनें वैकल्पिक विषय

सही वैकल्पिक विषय चुनना किसी भी अभ्यर्थी के लिए बहुत महत्त्वपूर्ण

है। यदि सही वैकल्पिक विषय चुन लिया जाए तो सिविल सेवा परीक्षा की तैयारी की बेहतर शुरुआत की जा सकती है।

मैंने कई ऐसे अभ्यर्थियों को भी देखा है, जो बार-बार अपना वैकल्पिक विषय बदलते हैं। इसलिए बेहतर है कि वैकल्पिक विषय चुनने से पहले थोड़ा सोच-विचार लिया जाय, ताकि बार-बार निर्णय न बदलना पड़े।

सबसे पहले तो यह जान लें कि UPSC के नियमों के मुताबिक किसी भी वैकल्पिक विषय को चुनने के लिए उस विषय को ग्रेजुएशन या पोस्ट ग्रेजुएशन में पढ़ना बिल्कुल जरूरी नहीं है। यानी यदि किसी अभ्यर्थी ने कंप्यूटर साइंस में बी.टेक. किया है तो भी वह मुख्य परीक्षा में वैकल्पिक विषय के रूप में इतिहास या दर्शनशास्त्र चुन सकता है। शर्त बस, इतनी सी है कि आपको UPSC द्वारा निर्धारित वैकल्पिक विषयों की सूची में से ही कोई एक विषय चुनना है।

वैकल्पिक विषयों की यह सूची इस प्रकार है—

- कृषि
- पशुपालन और वेटरिनरी साइंस
- मानवशास्त्र
- पादप विज्ञान
- रसायन विज्ञान
- सिविल इंजीनियरिंग
- वाणिज्य और लेखांकन
- अर्थशास्त्र
- इलेक्ट्रिकल इंजीनियरिंग
- भूगोल
- भू-विज्ञान
- इतिहास
- विधि
- प्रबंधन
- गणित
- मेकैनिकल इंजीनियरिंग
- मेडिकल साइंस
- दर्शनशास्त्र
- भौतिक विज्ञान

- राजनीति विज्ञान और अंतरराष्ट्रीय संबंध
- मनोविज्ञान
- लोक प्रशासन
- समाजशास्त्र
- सांख्यिकी
- जंतु विज्ञान
- अंग्रेजी या हिंदी समेत संविधान की आठवीं अनुसूची में उल्लिखित 22 भाषाओं में से किसी एक का साहित्य।

मेरी समझ में, वैकल्पिक विषय चुनते समय कुछ बातों का ध्यान जरूर रखना चाहिए—

1. पहली बात, आप कोई भी विषय चुनते समय खुद से पूछें कि क्या आपको उस विषय में थोड़ी रुचि है? क्या आपको उस विषय को पढ़ने में उत्साह और रोचकता का एहसास होता है? यह जानना इसलिए भी जरूरी है, क्योंकि सिविल सेवा परीक्षा में वैकल्पिक विषय का पाठ्यक्रम इतना विस्तृत होता है कि रुचि और उत्साह के बगैर उसे समझना एवं तैयार करना काफी मुश्किल हो जाता है। वैकल्पिक विषय की तैयारी की प्रक्रिया में बोरियत से बचने में आपकी रुचि और उत्साह आपकी मदद करते हैं।
2. इसके साथ ही यह भी देखें कि क्या आप उस विषय से नजदीकी (familiarity) महसूस करते हैं? अनेक बार आप अपनी पढ़ाई के बैकग्राउंड का विषय भी चुनते हैं, जिससे आपकी काफी नजदीकी भी होती है और उस पर आपकी समझ भी होती ही है। उदाहरण के तौर पर, मैंने हिंदी साहित्य में एम.ए. और एम.फिल. किया और उसी को वैकल्पिक विषय के रूप में चुन लिया। आजकल यह ट्रेंड काफी चल भी रहा है। खासकर मेडिकल साइंस, कानून, मैनेजमेंट, कॉमर्स, विज्ञान और इंजीनियरिंग के ग्रेजुएट/ पोस्ट ग्रेजुएट अपने बैकग्राउंड का विषय चुन रहे हैं। पर यह बिल्कुल जरूरी नहीं कि आप आँखें मूँदकर अपने बैकग्राउंड का विषय चुन लें। पर हाँ, यदि आपके एजुकेशनल बैकग्राउंड वाला विषय UPSC में अच्छा प्रदर्शन कर रहा है तो फिर उसे चुनने में कोई समस्या नहीं है।
3. यह देखना भी समझदारी है कि वह विषय कितना अंकदायी है। आजकल

उस विषय का ट्रेंड क्या है और पिछले दो-तीन वर्षों में उस विषय में अच्छे अंक आ रहे हैं या नहीं। यहाँ हिंदी माध्यम के अभ्यर्थी ध्यान दें कि वे टॉपर्स के अंक देखने के साथ उनका माध्यम भी देख लें। वैसे, इन दिनों हिंदी माध्यम के अभ्यर्थियों में लोकप्रिय विषय हैं—इतिहास, हिंदी साहित्य, दर्शनशास्त्र, राजनीति विज्ञान, भूगोल, संस्कृत साहित्य और समाजशास्त्र।

4. क्या वह विषय मुख्य परीक्षा के अन्य पेपरों जैसे—सामान्य अध्ययन, निबंध या एथिक्स में कुछ मदद करता है? हालाँकि आप किसी विषय को सिर्फ इस आधार पर न चुनें कि वह सामान्य अध्ययन में मदद करता है। आप इस बात पर ज्यादा ध्यान दें कि आपका वैकल्पिक विषय ऐसा हो, जिसमें आप ज्यादा- से-ज्यादा स्कोर कर सकें।
5. क्या उस विषय में अच्छा और प्रामाणिक स्टडी मैटीरियल आपके माध्यम की भाषा में उपलब्ध है? साथ ही, क्या जरूरत पड़ने पर मार्गदर्शन उपलब्ध है या नहीं?

यदि आप इन बिंदुओं को ध्यान में रखेंगे तो आप अपने लिए सही (suitable) वैकल्पिक विषय (optional subject) चुन सकते हैं। ये वैकल्पिक विषय सोच-समझकर और किसी जानकार से सलाह लेकर चुनें तो बेहतर होगा। पर किसी टॉपर या किसी दोस्त की देखा-देखी आँख मूँदकर विषय न चुनें। साथ ही एक खास बात और कुछ अभ्यर्थी वैकल्पिक विषय को चुनने में महीनों/सालों चिंतन और उधेड़बुन में लगे रहते हैं। मैं उनसे कहूँगा कि इतना ज्यादा भी न सोचें कि आपके प्रयास (attempts) निकलने लगें। एक कहावत है—**'Indecision is often worse than wrong decision.'**

अत: अनिर्णय की स्थिति से बचते हुए मेरिट के आधार पर निर्णय लें और अपने लिये सही (suitable) वैकल्पिक विषय का चुनाव करें।

कैसे करें वैकल्पिक विषय की तैयारी

UPSC की सिविल सेवा परीक्षा में किसी भी वैकल्पिक विषय का पाठ्यक्रम पर्याप्त विस्तृत होता है। मेरी समझ में, यह ग्रेजुएशन के स्तर और पोस्ट ग्रेजुएशन के स्तर के बीच के स्तर का पाठ्यक्रम होता है। किसी भी वैकल्पिक विषय के 250-250 अंकों के दो प्रश्नपत्र होते हैं। प्राय: पहला प्रश्नपत्र कुछ सैद्धांतिक और

दूसरा कुछ व्यावहारिक व अनुप्रयुक्त (applied) होता है।

मेरी राय में, वैकल्पिक विषय की तैयारी के लिए इन बातों का ध्यान रखना चाहिए—

1. सबसे पहले पिछले लगभग पाँच सालों के प्रश्नपत्रों पर नजर डालें। समझने की कोशिश करें कि सिविल सेवा परीक्षा में उस विषय के प्रश्नों की माँग क्या है और क्या वे यूनिवर्सिटी के प्रश्नपत्रों से भिन्न हैं?
2. यदि आप अपने बैकग्राउंड से हटकर विषय चुन रहे हैं तो मेरी राय में मार्गदर्शन जरूरी है। आप तैयारी में किताबों के साथ किसी शिक्षक की मदद ले सकते हैं।
3. वैकल्पिक विषय का पूरा निर्धारित पाठ्यक्रम कवर करें।
4. नोट्स बनाएँ और उन्हें समय-समय पर दोहराते रहें। साथ ही उत्तर लिखने की प्रैक्टिस करें और किसी से जँचवा लें। टेस्ट सीरीज (test series) जॉइन करना भी एक अच्छा विकल्प है।
5. सिविल सेवा परीक्षा की तैयारी करते वक्त वैकल्पिक विषय को रिसर्च (एम.फिल./ पी-एच.डी.) की तर्ज पर न पढ़ें। मेरा अभिप्राय यह है कि विषय को ज्यादा-से-ज्यादा पोस्ट-ग्रेजुएशन या ग्रेजुएशन (ऑनर्स) के स्तर की तरह ही तैयार करें।
6. वैकल्पिक विषय की तैयारी में यदि कोई उसी वैकल्पिक विषय की तैयारी कर रहा साथी मिल जाए, जो गंभीरतापूर्वक तैयारी कर रहा हो तो उससे समय-समय पर डिस्कशन करना तैयारी में सहायक हो सकता है।

कैसे करें वैकल्पिक विषय—हिंदी साहित्य की तैयारी

सिविल सेवा मुख्य परीक्षा में मेरा वैकल्पिक विषय 'हिंदी भाषा का साहित्य' था, जिसमें मुझे सौभाग्य से 500 में से 313 अंक प्राप्त हुए थे, जो संभवतया उस वर्ष प्राप्त सर्वाधिक अंक थे। ऐसे अभ्यर्थी, जिन्होंने सोच-विचारकर इसी विषय को मुख्य परीक्षा में चुना है, मैं उनके लिए इस विषय के बारे में कुछ विस्तार से प्रकाश डालने की कोशिश करूँगा।

क्यों चुनें—

- अंकदायी विषय।
- हिंदी माध्यम के लिए सुरक्षित विषय।

- सहज, रुचिकर और आनंददायी विषय।
- 3-4 माह में तैयारी संभव।
- करेंट अफेयर्स से अपडेट करने की जरूरत नहीं।
- निश्चित और स्पष्ट पाठ्यक्रम।
- लेखन कौशल का विकास। निबंध, एथिक्स में मिल सकता है फायदा।
- विषय का बैकग्राउंड जरूरी नहीं। यद्यपि मैंने हिंदी साहित्य में एम.ए., एम.फिल. किया है, पर अधिकांश सफल अभ्यर्थियों की पृष्ठभूमि साहित्य की नहीं होती। (एक उदाहरण—CSE 2014 में रैंक 49, पवन अग्रवाल ने अंग्रेजी माध्यम से परीक्षा उत्तीर्ण की, पर वैकल्पिक विषय हिंदी साहित्य था।)

क्यों न चुनें—

- यदि हिंदी भाषा को लिखने या पढ़ने में भी दिक्कत हो।
- विषय का दायरा व्यापक, पढ़ने को बहुत कुछ।
- भाषा-साहित्य बिल्कुल पसंद न हों।
- सामान्य अध्ययन में यह विषय मदद नहीं करता।

तैयारी कैसे करें

हिंदी साहित्य मेरा पसंदीदा विषय है। इसे पढ़कर मुझे एक खास किस्म का सुकून मिलता है। सिविल सेवा परीक्षा के वैकल्पिक विषयों की सूची में भी हिंदी साहित्य अभ्यर्थियों का एक पसंदीदा विषय है। हिंदी माध्यम के छात्रों का इस विषय की ओर सहज रुझान रहा है। इस विषय की लोकप्रियता का कारण इसका रुचिकर होने के साथ-साथ अंकदायी होना भी है। आइए, बात करते हैं हिंदी साहित्य को वैकल्पिक विषय के रूप में लेनेवालों के लिए बेहतर प्रदर्शन के कुछ जरूरी बिंदुओं की—

- पाठ्यक्रम में निर्धारित सभी पुस्तकों को पढ़ जरूर लें, ताकि व्याख्या करते समय सही संदर्भ लिख सकें।
- व्याख्या खंड में सही संदर्भ पहचानना बहुत जरूरी है। पद्य खंड में संदर्भ पहचानना आसान होता है और व्याख्या करना कठिन; जबकि गद्य खंड में संदर्भ पहचानना कठिन होता है और व्याख्या करना आसान।
- पूरे पाठ्यक्रम को एक बार पढ़ जरूर लें, ताकि सब लेखकों और उनकी

निर्धारित रचनाओं के बारे में आपको बेसिक जानकारी जरूर हो, ताकि मुश्किल वक्त में उसका प्रयोग कर पाएँ। अब नए पैटर्न में चयनात्मक अध्ययन से काम चलाना मुश्किल है। पर हाँ, हर खंड में कुछ अध्याय चुनकर उन्हें अधिक बेहतर ढंग से तैयार कर सकते हैं।

- चूँकि अब प्रश्नों की संख्या ज्यादा होती है और शब्द-सीमा कम, इसलिए पूरे पाठ्यक्रम की थोड़ी-थोड़ी जानकारी और समझ अवश्य रखें। हर टॉपिक को संक्षेप में तैयार कर लें।

पाठ्यक्रम—**प्रश्नपत्र-1**

खंड 'क'—हिंदी भाषा और नागरी लिपि का इतिहास।

खंड 'ख'—हिंदी साहित्य का इतिहास।

प्रश्नपत्र-2

खंड 'क'—पद्य साहित्य।

खंड 'ख'—गद्य साहित्य।

- प्रश्नपत्र-1 के खंड 'ख' (हिंदी साहित्य का इतिहास) को ढंग से तैयार कर लें। यह प्रश्नपत्र-2 में भी काम आएगा। हिंदी साहित्य का विकास किस तरह हुआ, इसे क्रमबद्ध तरीके से मोटे तौर पर समझ लें।
- विभिन्न लेखकों एवं कवियों के कथन और काव्य पंक्तियाँ दोनों प्रश्नपत्रों, विशेषकर द्वितीय प्रश्नपत्र में विशेष महत्त्व रखती हैं। उदाहरण देने से आपके कथन और तर्कों की पुष्टि हो जाती है। इसलिए प्रसंग के अनुरूप उदाहरण लिखने में हिचकिचाएँ नहीं। पर ध्यान दें, उदाहरण प्रासंगिक और संगत लगने चाहिए, ऊपर से थोपे हुए नहीं।
- आपने इन कोटेशंस को जहाँ भी नोट किया है (बेहतर होगा कि एक डायरी बना लें), वहाँ से इन्हें निरंतर दोहराते रहें। पर साथ ही हर पंक्ति के साथ उसका प्रसंग या प्रतिपाद्य जरूर लिख लें। मसलन—'कबीर की भाषा' के बारे में लिखते हुए 'संस्किरत है कूप जल, भाखा बहता नीर' लिख सकते हैं। 'काहे री नलनी, तू कुम्हिलानी' से कबीर के दर्शन और रहस्यवाद को जोड़ लें। 'किलकत कान्ह घुटरुवनि आवत', सूर के वात्सल्य का अच्छा उदाहरण है। 'समन्वय उनका करे समस्त, विजयिनी मानवता हो जाय' 'कामायनी' के समरसता के दर्शन को प्रतिपादित करती हैं।
- भाषा खंड को लेकर अभ्यर्थियों में एक अजीब सा भय रहता है। दरअसल यह खंड कम मेहनत में अधिक अंक देता है। इसकी सभी यूनिट्स को

संक्षेप में तैयार कर लें। जैसे—पालि, प्राकृत और अपभ्रंश में से प्रत्येक की अगर आपको 6–7 विशेषताएँ पता हैं तो इतना काफी है। राजभाषा, राष्ट्रभाषा, संपर्क भाषा को ठीक से तैयार करना बेहतर विकल्प है।

- व्याकरणिक अशुद्धियों से बचने का अभ्यास। सहज व सरल भाषा का प्रयोग। अभ्यास करना जरूरी। धीरे-धीरे लेखन कौशल विकसित होता जाएगा।

क्या पढ़ें और क्या नहीं

- पाठ्यक्रम में निर्धारित सारी मूल टेक्स्ट बुक्स।
- NCERT ग्यारहवीं कक्षा—साहित्य शास्त्र परिचय।
- हिंदी साहित्य का संक्षिप्त इतिहास—डॉ. विश्वनाथ त्रिपाठी
- हिंदी साहित्य का इतिहास—डॉ. नगेंद्र
- हिंदी भाषा—डॉ. हरदेव बाहरी
- छायावाद—डॉ. नामवर सिंह
- कबीर—हजारी प्रसाद द्विवेदी
- कविता के नए प्रतिमान—नामवर सिंह
- हिंदी साहित्य और संवेदना का विकास—डॉ. रामस्वरूप चतुर्वेदी
- किसी अच्छी कोचिंग के नोट्स (दृष्टि के प्रिंटेड नोट्स काफी अच्छे हैं) देख लें।
- यदि रुचि हो तो एक साहित्यिक पत्रिका, जैसे 'आजकल' या 'नया ज्ञानोदय' पढ़ सकते हैं। इससे आपको अच्छा लगेगा और आप साहित्य की नवीनतम प्रवृत्तियों के प्रति भी सहज हो पाएँगे।

उत्तर कैसे लिखें

- समग्रता और संश्लिष्टता।
- क्रमबद्ध और व्यवस्थित।
- कथन की पुष्टि हेतु यथासंभव उदाहरण देना न भूलें।
- अगर पूरी कोटेशन याद न आए तो सिंगल इन्वर्टिड कॉमा लगाकर आधी या चौथाई कोटेशन भी लिख सकते हैं।
- पैराग्राफ बनाकर लिखें, बुलेट पॉइंट नहीं।

- साफ-सुथरा और व्याकरणिक दृष्टि से सही लिखने की कोशिश करें।
- यदि चाहें तो महत्त्वपूर्ण बातों को अंडरलाइन कर सकते हैं।

रिवीजन कैसे करें

- रिवीजन अनिवार्य।
- पाठ्यक्रम पूरा होने के बाद उसे एक-दो बार जरूर दोहरा लें।
- एक डायरी में यह नोट कर लें कि आपने पाठ्यक्रम का कौन सा हिस्सा कहाँ से पढ़ा है। दोहराते वक्त काम आएगा।
- परीक्षा से एक दिन पहले दोहराने के लिए कुछ अति महत्त्वपूर्ण संक्षिप्त पॉइंट्स भी तैयार कर लें।
- फुरसत में या मौका मिलने पर मूल टेक्स्ट बुक्स को यूँ ही पढ़ते रहें।
- परीक्षा के पूर्व अनावश्यक विस्तार से बचते हुए पूरे पाठ्यक्रम को संक्षेप में दोहरा लें।

परीक्षा हॉल में कैसे अच्छा प्रदर्शन करें

- कोशिश करें कि प्रश्नपत्र को क्रमवार हल करते चलें; क्योंकि परीक्षक भी स्वाभाविक रूप से उसी क्रम में कॉपी जाँचेंगे।
- हिंदी के पेपर में जी.एस. की तरह वक्त की उतनी कमी नहीं होती, अत: पूरा प्रश्नपत्र हल करने का प्रयास करें।
- यदि मैं अपनी बात करूँ तो मुझे प्रथम प्रश्नपत्र में भाषा खंड और द्वितीय प्रश्नपत्र में काव्य खंड अधिक प्रिय हैं। और मैंने इन्हीं से अधिक प्रश्न हल किए थे। आप भी मन में विचार कर लें कि कौन से खंडों से ज्यादा प्रश्न हल करने हैं।
- हिंदी साहित्य के उत्तर पैराग्राफ में ही लिखें, बिंदुवार नहीं।
- सहज और सरल भाषा का प्रयोग बेहतर है पर जरूरत पड़ने पर साहित्यिक शब्दावली का प्रयोग करने में कतई न हिचकिचाएँ।

हिंदी साहित्य के मेरे दो मॉडल उत्तर—निशान्त जैन

//

"बिहारी की रीतिकाल में अपनी अलग पहचान है। तर्कयुक्त उत्तर दीजिए।

बिहारी हिन्दी काव्य साहित्य के रीतिकाल के विशिष्ट व प्रतिनिधि कवि के रूप में समादृत हैं। लक्षण ग्रन्थों का प्रणयन न करते हुए भी समूचे काव्यशास्त्र का अपने दोहों में प्रतिबिम्बन कर देने वाले बिहारी रीतिसिद्ध काव्यधारा के सिरमौर कहे जाते हैं। चूंकि रीतिकाल का साहित्य दरबारी माहौल में रचा गया शृंगार प्रधान साहित्य है, अतः प्रायः अधिकांश कवि लक्षण ग्रन्थ लेखन व राजाओं की अतिशयोक्तिपूर्ण प्रशंसा के माध्यम से कविता का साधन के रूप में प्रयोग कर रहे थे। बिहारी भी राज्याश्रित दरबारी कवि हैं, परन्तु उन्होंने अन्य रीतिबद्ध कवियों की बहुप्रचलित लीक का अनुगमन न करते हुए अपनी मौलिकता प्रदर्शित की है और अपनी अलग पहचान बनाई है।

बिहारी के काव्य में कल्पना की अद्भुत समाहार क्षमता, भाषा की बेजोड़ समास शक्ति, अद्वितीय अनुभाव योजना, अनूठी बिम्ब योजना एवं खास अलंकार योजना जैसी अन्यतम विशेषताएँ बिहारी की पहचान रीतिकाल में अलग और कुछ हटकर बनाती हैं। उन्होंने अपनी रचना 'बिहारी सतसई' के दोहों में बेहद कम शब्दों में जिस विविध क्षेत्रों को समाहित किया है, वह उनकी कल्पना की समाहार क्षमता का परिचायक है। वे दोहे जैसे लघु छंद में नायक-नायिका की विविध चेष्टाओं का शृंगारिक वर्णन कर भावक को रसानुभूति के स्तर तक ले जाते हैं—

"बतरस लालच लाल की, मुरली धरी लुकाय,
सौंह करें भौंहनु हँसै, दैन कहे नटि जाय।"

भाषा की समास शक्ति के माध्यम से बिहारी ने अपनी सतसई में जिस प्रकार बहुत कम शब्दों में बहुत अधिक कह देने का कौशल दिखाया है, वह सचमुच 'गागर में सागर' की उक्ति को ही चरितार्थ करता है। उनके सम्बन्ध में कहा गया है—

"सतसैया के दोहरे, ज्यों नाविक के तीर,
देखन में छोटे लगें, घाव करैं गंभीर।"

अनुभावों की सघन योजना और बिम्बों के माध्यम से ऐन्द्रिक चित्रों के प्रस्तुतीकरण में तो बिहारी का दूर-दूर तक कोई सानी नहीं है। वह एक ही वाक्य में सात क्रियापदों को इस प्रकार गूँथते हैं कि भावक को नायक-नायिकाओं के चलचित्र के प्रत्यक्ष आस्वादन का सा अहसास होने लगता है—

"कहत नटत रीझत खिझत मिलत खिलत लजियात,
भरे भौन में करत हैं, नैननु ही सौं बात।"

बिम्बों की योजना के साथ ही बिहारी की अलंकार योजना भी उन्हें रीतिकाल में अलग पहचान प्रदान करती है। वे श्लेष, यमक, अतिशयोक्ति, विरोधाभास व अन्योक्ति जैसे अलंकारों का इतना रोचक व चमत्कारपूर्ण ढंग से वर्णन करते हैं कि भावक का हृदय आनन्द से सराबोर हो जाता है—

"चिरजीवो जोरी जुरै, क्यों न सनेह गंभीर,
को घटि ये वृषभानुजा, वे हलधर के बीर।"

वस्तुतः बिहारी ने अपनी अद्वितीय अभिव्यंजना व शिल्पगत वैशिष्ट्य के माध्यम से रीतिकाल ही नहीं, सम्पूर्ण हिन्दी साहित्य में अपनी अलग पहचान स्थापित की है। उनके इसी विशिष्ट काव्यत्व से प्रभावित होकर डॉ० ग्रियर्सन ने लिखा है—

"बिहारी जैसा कवि पूरे यूरोप के कवियों में नहीं दिखाई देता।"

छायावाद की प्रतिनिधि रचना: कामायनी

भावगत, शिल्पगत एवं प्रभावगत उत्कृष्टता एवं वैशिष्ट्य की दृष्टि से जिन ऊँचाइयों को हिन्दी साहित्य में भक्ति-साहित्य में छुआ था, लगभग उन्हीं ऊँचाइयों का संस्पर्श छायावादयुगीन रचनाओं में दिखता है। 1918 से 1936 के दौर में सामाजिक चेतना व वैयक्तिक स्वातन्त्र्य को एक साथ लेकर भाव और संवेदना का छायावाद में बखूबी वहन हुआ है। जयशंकर प्रसाद कृत भावप्रधान महाकाव्य 'कामायनी' (1936) छायावादी काव्य प्रवृत्तियों को संश्लिष्ट रूप में समाहित कर लेती है, अतः इसे छायावाद की प्रतिनिधि रचना के रूप में मान्यता दी जाती है।

कामायनी अपने युग की संवेदना और अभिव्यंजना कौशल का लगभग हर स्तर पर प्रतिनिधित्व करती है। फिर चाहे वह छायावाद का आधार दार्शनिक चिन्तन हो अथवा नारी व प्रकृति के प्रति दृष्टिकोण, अनुभूति पक्ष की केन्द्रीयता हो या प्रेम व सौन्दर्य के प्रति रोमानियत का भाव; कामायनी के लगभग हर पृष्ठ पर छायावादी काव्य विशेषताओं के प्रमाण बिखरे मिलते हैं-

"नारी तुम केवल श्रद्धा हो, विश्वास रजत नग
पग तल में"

—xxx

"दया माया ममता लो आज,
मधुरिमा लो अगाध विश्वास"

छायावाद की शिल्पगत विशेषताओं का पर्याप्त प्रयोग कामायनी में दिखता है— तत्सम शब्दावली, लाक्षणिकता, अमूर्त बिम्बों का विधान, नवीन अलंकारों का प्रयोग एवं छंद के स्तर पर खास प्रयोग इसे छायावाद की प्रतिनिधि रचना के रूप में स्थापित करने के लिए पर्याप्त हैं।

लाक्षणिकता की शैली यूँ तो निराला, पंत और महादेवी सभी ने प्रयुक्त की है, परन्तु प्रसाद ने तो कामायनी में लक्षणा शब्दशक्ति का चरम विकास कर दिया है—

"कामायनी कुसुम वसुधा पर पड़ी,
न वह मकरन्द रहा,
एक चित्र बस रेखाओं का,
अब उसमें वह रंग कहाँ।"

बिम्बों के माध्यम से अमूर्त कथ्य व भाव को मूर्त रूप देकर कामायनी में शिल्पगत वैशिष्ट्य के साथ चित्रभाषा शैली का भरपूर प्रयोग है। छायावाद के तीनों नवीन अलंकार कामायनी में बहुलांश में समेकित हुए हैं— मानवीकरण, विशेषण विपर्यय एवं ध्वन्यर्थ व्यंजना कामायनी में सहज ही अनुभूत किए जा सकते हैं:-

"मैं रति की प्रतिकृति लज्जा हूँ,
शालीनता सिखलाती हूँ।"

निस्संदेह "छायावाद के चरमोत्कर्ष (1936) के ऐतिहासिक क्षण में उद्भूत हिन्दी के अन्तिम महाकाव्य कामायनी में छायावादयुगीन काव्य प्रवृत्तियों का भी चरमोत्कर्ष हुआ है।"

□

9

करेंट अफेयर्स : देश-दुनिया की कैसे रखें खबर

U.P.S.C. और राज्य लोक सेवा आयोगों की सिविल सेवा परीक्षाओं में शुरू से ही करेंट अफेयर्स (समसामयिकी) का अत्यधिक महत्त्व रहा है और नवीनतम पैटर्न व ट्रेंड में भी यह महत्त्व अभी तक कायम है। सिविल सेवा परीक्षा के तीनों चरणों में—चाहे प्रारंभिक परीक्षा हो या मुख्य परीक्षा या इंटरव्यू—समसामयिक घटनाओं की बारीक समझ, उनकी पृष्ठभूमि और उनके देश-दुनिया के सामाजिक-आर्थिक जीवन पर पड़ने वाले प्रभाव की समझ होना सिविल सेवा परीक्षा में सफलता और उत्कृष्ट प्रदर्शन के लिए अपरिहार्य-सा ही है।

आइए, सबसे पहले समझते हैं कि हमें किस चरण में करेंट अफेयर्स की कैसी समझ होनी चाहिए और किस तरह यह हमारे काम आता है। प्रारंभिक परीक्षा में पिछले वर्षों में करेंट अफेयर्स के सवाल बहुत ज्यादा नहीं आते थे; पर वर्ष 2016 की सिविल सेवा प्रारंभिक परीक्षा में करेंट अफेयर्स फर्स्ट पेपर का सबसे बड़ा हिस्सा था। प्रारंभिक परीक्षा के लिए करेंट अफेयर्स को पूरी तरह कवर करना और उसमें स्पष्टता (accuracy) का होना जरूरी है। उदाहरण के तौर पर, यदि हाल ही में केंद्र सरकार ने कोई नई लोक-कल्याणकारी योजना शुरू की है तो हमें उसके प्रमुख घटकों (components) की सही जानकारी होनी चाहिए, या विज्ञान व प्रौद्योगिकी के क्षेत्र में कोई नया परिवर्तन या विकास हुआ है तो हमें उसकी विशिष्टताओं की ठीक-ठाक सामान्य समझ होनी चाहिए, ताकि बहुविकल्पीय प्रश्न में कौन-कौन से विकल्प सही हैं और कौन से गलत, उनकी पहचान हम कर सकें।

एक उदाहरण देखें—

प्रश्न—एक राष्ट्रीय मुहिम 'राष्ट्रीय गरिमा अभियान' चलाई गई है—

a. आवासहीन एवं निराश्रित लोगों के पुनर्वास और उन्हें उपयुक्त जीविकोपार्जन के स्रोत प्रदान करने के लिए।
b. यौनकर्मियों को उनके पेशे से मुक्त कराने और उन्हें जीविकोपार्जन के स्रोत प्रदान करने के लिए।
c. मैला ढोने की प्रथा को समाप्त करने और मैला ढोनेवाले कर्मियों के पुनर्वास के लिए।
d. बँधुआ मजदूरों को उनके बंधन से मुक्त कराने और उनके पुनर्वास के लिए।

प्रीलिम्स में करेंट अफेयर्स से आनेवाले इस तरह के सवाल अपेक्षाकृत आसान होते हैं। यदि आपने पिछले साल भर में अखबार या पत्रिकाएँ ध्यान से पढ़ी भी हैं तो आप आराम से जान सकते हैं कि यह अभियान मैला ढोने की प्रथा से जुड़ा है।

अब एक और उदाहरण देखें—

प्रश्न—भारत में वित्तीय समावेशन को प्रोत्साहित करने की दृष्टि से 'भुगतान बैंकों' (पेमेंट बैंक्स) की स्थापना की जा रही है। इस दृष्टि से निम्नलिखित कथनों में से कौन सा/ कौन से सही हैं ?

1. जिन मोबाइल टेलीफोन कंपनियों और सुपर बाजार श्रृंखलाओं का स्वामित्व एवं नियंत्रण भारतीय कंपनियों के पास है, वे भुगतान बैंकों के प्रवर्तक होने के योग्य हैं।
2. भुगतान बैंक क्रेडिट एवं डेबिट कार्ड दोनों जारी कर सकते हैं।
3. भुगतान बैंक ऋण देने के कार्यकलाप नहीं कर सकते हैं।

नीचे दिए गए कूट का प्रयोग कर सही उत्तर चुनिए—

a. केवल 1 और 2
b. केवल 1 और 3
c. केवल 2
d. 1, 2 और 3

इस तरह के सवाल पैनी नजर और एकदम सही (accurate) जानकारी की माँग करते हैं। यहाँ आपको हाल ही में स्थापित किए जा रहे पेमेंट बैंकों की महत्त्वपूर्ण विशेषताओं की जानकारी होनी ही चाहिए।

मुख्य परीक्षा में तो हर वर्ष सिविल सेवा परीक्षा में अच्छे-खासे सवाल करेंट

अफेयर्स से प्रत्यक्ष या अप्रत्यक्ष तौर पर जुड़े होते हैं। यहाँ केवल तथ्य (facts) जानने से भी ज्यादा महत्त्वपूर्ण है—किसी घटना का मर्म (essence) समझना, यानी उसके कारण और असर की पड़ताल। राष्ट्रीय अंतरराष्ट्रीय स्तर पर घटनेवाली कोई भी घटना अनायास नहीं होती। उसके कुछ कारण अतीत में या हाल के वर्षों में छिपे होते हैं और उसका देश-समाज-अंतरराष्ट्रीय संबंधों पर गहरा प्रभाव भी पड़ता है। मुख्य परीक्षा समसामयिकी को इसी विश्लेषणात्मक दृष्टि से पढ़ने-समझने की माँग करती है। मेरी समझ में, एक अभ्यर्थी को मुख्य परीक्षा में करेंट अफेयर्स को डील करने के लिए किसी घटनाक्रम से जुड़े पाँच-छह प्रमुख बिंदु जरूर तैयार कर लेने चाहिए। मुख्य परीक्षा के ठीक एक साल पहले से मुख्य परीक्षा के एक माह पहले तक का करेंट अफेयर्स परीक्षा की दृष्टि से अधिक प्रासंगिक होता है।

कुछ उदाहरण देखें।

प्रश्न—'डिजिटल भारत' कार्यक्रम खेत उत्पादकता और आय को बढ़ाने में किसानों की किस प्रकार सहायता कर सकता है? सरकार ने इस संबंध में क्या कदम उठाए हैं?

प्रश्न—मानवाधिकार सक्रियतावादी लगातार इस विचार को उजागर करते रहे हैं कि सशस्त्र बल (विशेष शक्तियाँ) अधिनियम, 1958 एक क्रूर अधिनियम है, जिससे सुरक्षा बलों के द्वारा मानवाधिकार दुरुपयोगों के मामले उत्पन्न होते हैं। इस अधिनियम की कौन सी धाराओं का सक्रियतावादी विरोध करते हैं? सर्वोच्च न्यायालय द्वारा व्यक्त विचार के संदर्भ में इस आवश्यकता का समालोचनात्मक मूल्यांकन कीजिए।

ऊपर लिखे ये दोनों ही प्रश्न समसामयिक घटनाक्रम से जुड़े हैं। पहला प्रश्न यद्यपि अपेक्षाकृत सरल है। इसमें आप सरकार के प्रयासों की जानकारी देकर इस कार्यक्रम के खेती पर हो सकनेवाले प्रभावों की चर्चा कर सकते हैं। पर दूसरा प्रश्न करेंट अफेयर्स पर आपकी अच्छी पकड़ और जानकारी के साथ-साथ आपकी राय और विचारों की भी माँग करता है। ऐसा तभी संभव है, जब आपने इस अधिनियम पर हाल में जारी बहसों और न्यायालय के विचारों को पढ़ा व समझा हो।

परीक्षा के अंतिम चरण यानी व्यक्तित्व परीक्षण या इंटरव्यू में तो करेंट अफेयर्स आपके इंटरव्यू का कमोबेश आधा हिस्सा तैयार करता है। उसका कारण यह है कि इंटरव्यू बोर्ड आपके व्यक्तित्व का परीक्षण करने के लिए विभिन्न विषयों और मुद्दों पर आपकी राय या दृष्टिकोण जानना चाहता है। इसके लिए बोर्ड स्वाभाविक तौर पर देश और दुनिया के ताजा घटनाक्रम का सहारा लेता है। यह घटनाक्रम आपके

है। यह एक तथ्य है कि पढ़ने मात्र से हम जिन चीजों को अकसर भूल जाते हैं, उन्हें सुनने, किसी को बताने या चर्चा से लंबे समय तक याद रख पाते हैं।

अंग्रेजी में एक कहावत भी है—

"Tell me and I forget,
teach me and I remember,
Involve me and I learn."

यही नहीं, ग्रुप डिस्कशन का एक और फायदा यह भी है कि हमें विभिन्न मुद्दों पर विपरीत विचार व तर्क जानने को मिलते हैं और अपनी राय बनाने में भी मदद मिलती है। इंटरव्यू के पहले तो ग्रुप डिस्कशन अपनी राय बनाने में बहुत मदद करता है।

पर ध्यान रखें कि आपका यह ग्रुप ज्यादा बड़ा न हो और उसमें शामिल होनेवाले साथी परीक्षा की तैयारी के प्रति गंभीर भी हों। और यह भी कि यदि अच्छा ग्रुप नहीं मिल पा रहा है तो इसे लेकर तनाव न लें और अपनी तैयारी पर फोकस करें।

□

10

भाषा पर अधिकार बना सकता है अधिकारी

"Words are pale shadows of forgotten names. As names have power, words have power. Words can light fires in the minds of men. Words can wring tears from the hardest hearts."

–Patrick Rothfuss

उपर्युक्त कथन भाषा की शक्ति व सामर्थ्य का अहसास करने के लिए काफी है। शब्द ही हैं जो आपके मनोभाव को बखूबी संप्रेषित कर पाते हैं। भाषा पर अधिकार मानव की सृजनात्मकता को अभिव्यक्ति, कल्पना को जुबान और कथ्य को आकार प्रदान करता है। किसी भी व्यक्ति का भाषा पर अधिकार जीवन के प्रत्येक क्षेत्र में उत्कृष्ट प्रदर्शन करने में सहायता करता है। यू.पी.एस.सी. की परीक्षा भी इस कथन के दायरे से बाहर नहीं है।

मैंने अपनी समझ में यू.पी.एस.सी. टॉपरों में कुछ ऐसे गुण अनुभव किए हैं, जो उन्हें आम से खास बनाते हैं और उनकी सफलता की राह काफी आसान कर देते हैं। जैसे—

(i) **भाषा पर प्रभावी अधिकार**

(ii) **उत्कृष्ट लेखन कौशल**

(iii) **व्यापक नजरिया**

(iv) **ज्ञान का व्यापक दायरा** आदि।

मेरा मानना है कि आपने यू.पी.एस.सी. की परीक्षा के लिए जिस भी भाषा को माध्यम के रूप में चुना है, उस पर आपकी अच्छी-खासी पकड़ आपकी सफलता की राह को बहुत हद तक आसान बना सकती है। ऊपर बताई गई चारों विशेषताएँ कमोबेश भाषा पर अधिकार से जुड़ी हैं। यदि भाषा पर आपकी मजबूत पकड़ है तो आपका लेखन कौशल (राइटिंग स्किल) तो बेहतर होगा ही, साथ ही अच्छा पढ़ने की आदत आपके दृष्टिकोण को भी समग्र और व्यापक (Comprehensive) बना सकती है। यदि भाषा पर आपका बेहतर अधिकार है, तो आप चीजों को औरों की अपेक्षा बेहतर ढंग से समझते और कनेक्ट कर पाते हैं और नतीजतन आपके ज्ञान व समझ का दायरा औरों की तुलना में बढ़ जाता है।

भाषा के चार कौशल (Skills) माने जाते हैं—

- **सुनना** (Listening)
- **बोलना** (Speaking)
- **पढ़ना** (Reading)
- **लिखना** (Writing)

ये चारों कौशल मिलकर किसी भी भाषा पर आपका अधिकार बनाते हैं। फ्रांसिस बेकन ने अपने मशहूर निबंध 'of studies' में लिखा है—

"Reading makes a full man;
Conference a ready man;
Writing an Exact man,
Reading adds perfection to a man's personality."

सुनने के कौशल को अकसर गैर-जरूरी समझकर नजरअंदाज कर दिया जाता है, जबकि सुनने का कौशल एक बेहद महत्त्वपूर्ण स्किल है। यदि यू.पी.एस. सी. परीक्षा की तैयारी के संदर्भ में बात करें तो जो लोग विभिन्न कक्षाएँ, लेक्चर, वीडियो, टी.वी. शो, रेडियो आदि पर धैर्यपूर्वक कंसेप्ट को समझते हुए सुन पाते हैं, वे निश्चित तौर पर बेहतर समझ निर्मित कर ठीक से ज्ञान अर्जित कर पाते हैं। लिहाजा सुनने के कौशल का विकास करना सिविल सेवा परीक्षा के लिए उतना ही महत्त्वपूर्ण है, जितना पढ़ने या लिखने का कौशल। सुनने के कौशल के विकास के लिए जरूरी है कि मन को स्थिर (concentrate) करके धैर्य (patience) के साथ सुनने की आदत विकसित करें। धैर्यपूर्वक सुनने, उसे समझने और फिर प्रतिक्रिया देने की यह आदत पढ़ाई के दौरान ही नहीं, बल्कि सिविल सेवाओं के इंटरव्यू में भी बहुत काम आती है।

वाक् कौशल यानी बोलने का स्किल भाषा का दूसरा महत्त्वपूर्ण स्किल है। भाषा के अन्य कौशलों की तरह यह कौशल भी रातोंरात विकसित नहीं हो सकता। निरंतर अभ्यास से इस स्किल को कायदे से विकसित किया जा सकता है। स्पष्ट बोलना, सही उच्चारण, प्रवाह, अवसर के अनुरूप शब्दों का चयन, उचित ठहराव के साथ बोलना, महत्त्वपूर्ण बिंदुओं पर जोर देना और उचित उतार–चढ़ाव के साथ बोलना अच्छे वाक् कौशल की निशानी है। मुख्यत: इंटरव्यू में काम आनेवाला यह स्किल आपके परीक्षा परिणाम को काफी हद तक प्रभावित कर सकता है। यह भी न भूलें कि जिस तरह एक अच्छा पाठक ही एक अच्छा लेखक बन सकता है, उसी तरह एक अच्छा श्रोता ही एक अच्छा वक्ता बन सकता है।

आइए, अब बात करते हैं सिविल सेवा परीक्षा के नजरिए से विशेष महत्त्वपूर्ण दो कौशलों—पठन और लेखन की। प्रारंभिक और मुख्य परीक्षा दोनों के लिहाज से पढ़ने और लिखने के स्किल को विकसित करने का कोई विकल्प नहीं है। पढ़ने के स्किल को भी हम आमतौर पर हलके में लेकर टाल देते हैं; पर न भूलें कि प्रारंभिक परीक्षा के दोनों प्रश्न–पत्रों और मुख्य परीक्षा के सभी नौ प्रश्न–पत्रों में रीडिंग स्किल की जबरदस्त भूमिका है। प्रिलिम्स में कम समय में अधिक पढ़ने और समझने के दबाव से पार पाना जरूरी है। अगर प्रिलिम्स में सुरक्षित स्कोर चाहिए तो सी–सैट (द्वितीय प्रश्न–पत्र) के कॉम्प्रिहेंशन (अवबोध) खंड में अच्छा प्रदर्शन करना ही होगा, साथ ही प्रथम प्रश्न–पत्र के सवालों को समझने के लिए भी रीडिंग स्किल और भाषा पर अधिकार की जरूरत है। उदाहरणत:, हिंदी माध्यम के अभ्यर्थी प्राय: यू.पी.एस.सी. की परीक्षाओं में अनुवाद को लेकर चिंतित रहते हैं। यद्यपि इसमें कोई संदेह नहीं है कि अनेक बार शाब्दिक अनुवाद या क्लिष्ट अनुवाद के चलते अभिप्राय कहीं गुम हो जाता है; पर इस समस्या से पार पाने का एकमात्र विकल्प है हिंदी और यथासंभव अंग्रेजी भाषा पर ठीक–ठाक अधिकार। अगर आपका शब्दकोश (vocabulary) बेहतर होगा तो निश्चित तौर पर आप कॉम्प्रिहेंशन को अच्छे से हल कर पाएँगे।

मुख्य परीक्षा के दो अनिवार्य भाषा के प्रश्न–पत्रों (हिंदी और अंग्रेजी) के साथ–साथ पढ़ने और लिखने के स्किल पर पकड़ होना सभी नौ प्रश्न–पत्रों में आपका प्रदर्शन बहुत हद तक प्रभावित कर सकता है। निबंध और एथिक्स के पेपर, जिन्हें अब मुख्य परीक्षा के गेम चेंजर माना जाता है, भाषा कौशलों पर अधिकार हासिल कर इनमें जबरदस्त प्रदर्शन किया जा सकता है। यही स्थिति वैकल्पिक विषय और सामान्य अध्ययन पेपर I, II और III के साथ भी है। उदाहरण के तौर

पर, आपका भाषा पर अच्छा अधिकार है तो आप—

1. भाषा के सही संदर्भ को समझ सकते हैं।

2. Key Words (बीज शब्दों) का सही अभिप्राय समझकर प्रासंगिक उत्तर लिख सकते हैं। उदाहरण के तौर पर—एथिक्स, राज-व्यवस्था और अर्थव्यवस्था में।

3. भाषा की प्रयुक्तियों को समझना भी जरूरी होता है। अलग-अलग क्षेत्रों और संदर्भों में भाषा का अलग-अलग तरीके से प्रयोग किया जाता है। जैसे बाजार की भाषा, सिनेमा की भाषा, साहित्य की भाषा, अकादमिक जगत् की भाषा, सरकारी काम-काज की भाषा आदि। भाषा जगत् की इन प्रयुक्तियों और संदर्भों को समझकर उसी के अनुरूप बोलने और लिखने का प्रयास करना चाहिए।

4. यदि पढ़ने और लिखने का स्किल बेहतर है तो पढ़ने और लिखने की गति बढ़ाई जा सकती है। जो अभ्यर्थी तेज पढ़ते-लिखते हैं, वे निश्चित तौर पर दूसरों की तुलना में उम्दा प्रदर्शन कर पाते हैं। सामान्य अध्ययन में राइटिंग स्पीड का महत्त्व किसी से छिपा नहीं है।

पठन और लेखन के कौशल को विकसित करने के लिए जरूरी है—जनरल रीडिंग हैबिट। दरअसल हम कुछ अच्छा और कुछ नया पढ़ने की आदत से दूर हो गए हैं और पाठ्य पुस्तकों से अलग फिक्शन, नॉन फिक्शन या कोई अच्छी पत्रिका पढ़ने की फुरसत नहीं निकाल पाते। अच्छा पढ़ने से समझ बढ़ती है, नजरिया व्यापक होता है और भाषा पर पकड़ मजबूत बनती है, सो अलग।

भाषा पर मजबूत अधिकार कॉम्प्रिहेंशन (अवबोध क्षमता) को तो बेहतर करता ही है, अभिव्यक्ति को भी रोचक और प्रभावी बनाता है; जैसे—यदि आपका भाषा और उसके शब्दकोश पर अच्छा अधिकार है तो आप सही अवसर पर सही शब्द, मुहावरे, कहावत या काव्य पंक्ति का प्रासंगिक प्रयोग कर अभिव्यक्ति में चार चाँद लगा सकते हैं। ठीक इसी तरह जब पढ़ने का सवाल हो तो प्रश्न-पत्र की जटिल और कई बार बोझिल भाषा को भी अच्छे से समझकर उसके अनुरूप सटीक उत्तर दे सकते हैं। इस तरह यदि यू.पी.एस.सी. टॉपर बनना चाहते हैं तो भाषा के कौशल की अनदेखी न करें और खुद को प्रभावी ढंग से अभिव्यक्त कर श्रेष्ठ स्थान प्राप्त करें। लुडविग विट्गेंसटाइन ने तो यहाँ तक लिखा है—

"The limits of my language means the limits of my world."

□

11

उत्कृष्ट लेखन कौशल : सफलता का आधार

कुछ लिखकर सो, कुछ पढ़कर सो,
तू जिस जगह जगा सवेरे, उस जगह से बढ़कर सो।

प्रसिद्ध कवि भवानी प्रसाद मिश्र की ये पंक्तियाँ किसी भी युवा के सर्वांगीण व्यक्तित्व के विकास के लिए प्रेरक हैं। आत्म–विकास (self-development) की प्रक्रिया निरंतर चलती रहती है। हम प्रतिदिन अपने ज्ञान और अनुभव से कुछ नया सीखते हैं और उसे अपने समग्र व्यक्तित्व में जोड़ते जाते हैं। कुछ सुनना, कुछ बोलना, कुछ पढ़ना और कुछ लिखना—ये चारों मिलकर हमारे व्यक्तित्व को हर रोज तराशते हैं और हम खुद में गुणात्मक सुधार कर प्रगति पथ पर बढ़ते जाते हैं।

भाषा पर अधिकार और अच्छी पकड़ होने का सिविल सेवा परीक्षा में कितना कारगर महत्त्व है, इसकी चर्चा करने के बाद हम यू.पी.एस.सी. की परीक्षाओं में उपर्युक्त चार कौशलों में से विशेष महत्त्वपूर्ण 'लेखन कौशल' (writing skill) पर विशेष चर्चा करेंगे और साथ ही यह भी जानने की कोशिश करेंगे कि वर्तमान परिप्रेक्ष्य में यू.पी.एस.सी. में सफलता का आधार माने जानेवाले इस लेखन कौशल को कैसे उत्कृष्ट बनाया जा सकता है और किस प्रकार इसमें गुणात्मक सुधार लाया जा सकता है।

भाषा के अन्य कौशलों की तरह ही लेखन कौशल पर पकड़ (command) एक–दो दिनों में नहीं बनाई जा सकती। लेखन कौशल को बेहतर बनाने का सर्वाधिक

महत्त्वपूर्ण और अनिवार्य तत्त्व है—निरंतर अभ्यास। हमें नहीं भूलना चाहिए कि—

"Practice makes a man perfect."

"करत-करत अभ्यास के, जड़मति होत सुजान,
रसरी आवत–जात ते, सिल पर पड़त निसान॥

लिहाजा अपनी ताकत और अपनी कमजोरियों दोनों को पहचानते हुए लेखन कौशल का अभ्यास शुरू करें। अभ्यर्थियों के सामने लेखन अभ्यास करने की दिशा में सबसे बड़ी कठिनाई आती है कि आखिर इसे शुरू कैसे करें ? हम सोचते हैं कि 'मुझे तो लिखना बिल्कुल नहीं आता', 'यू.पी.एस.सी. के स्तर का लेखन कौशल तो बहुत दूर की कौड़ी है, क्या मैं भी कभी अच्छा लिखना सीख पाऊँगा'? 'मैं तो यू.पी.एस.सी. टॉपर जैसा लेखन कौशल शायद ही कभी प्राप्त कर पाऊँगा' आदि–आदि।

William Faulkner ने लिखा है—"Get it down, take chances. It may be bad, but it's the only way, you can do anything really good."

लेखन कौशल का अभ्यास शुरू करने की इस उलझन और ऊहापोह से निकलने का सबसे बढ़िया तरीका उपर्युक्त उक्ति में छिपा है। यह बात अपने दिमाग से एकदम निकाल दें कि आप खराब लिखेंगे या अच्छा लिखेंगे। बस, आप लिखना शुरू कीजिए और फिर देखिए, कैसे तेजी से आपके लेखन कौशल में सुधार आना शुरू होता है। एक और दिलचस्प बात यह है कि आपका लेखन कौशल बेहतर हो या बेहतर न भी हो, आपको दोनों दशाओं में लेखन अभ्यास करना ही है। यदि आप अच्छा लिखते हैं तो अभ्यास से आपका आत्म–अभिव्यक्ति का स्तर बहुत बढ़ जाएगा और अगर आप उतना अच्छा नहीं लिख पाते तो लेखन अभ्यास आपके लेखन कौशल में गुणात्मक और नाटकीय सुधार कर सकता है।

आइए, बिंदुवार चर्चा करते हैं उन तरीकों की, जिनसे हम अपने लेखन कौशल में सुधार कर उसे उत्कृष्टता के स्तर तक ले जा सकते हैं—

1. निरंतर अभ्यास की आदत बनाए रखें और इसे छूटने न दें। यदि यह आदत आपके रुटीन का हिस्सा बन गई तो यह आपके प्रदर्शन और मार्कशीट में जबरदस्त सुधार ला सकती है।
2. लेखन कौशल का अभ्यास करने के साथ–साथ लिखे गए उत्तरों/निबंधों/केस स्टडी आदि को किसी अच्छे और अनुभवी मित्र या मार्गदर्शक से जँचवाते रहें या कोई टेस्ट सीरीज भी जॉइन कर सकते हैं। समय–समय पर उत्तरों की जाँच कराते रहने से आपको यह अहसास होगा कि आपके

लेखन कौशल में दिन–प्रतिदिन कितना सुधार हो रहा है। इससे आपको सकारात्मक मोटिवेशन तो मिलेगा ही, साथ ही सुधार हेतु कुछ काम की सलाहें व इनपुट्स भी मिल जाएँगे।

3. तीसरी बेहद महत्त्वपूर्ण बात है कि केवल लिखते रहने से अच्छा लेखन कौशल अर्जित नहीं हो सकता। इसके लिए अच्छा पढ़ने की आदत (general reading habit) भी विकसित करनी होगी। अनुकरण (imitation) मानव मनोविज्ञान की एक विशेषता है। अगर आप अच्छी पाठ्य पुस्तकें पढ़ेंगे और साथ–साथ कभी–कभी अच्छे और नामचीन लेखकों की मशहूर किताबें या कुछ प्रतिष्ठित पत्रिकाओं पर भी निगाह डाल लेंगे तो स्वत: ही आप में अच्छा लिखने की कला विकसित होने लगेगी। ध्यान दें कि आपको यू.पी.एस.सी. के लिए कवि, लेखक या साहित्यकार बनने की जरूरत नहीं है। जरूरत सिर्फ इतनी सी है कि यू.पी.एस.सी. की परीक्षा के स्तर का लेखन कौशल अर्जित कर पाएँ।
4. इसके अतिरिक्त, लेखन कौशल को बेहतर बनाने का एक और सूत्र है लिखने के दौरान समावेशी, एकीकृत और समग्र दृष्टिकोण अपनाना। कोशिश करें कि एक तो जब आप लिखें तो संतुलित (Balanced) तरीके से लिखें। हर सिक्के के दो पहलू होते हैं और सत्य उनके बीच में कहीं छिपा होता है। लिहाजा किसी भी प्रकार की अति (extreme) से बचें। दूसरे, लेखन अभ्यास के दौर में यह कला भी विकसित करें कि विषय या प्रश्न से जुड़े सभी या ज्यादातर पहलुओं का समावेश कर पाएँ। इसे 'समास शैली' कहते हैं। ज्यादा बातों को कम शब्दों में अभिव्यक्त कर देना, यानी 'गागर में सागर भरना' एक बेहतरीन स्किल है और इसे अभ्यास से अर्जित किया जा सकता है।
5. आखिरी, पर महत्त्वपूर्ण बात है—चीजों को कनेक्ट करने का स्किल। 'Connecting the dots', यानी बिखरे हुए बिंदुओं को जोड़ना एक बहुत काम का स्किल है। उदाहरण के तौर पर, जो अभ्यर्थी अभ्यास से सीखकर किसी भी विषय के सैद्धांतिक पक्ष (theoretical) और व्यावहारिक (practical) पक्ष को परस्पर जोड़ पाते हैं, उनके अंकों में जबरदस्त सुधार हो पाता है। साथ ही ज्ञान के विविध अनुशासनों, जैसे—आर्थिक, सामाजिक, वैज्ञानिक, सांस्कृतिक, दार्शनिक आदि को परस्पर कनेक्ट कर पाना आपके लेखन को उत्कृष्टता के स्तर पर ले आता है। ऐसा करना इतना भी मुश्किल

नहीं है। वैसे भी, हमें आम तौर पर विशेषज्ञ (specialist) वाली एप्रोच न रखकर सामान्य (generalist) एप्रोच रखनी है।

6. लेखन कौशल का एक महत्त्वपूर्ण आयाम है—संक्षेपण (Precis) और पल्लवन (expansion) की कला। यू.पी.एस.सी. की परीक्षा में अकसर ऐसा होता है कि किसी विषय पर आपकी जानकारी कम होती है, पर उसके उत्तर की शब्द सीमा ज्यादा होती है। कभी-कभी इसके उलट भी होता है। किसी प्रश्न के उत्तर में हमें भरपूर ज्ञान है, पर उत्तर लिखना है सिर्फ 200 या 150 शब्दों में। ऐसे में अगर आप ज्यादा ज्ञान को कम शब्दों में समेटने या कम सूचना को अधिक शब्दों में पल्लवित करने की कला सीख जाएँ तो काम काफी आसान हो जाएगा।

लेखन कौशल को उत्कृष्ट बनाने के साथ ही जरूरी है कि हम कुछ ऐसे तरीकों को भी समझें, जिनसे हम अपनी अभिव्यक्ति (expression) और प्रस्तुति (presentation) में मामूली सुधार कर अच्छे अंक प्राप्त कर सकते हैं।

बेहतर अंक पाने के सूत्र

अच्छे अंक पाने की कुंजी है बेहतर प्रस्तुतीकरण। क्या आपने कभी यह सोचा है कि बराबर ज्ञान रखने और बराबर परिश्रम करनेवालों के बीच प्राप्तांकों में अंतर क्यों आ जाता है। इसका बड़ा कारण है कि कथ्य या उत्तर को प्रस्तुत कैसे किया गया है। इसलिए प्रस्तुतीकरण की कला सीखें। इसके लिए आप इन बिंदुओं को फॉलो कर सकते हैं—

1. स्पष्ट (clear) लिखें और सुव्यवस्थित (well arranged) लिखें। अभिप्राय यह है कि आपका कथ्य (content) तो स्पष्ट हो ही, साथ ही आपका उत्तर देखने में भी स्पष्ट और स्वच्छ हो तो इसका परीक्षक पर बेहतर प्रभाव पड़ता है। उदाहरण के तौर पर, अगर आप लिखने के दौरान बार–बार कटिंग करते हैं तो यह कमोबेश नकारात्मक प्रभाव डालता है।
2. वर्तनी (spelling) की गलतियों से बचने की कोशिश करें। एक परिपक्व स्नातक (graduate) से अपेक्षा की जा सकती है कि वह सही तरीके से लिखना जानता हो।
3. हैंडराइटिंग पर अभ्यर्थियों में काफी उलझन और ऊहापोह की स्थिति रहती है। यू.पी.एस.सी. ने स्वयं लिखा है कि हस्तलिपि पठनीय होनी चाहिए। लिहाजा आपसे अपेक्षा है कि स्पष्ट और यथासंभव अच्छी हैंडराइटिंग

में लिखने का प्रयास करें।

4. राइटिंग स्पीड का बेहतर होना वर्तमान पैटर्न की जरूरत है। प्रश्न-पत्र को पूरा हल करने के लिए आपको तेज गति से लिखने का अभ्यास करना होगा। अच्छे अंक पाने के लिए लगभग पूरा पेपर हल करना जरूरी है, अत: राइटिंग स्पीड सुधारें, पर साथ ही पठनीयता भी बनाए रखें। इसका रास्ता भी अभ्यास से होकर गुजरता है।
5. पैराग्राफ में लिखें, अन्यथा परीक्षक के लिए आपका उत्तर पढ़ना और समझना कठिन हो सकता है। यू.पी.एस.सी. की उत्तर पुस्तिकाओं की नमूना कॉपी लेकर उस पर पैराग्राफ में लिखने का अभ्यास करें। पैराग्राफ ज्यादा बड़े न हों। नई बात नए पैराग्राफ से शुरू करें।
6. मेरा अनुरोध है कि शब्द सीमा (word limit) का कड़ाई से पालन करें। एक प्रश्न का बड़ा उत्तर लिखने की कोशिश में बाकी प्रश्नों को नजरअंदाज न करें साथ ही मेरी व्यक्तिगत सलाह है कि अपने उत्तर को निर्धारित शब्द सीमा से 20–25 शब्द कम तक ही समेट सकते हैं। इससे आपको पूरा पेपर ठीक से हल करने में मदद मिलेगी, साथ ही यह भी पहले ही सोच लें कि आप आमतौर पर एक पृष्ठ पर कितने शब्द लिखते हैं। इससे आपको निर्धारित शब्द सीमा का पालन करने में आसानी होगी। ऐसी स्थिति न आने दें कि परीक्षा हॉल में बैठकर उत्तर में लिखे शब्द गिनने पड़ें। 10–20 शब्द इधर–उधर हो जाएँ तो चिंतित न हों।
7. सुव्यवस्थित और क्रमबद्ध तरीके से लिखें। प्रवाह-युक्त लेखन के लिए जरूरी है कि सहसा जो मन में आए, उसे लिखने से बचते हुए 'कहीं की ईंट, कहीं का रोड़ा' न जोड़ें। मेरा विनम्र अनुरोध है कि समय कम होने की स्थिति में मन-ही-मन एक रूपरेखा (outline) बनाकर उसे क्रमबद्ध और व्यवस्थित तरीके से लिखें। निबंध लिखते समय रूपरेखा बनाने का पर्याप्त समय होता है पर सामान्य अध्ययन या वैकल्पिक विषय में प्राय: यह सुविधा नहीं मिल पाती। अत: 150–200 शब्दों के उत्तर को भी थोड़ा व्यवस्थित तरीके से लिखें तो बेहतर अंक मिलेंगे। दो–तीन पंक्तियों की भूमिका और दो–तीन पंक्तियों का ही निष्कर्ष भी दे सकते हैं।
8. नए पैटर्न में अब सामान्य अध्ययन व निबंध के प्रश्न-पत्रों में प्रश्न–सह–उत्तर पुस्तिका (Question cum-Answer booklet) दी जाती है। इसमें प्रश्न के साथ ही उत्तर लिखने का खाली स्थान दिया होता है।

यहाँ मेरी व्यक्तिगत सलाह है कि यथासंभव क्रम से प्रश्नों को हल करें, क्योंकि पुराने पैटर्न की तरह अब आप उत्तर पुस्तिका में अपनी सुविधा के अनुरूप उत्तर का क्रम नहीं बदल सकते। पुराने पैटर्न में अभ्यर्थी प्रायः वे प्रश्न पहले हल करते थे, जो उन्हें ज्यादा आसानी से आते हैं।

9. अभ्यर्थी की एक बड़ी उलझन यह भी होती है कि हम उत्तर लिखते समय किस प्रकार भी भाषा का इस्तेमाल करें। मेरा मानना है कि 'भाषा पर अधिकार' का मतलब शुद्ध संस्कृतनिष्ठ भाषा का ही प्रयोग नहीं है। सामान्य, सहज और सरल भाषा का इस्तेमाल करें। उर्दू और अंग्रेजी के ऐसे शब्द, जो पूरी तरह हिंदी में घुल–मिल गए हैं, उनका प्रयोग कर सकते है। बस, सहजता का ध्यान रखें।

इस प्रकार सार रूप में कहूँ तो लेखन कौशल (writing skill) को बेहतर बनाना इतना कठिन नहीं है कि इसके लिए बहुत मुसीबत झेलनी पड़े। निरंतर परिश्रम, लगन और इच्छाशक्ति (will power) से राइटिंग स्किल इंप्रूव कर अच्छे अंक पाने की ओर कदम बढ़ाए जा सकते हैं। 'जहाँ चाह, वहाँ राह।'

"Where there is will, there is a way."

□

12

इंटरव्यू : खुद को कैसे अभिव्यक्त करें

सिविल सेवा परीक्षा की तैयारी में आपका अंतिम रूप से चयन और आपकी रैंक निर्धारित करने में इंटरव्यू बड़ी भूमिका निभाता है। यद्यपि इंटरव्यू (व्यक्तित्व परीक्षण) के अंक 275 हैं, पर अभ्यर्थियों को प्राप्त अंकों में काफी अंतर होता है। आप अकसर ऐसा पाएँगे कि किसी अभ्यर्थी को 275 अंकों में से 225 अंक मिले तो किसी को 125 अंक। प्राप्तांकों में यह बड़ा अंतर आपकी फाइनल मेरिट पर बड़ा प्रभाव डाल सकता है।

इंटरव्यू की तैयारी के संबंध में कुछ अभ्यर्थी यह भी मानते हैं कि भला इंटरव्यू की तैयारी की जरूरत ही क्या है ? आप जैसे हैं, जो कुछ भी जानते हैं, उसी आधार पर इंटरव्यू दे आइए। चूँकि इंटरव्यू दरअसल एक व्यक्तित्व परीक्षण है और कोई भी व्यक्ति रातोंरात अपने व्यक्तित्व में आमूल-चूल परिवर्तन या सुधार नहीं कर सकता। किसी भी व्यक्ति के व्यक्तित्व का निर्माण कुछ दिनों या महीनों में नहीं होता। बचपन से लेकर आज तक की पढ़ाई, परवरिश और अनुभवों से मिलकर किसी का समग्र व्यक्तित्व निर्मित होता है। पर इसमें भी कोई संदेह नहीं है कि मुख्य परीक्षा के बाद मिलनेवाले समय में अभ्यास और परिश्रम से व्यक्तित्व को कुछ निखारा और सँवारा तो जा ही सकता है। अत: मेरी यह व्यक्तिगत सलाह होगी कि इंटरव्यू की तैयारी में कुछ समय जरूर दें।

कुछ अभ्यर्थी मुख्य परीक्षा के बाद परिणाम की अटकलों और जोड़-घटाव में महीनों निकाल देते हैं। यदि आप मुख्य परीक्षा के रिजल्ट के बाद इंटरव्यू की तैयारी का सोच रहे हैं तो ध्यान रखें, हो सकता है, आपको एक हफ्ते से एक महीने का ही वक्त मिले। बेशक, इतनी कम अवधि में आप इंटरव्यू के लिए सारी

तैयारी तो नहीं कर सकते, लेकिन हाँ, अगर आप में कुछ कमियाँ हैं तो उन्हें तराश जरूर सकते हैं। मैं पुनः कहूँगा कि इंटरव्यू के लिए तैयारी आप रिजल्ट से पहले भी करते रहें और उसे इस पर ही न टालें कि जब मेंस क्लियर होगा, तभी आप इंटरव्यू के बारे में सोचेंगे।

क्या है इंटरव्यू (व्यक्तित्व परीक्षण)?

UPSC की सिविल सेवा परीक्षा का इंटरव्यू दिल्ली स्थित UPSC के भवन में होता है। आपका इंटरव्यू इस हेतु गठित विभिन्न इंटरव्यू बोर्डों में से किसी एक द्वारा लिया जाता है। प्रत्येक इंटरव्यू बोर्ड के अध्यक्ष संघ लोक सेवा आयोग के सदस्य होते हैं। प्रत्येक इंटरव्यू बोर्ड में आम तौर पर एक अध्यक्ष और चार अन्य सदस्य होते हैं।

इंटरव्यू बोर्ड के समक्ष लोक सेवाओं में कैरियर के लिए अभ्यर्थियों की उपयुक्तता (suitability) की जाँच की महत्त्वपूर्ण जिम्मेदारी होती है। मेरी समझ में, इंटरव्यू बोर्ड यह जानने कि 'आप कितना जानते हैं?' से ज्यादा यह जानना चाहता है कि आपका व्यक्तित्व कैसा है और आप कैसे सोचते हैं, कैसे व्यवहार करते हैं और आप कितना सीखना चाहते हैं, यानी आपको ट्रेनिंग दी जा सकती है या नहीं? इंटरव्यू बोर्ड आपकी बौद्धिक योग्यताओं के साथ-साथ आपके सामाजिक-व्यावहारिक गुणों की परख भी करना चाहता है। ऐसे कुछ गुणों या विशेषताओं में—मानसिक सतर्कता, स्पष्ट एवं तर्कपूर्ण अभिव्यक्ति, संतुलित दृष्टिकोण, नेतृत्व कौशल, नैतिक सत्यनिष्ठा, समालोचनात्मक विश्लेषण, सामान्य रुचि के विषयों और रोजमर्रा की घटनाओं के प्रति उत्सुकता एवं जागरूकता जैसी विशेषताएँ शामिल हैं। इसके साथ ही उम्मीदवार की भाषा, शब्दों के चयन और धैर्य की भी परीक्षा की जाती है। मेरी समझ में, किसी भी श्रेष्ठ अभ्यर्थी में परिपक्वता, तार्किकता, विनम्रता, संचार कौशल, संचित ज्ञान का विस्तृत और व्यापक आधार, सकारात्मकता, प्रत्युत्पन्नमतित्व (presence of mind), व्यापक और संतुलित व्यावहारिक दृष्टिकोण जैसे गुणों का एक ठीक-ठाक विकसित स्तर होना चाहिए।

मुख्य परीक्षा के बाद इंटरव्यू की तैयारी

पहली बात तो यह कि मुख्य परीक्षा देने के तुरंत बाद यदि आपको सकारात्मक रिजल्ट की थोड़ी भी उम्मीद है तो आप इंटरव्यू की तैयारी शुरू कर दें। यह भी ध्यान दें कि हड़बड़ाने की कोई जरूरत नहीं है। आपको मुख्य परीक्षा के बाद

इंटरव्यू तक इंटरव्यू की तैयारी के लिए पर्याप्त समय मिलेगा। मुख्य परीक्षा देने से पहले तो इंटरव्यू की तैयारी की चिंता बिल्कुल न करें।

आइए, संक्षेप में चर्चा करते हैं इंटरव्यू की समग्र तैयारी के बारे में—

- सबसे पहले अपना विस्तृत आवेदन पत्र (DAF) देखें, जो आपने मुख्य परीक्षा के लिए भरा था। इंटरव्यू बोर्ड को आपके बारे में जो कुछ भी जानकारी होती है, उसका स्रोत आपका DAF ही होता है। अत: DAF के अनुरूप तैयारी का खाका तैयार कर लें (जहाँ तक मुख्य परीक्षा के पूर्व DAF भरने का प्रश्न है तो उसके बारे में चर्चा इसी किताब के अन्य अध्याय 'कैसे करें मुख्य परीक्षा में उत्कृष्ट प्रदर्शन' में की गई है।)
- DAF में आपके नाम, पता, गृह राज्य, शैक्षिक और तकनीकी योग्यता, अनुभव, रुचियों, वैकल्पिक विषय, सर्विस और कैडर की प्राथमिकताओं समेत अनेक जानकारियाँ होती हैं। जब आप मुख्य परीक्षा के बाद इंटरव्यू की तैयारी करें, तो DAF में उल्लिखित जानकारियों, यानी अपने बायोडाटा के प्रत्येक बिंदु पर ठीक से तैयारी कर लें। इस खाली समय का लाभ उठाते हुए एक छोटी सी डायरी बना लें और उसमें DAF में उल्लिखित आपकी जानकारियों से संबंधित संभावित सवाल और उनके जवाब सोचने की कोशिश करें। आपके बायोडाटा से पूछे जा सकनेवाले सवालों की लंबी रेंज हो सकती है और आप ऐसे दर्जनों सवालों के बारे में सोच सकते हैं। आपके नाम के अर्थ से लेकर गृह जिले और गृह राज्य की विशेषताओं व समस्याओं तक, एजुकेशनल क्वालिफिकेशन से जुड़े ज्ञान से लेकर वैकल्पिक विषय से जुड़े प्रासंगिक मुद्दों तक पूछे सवाल पूछे जा सकते हैं।
- DAF में लिखी गई खुद की रुचियों से पूछे जा सकनेवाले सवालों को लेकर अभ्यर्थी काफी सशंकित रहते हैं। पहली बात तो यह कि आवेदन पत्र में वे रुचियाँ (hobbies and interests) ही भरें, जो आपके व्यक्तित्व से सचमुच जुड़ी हों या आप पहले उनसे जुड़े रहे हों। ऐसी बहुत सी अभिरुचियाँ हो सकती हैं; जैसे—कोई खेल खेलना, किताबें पढ़ना, संगीत सुनना, फिल्में देखना, योग-ध्यान करना, कविताएँ लिखना आदि। आपने जिन एक या दो रुचियों का जिक्र अपने DAF में किया है, उनसे जुड़े सवालों के लिए पूरी तैयारी कर लें। उसके बारे में कुछ पढ़ भी लें, बल्कि मैं तो कहूँगा कि इंटरव्यू की तैयारी के दौरान रोज

एकाध घंटा उस हॉबी को जिएँ भी। तभी आप उस हॉबी की गहराई से खुद को जोड़ पाएँगे और इंटरव्यू में सहज रहेंगे।

- इंटरव्यू की तैयारी का एक और बड़ा पक्ष है—करेंट अफेयर्स और उससे संबंधित मुद्दे। चूँकि इंटरव्यू बोर्ड आपके विचार और वैचारिकी जानना चाहता है, पर उसके लिए कोई ऐसा मुद्दा या विषय चाहिए, जिस पर दोनों पक्ष बात कर सकें। करेंट अफेयर्स इस दृष्टि से काफी महत्त्वपूर्ण हो जाते हैं। इस संदर्भ में इंटरव्यू से एक महीने पहले तक का घटनाक्रम और उससे जुड़े मुद्दे अति महत्त्वपूर्ण होते हैं। आपसे इन मुद्दों पर आपकी राय पूछी जा सकती है। अत: इस खंड की तैयारी के लिए मेरी सलाह है कि एक डायरी बनाकर उस दौरान के महत्त्वपूर्ण राष्ट्रीय व अंतरराष्ट्रीय मुद्दों के बहुत संक्षिप्त नोट्स तैयार कर लें।

  U.P.S.C. परीक्षा के इंटरव्यू की तैयारी के दौरान आस-पास के माहौल के प्रति जागरूक रहना बेहद जरूरी है। इसके लिए आप रेडियो, टी.वी., न्यूजपेपर, पत्रिकाएँ और इंटरनेट की मदद ले सकते हैं। सभी माध्यमों का प्रयोग करके उन्हें एकीकृत करने की कोशिश करें।
- आपसे कुछ विवादास्पद मुद्दों पर भी आपकी राय पूछी सकती है; जैसे—शराबबंदी की नीति उचित है या नहीं? क्या समलैंगिकता अनैतिक है? क्या पिछले दिनों भारत में असहिष्णुता बढ़ी है? आदि। ऐसे मुद्दों के पक्ष-विपक्ष दोनों नोट कर लें और फिर एक निष्कर्ष सोचें। निष्कर्ष जो भी हो, पर मेरी समझ में प्रगतिशील हो, सकारात्मक हो और अतिवादी प्रतीत न हो तो बेहतर है।
- कोशिश करें कि इंटरव्यू देने से पहले कुछ मॉक इंटरव्यू जरूर दे दें, क्योंकि इससे आपकी वे कमियाँ सामने आ जाती हैं, जो आपको खुद भी पता नहीं होतीं। बेहतर होगा कि आप अपनी जिंदगी का पहला इंटरव्यू U.P.S.C. में ही फेस न करें। यद्यपि ऐसे भी कुछ अभ्यर्थियों ने इंटरव्यू में अच्छे अंक हासिल किए हैं, जिन्होंने एक भी मॉक इंटरव्यू नहीं दिया था।
- मॉक इंटरव्यू देने का एक और बढ़िया तरीका है कि आप तीन-चार दोस्त एक ग्रुप बनाएँ और दो-तीन साथी मिलकर चौथे साथी का इंटरव्यू लें। इस तरह इंटरव्यू की तैयारी बंद कमरे तक न रखकर ग्रुप डिस्कशन और मॉक इंटरव्यू का भरपूर अभ्यास करते हुए करें।

- इस बात का भी खयाल रखें कि अगर मॉक इंटरव्यू लेनेवाले आप में कोई बड़ी कमी बता देते हैं, तो उसे दिल पर लेकर अपना कॉन्फिडेंस लूज न करें बल्कि उसमें सुधार करने की कोशिश करें। हो सकता है, मॉक इंटरव्यू लेनेवाले की दृष्टि में आपकी वह कमी बड़ी हो, पर UPSC इंटरव्यू बोर्ड उस कमी को महत्त्व न दे।

इंटरव्यू के ठीक पहले

इंटरव्यू के ठीक पहले कुछ छोटी-छोटी बातों का ध्यान रखें—

- फॉर्मल ड्रेस तैयार है या नहीं। पुरुषों के लिए हल्के रंग की शर्ट और काली या डार्क कलर की पैंट, टाई और काले फॉर्मल जूते पहनना अच्छा विकल्प है। इसी तरह महिला अभ्यर्थियों के लिए हल्के डिजाइन की या प्लेन साड़ी अथवा सलवार-सूट बेहतर है। पुरुष हों या महिला अभ्यर्थी, ड्रेस में शालीनता और औपचारिकता दिखनी चाहिए।
- पहले दिन सहज रहें। ज्यादा पढ़ाई का तनाव न लें। यदि आखिरी वक्त पर कोई नई सलाह दे तो ज्यादा प्रभावित न हों। कुछ लोग आपसे ठीक एक दिन पहले यह भी पूछेंगे कि क्या तुमने फलाँ टॉपिक तैयार कर लिया? यदि आपने वह टॉपिक तैयार नहीं भी किया तो तनाव न लें। जरूरी तो नहीं कि वही सवाल इंटरव्यू में पूछा जाए। नकारात्मक बातें करनेवालों से इस दौरान दूरी बनाए रखें।
- भरपूर नींद लें और सुबह तरोताजा उठें। स्वास्थ्य का ध्यान रखें और हल्का व सुपाच्य भोजन जरूर लें। ब्रेकफास्ट को अनदेखा न करें।
- अगले दिन इंटरव्यू हेतु UPSC द्वारा जो-जो प्रमाण-पत्र माँगे गए हैं, उन्हें कायदे से सँभालकर रख लें। अन्यथा आखिरी क्षण में या UPSC के भवन में हड़बड़ी और घबराहट हो सकती है।

इंटरव्यू बोर्ड के सामने

इंटरव्यू दो शिफ्टों में होते हैं सुबह और दोपहर बाद। जब आप संघ लोक सेवा आयोग के दिल्ली स्थित मुख्यालय में इंटरव्यू देने जाते हैं, तो सबसे पहले आपके मूल दस्तावेजों (जो माँगे गए हैं), की जाँच होती है। अंतिम वक्त के ऊहापोह से बचने के लिए दस्तावेज ठीक से व्यवस्थित करके ले जाएँ। बोर्ड के सम्मुख आपका

इंटरव्यू शुरू होने से कुछ देर पहले आपको एक हॉल में आपकी टेबल पर बैठाया जाता है, जहाँ कुछेक अभ्यर्थी और भी होते हैं। उनसे बहुत ज्यादा डिस्कशन के चक्कर में न पड़ें। हाँ, सहज होने के लिए परिचय और मुसकानों का आदान-प्रदान किया जा सकता है। यह कतई न सोचें कि यह अमुक अभ्यर्थी कितना क्वालिफाइड है और मुझे तो इसकी अपेक्षा कुछ नहीं आता।

अब बारी आती है आपके इंटरव्यू की।

- कक्ष में प्रवेश करें और अनुमति लेकर सहज रूप से बैठ जाएँ। न तो ज्यादा झुकें और न ही ज्यादा अकड़कर बैठें।
- इंटरव्यू को फेस करते वक्त आपका माइंडसेट बहुत ज्यादा स्टीरियो टाइप या बहुत ज्यादा मैकेनिकल नहीं होना चाहिए। सहजता जरूर होनी चाहिए। 'You are what you are' इसलिए आप जैसे हैं, वैसे जाएँ और सहजता के साथ जाएँ।
- इस बात का खास खयाल रखें कि इंटरव्यू बोर्ड के मेंबर्स को ब्लफ करने या बहकाने की बिल्कुल कोशिश न करें। वे बहुत ही अनुभवी लोग होते हैं। उनको किसी बात की गलत जानकारी देकर आप आगामी सवालों में फँस सकते हैं। उनका इस मामले में एक्सपीरिएंस काफी लंबा होता है। दिखावा न करें, सहज रहें।

  ध्यान रहे कि सवालों का जवाब देते समय एक संतुलित अप्रोच अपनाएँ।
- एक बेहद महत्त्वपूर्ण बात यह है कि इंटरव्यू बोर्ड के जो भी सदस्य आपसे सवाल पूछ रहे हैं, उनके सवाल को ध्यानपूर्वक और धैर्य के साथ सुनें। यदि आप सवाल समझ नहीं पाए हैं तो आप विनम्रतापूर्वक दोहराने का आग्रह कर सकते हैं। कृपया सवाल पूरा होने से पहले उत्तर देना शुरू करने की भूल कतई न करें।
- विनम्रता का गुण इंटरव्यू के दौरान बहुत काम आता है। विनम्रता का गुण सचमुच अमूल्य है। पर अतिशय विनम्रता दीनता न बन जाए, इसका भी ध्यान रखें।
- यदि किसी सवाल के बारे में कोई भी आइडिया या क्लू नहीं लग रहा है तो विनम्रतापूर्वक स्वीकार लें कि आपको इस मुद्दे की जानकारी नहीं है। पर यदि अपनी थोड़ी-बहुत समझ है तो बोर्ड की अनुमति लेकर उत्तर देने की कोशिश करें। कहने का अर्थ है कि एकदम से give up न करें।

- इंटरव्यू के दौरान आप स्पष्ट आवाज में बोलें। न बहुत तेज और न बहुत धीमी। और हाँ, किसी उत्तर के जवाब में अति उत्साहित न हो जाएँ। नर्वस तो बिल्कुल न हों। ऐसे अनेक अभ्यर्थी होते हैं, जिन्हें इंटरव्यू के दौरान लगता है कि उनका इंटरव्यू ठीक नहीं चल रहा है; पर बाद में परिणाम आने पर उन्हें अच्छे अंक प्राप्त हो जाते हैं। अतः हल्की सी मुस्कान बनाए रखें।

□

13

रुक जाना नहीं, तू कहीं हार के...

राजा गणपति रामासामी : मेडिकल कॉलेज की पढ़ाई पूरी करने के बाद सिविल सेवा परीक्षा की तैयारी करने चेन्नई पहुँचे। पहले प्रयास में तैयारी पर उतना फोकस न बन सका। काफी ऊहापोह और उलझनें भी सतातीं। जब भी परेशान होते तो पिताजी का चेहरा आँखों के सामने घूमने लगता। वही पिताजी, जो यू.पी.एस.सी. की तैयारी के लिए बड़े शहर में छोड़ने आए थे। वही पिताजी, जिन्हें पूरा भरोसा था कि मेरा बेटा प्रथम प्रयास में ही आई.ए.एस. बनेगा। खैर, जैसे–जैसे पहला प्रयास दिया। प्रारंभिक परीक्षा का परिणाम आया, लेकिन प्रतिकूल रहा। धीरे–धीरे दोस्त अपने–अपने कैरियर में सेटल होने लगे। एक किस्म की कुंठा जनम रही थी, पर राजा गणपति अब भी पढ़ रहे थे। रिश्तेदार सवाल दागने लगे थे कि आपका बेटा क्यों खाली घूम रहा है? पर पिताजी को फिर वही भरोसा था कि बेटा दूसरे प्रयास में आई.ए.एस. बनेगा।

दूसरे प्रयास में 'सी–सैट' आया। राजा गणित में पहले से ही कुछ कमजोर थे। गणित में कमजोरी फोबिया बन गई। दूसरे प्रयास में भी नतीजा सिफर रहा और प्रीलिम्स में ही असफल हो गए। अब स्थिति बदतर होने लगी। घरवालों से पढ़ाई के लिए पैसे नहीं माँग सकते थे, अपराध–बोध सा महसूस होने लगा। एक प्रतियोगी पत्रिका में कुछ लिखकर कुछ राशि कमाने लगे, जिससे कुछ खर्चा निकलने लगा। इधर परिजनों पर शादी का दबाव बढ़ता जा रहा था, पर राजा के हाथ में कोई नौकरी नहीं थी। एक दिन तो राजा की माँ उनके सामने खूब रोईं कि यह सिविल सेवा छोड़ और कोई स्थायी नौकरी कर ले। पर राजा का स्वप्न आई.ए.एस. बनना ही था। कहीं पढ़ाने की नौकरी शुरू की और थोड़ा ठीक–ठाक कमाने लगे।

फिर तीसरा प्रयास आया; पर इस बार फिर असफलता... । राजा की किस्मत उनका साथ नहीं दे रही थी और चौतरफा दबाव बढ़ता जा रहा था। बिना आँसू के खूब रोए और जीवन की विषमताओं व प्रतिकूलताओं से साक्षात्कार करना सीखा। चौथे प्रयास में राजा को पूरा भरोसा था कि इस बार वे प्रीलिम्स उत्तीर्ण कर ही लेंगे; पर दुर्भाग्य ऐसा कि चौथी बार भी प्रीलिम्स उत्तीर्ण न कर सके। बेहद मजबूत पिताजी उनके सामने पहली बार रोए। पर इसी बीच राजा ने राज्य लोक सेवा आयोग की पी.सी.एस. परीक्षा 15वीं रैंक के साथ उत्तीर्ण कर ली और इस प्लेटफॉर्म के सहारे उन्होंने यू.पी.एस.सी. के लिए अपने पाँचवें प्रयास के लिए कमर कस ली। बड़े भाई ने मोटिवेट किया। प्रीलिम्स उत्तीर्ण हुआ, मुख्य परीक्षा और फिर इंटरव्यू भी। वर्ष 2014 की सिविल सेवा परीक्षा में सफल हुए राजा गणपति रामासामी को आई.ए.एस. में उत्तर प्रदेश कैडर मिला। राजा अपनी कहानी को 'असफलताओं की कहानी' कहते हैं और सबको एक ही संदेश देते हैं—

'Never never never give up.'

घनश्याम मीणा : जयपुर से आनेवाले घनश्याम इंजीनियरिंग ग्रेजुएट हैं। सपना था सिविल सेवक बनने का। आर.ए.एस. और आई.ए.एस. दोनों परीक्षाओं के लिए प्रयास किया। सौभाग्य से राजस्थान प्रशासनिक सेवा में बिक्री कर विभाग में चयनित हो गए। पर यू.पी.एस.सी. के प्रथम प्रयास में प्रीलिम्स ही उत्तीर्ण न कर सके। दूसरे प्रयास में मुख्य परीक्षा दी। जब परिणाम आया तो पता चला कि अनिवार्य हिंदी का प्रश्न-पत्र ही क्वालीफाई नहीं कर सके। अपनी नौकरी के साथ-साथ रोज शाम को और वीकेंड पर यू.पी.एस.सी. की तैयारी जारी रखी और तीसरे प्रयास में इंटरव्यू की कॉल आ गई। अंतिम सफलता न मिल सकी; पर घनश्याम का स्वप्न अभी जीवित था। चौथे प्रयास में प्रारंभिक परीक्षा और मुख्य परीक्षा उत्तीर्ण की। हिंदी माध्यम में इंटरव्यू दिया। अंतिम रूप से चयनित हुए और 2015 बैच में बिहार कैडर के आई.ए.एस. के रूप में चयनित हो गए। घनश्याम अपने जीवन में सफलता का आधार सकारात्मक सोच और जमीन से जुड़े रहने को मानते हैं।

बेनो जैफीन : 100 प्रतिशत नेत्रहीन बेनो जैफीन भारतीय स्टेट बैंक में प्रोबेशनरी अधिकारी थीं। वे बचपन से बेहद सक्रिय रहीं। विभिन्न वाद-विवाद प्रतियोगिताओं में हिस्सा लेना उनका शौक रहा। बेनो ने सिविल सेवा परीक्षा की तैयारी शुरू की, पर ब्रेल लिपि में सामग्री की भारी कमी थी। बेनो ने अपनी विकलांगता को कभी अपनी

तैयारी में आड़े नहीं आने दिया और आखिरकार यू.पी.एस.सी. की सिविल सेवा परीक्षा में अंतिम रूप से चयनित हुईं। मिलनसार और मृदु स्वभाव की धनी बेनो आज भारतीय विदेश सेवा (आई.एफ.एस.) की पहली नेत्रहीन अधिकारी हैं और वर्तमान में प्रशिक्षण प्राप्त कर रही हैं। बेनो अपनी सफलता का श्रेय, विशेष तौर पर, अपने माता–पिता और दोस्तों को देती हैं, जिन्होंने घंटों उन्हें किताबें पढ़–पढ़कर सुनाईं।

सचिन कुमार वैश्य : साधारणता से किया गया संघर्ष कैसे आपको असाधारण सफलता की ओर ले जा सकता है, यह बताती है यू.पी.एस.सी. की सिविल सेवा परीक्षा 2014 में 94वीं रैंक हासिल करनेवाले उत्तर प्रदेश के प्रतापगढ़ जिले के सचिन कुमार वैश्य की कहानी। तमाम आर्थिक-सामाजिक परेशानियों के बावजूद पापा ने हर संभव कोशिश करके सचिन को पढ़ाया। आई.आई.टी. के लिए कोचिंग नहीं ले पाए तो यू.पी.टी.यू. के कॉलेज में ही एडमिशन ले लिया। परिवार व रिश्तेदारों के सहयोग से पढ़ाई आगे बढ़ती रही।

किस्मत ने भरपूर इम्तिहान लिये और उनके जीवन में असफलताओं की कोई कमी नहीं रही। सचिन SCRA की परीक्षा में असफल हुए तो महज एक चूक के चलते GATE की परीक्षा में भी सफल न हो सके। लेकिन सचिन ने हिम्मत नहीं हारी और दिल्ली आकर 'लोक प्रशासन' वैकल्पिक विषय लेकर तैयारी शुरू कर दी। अंग्रेजी माध्यम से परीक्षा देनेवाले सचिन अपने नियमित अध्ययन और रिवीजन के बल पर पहले प्रयास में ही महज 22 वर्ष 10 महीने की उम्र में भारतीय प्रशासनिक सेवा में अपना मुकाम बनाने में सफल हुए।

सफलता की जो कहानियाँ यहाँ लिखी हैं, मेरी कहानी भी उनसे ज्यादा अलग नहीं है। मेरठ (उत्तर प्रदेश) के एक पुराने इलाके से हिंदी माध्यम के स्कूल–कॉलेज में पढ़ते–पढ़ते वर्ष 2014 की सिविल सेवा परीक्षा में 13वीं रैंक और हिंदी माध्यम में प्रथम स्थान हासिल करना मेरे लिए एक सपने जैसा ही था। परिवार में दूर–दूर तक कोई सिविल सेवा में नहीं था और न ही किसी ने कभी इतना बड़ा सपना ही देखा था। मैंने बड़ा सपना तो देखा, पर दूर–दूर तक कोई संसाधन या राह दिखाई नहीं देती थी। मेरठ से इतिहास, राजनीति-विज्ञान एवं अंग्रेजी में बी.ए. किया और हिंदी साहित्य में एम.ए.। बाद में डी.यू. से एम. फिल. भी किया।

लोकसभा सचिवालय में हिंदी सहायक की नौकरी भी की। वर्ष 2013 में जब आई.ए.एस. और उ.प्र. पी.सी.एस. दोनों के प्रथम प्रयास दिए तो दोनों में ही प्रीलिम्स में सफल न हो सका। असफलता का स्वाद चखने की आदत नहीं थी,

लिहाजा बेहद निराशा हुई। पर परिवार और मित्रों ने हिम्मत बँधाई और 2014 की सिविल सेवा परीक्षा में जो हुआ, वह आप सबके सामने है। वर्ष 2014 की उ.प्र. पी.सी.एस. परीक्षा में भी मुख्य परीक्षा में 1500 में से 1053 अंक हासिल हुए।

मेरी कहानी में भी एक तत्त्व ऐसा रहा है, जो इन सब कहानियों में भी उपस्थित है, वह है—निरंतरता (Persistance)। सिविल सेवा परीक्षा की प्रकृति ही कुछ ऐसी है। इसमें अनिश्चितता की स्थिति बनी ही रहती है। ऐसे असंख्य उदाहरण हैं, जब यू.पी.एस.सी. की सिविल सेवा परीक्षा में अनेक अभ्यर्थी किसी प्रयास में इंटरव्यू तक गए, तो किसी प्रयास में मुख्य परीक्षा या प्रारंभिक परीक्षा ही उत्तीर्ण न कर सके; पर इन उदाहरणों में यह भी देखा गया कि जो अभ्यर्थी अंतिम रूप से चयनित हुए, उनमें से अधिकांश पूर्व में परीक्षा के किसी-न-किसी चरण में असफल हो चुके थे। उपर्युक्त कहानियों से हमें कुछ बातें सीखने को मिलती हैं, जो इस प्रकार हैं—

जीवन में सफलता का मूल मंत्र है—निरंतरता (Persistance)। आज विभिन्न परीक्षाओं में उम्मीदवारों के निरंतरता गुणांक (Persistance Quotient) को भी आँका जाने लगा है। किसी भी काम को शुरू करना आसान है, पर उसे सतत जारी रखना उतना सरल नहीं। हमारे आस–पास ऐसे न जाने कितने दोस्त मिलेंगे, जो योजना बहुत अच्छी बनाते हैं, पर जब उन बहु स्तरीय योजनाओं के कार्यान्वयन और उनको जारी रखने की बात आती है तो वे कई बार पीछे हट जाते हैं या आलस्य का शिकार होकर समय व्यर्थ करने लगते हैं। अत: निरंतरता के मंत्र को न भूलें और प्रगति–पथ पर सतत आगे बढ़ते रहें। 'राम की शक्ति–पूजा' कविता में निराला के राम *'धिक् जीवन को जो पाता ही आया है विरोध'* से *'वह एक और मन रहा राम का जो न थका'* से होते हुए *'आराधन का दृढ़ आराधन से दो उत्तर'* से आगे बढ़ते हुए *'होगी जय, होगी जय, हे पुरुषोत्तम नवीन'* तक की यात्रा यूँ ही नहीं तय कर पाते। इसके पीछे उनके अदम्य आत्मविश्वास, सघन सकारात्मकता और अडिग निरंतरता जैसे गुणों की बड़ी भूमिका रही।

कुछ साथियों में एक और समस्या दिखती है, वह है अपेक्षाओं की अत्यधिकता। जैसा कि मैंने पहले ही कहा कि इस प्रतिष्ठित और अत्यधिक प्रतिस्पर्धावाली परीक्षा की प्रकृति ही कुछ ऐसी है, जहाँ तीनों चरणों में सुनिश्चित सफलता की गारंटी नहीं दी जा सकती। यह निस्संदेह संभव है कि आपको अनपेक्षित रूप से किसी चरण में चौंकानेवाली असफलता का सामना करना पड़े।

मैंने कहीं पढ़ा था कि किसी सेना की एक ऐसी विंग है, जहाँ भरती के लिए जीवन में कभी-न-कभी असफल होना अनिवार्य होता है। वहाँ के नियुक्त

अधिकारियों का यह मानना है कि जो व्यक्ति फेल होकर निराशा से उबरना नहीं जानता, वह खराब स्थितियों का सामना करने में सक्षम नहीं हो पाएगा। मैं अपने स्वयं के अनुभव से यह बात कहने में कोई संकोच अनुभव नहीं करता कि अपने विद्यार्थी जीवन की तमाम छोटी–बड़ी सफलताओं से ज्यादा मैंने अपनी एक असफलता (प्रथम प्रयास में प्रारंभिक परीक्षा उत्तीर्ण न कर पाना) से सीखा है। हिंदी के आध्यात्मिक कवि जुगलकिशोर 'युगल' ने लिखा है—

''जीवन की काली रातें हों, आशा सरिता सूख चली हो,
सरस सरोवर मानस का जब मृगतृष्णा की मरुस्थली हो।
अंतिम श्वासें लेती हो जब, ये मेरी मिट्टी की काया,
पर क्या मेरे ज्ञान दीप को, कोई कभी बुझाने पाया।
जग के प्रलय तिमिर में मेरे, अंतर्दीप जला करते हैं,
अभिशापों में वरदानों के स्वर्णिम फूल खिला करते हैं।''

जिस तरह रुका हुआ पानी सड़ जाता है, वैसे ही रुका हुआ जीवन थक जाता है। 'चलती का नाम गाड़ी' की कहावत के अनुरूप चाहे कितनी भी असफलताएँ और प्रतिकूलताएँ मिलीं, जिंदगी कभी न थकती है, न रुकती है। समय का पहिया हर सफलता और असफलता के बाद भी निरंतर चलता रहता है। इसलिए मैं अकसर कहता हूँ कि अपने मन में एक कैरियर विकल्प का निर्धारण जरूर करें। कुछ लोग रोजगार प्राप्त करके, उसे छोड़कर या वहाँ से अवकाश लेकर सिविल सेवा परीक्षा की तैयारी करते हैं। कुछ अभ्यर्थी अपनी नौकरी के साथ–साथ इस परीक्षा के लिए किस्मत आजमाते हैं तो कुछ पढ़ाई के तुरंत बाद अपनी रोजगार पाने की क्षमता (एंप्लॉयबिलिटी) को तय कर मनोयोगपूर्वक परीक्षा की तैयारी में जुट जाते हैं।

यदि आपने सरकारी या निजी क्षेत्र में कोई कैरियर विकल्प प्राप्त कर लिया है या सोच लिया है तो इससे तनाव-मुक्त और दबाव-मुक्त तैयारी करने में भारी मदद मिलती है। आपने मेरी कहानी समेत तमाम उपर्युक्त कहानियों में देखा कि रोजगार की संभावना/निश्चितता के बाद अभ्यर्थी के लिए सफलता की राह पहले से अधिक आसान हो गई। अत: मुझे लगता है कि अपना सर्वश्रेष्ठ देने के बाद भी प्रतिकूल नतीजों के लिए खुद को तैयार रखना आपको मजबूत और सक्षम बनाता है। अंग्रेजी में एक बड़े काम की और समझदारी भरी कहावत है—

"Try for the best, Prepare for the worst."

मैंने अनेक बार ऐसा भी महसूस किया है कि कुछ साथी तैयारी उस समय आकर बंद कर देते हैं, जब वे सफलता के काफी करीब होते हैं। यू.पी.एस.सी.

की तैयारी एक स्तर की परिपक्वता की माँग करती है। जब हम उसके काफी नजदीक होते हैं, तब हम निराश होकर प्रयास करना ही छोड़ देते हैं। थॉमस अल्वा एडीसन ने लिखा है—

"Many of life's failure are people, who did not realise how close they were to success when they gave up."

उपर्युक्त कहानियों में एक और उभयनिष्ठ बात है, जो मुझे बेहद आकर्षित करती है, वह है—'जिजीविषा'। किसी भी सफल व्यक्ति ने कभी भी आगे बढ़ने की और कुछ बेहतर करने की इच्छा कभी नहीं छोड़ी। यह जिजीविषा भी, जिसने सफल अभ्यर्थियों का मनोबल और अभिप्रेरणा का स्तर (Motivation level) बनाए रखा। ध्यान रहे कि सिविल सेवा परीक्षा की तैयारी के दौरान असफलता का सामना करने पर ही नहीं, बल्कि उसके अलावा भी अनेक ऐसे अवसर आते हैं, जब सकारात्मकता, अभिप्रेरणा की जरूरत महसूस होती है। अत: सकारात्मक वातावरण निर्मित करें और नकारात्मकता, अवसाद और कुंठाओं से बचने की कोशिश करें। 'अंत भला, सो सब भला' की कहावत को ध्यान में रखते हुए न भूलें कि—

''मुश्किलें सब पर आती हैं,
कोई बिखर जाता है,
कोई निखर जाता है।''

हमने सफल अभ्यर्थियों के व्यक्तित्व की एक और खासियत देखी कि उन्होंने संसाधनों की कमी, शारीरिक विकलांगता या अन्य किसी अभाव के बावजूद उसे हावी नहीं होने दिया और अपने सपनों को मरने नहीं दिया। साथ ही उनमें से ज्यादातर ने असफलता को इस तरह सँभाला कि वह सफलता प्राप्त कर उसे भी बखूबी सँभाल सके। असफलता में विचलित न होनेवाले सफलता पाकर उसे ठीक से हैंडिल कर पाते हैं और बिना विचलित हुए आगे की अनवरत यात्रा जारी रखते हैं—

"Success is a journey, not a destination."

इसलिए मुझे लगता है कि हम छोटी–बड़ी सफलता या असफलता को दिल पर न लें और जिजीविषा के साथ जिंदा सपनों को मन में बसाए, आगे बढ़ने और कुछ बेहतर करने की इच्छा को बनाए रखते हुए सकारात्मक सोच से आगे बढ़ें, तो निश्चय ही हमें अपने प्रयासों में वांछित सफलता मिलने की संभावना बहुत सीमा तक बढ़ जाएगी।

यहाँ डॉ. शिवमंगल सिंह 'सुमन' की यह कविता बहुत प्रासंगिक लगती है—

"यह हार एक विराम है,
जीवन महासंग्राम है,
तिल-तिल मिटूँगा पर दया की भीख मैं लूँगा नहीं
वरदान माँगूँगा नहीं।"

स्मृति सुखद प्रहरों के लिए,
अपने खंडहरों के लिए,
यह जान लो मैं विश्व की संपत्ति चाहूँगा नहीं,
वरदान माँगूँगा नहीं।

क्या हार में क्या जीत में,
किंचित् नहीं भयभीत मैं,
संघर्ष पथ पर जो मिले, यह भी सही वह भी सही,
वरदान माँगूँगा नहीं।

लघुता न अब मेरी छुओ,
तुम हो महान् बने रहो,
अपने हृदय की वेदना मैं व्यर्थ त्यागूँगा नहीं,
वरदान माँगूँगा नहीं।

चाहे हृदय को ताप दो,
चाहे मुझे अभिशाप दो,
कुछ भी करो कर्तव्य-पथ से, किंतु भागूँगा नहीं।
वरदान माँगूँगा नहीं।

□

14

अपनी लकीर बड़ी करें...
(हिंदी माध्यम के लिए विशेष)

आपने एक कहावत सुनी होगी कि *'अगर जिंदगी में आगे बढ़ना है तो अपनी लकीर बड़ी करने की कोशिश करें, दूसरे की लकीर को छोटा करके या मिटाकर आगे बढ़ने की कोशिश कतई ना करें।'* किसी बुद्धिमान व्यक्ति या समुदाय के गहरे अनुभव से उपजी यह कहावत हम हिंदी माध्यम के सिविल सेवा परीक्षा के अभ्यर्थियों पर बहुत हद तक सटीक बैठती है। आखिर ऐसी कौन सी चिंतन प्रक्रिया है, जिससे हम निराशा, घबराहट, आशंका और हताशा से उबरकर अपनी ताकत को पहचानें और सही दिशा में जुट जाएँ। अपनी सोच को किस दिशा में मोड़ें कि हम दूसरों के बारे में सोचने से बचते हुए अपने प्रगति-पथ पर कुछ इस तरह आगे बढ़ें कि हमारी खुद की लकीर बड़ी व प्रभावी हो जाए और हमारी उड़ान को खुले पंख मिल सकें।

वर्ष 2014 की सिविल सेवा परीक्षा में हिंदी माध्यम में सर्वोच्च स्थान प्राप्त होने के बाद ऐसे कई अवसर आए, जब मेरा संवाद हिंदी माध्यम के युवा अभ्यर्थियों से हुआ। हर बार मुझे एक बात महसूस हुई कि हम हिंदी माध्यम के साथियों में न तो प्रतिभा की कोई कमी है और न ही जुनून की। लेकिन एक बात, जो मुझे थोड़ा बेचैन करती है, वह है—हम हिंदी या भारतीय भाषाओं के माध्यम के अभ्यर्थियों में पसरी एक अजीब सी घबराहट और आशंका। 'कहीं हम अच्छी रैंक ला पाएँगे या नहीं?' 'प्रारंभिक परीक्षा के बाद, अब मुख्य परीक्षा में हम कितने अंक ला पाएँगे?' 'कहीं हम अन्य माध्यम के छात्रों से पीछे तो नहीं हैं?' जैसी तमाम

आशंकाएँ हमारे मन को मथती रहती हैं।

आइए, इन सब स्वाभाविक समस्याओं से उबरने के लिए अपनी लकीर बड़ी करके आगे बढ़ने के कुछ ठोस उपायों पर एक-एक करके चर्चा करें। सबसे पहली बात यह है कि अंग्रेजी से डरने, भागने या मुँह छिपाने की आदत से जितनी जल्दी हो सके, छुटकारा पाने की कोशिश करें। अंग्रेजी कोई हौवा नहीं है, बल्कि यह एक सरल भाषा है, जिसमें कुल 26 अक्षर हैं और जिसे आप बचपन से अब तक लगातार पढ़ते रहे हैं। अंग्रेजी भाषा से डरने का दुष्परिणाम मुख्य परीक्षा के अंग्रेजी के अनिवार्य प्रश्न-पत्र में असफल होना भी हो सकता है, जो स्वयं में एक दुःखद स्थिति है। मुख्य परीक्षा की बाकी पुस्तिकाएँ भी नहीं जाँची जातीं और सफल होना तो दूर, आप अपने आत्म-निरीक्षण और आत्म-मूल्यांकन के अवसर से भी वंचित हो जाते हैं।

हमें नहीं भूलना चाहिए कि सिविल सेवा परीक्षा में सफल होने के लिए अंग्रेजी का विशेषज्ञ बनने या उसमें पूर्णतः निपुण होने की दरकार कतई नहीं है। महज इतनी अपेक्षा है कि आप सामान्य अंग्रेजी समझ सकें, सरल और बोधगम्य तरीके से पढ़ व लिख सकें। कम-से-कम ऐसी अंग्रेजी, जिसमें स्पेलिंग और ग्रामर की गलतियाँ कम-से-कम हों। आपको सामान्य और बोधगम्य शब्दों का प्रयोग करते हुए सरल अंग्रेजी के प्रयोग की आदत विकसित करनी है। इतना भर कर लेंगे तो न तो घबराहट होगी और न ही किसी किस्म की हीन भावना उपजेगी। 'राम की शक्ति-पूजा' में निराला की ये पंक्तियाँ न भूलें—

आराधन को दृढ़ आराधन से दो उत्तर,
तुम वरो विजय संयत प्राणों से प्राणों पर।

एक और चिंतनीय पहलू यह भी है कि हम अवांछनीय तरीके से अंग्रेजी माध्यम के अभ्यर्थियों से एक अनजाना और गैर-जरूरी दबाव महसूस करते हैं। हम अकसर यह महसूस करते हैं कि हम उनसे कुछ कमतर या कमजोर हैं। मुझे इस रवैए पर घोर आपत्ति है। जब मैं यू.पी.एस.सी की तैयारी कर रहा था तो अकसर मुझे भी ऐसी बिन माँगी सलाहें और हतोत्साहित करनेवाली बातें सुनने को मिलती थीं, जो किसी को भी हताश करने के लिए काफी हैं। आप भरोसा करें तो मैं आपको बताना चाहता हूँ कि बमुश्किल एकाध मौकों को छोड़कर मैं शायद ही कभी इन निराशाजनक बातों से प्रभावित हुआ। मुझे शायद ही कभी यह महसूस हुआ हो कि मेरी सफलता को मेरा भाषा–माध्यम प्रभावित कर सकता है।

मेरा दृढ़ विश्वास था कि मेरी काबिलियत ही मुझे सफलता तक पहुँचा सकती

है, किसी भाषा विशेष का माध्यम नहीं। लिहाजा माध्यम वही चुनें, जिसमें आप सहज हों और जिसमें आप खुद को बेहतर ढंग से अभिव्यक्त कर सकें। मेरे अपने भाषा–माध्यम को लेकर आत्मविश्वास के कुछ आधार भी थे, जो मुझे लगता है आप सबके लिए भी समझना बेहतर होगा। मसलन—भाषा पर अधिकार, लेखन कौशल और अध्ययन सामग्री की उपलब्धता। आइए, इन बिंदुओं पर क्रमवार बात करते हैं। सर्वप्रथम यह कि आप यू.पी.एस.सी. की परीक्षा जिस भी भाषा के माध्यम में दें, उस भाषा पर आपका ठीक–ठीक अधिकार होना चाहिए। मैंने यू.पी.एस.सी. टॉपर्स में जो कुछ कॉमन स्किल पाए हैं, उनमें भाषा पर अधिकार और लेखन कौशल प्रमुख है।

प्रसिद्ध अंग्रेजी निबंधकार फ्रांसिस बेकन ने लिखा है—'Reading makes a full man, conference a ready man and writing an exact man.' लेकिन पठन, संवाद और लेखन के इन कौशलों को विकसित करने के लिए भाषा पर ठीक–ठीक अधिकार अपरिहार्य है। आप सही लिखें, टू द पॉइंट लिखें, संक्षिप्त लिखें और सारगर्भित लिखें। 'भाषा पर अधिकार' से मेरा अभिप्राय क्लिष्ट शब्दों के प्रयोग या कठिन और अबोधगम्य अभिव्यक्तियों से बिलकुल नहीं है। सवाल सिर्फ इतना सा है कि आप भाषा का अवबोध (comprehension) बखूबी कर पाएँ और प्रसंगानुकूल सरल, सहज एवं प्रासंगिक शब्दों का प्रयोग करते हुए व्यवस्थित ढंग से प्रवाह (flow) के साथ अपनी बात लिख पाएँ।

लेखन कौशल पर बात करने से पहले मुझे यह भी याद दिलाना है कि मनोवैज्ञानिकों और भाषाविदों का यह भी मानना है कि बेहतर समझ के लिए मातृभाषा में पढ़ाई बेहतर माध्यम है। आपने यदि हिंदी माध्यम में अपनी स्कूल–कॉलेज की पढ़ाई की है तो इसका यह अर्थ नहीं है कि आप घाटे में हैं। इसका एक अर्थ यह भी हो सकता है कि यदि आपने अपनी स्कूल–कॉलेज की पढ़ाई संतोषजनक ढंग से की है तो आप कमोबेश फायदे में ही हैं और आपका हिंदी भाषा पर ठीक–ठाक अधिकार है। जरूरत है तो अभ्यास की। लेखन कौशल के उत्कृष्ट स्तर को प्राप्त करने का एक ही सर्वश्रेष्ठ तरीका है, वह है निरंतर अभ्यास। बेहतर लेखन कौशल के दो महत्त्वपूर्ण पहलू हैं—'क्या लिखना है' और 'कैसे लिखना है।' 'क्या लिखना है', इसका उत्तर प्रश्न को ठीक से समझने में छिपा है। प्रश्न को ठीक से समझ लेने से उत्तर लिखने की सही दिशा मिल जाती है। प्रश्न के यथासंभव सभी पहलुओं को कवर करते हुए क्रमबद्ध और व्यवस्थित ढंग से उत्तर लिखें तो निश्चय ही यह उत्तर अच्छे अंक आकर्षित करेगा ही। 'कैसे लिखना है'

भी उतना ही महत्त्वपूर्ण है, जितना कि 'क्या लिखना है।'

'कैसे लिखना है' के लिए कुछ उपयोगी बातें इस प्रकार हैं—

1. व्यवस्थित और क्रमबद्ध ढंग से लिखें।
2. लेखन में एक प्रवाह (flow) विकसित करें। छोटे—छोटे पैराग्राफों में लिखें। कोशिश करें कि दो लगातार पैराग्राफों में एक कनेक्शन हो।
3. सरल, सहज और बोधगम्य भाषा का प्रयोग करें। अनावश्यक और अप्रासंगिक शब्दों को थोपने का प्रयास न करें।
4. जरूरत पड़ने पर उदाहरणों, आँकड़ों या कथनों/उक्तियों का प्रयोग बेझिझक करें। ध्यान रखें, ये सभी आपके उत्तर में सहज रूप से समाहित होने चाहिए।
5. लेखन कौशल अभ्यास से ही बेहतर होता है। यह रातोंरात प्राप्त हो सकने वाला कौशल नहीं है। अभ्यास कल से नहीं, आज से ही शुरू करें। *'Tomorrow never comes.'*

हिंदी माध्यम के अभ्यर्थी अपनी इन ताकतों को पहचानें और भाषा पर अधिकार व लेखन कौशल का अभ्यास विकसित करके किसी भी प्रकार से खुद को कमतर आँकने की आदत से छुटकारा पाएँ। उपर्युक्त दोनों बातों के अलावा मेरे मस्तिष्क में एक और बात बहुत स्पष्ट थी, वह थी 'अध्ययन सामग्री की कमी' की सतत आशंका। यद्यपि इसमें कोई संदेह नहीं है कि अंग्रेजी माध्यम की तुलना में हिंदी माध्यम में अध्ययन सामग्री, विशेषकर तकनीकी और विज्ञान प्रौद्योगिकी से जुड़े विषयों पर सामग्री की काफी कमी है; पर इस स्थिति में हमारे सामने या तो सतत शिकायत करके दु:खी रहने का विकल्प है या कुछेक कमियों को दरकिनार करके 'उपलब्ध संसाधन का अनुकूलतम उपयोग' करके अपना सर्वश्रेष्ठ प्रयास करने का विकल्प और उम्मीद है। हम दूसरा विकल्प ही चुनेंगे। हमेशा शिकायत करने की प्रवृत्ति से कुछ भी हासिल होनेवाला नहीं है। यह भी ध्यान रखें कि अध्ययन सामग्री की दृष्टि से हिंदी माध्यम के छात्र अन्य भारतीय भाषाओं के छात्रों से कहीं बेहतर स्थिति में हैं।

हमें नहीं भूलना चाहिए कि दूरदर्शन, ऑल इंडिया रेडियो, राज्यसभा व लोक सभा टी.वी. जैसे इलेक्ट्रॉनिक माध्यम और एन.सी.ई.आर.टी., प्रकाशन विभाग (भारत सरकार) के तमाम सरकारी प्रकाशन व वेबसाइटें हिंदी में भी उपलब्ध हैं। निजी क्षेत्र के प्रतिष्ठित प्रकाशक हिंदी में किताबें और पत्रिकाएँ उपलब्ध करा रहे हैं, जिसके बाद करेंट अफेयर्स के लिए ज्यादा तनाव लेने की जरूरत नहीं है।

लिहाजा, मेरा विनम्र अनुरोध है कि सही अध्ययन सामग्री को पहचानकर अध्ययन करें और 'क्या लिखना है' की आधारभूत समस्या से छुटकारा पाएँ।

हिंदी माध्यम के साथी अगर कहीं पीछे रह जाते हैं तो वह प्रतिभा और कर्मठता नहीं, आत्मविश्वास की कमी है। मेहनत करने में हमारा कोई सानी नहीं है, पर मनोवैज्ञानिक स्तर पर खुद को कमतर आँकने की आदत संभावित सफलता को दूर ले जाती है। कहते हैं कि 'मन के हारे हार है, मन के जीते जीत।' इस बात को जितनी जल्दी समझ लें, उतना बेहतर है। मनोवैज्ञानिक बढ़त और भरपूर आत्मविश्वास आधी लड़ाई जिता सकता है। अगर मन में यह भरोसा है कि अच्छे उत्तर लिखने पर अच्छे अंक मिलेंगे, अच्छा प्रदर्शन करने पर चयन सुनिश्चित है तो सोचने का नजरिया ही बदल जाएगा और आपके उत्तरों में एक स्पष्टता व मजबूती दिखेगी और परीक्षा के हर स्तर—प्रारंभिक परीक्षा, मुख्य परीक्षा और व्यक्तित्व परीक्षण में बेहतर प्रदर्शन की संभावनाएँ कई गुना बढ़ जाएँगी।

मुझे लगता है कि अगर हम हिंदी माध्यम के अभ्यर्थी अध्ययन सामग्री की उपलब्धता, विषय चयन, लेखन कौशल, भाषा पर अधिकार जैसे मुद्दों पर उलझनों और ऊहापोहों से मुक्ति पा सकें तो सफलता की राह और आसान हो जाएगी। सोच–समझकर भाषा माध्यम चुनें और अगर हिंदी माध्यम चुन ही लिया है तो उसमें अपना अध्ययन, अभ्यास और अपेक्षित कौशल विकसित कर बिना किसी ऊहापोह और तनाव के अपनी लकीर बड़ी करते हुए प्रगति पथ पर बढ़ते जाएँ।

अपनी मातृभाषा को लेकर हीनता या दुराव महसूस करने की प्रवृत्ति पर मुझे वरिष्ठ कवि ज्ञानपीठ पुरस्कार विजेता श्री केदारनाथ सिंह की कविता *'मातृभाषा'* का उल्लेख यहाँ जरूरी लगता है। आइए, अपनी लकीर बड़ी करते हुए, बिना किसी कुंठा या हीन भावना के, अदम्य साहस और भरपूर सकारात्मकता के साथ डटकर तैयारी करें और सफल हों—

जैसे चींटियाँ लौटती हैं
बिलों में
कठफोड़वा लौटता है
काठ के पास
वायुयान लौटते हैं एक के बाद एक
लाल आसमान में डैने पसारे हुए
हवाई अड्डे के पास

ओ मेरी भाषा
मैं लौटता हूँ तुममें जब चुप रहते रहते
अकड़ जाती है मेरी जीभ
दुखने लगती है
मेरी आत्मा।

('अकाल में सारस' संग्रह से)

□

15

सिविल सेवा परीक्षा बनाम अन्य कॅरियर विकल्प : 'सितारों के आगे जहां और भी है'...

जीत उनको ही मिली, जो हार से जमकर लड़े हैं
हार के भय से गिरे जो, वे धराशायी पड़े हैं,
हर विजय संकल्प के पद पूजती देखी गई है,
वे किनारे ही बचे, जो सिंधु को बाँधे खड़े हैं।

एक कवि की उपर्युक्त पंक्तियाँ संघर्ष के बीच अदम्य साहस का संचार करती हैं। मैंने अकसर ऐसा महसूस किया है कि मध्य वर्गीय, निम्न–मध्यम वर्गीय या कमजोर आर्थिक पृष्ठभूमि के अभ्यर्थी इस बात को लेकर काफी उलझन और तनाव में रहते हैं कि अगर यू.पी.एस.सी. में चयन नहीं हुआ तो क्या होगा, फिर मैं क्या करूँगा? घरवालों को क्या मुँह दिखाऊँगा? जिंदगी कैसे चलेगी, आदि–आदि। कुछ ऐसे अभ्यर्थी भी होते हैं, जो जोश नहीं, जुनून की हद तक तनाव लेकर दुश्चिंता (anxiety) या आसक्ति (Possessiveness) के शिकार हो जाते हैं। कुछ लोगों को लगता है, अगर मैं आई.ए.एस. नहीं बना तो फिर मेरा जीवन व्यर्थ है या फिर उसके बाद मेरे जीवन का कोई लक्ष्य नहीं है।

ऐसे साथी ऐसा इसलिए सोच रहे होते हैं, क्योंकि उन्होंने कोई ठीक–ठाक कैरियर विकल्प नहीं सोचा होता या उनके पास कोई एंपलॉयबिलिटी नहीं होती। यद्यपि मैं इस बात से सहमत हूँ कि यू.पी.एस.सी. की परीक्षा में सफल होने के लिए

संकल्प, दृढ़ता, लगन और एकाग्रता होना अनिवार्य है; पर मुझे यह भी लगता है कि अगर आपके पास कोई सम्मानजनक करियर ऑप्शन है तो फिर आप व्यर्थ के तनाव, अवसाद, अटकलों और उलझनों से बहुत सीमा तक बच सकते हैं। अगर आपके पास कैरियर विकल्प है या आपको मालूम है कि मेरे पास इतनी अर्हता (eligibility) या रोजगार पाने की योग्यता (employability) है कि यदि किसी बुरी स्थिति में यू.पी.एस.सी. में मेरा चयन न हो सके तो भी मैं एक सम्मानजनक रोजगार अपनाकर एक अच्छा और गरिमापूर्ण जीवन बिता सकता हूँ, तो निश्चित तौर पर आप काफी हलका महसूस करेंगे और आपको एक खास किस्म का सुकून व बेफिक्री का अहसास होगा। आप एक बार खुद ही सोचें कि अगर ऐसा हो तो आप कितने तनाव मुक्त हो जाएँगे।

यद्यपि यह अनिवार्य नहीं है कि यू.पी.एस.सी. की तैयारी करने के लिए एक कैरियर विकल्प होना ही चाहिए। तमाम ऐसे उदाहरण हैं, जब कुछ युवा अभ्यर्थियों ने यू.पी.एस.सी. को एकमात्र विकल्प मानकर तैयारी की और सफल भी रहे; पर इस बात में पर्याप्त समझदारी है कि परीक्षा की अनिश्चितता और गलाकाट प्रतिस्पर्धा को देखते हुए रोजगार (employment) या रोजगार पाने की क्षमता (employability) अर्जित कर ली जाए, अन्यथा उस स्थिति की कल्पना करके देखिए, जब पढ़ाई से ज्यादा आपका समय इस टेंशन में ही बीत रहा हो कि यदि चयन नहीं हुआ तो क्या होगा? घरवालों और दोस्तों से होनेवाली गुफ्तगू हो या रात को आनेवाले सपने, हर ओर आप तनाव और दुश्चिंता से घिरे हैं। अत: बेहतर यही है कि तमाम चिंताओं से मुक्त रहकर तनाव-मुक्त और दबाव-मुक्त होकर, सहज रहकर तैयारी करें।

"Try for the best, prepare for the worst."

चलती का नाम ही जिंदगी है और रुका हुआ पानी सड़ जाता है। अत: कैरियर विकल्प मन में रखना एक बेहतरीन तरीका हो सकता है। आइए, हम कुछ ऐसी परीक्षाओं या कैरियर विकल्पों की चर्चा करते हैं, जिन्हें आप अपने यू.पी.एस.सी. की तैयारी के साथ–साथ या सफल न हो सकने की दशा में अपनाकर एक बेहतर जीवन बिता सकते हैं। इसी को 'बैकअप प्लान' भी कहते हैं। एक मशहूर कहावत भी है—

"Don't put all eggs in one basket." यानी सारे रास्ते एक ही विकल्प तक सीमित करके नहीं रखने चाहिए। लिहाजा जरूरी है कि आप अपनी अभिरुचियों, महत्त्वाकांक्षाओं और योग्यताओं के अनुरूप वैकल्पिक कैरियर विकल्प भी तलाश लें। इस संबंध में कुछ महत्त्वपूर्ण काम की बातें इस प्रकार हैं—

(I) यू.पी.एस.सी. की अन्य प्रतियोगी परीक्षाएँ—सिविल सेवा परीक्षा के अभ्यर्थी अपनी अर्हता (eligibility) और अभिरुचि (aptitude) के अनुरूप संघ लोक सेवा आयोग द्वारा प्राय: प्रतिवर्ष आयोजित की जानेवाली अन्य प्रतियोगी परीक्षाओं, जैसे—

(i) भारतीय वन सेवा (IFoS)

(ii) भारतीय इंजीनियरिंग सेवा (IES)

(iii) भारतीय सांख्यिकी सेवा (ISS)

(iv) भारतीय आर्थिक सेवा (IES)

(v) केंद्रीय चिकित्सा सेवा (CMS)

(vi) स्पेशल क्लास रेलवे अप्रैंटिस (SCRA)

(vii) केंद्रीय पुलिस बल, सहायक कमांडेंट (CAPF)

आदि की भी परीक्षा दे सकते हैं। उपर्युक्त सभी परीक्षाएँ भारत सरकार की ग्रुप 'ए' सेवाएँ हैं, जो एक बेहद प्रतिष्ठित व चुनौतीपूर्ण कैरियर विकल्प उपलब्ध कराती हैं।

(II) राज्य लोक सेवा आयोग (State PSCs) की परीक्षाएँ—भारत के राज्यों के लोक सेवा आयोग भी अपनी राज्य सिविल सेवा परीक्षा आयोजित करने के साथ-साथ ग्रुप 'ए' एवं ग्रुप 'बी' के विभिन्न राजपत्रित/गैर राजपत्रित पदों के लिए परीक्षाएँ आयोजित करते हैं। हिंदी पट्टी के अभ्यर्थियों के लिए उत्तर प्रदेश, राजस्थान, बिहार, उत्तराखंड, मध्य प्रदेश, छत्तीसगढ़, झारखंड, हरियाणा, हिमाचल प्रदेश राज्यों की सिविल सेवा परीक्षाओं की तैयारी का विकल्प है। इसके अतिरिक्त राज्यों के लोक सेवा आयोग अन्य पदों के लिए भी समय-समय पर विज्ञापन निकालते हैं। मेरा मानना है कि कोई भी अभ्यर्थी यू.पी.एस.सी. सिविल सेवा परीक्षा की तैयारी के साथ-साथ अपने गृह राज्य की राज्य सिविल सेवा परीक्षा (पी.सी.एस.) की भी तैयारी कर सकता है। मैंने भी उत्तर प्रदेश पी.सी.एस. परीक्षा की तैयारी की थी। प्राय: सभी राज्यों में उनकी राजभाषा का भी एक पेपर होता है।

(III) अन्य विविध प्रतियोगी परीक्षाएँ—उपर्युक्त लोक सेवा आयोग के अतिरिक्त केंद्र व राज्य सरकारों के अनेक बोर्ड/आयोग विभिन्न पदों पर भरती के लिए परीक्षाएँ आयोजित करते हैं—

(i) भारतीय संसद (संयुक्त भरती प्रकोष्ठ) (JRC)

(ii) SSC—कर्मचारी चयन आयोग की CGL परीक्षा

(iii) DSSSB (दिल्ली अधीनस्थ सेवा चयन बोर्ड)

(iv) RRBs (रेलवे)

(v) SBI व IBPS (बैंकिंग) आदि।

उपर्युक्त और इनके अतिरिक्त अन्य प्रतियोगी परीक्षाएँ भी सम्मानजनक कैरियर का विकल्प उपलब्ध कराती हैं। इनमें प्रायः चार विषय—सामान्य जानकारी, अंग्रेजी, रीजनिंग और अंकगणित के प्रश्न पूछे जाते हैं, जो कमोबेश यू.पी.एस.सी. के सी-सैट से मेल खाते हैं।

(IV) अन्य वैकल्पिक कैरियर विकल्प—सिविल सेवा परीक्षा की तैयारी के इच्छुक या उसका बैकअप प्लान तैयार कर रहे अभ्यर्थियों के लिए अन्य आकर्षक कैरियर विकल्प हैं—

(i) UGC-NET-JRF (शिक्षण व शोध कार्य)—यह एक बेहद सम्मानजनक कैरियर है। मैंने भी हिंदी विषय में प्रथम प्रयास में NET-JRF उत्तीर्ण कर फैलोशिप प्राप्त की थी और दिल्ली विश्वविद्यालय से एम.फिल. की उपाधि भी प्राप्त की थी।

(ii) मीडिया व जनसंचार

(iii) विज्ञापन व जनसंपर्क

(iv) रेडियो व टी.वी.

(v) भाषांतरण व अनुवाद

(vi) आप स्वयं उद्यमी बनकर अपना व्यवसाय भी कर सकते हैं और दूसरों को रोजगार देकर राष्ट्र-निर्माण में अपनी भूमिका अदा कर सकते हैं।

(vii) एक अन्य उभरता हुआ कैरियर विकल्प है—समाज कार्य (Social work)। आप किसी अच्छे एन.जी.ओ. से जुड़कर या पार्ट टाइम जॉब करके न केवल कुछ अर्जित कर सकते हैं, बल्कि समाज के विकास में अपना योगदान भी दे सकते हैं। अनेक अभ्यर्थी मुख्य परीक्षा देने के बाद और इंटरव्यू से पहले सामाजिक अनुभव प्राप्त करने के लिए समाज-सेवा से जुड़ भी जाते हैं।

(V) डिप्लोमा/पोस्ट ग्रेजुएशन/रिसर्च या आगे की पढ़ाई—कुछ अभ्यर्थी सिविल सेवा परीक्षा की तैयारी के दौरान या उसके बाद डिस्टेंस एजुकेशन के माध्यम से अपनी आगे की पढ़ाई भी जारी रखते हैं। इससे तीन फायदे होते हैं—पहला, आप अपने खाली माने जानेवाले वर्षों का प्रोफाइल तैयार कर पाते हैं; दूसरे, अपने ऑप्शनल सब्जेक्ट या जी.एस. में भी मदद मिल सकती है और तीसरा, डिग्री/डिप्लोमा प्राप्त हो जाने से एंप्लॉयबिलिटी व आत्मविश्वास बढ़ता है। मैंने भी इग्नू (IGNOU) से पी.जी.डी.टी. (अनुवाद में स्नातकोत्तर डिप्लोमा) प्राप्त किया था।

डिस्टेंस लर्निंग के लिए इंदिरा गांधी राष्ट्रीय मुक्त विश्वविद्यालय (इग्नू) सर्वश्रेष्ठ विकल्प है। इग्नू के कोर्सों की अध्ययन सामग्री उत्कृष्ट स्तर की होती है और किसी भी ऑप्शनल सब्जेक्ट की तैयारी में मदद कर सकती है। इग्नू के अधिकांश पी.जी. कोर्स हिंदी माध्यम में भी उपलब्ध हैं। वैसे राज्यों के मुक्त विश्वविद्यालयों से डिस्टेंस लर्निंग कोर्सों का भी विकल्प उपलब्ध है; जैसे—उ.प्र. राजर्षि टंडन मुक्त विश्वविद्यालय, इलाहाबाद; वर्धमान महावीर मुक्त विश्वविद्यालय, कोटा तथा अन्य राज्यों की ओपन यूनिवर्सिटी आदि।

उपर्युक्त के अतिरिक्त कोई मान्यता प्राप्त कंप्यूटर कोर्स भी किया जा सकता है। पी.जी. डिप्लोमा इन कंप्यूटर एप्लिकेशंस (PGDCA) या DOEACC के कोर्स अच्छे विकल्प हो सकते हैं।

ध्यान रहे कि इन सब वैकल्पिक कैरियर विकल्पों में उलझकर कन्फ्यूज नहीं होना है। ऐसा न हो कि आप बहुत सारे विकल्प अपनाने के चक्कर में मुख्य व प्राथमिक क्षेत्र से विचलित हो जाएँ। ये ढेर सारे आकर्षक कैरियर/स्टडी विकल्प मैंने इसलिए बताए हैं, ताकि आप यह समझ पाएँ कि **'सितारों के आगे जहां और भी है'** और किसी दिन विशेष पर किसी परीक्षा विशेष में असफल रहने से जिंदगी रुकती या थमती नहीं है। **'चरैवेति–चरैवेति'** का मंत्र अपनाते हुए निरंतर चलते जाना ही जीवन है। मुझे गोपाल दास 'नीरज' की यह कविता युवाओं के लिए बेहद प्रासंगिक लगती है—

छिप–छिप अश्रु बहानेवालों!
मोती व्यर्थ लुटानेवालों!
कुछ सपनों के मर जाने से जीवन नहीं मरा करता है
सपना क्या है? नयन सेज पर,
सोया हुआ आँख का पानी,
और टूटना है उसका ज्यों,
जागे कच्ची नींद जवानी,
गीली उमर बनानेवालों! डूबे बिना नहानेवालों!
कुछ पानी के बह जाने से सावन नहीं मरा करता है।
माला बिखर गई तो क्या है,
खुद ही हल हो गई समस्या,
आँसू गर नीलाम हुए तो,
समझो पूरी हुई समस्या।

रूठे दिवस मनानेवालों! फटी कमीज सिलानेवालों,
कुछ दीपों के बुझ जाने से, आँगन नहीं मरा करता है।
खोता कुछ भी नहीं यहाँ पर,
केवल जिल्द बदलती पोथी,
जैसे रात उतार चाँदनी,
पहने सुबह धूप की धोती॥
वस्त्र पहनकर आनेवालों, चाल बदलकर जानेवालों,
चंद खिलौनों के खोने से, बचपन नहीं मरा करता है।
लाखों बार गगरियाँ फूटीं,
शिकन न आई पर पनघट पर।
लाखों बार कश्तियाँ डूबीं,
चहल-पहल वो ही है तट पर॥
तम की उमर बढ़ानेवालों, लौ की आयु घटानेवालों,
लाख करे पतझर कोशिश पर, उपवन नहीं मरा करता है।
लूट लिया माली ने उपवन,
लुटी न लेकिन गंध फूल की।
तूफानों तक ने छेड़ा पर,
खिड़की बंद न हुई धूल की॥
नफरत गले लगानेवालों, सब पर धूल उड़ानेवालों,
कुछ मुखड़ों की नाराजी से दर्पण नहीं मरा करता है।

□

16

सफलता की अनकही कहानियाँ

"Winners don't do the different things,
They do the things differently."

इस मशहूर कहावत की ही तरह हमारे बीच, हमारे आस-पास ही कुछ ऐसे लोग होते हैं, जो अनुकूलताओं एवं प्रतिकूलताओं से ज्यादा प्रभावित हुए बगैर, तमाम तरह के अभावों (शैक्षिक, सामाजिक या आर्थिक) की परवाह किए बगैर, न केवल बड़ा सपना देखते हैं, बल्कि पूरी शिद्दत और मनोयोग से उसे साकार भी कर दिखाते हैं। ऐसी तमाम अनकही कहानियाँ हमारे बीच ही कहीं पनप रही होती हैं। ये कहानियाँ, जो कहीं भी कही या लिखी नहीं गईं। उनकी दास्तान खुद उन्होंने लिखने की कोशिश की है, जिन्होंने खुद उन संघर्षों को जिया है और नए कीर्तिमान रचे हैं। हर कहानी अपने में अनूठी है। अलग-अलग राज्यों, अलग-अलग सामाजिक-सांस्कृतिक पृष्ठभूमियों से आने वाली इन युवा प्रतिभाओं ने अपने संघर्ष के साथ-साथ अपनी तैयारी से जुड़ी रणनीतियाँ भी साझा की हैं। संघ लोक सेवा आयोग की परीक्षा में हाल के वर्षों में चयनित सफल अभ्यर्थियों की अनकही कहानियाँ, सुनें उनकी ही जुबानी। किसी शायर ने लिखा भी है—

''अगर देखना चाहते हो इनकी उड़ान को,
तो थोड़ा और ऊँचा कर दो आसमान को।''

इन जुझारू युवाओं के संघर्ष पर मेरी भी एक कविता समर्पित है, जो एक कर्त्तव्यनिष्ठ सिविल सेवा अधिकारों के रूप में जीवन भर देश और समाज की सेवा और योगदान की प्रेरणा देती है—

अभी उजाला दूर है शायद...

दीवाली-दर-दीवाली,
दीप जले, रंगोली दमके।
फुलझड़ियों और कंदीलों से,
गली-गली और आँगन चमके॥

लेकिन कुछ आँखें हैं सूनी,
और अधूरे हैं कुछ सपने।
कुछ नन्हे-मुन्ने चेहरे भी,
ताक रहे गलियारे अपने॥

खाली-खाली-से कुछ घर हैं,
कुछ चेहरों से नूर है गायब।
अलसाई-सी आँखें तकतीं,
अभी उजाला दूर है शायद॥

थकी-थकी-सी उन आँखों में,
आओ थोड़ी खुशियाँ भर दें।
कुछ मिठास उन तक पहुँचाकर,
कुछ तो उनका दुखड़ा हर लें॥

कुछ खुशियाँ और कुछ मुसकानें,
पसरेंगी हर सूने घर में।
मुसकराहटें-खिलखिलाहटें,
मिल जाएँगी अपने स्वर में॥

तभी मिटेगा घना अँधेरा,
तभी खिलेंगे वंचित चेहरे।
रोशन होंगी तब सब आँखें,
तभी खिलेंगे स्वप्न सुनहरे॥

'टिकट कलेक्टर से बने सिविल सेवक'

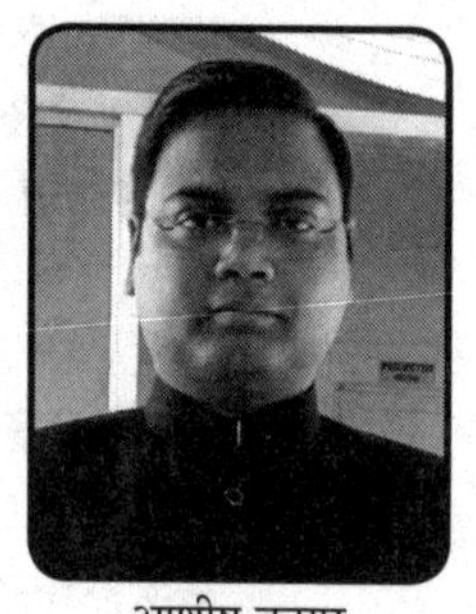

आशीष कुमार
(बिहार)
IRS 2015

आशीष कुमार—जब निशान्तजी के द्वारा खुद के अनुभवों के बारे में लिखने को कहा गया तो लगा कि क्या लिखूँ, कहाँ से शुरू करूँ। ऐसा कुछ क्या लिखूँ, यह बहुत ही कठिन जान पड़ रहा था। अंततः निर्णय लिया कि लिख दूँ। जो भी जिया हूँ, जो भी जैसा रहा—शायर के शब्दों में कहूँ तो—इसमें फूल भी हैं, शूल भी हैं; गुलाब है तो कीचड़ भी। पर लिखने की कोशिश कर रहा हूँ।

आज भी याद है वह दिन, जब दसवीं का रिजल्ट प्रकाशित हुआ था। मैंने 85 प्रतिशत बिहार बोर्ड में लाकर अपने कस्बे में ही नहीं, शायद अंचल में प्रथम स्थान पाया था। शायद आज तक यह सर्वश्रेष्ठ प्राप्तांक रहा है, खासकर मेरे सरकारी स्कूल में। मैं भी अपने सपने को सँजोए डॉक्टर कलाम की तरह एक वैज्ञानिक बनना चाहता था। आई.आई.टी. मेरा एक सपना ही नहीं, जीवन था। घंटों तक गणित के गूढ़ सवालों में उलझे रहना मेरी सबसे बड़ी इच्छा होती थी।

पटना गया। वहाँ श्री आनंद कुमार के यहाँ गणित की कक्षा प्रारंभ की। पिताजी का आर्थिक दिवालियापन, दो बड़ी बहनें तथा पढ़ाई के लिए पैसे—ऐसा नहीं था कि बचपन कोई गुलाबों की बगिया थी। पास के सरकारी स्कूल में पढ़कर अनिल सर, रामसरन सर के ट्यूशन में फीस कुछ देर से जमा करके भी अपनी पढ़ाई जारी रख सका। साथ ही पुस्तकों के लिए पास ही गायत्री पुस्तक भंडार में घंटों बैठकर पढ़ना कुछ ऐसी आदतें थीं, जिन्होंने संघर्ष को बहुत ही आनंदपूर्ण बनाया। यह परमात्मा का आशीर्वाद ही था, वरना दिसंबर और जनवरी की सर्द सुबहों में बिना गर्म कपड़ों के छत पर रामसरन शर्मा की कक्षाओं में पढ़ना संभव नहीं हो पाता।

लेकिन पटना जाकर पढ़ना अपने आप में बहुत बड़ा संघर्ष था। टूट गया था पूरी तरह से, तभी रेलवे में एक परीक्षा के बारे में जानकारी मिली, जिसमें प्रत्येक जोन में 40 बच्चों को लेकर उन्हें 10+2 की डिग्री के साथ-साथ रेलवे का व्यावसायिक शिक्षण देकर टी.सी. या क्लर्क में नियुक्त किया जाता था।

सच कहूँ, इसमें पास कर जाने की इच्छा कभी नहीं हुई। लेकिन चाहकर भी क्या कर सकता था। अंततः गया; लेकिन मेरे सपने टूट चुके थे। गणित व भौतिक शास्त्र पीछे छूट गया। फिर प्रारंभ हुआ डेबिट एवं क्रेडिट का खेल। एक टी.सी. बनकर गुवाहाटी रेलवे स्टेशन पर रहना तथा उस जॉब के साथ-साथ खुद को पढ़ाई से जोड़े

रखना बहुत बड़ी समस्या थी। अब आर्थिक अभाव नहीं था। अभाव था उस वातावरण का, उस समय का, उस विद्यालय का, जहाँ मैं अपना अध्ययन कर सकता था।

स्नातक पढ़ते-पढ़ते कुछ ऐसा होने लगा कि टी.सी. के पद पर काम करना असंभव-सा हो गया था। पढ़ाई कर नहीं पाता था। काम में ईमानदारी के बावजूद विभागीय निरीक्षकों की कठोर दृष्टि मुझ पर रहती थी। उन सब दबावों ने पुनः मेरे अंदर की आग को जलाया। उस समय मैं कई बच्चों को निःशुल्क गणित व विज्ञान पढ़ाता था। गली में एक दिन अपने एक दोस्त से मेरी बातचीत हुई। वह आई.आई.टी. में पढ़ रहा था। उसने बताया कि वह कैट (CAT) की तैयारी कर रहा है तथा उस परीक्षा को मैं भी दे सकता हूँ। फिर उसी दिन किसी संस्था का कैट प्रोग्राम के लिए काफी इश्तेहार दिया हुआ था। संस्था मेरे कार्यालय से नजदीक थी।

फिर प्रारंभ होती है मेरी दूसरी पारी। फिर वहाँ लॉजिकल रीजनिंग तथा मैथ से मुलाकात हुई। फिर बैठकर घंटों पढ़ना, नाइट ड्यूटी जान-बूझकर लेना इत्यादि मेरी जिंदगी के अंग बन गए। स्टेशन पर व्हीलर बुक वाले भैया से दोस्ती ने पत्र-पत्रिकाओं की कमी को समाप्त कर दिया, तो दूसरी तरफ फिर पुस्तकों से दोस्ती ने जीवन को नया आयाम दिया। कैट, 2008 की परीक्षा देने के बाद मैंने उत्तर मिलाए तो लगा कि नहीं होगा; लेकिन उस समय तक मैं एस.एस.सी. का मेंस लिख चुका था। हालाँकि मुझे चार आई.आई.एम. से कॉल्स आईं। इतना ही नहीं, मेरा एस.एस.सी. का भी रिजल्ट आया। जिंदगी फिर से सजने लगी। शायद मेरी ईश्वर के प्रति निष्ठा ने मुझे दोबारा उस पल पर ला खड़ा किया था, जो कहीं खो गया था।

मेरा आई.आई.एम. में साक्षात्कार संतोषजनक रहा, पर वार्त्तालाप में कमजोरी के कारण चयन नहीं हो सका। लेकिन एस.एस.सी. में इन्कम टैक्स इंस्पेक्टर के पद पर मैंने वर्ष 2010 में ज्वॉइन किया। मैंने एस.बी.आई., सी.डी.एस. आदि की परीक्षाएँ पास कीं। वर्ष 2008 में एस.एस.सी. का टॉपर भी रहा। अब आगे की मंजिल का रास्ता भी खुद मिला।

यहीं पर कुछ मित्रों के साथ मेरी मुलाकात हुई। जो कई वर्षों से सिविल सेवा परीक्षा की तैयारी कर रहे थे। मुझे लगा कि यह किया जा सकता है। प्रथम बार में मैंने प्रारंभिक परीक्षा उत्तीर्ण की। दिल्ली के मुखर्जी नगर में मैं वर्ष 2011 में आया। 2011 में इंटरव्यू तक गया। 2012 में 128 अंक पाकर आई.आर.एस. में आया। 2014 में मैं दोबारा आई.आर.एस. मिला।

मेरे संघर्ष और सफलता में श्री उपेंद्र वर्माजी का काफी अहम योगदान रहा। रेलवे के समान पृष्ठभूमि से ज़ुड़े रहने के अलावा यू.पी.एस.सी. में साथ-साथ तैयारी

के साथ इंटरव्यू तक दोनों ने एक-दूसरे की सहायता की। सर्वेश सर की बात न करूँ तो शायद यह यात्रा अधूरी ही रह जाती। कई और दोस्तों की जिंदगी में अहम भूमिका रही। इस यात्रा में काफी कठिनाइयाँ रहीं; लेकिन अब डरता नहीं हूँ—किसी भी परिस्थिति में। अब तो जिंदगी में चुनौतियों के बिना कुछ अधूरापन लगता है। मैं यह भी जान पाया कि प्रतिभा की कमी नहीं है। कमी है उस वातावरण की, जिससे वह प्रतिभा खिल सके। शायद यू.पी.एस.सी. की यात्रा के बाद एक अधिकारी होने के साथ-साथ उस वातावरण की खोज एवं निर्माण का प्रयास भी मेरे जीवन का एक बड़ा लक्ष्य हमेशा रहेगा। श्रीलाल शुक्ल की रचना 'सूनी घाटी का सूरज' का रामदसवा मुझे भी कचोटता रहता है तथा मुझे उस सूनी घाटी की याद दिलाता है। बस, इतना ही कहना चाहूँगा, मानव ही सृजक है सारी व्यवस्था का। तो हम क्यों नहीं उस व्यवस्था को, उन चुनौतियों को स्वीकार कर उनमें परिवर्तन ला सकते हैं। कोई भी यात्रा आसान नहीं है; लेकिन चट्टानों से निकलनेवाले झरने की बात ही अलग होती है। निशान्त जैन, उपेंद्रनाथ वर्मा—ये सब इनके प्रत्यक्ष उदाहरण हैं।

बच्चनजी की इन पंक्तियों के साथ विराम लेता हूँ—

तू न थकेगा कभी
तू न रुकेगा कभी
तू न मुड़ेगा कभी
कर शपथ! कर शपथ ! कर शपथ!
अग्निपथ! अग्निपथ! अग्निपथ!

'पटवारी से अफसर तक का सफर'

अजितेश मीणा
(राजस्थान)
IRS 2015

अजितेश मीणा—जब चयन पूर्व जीवन के 24 वर्षों को बायोस्कोप से गुजारूँ तो इस थोड़े समय के लंबे उतार-चढ़ावों का सफर बरबस आँखें भिगो जाता है। मेरा जन्म सवाई माधोपुर के गाँव घनोली में एक किसान परिवार में हुआ। पिताजी स्नातक उत्तीर्ण थे। किंतु शराब की बुरी लत ने उन्हें परिवार के प्रति पूर्णत: गैर-जिम्मेदार बना दिया। जब तक थोड़ा समझने लगा, तब तक चार बीघा छोड़कर सारी जमीन बिक चुकी थी और हम गले तक कर्ज में डूब चुके थे। संपत्ति के रूप में उनसे हमें केवल उपन्यासों, जीवनियों, कविताओं तथा इतिहास की पुस्तकों का एक छोटा सा संग्रह मिला।

हर साल गरमी की छुट्टियों में नदी किनारे भैंस चराने जाता और साथ में होतीं चार-छह किताबें, जिन्हें शाम तक पूरी पढ़ लेता था। एक बार किताबों में ऐसा खोया कि भैंस कुछ कि.मी. दूर जाकर मिली। अपनी क्षमतानुसार खेतों में काम भी करता। आठवीं कक्षा गाँव के सरकारी स्कूल से पढ़ने के बाद बारहवीं तक की पढ़ाई 5 कि.मी. दूर एक कस्बे सूरवाल के सरकारी स्कूल से पूरी की। अपने जुड़वाँ भाई अमितेश के साथ एक ही साइकिल से स्कूल जाता और आते वक्त खेत से घास का गट्ठर भी लेकर आता।

दादी और माँ ने हर मुश्किल के बावजूद पाँच भाई-बहनों की पढ़ाई का खर्च पूरा किया। जब भी रुपयों की जरूरत होती, दादी अपने पास न होने पर भी कहतीं, "तू रोटी तो खा, पैसे बस अभी लाई।" और जादू की तरह कहीं से भी लाकर देतीं। बाद में बड़े भाई की ट्यूशन कक्षाओं में बच्चों को पढ़ाकर हम भी कमाऊ पूत बनने लगे थे। घर में खुशियाँ लौट आईं, जब बी.ए. प्रथम वर्ष तथा 19 साल की उम्र में मेरा पटवारी के पद पर चयन हुआ। नौ माह तक प्रशिक्षण के दौरान 1,200 रुपयों का स्टाईपैंड तथा दो वर्ष तक वेतन के 6,100 रुपए मिले, जो लाखों के समान लगते थे। जीवन के लक्ष्यों ने आकार लेना शुरू किया, जब मकराना, नागौर में पहली नियुक्ति हुई तथा प्रशासन को नजदीकी से देखने का अवसर मिला। श्री एस.एम. शाह जैसे ईमानदार एस.डी.एम. तथा श्री सुरेश चावला जैसे कर्मठ तहसीलदार के अधीनस्थ रहकर शासकीय बारीकियाँ सीखीं। ग्रामीणों की समस्याओं तथा सिस्टम के प्रति शिकायतों की तीव्रता ने मुझमें संवेदनशीलता का संचार किया। फलतः दो वर्ष की नौकरी के दौरान न केवल राजस्व विभाग बल्कि अन्य विभागों की सेवा अदायगी के संबंध में नागरिकों को जागरूक बनाया। वर्ष 2012 के अंत में मैंने आर.ए.एस. और आई.ए.एस. परीक्षा की तैयारी प्रारंभ की, जिसके पीछे सुशासन, नागरिक सेवा, गांधीजी का जंतर तथा स्वयं की पृष्ठभूमि प्रेरणा का काम कर रही थी। पढ़ाई के बीच कई मानसिक व आर्थिक बाधाएँ आईं। हमेशा ट्रेन के जनरल डिब्बों में सफर किया, किंतु साध्य-साधनों की पवित्रता के साथ मेहनत सफल रही और जुलाई 2015 में आर.ए.एस. में एस.डी.एम. तथा सिविल सेवा में आई.आर.एस. (आयकर) पदों पर एक साथ चयन हुआ तथा जीवन के प्रथम कॉलेज राष्ट्रीय प्रत्यक्ष कर अकादमी, नागपुर में प्रवेश किया।

वस्तुतः मैं सौभाग्यशाली था, जो मुझे बड़े भाई का कठोर अनुशासन, छोटे भाई का आर्थिक संबल तथा माँ का अटूट प्यार मिला, जो किसी भी अमीर घर में जन्म के बनिस्बत श्रेयस्कर रहे। माँ ने हमेशा हाड़-तोड़ मेहनत की, लेकिन कभी शिकायत नहीं की। मेरा परिवार तथा मित्र आज भी सही मायनों में लोक सेवक

बनने के लिए मुझे प्रेरणा दे रहे हैं। अब 'सर्वे भवन्तु सुखिनः' जीवन का परम ध्येय है तथा ईश्वर से केवल सद्बुद्धि माँगता हूँ, ताकि समाज का दिया कर्ज ब्याज सहित समाज को अदा कर सकूँ।

'बदलाव का जज़्बा देता रहा प्रेरणा'

आकाश पटेल
(उत्तर प्रदेश)
IRS 2017

आकाश पटेल—मेरे पिताजी तृतीय श्रेणी सेवानिवृत कर्मचारी हैं तथा माताजी गृहिणी हैं। 2004 में मेरे भैया का चयन सिविल सेवा परीक्षा में हुआ, जिनसे मुझे मार्गदर्शन और प्रेरणा मिली। मेरी कक्षा 12 तक की पढ़ाई जनपद फतेहपुर के साधारण विद्यालयों में हुई। उसके बाद मैंने इलाहाबाद विश्वविद्यालय से बी.ए. व एम.ए. किया। परिवार का माहौल काफी सकारात्मक होने की वजह से मेरे ऊपर कोई विशेष दबाव नहीं था। हालाँकि 12वीं विज्ञान का विद्यार्थी होने के बाद स्नातक स्तर पर कला विषय लेना काफी चुनौतीपूर्ण था, लेकिन मेरा मानना था कि मेरा चयन सही है। भैया की सफलता के बाद से मेरा स्वाभाविक रुझान सिविल सेवा परीक्षा की ओर था। साथ ही मुझे समझ आ गया था कि इसमें मुझे काम करने के बेहतर अवसरों के साथ सामाजिक पहचान मिलेगी और समाज के लिए सकारात्मक योगदान करने का अवसर भी।

सिविल सेवा परीक्षा के पहले तीन प्रयासों में मुझे असफलता हाथ लगी। खासकर तीसरे प्रयास के बाद मैं काफी हताश हो गया था। लेकिन उस हताशा के साथ ही मैंने यह भी ठान लिया था कि अपने अगले प्रयास में अवश्य सफलता हासिल करनी है। इसके लिए मैंने अपने कमजोर पहलुओं को सुधारा। इसी दौरान मेरा चयन यू.पी.एस.सी. की असिस्टेंट कमांडेंट परीक्षा में भी हो गया था, जिससे मेरा आत्मविश्वास बढ़ा। इससे पहले कि असिस्टेंट कमांडेंट के पद पर नियुक्ति होती उससे पहले ही मेरा चयन चौथे प्रयास में सिविल सेवा परीक्षा के लिए हो गया।

सिविल सेवा परीक्षा की तैयारी कर रहे अपने साथियों को मैं यही बताना चाहूँगा कि प्री और मेन्स के सिलेबस को एकीकृत करके पढ़ना जरूरी है। मुद्दों के संक्षिप्त नोट्स बनाना एवं मेन्स के उत्तरों में अवधारणा/तर्क को तथ्यों/उदाहरणों से पुष्ट करना अत्यावश्यक है। व्यक्तित्व परीक्षण बहुत महत्वपूर्ण चरण है। तैयारी

शुरू करने के पहले दिन से ही आपको चीजों को एक अधिकारी की नजर से देखने की आदत डाल लेनी चाहिए। इससे आपको व्यक्तित्व परीक्षण के दौरान परेशानी नहीं आएगी। युवा साथियों से मैं यही कहना चाहता हूँ कि वे अपनी प्रेरणा के स्रोत को पहचानें और हताशा के क्षणों से इसकी मदद से बाहर आएँ। मैं सिविल सेवा में एक बेहतर अधिकारी के रूप में सेवा करना चाहता हूँ। मेरा मानना है कि आपका ध्यान बस इस पर नहीं होना चाहिए कि सिविल सेवा में कैसे प्रवेश करना है, बल्कि इस पर भी होना चाहिए कि सेवा में आने के बाद आप क्या परिवर्तन लाना चाहते हैं। यह विचार आपको हमेशा प्रेरित करेगा।

'पति-पत्नी ने साथ पढ़कर पाई सफलता'

अनिरूद्ध कुमार
(बिहार)
IPS 2018

अनिरूद्ध कुमार—मेरा पालन-पोषण व प्रारम्भिक शिक्षा-दीक्षा बिहार के जहानाबाद जिले के एक छोटे से गाँव में हुई। यह वही जहानाबाद जिला है, जो कभी नक्सल गतिविधियों का गढ़ हुआ करता था। आये दिन गाँव-के-गाँव नरसंहार की भेंट चढ़ जाते, हम सब काफी डरे रहते थे कि कब हमारे गाँव का नंबर न आ जाये। मेरी प्राथमिक व उच्च प्राथमिक की शिक्षा गाँव के ही स्कूल में हुई।

फिर पिताजी को कानपुर में रेलवे में एक ठेके का काम मिला और पूरा परिवार कुछ समय बाद कानपुर आ गया। अत: 10वीं व उसके बाद की मेरी पढ़ाई कानपुर में हुई। मैं पढ़ने में प्रारम्भ से ही अच्छा था, अत: सबकी उम्मीदों के अनुरूप प्रदर्शन का दबाव बढ़ता गया और गैर शैक्षणिक गतिविधियों (खेल व अन्य सांस्कृतिक गतिविधियों) से मैं दूर होता गया, इसका मलाल आज भी मुझे है। पढ़ाई के साथ अन्य गतिविधियों का व्यक्तित्व के विकास में महत्वपूर्ण योगदान होता है।

मैं आम मध्यमवर्गीय व्यक्ति की तरह इंजीनियरिंग व MBA जैसी प्रोफेशनल डिग्री प्राप्त कर किसी मल्टीनेशनल कंपनी में काम करना चाहता था, पर एक घटना ने मेरे पथ की दिशा बदल दी।

हुआ यह कि कानपुर में पिताजी ने अपनी कमाई जोड़कर एक छोटी सी जमीन ली थी, पर कुछ दबंगों ने जिनका राजनीतिक जुड़ाव भी था, इस पर कब्जा जमा लिया। पापा ने काफी हाथ-पैर चलाये, पुलिस में शिकायत भी दर्ज कराई, पर कोई असर नहीं हुआ। फिर हम सीधे पुलिस अधीक्षक (SP) महोदय से मिले,

जिन्हें हमने अपनी परेशानी बताई। उन्होंने तत्काल कारवाई का आश्वासन दिया। ऊपर से बने दबाव ने प्रशासन के काम में तेजी ला दी और हमें हमारी जमीन वापस मिल गयी। इस घटना ने मेरी सोच को ही बदल दिया, और मैं इंजीनियरिंग के बाद सिविल सेवा की तैयारी करने लगा।

मुझे शुरुआती चरणों में सफलता भी मिलने लगी पर पूर्ण सफलता नहीं मिली। अत: निराश होकर मैं राज्य लोकसेवाओं पर ध्यान देने लगा। इसी दौरान चयन वाणिज्य कर अधिकारी (UPPCS-2012), असिस्टेंट कमिश्नर वाणिज्य कर (UPPCS-2013), व पुलिस उपाधीक्षक (DSP, UPPCS-2014) के पद पर भी हुआ। पर कहीं-न-कहीं दिल में वो कसक अभी भी थी कि मैं UPSC क्लीयर नहीं कर पाया।

इसी दौरान एक सुखद घटना यह हुई कि 2015 में मेरा विवाह आरती सिंह से हुआ। हम दोनों पहले से काफी अच्छे दोस्त थे। वो उत्तर प्रदेश में BDO के पद पर कार्यरत थी, पर UPSC न पास करने की पीड़ा उनके मन में भी थी। बस फिर क्या था, दोनों के मिलने से शक्ति भी दूनी हो गयी, साथ ही मनोबल और लालसा भी। मिलकर बेहतर स्टेटजी से तैयारी की व 2016 की UPSC परीक्षा में दोनों उत्तीर्ण हुए, उन्हें AIR-118 के कारण IPS मिला और मुझे AFHQ मिला। मैंने हिम्मत नहीं हारी और दूनी मेहनत से फिर तैयारी की तथा 2017 की परीक्षा में AIR-146 के साथ मैं हिंदी माध्यम से टॉपर भी बना।

'संसाधनों के अभाव से सफलता तक का सफर'

अंसार शेख—मेरा जन्म तथा पालन-पोषण महाराष्ट्र के जलना में शैलगांव ग्राम में एक बस्ती में बहुत-ही गरीब और वंचित परिवार में हुआ था। मेरे पिता ऑटो रिक्शा चलाते थे और मेरी माँ एक गृहिणी थीं । मुझे सभी प्रकार की कठिनाइयों का सामना करना पड़ा था। हालांकि, मैं पढ़ने-लिखने में अच्छा था, इसलिए मेरे तीन भाई-बहनों के विपरीत मैं अपनी पढ़ाई करता रहा। मैंने अपने गाँव के एक सरकारी स्कूल में पहली कक्षा से 10वीं कक्षा की पढ़ाई पूरी की। मैंने 76.20 फीसदी अंकों के साथ 10वीं पास की। फिर, मैं मानविकी में 11वीं तथा 12वीं कक्षा

अंसार शेख
(महाराष्ट्र)
IAS 2016

की पढ़ाई करने के लिए बद्रीनारायण बरवाले कॉलेज, जलना चला गया। इस समय तक मैंने पुणे जाकर संघ लोक सेवा आयोग परीक्षा की तैयारी करने का मन बना लिया था। मैंने 91.50 प्रतिशत अंक प्राप्त किए और फर्ग्यूसन कॉलेज, पुणे चला गया। अपने बी.ए. राजनीति विज्ञान के दूसरे वर्ष में, मैंने यू.पी.एस.सी. की एक कोचिंग क्लास में जाना शुरू कर दिया। मैंने जून 2015 में 73 प्रतिशत अंकों के साथ स्नातक की पढ़ाई पूर्ण की। उसी वर्ष अगस्त में, मैंने UPSC CSE PRE की परीक्षा दी, जिसे मैंने पास कर लिया था।

मुझे हमेशा कड़ी मेहनत करने की आदत थी। हालाँकि मेरी खराब आर्थिक पृष्ठभूमि मेरी यात्रा में प्रमुख बाधाओं में से एक थी। एक ऐसा समय भी था, जब मेरे पास पूरे दिन खाने के लिए कुछ नहीं था, एक समय ऐसा भी था जब मेरे पास किताबें खरीदने तक के लिए पैसे तक नहीं थे। मेरे लिए भाषा एक और समस्या थी। मैं मराठी माध्यम में तैयारी कर रहा था, लेकिन मुझे 60 प्रतिशत से अधिक पाठ्यक्रम अंग्रेजी में पढ़ना पड़ता था और उसे मराठी में अनुवाद करना पड़ता था। मेरे लिए यह बहुत मुश्किल था, क्योंकि मैंने 12वीं तक अपनी संपूर्ण शिक्षा मराठी माध्यम में की थी। लेकिन हर समस्या का समाधान अवश्य होता है।

मैं जब 10वीं कक्षा में था, तब मैंने एक अधिकारी बनने का फैसला किया। मेरे व्यक्तिगत अनुभवों के साथ-साथ मेरी कक्षा के शिक्षक, जिन्होंने उसी वर्ष एम.पी.एस.सी. परीक्षा पास की थी, मेरे लिए प्रेरणा के स्रोत थे। हालाँकि मुझे यू.पी. एस.सी. के बारे में बुनियादी जानकारी देने वाले व्यक्ति मेरे कॉलेज के दूसरे शिक्षक थे, उस समय तक मैं यू.पी.एस.सी. और अन्य परीक्षाओं के बारे में अनजान था।

मैंने अपने पहले ही प्रयास में इस परीक्षा को क्लीयर कर लिया था, इसलिए जहां तक यू.पी.एस.सी. सी.एस.ई. की बात है, तो मुझे विफलता का सामना नहीं करना पड़ा। लेकिन हां, कुछ असफलताएं थीं। मैंने मुस्कुराते हुए उन असफलताओं का सामना किया। मैं स्वयं प्रेरित था, इसलिए मेरे लिए स्वयं को सांत्वना देना और अपने कार्य पर वापस लौटना आसान था। और वैसे भी असफलता में सफलता का मार्ग छिपा होता है। यह आपको आत्मनिरीक्षण तथा आत्म-मूल्यांकन करने और अपनी कमजोरियों को दूर करने का मौका देता है।

युवाओं को मेरा संदेश है-

'यदि मेरे जैसा एक अभावग्रस्त और जीवन में सभी प्रकार की कठिनाइयों का सामना करने वाला व्यक्ति UPSC में सफलता प्राप्त कर सकता है, तो आप भी कर सकते हैं। UPSC में सफलता किसी का एकाधिकार नहीं है।'

'निरंतरता सफलता की कुंजी है'

देव चौधरी
(राजस्थान)
IAS 2016

देव चौधरी—सिविल सर्विस का सपना भारत की युवा जनसंख्या के एक बड़े तबके में होता है, वैसा ही सपना कुछ मेरा भी था। राजस्थान के पश्चिमी रेगिस्तान के पिछड़े जिले बाड़मेर के एक गाँव से प्रारंभिक स्कूली शिक्षा ग्रहण की। पिताजी अध्यापक थे और बेहतर शिक्षा के लिए गाँव से शहर आ गए तथा आगे की स्कूली शिक्षा शहर में ही हुई। 11वीं से आगे फिर से सरकारी स्कूल और फिर बाड़मेर कॉलेज से ही बी.एस-सी. किया। यूँ तो सिविल सर्विस का सपना बचपन से ही था, लेकिन उसके लिए तैयारी स्नातक पूर्ण होने के बाद ही प्रारंभ हुई। शुरुआत में काफी कठिनाइयाँ आईं; जैसे क्या पढ़ना है, क्या नहीं? लेखन में कैसे सुधार करना है? साथ-साथ अच्छा स्टडी मैटेरियल इंग्लिश में होने के कारण इंग्लिश को भी अच्छे से सीखना हिंदी माध्यम के अभ्यर्थी के सामने एक चुनौती की तरह होता है, उसको भी पार किया।

प्रथम प्रयास वर्ष 2012 में दिया और प्रीलिम्स पास कर लिया; लेकिन मेंस नहीं हुआ। अपनी गलतियों को सुधारा और 2013 में पुनः प्रयास किया। उस समय प्रीलिम्स, मेंस दोनों पास हो गए, लेकिन अंतिम रूप से चयन नहीं हुआ। 2014 में अंतिम चयन भी हो गया, लेकिन सर्विस में आई.ए.एस. का जो सपना था, वह पूरा नहीं हुआ। 2015 में चौथे प्रयास में आई.ए.एस. बनने का सपना साकार हुआ।

शुरुआती असफलताओं ने निराश भी किया, लेकिन मन में कहीं-न-कहीं एक आशा हमेशा रही कि इस बार नहीं तो अगली बार। लेकिन लक्ष्य से पहले हार नहीं माननी है। साथ ही जब और लोग चयनित हो सकते हैं तो मैं क्यों नहीं? यद्यपि मुझे अन्य नौकरी जैसे विचार नहीं आए। पर यू.पी.एस.सी. की अनिश्चितताओं को देखते हुए अन्य नौकरी रखने का विचार भी खराब नहीं है।

अब समय के साथ यू.पी.एस.सी. अपनी परीक्षा प्रणाली में निरंतर बदलाव कर रही है। ऐसे में नए अभ्यर्थी भी समय के अनुरूप अपनी रणनीति में फेर-बदल करते रहे। रटने के बजाय समझने पर ज्यादा ध्यान देना और सामयिक घटनाओं पर पूरी जानकारी रखना ही सबसे महत्त्वपूर्ण है। जहाँ तक माध्यम की बात है, हिंदी में पाठ्य सामग्री कम उपलब्ध है। लेकिन निराश होने की बजाय इन चुनौतियों से पार पाया जा सकता है। वर्ष 2014 के हिंदी माध्यम टॉपर निशान्त जैन की इस बात

से सहमत होना जरूरी है कि जीतने के लिए दूसरे की लाइन को छोटा करने की बजाय खुद की लाइन को बड़ा करना महत्त्वपूर्ण है।

अब, जब एक पड़ाव पूरा हो गया है तो भविष्य के लिए भी खुद को तैयार करना जरूरी है। जैसा कि मेरा कहना है कि इस परीक्षा को पास करना तो महत्त्वपूर्ण है, लेकिन उससे ज्यादा महत्त्वपूर्ण इसके बाद मिलने वाली चुनौतियों, समाज और देश को अपना योगदान देने के अवसर हैं। यह कोशिश हमेशा रहेगी कि मेहनत, ईमानदारी व संवेदनशीलता के साथ कार्य करते हुए देश और समाज को कुछ दे सकूँ। सभी पाठकों से भी निवेदन है कि जो भी परिवर्तन आप समाज में देखना चाहते हैं, उसकी शुरुआत खुद से ही करें। नैतिकता के साथ हमेशा सकारात्मक बने रहें और आगे बढ़ें। आपका जो लक्ष्य है, वह आपको जरूर मिलेगा।

'शिक्षा-जगत से अधिकारी तक की यात्रा'

धवल जायसवाल
(उत्तर प्रदेश)
IPS 2016

धवल जायसवाल—मैं उत्तर प्रदेश के एक छोटे से शहर सुल्तानपुर का निवासी हूँ और एक मध्यम वर्गीय पारिवारिक पृष्ठभूमि से संबद्ध हूँ। मैं छह वर्ष का था, जब मेरे पिताजी का देहांत हो गया था। उसके बाद मेरे चाचाजी ने ही समस्त पारिवारिक दायित्वों को निभाया। मेरी सफलता उन्हीं के परिश्रम का परिणाम है। मेरी प्रारंभिक शिक्षा स्थानीय विद्यालय में हुई। मैंने अपनी उच्च शिक्षा इलाहाबाद विश्वविद्यालय, जवाहरलाल नेहरू विश्वविद्यालय और दिल्ली विश्वविद्यालय से प्राप्त की। मेरे व्यक्तित्व-निर्माण में इन तीनों विश्वविद्यालयों का बहुत योगदान है। उत्तर भारत के अधिकांश युवाओं की तरह मेरा भी सपना सिविल सेवा जैसी प्रतिष्ठित सेवा में शामिल होना था और यकीन मानिए, हमारे यहाँ यह निजी सपने से बढ़कर परिवार, गाँव और शहर का सामूहिक सपना बन जाता है। बस, इसी सपने को साकार करने के लिए मैंने अपनी यात्रा प्रारंभ की। इस यात्रा में मैंने अकादमिक पठन-पाठन को कॅरियर विकल्प के रूप में विकसित किया और मैं दिल्ली विश्वविद्यालय में असिस्टेंट प्रोफेसर के रूप में कार्यरत भी था। सिविल सेवा परीक्षा में सफलता की अनिश्चितता को देखते हुए कॅरियर विकल्प होना एक सकारात्मक पहलू है। इससे आप आत्मनिर्भर होते हैं तथा परीक्षा के दौरान अनावश्यक दबाव से मुक्त रहते हैं। मुझे यह सफलता अपने चौथे प्रयास में मिली है। इसके पूर्व के प्रयासों में समय प्रबंधन मेरे लिए

बड़ी चुनौती रहा। सिविल की तैयारी और अकादमिक कॅरियर के बीच सामंजस्य स्थापित करना कठिन रहा।

सिविल सेवा परीक्षा में सफलता के दो मूल मंत्र हैं—धैर्य और निरंतर परिश्रम। वर्तमान परीक्षा प्रणाली में आप बहुत अधिक चयनात्मक दृष्टिकोण नहीं अपना सकते। पाठ्यक्रम का संपूर्ण अध्ययन ही उचित रणनीति है। प्राय: अभ्यर्थी अपनी पारिवारिक या शैक्षणिक पृष्ठभूमि को लेकर चिंतित रहते हैं। ध्यान दें, यह परीक्षा आपकी योग्यता की है, न कि आपकी पृष्ठभूमि की। किसी कवि ने सही कहा है—

ठंड से नहीं मरते शब्द,
मर जाते हैं, वे साहस की कमी से।

सिविल सेवा में चयनित होने के पश्चात् देश की संवैधानिक मान्यताओं के अनुसार अपने पद की गरिमा और कर्तव्य का निर्वहण कर सकें, यही आकांक्षा है। साथ ही शिक्षा के क्षेत्र में भी अपने अकादमिक अनुभव से रचनात्मक योगदान देने की इच्छा है। मेरी तरफ से सिविल सेवा अभ्यर्थियों और युवाओं के लिए यही संदेश है कि आत्मविश्वास बनाए रखें और अपने लक्ष्य की ओर केंद्रित रहें। कोशिश करें कि चरणबद्ध तरीके से लक्ष्य का निर्धारण करें और उसकी प्राप्ति का मूल्यांकन समय-समय पर करते रहें। हिंदी माध्यम के अभ्यर्थियों को विशेष सुझाव है कि अपने परीक्षा माध्यम को लेकर सशंकित न हों। अपने माध्यम पर भरोसा बनाए रखें। अंत में, मैं निराला की पंक्तियाँ उद्धृत करना चाहूँगा—

आराधन का दृढ़ आराधन से दो उत्तर,
तुम वरो विजय संयत प्राणों से प्राणों पर।

'हिंदी में पढ़कर बने अधिकारी'

गंगा सिंह
(राजस्थान)
IAS 2017

गंगा सिंह—मैं राजस्थान के बाड़मेर जिले का रहने वाला हूँ। मेरा बचपन गांव में बीता और हाईस्कूल तक की पढ़ाई ग्रामीण स्कूल में हुई। परिवार में सिविल सेवा में तो कोई नहीं था, लेकिन कई लोग विभिन्न सरकारी सेवाओं में थे। 2009 में जब मैंने दसवीं क्लास में स्कूल टॉप किया, तो मेरे शिक्षकों ने मुझे विज्ञान विषय चुनने के लिए प्रोत्साहित किया। मेरे अभिभावकों ने शुरुआत से ही मुझे स्वतंत्रता थी कि मैं अपनी रुचि का विषय पढ़ूँ। इंटरमीडियट में मैंने जिला स्तर पर छठा स्थान हासिल किया। इसके बाद सबने मुझे कहा कि आपको

कोटा जाकर आई.आई.टी. की तैयारी करनी चाहिए। लेकिन मैंने जयनारायण व्यास विश्वविद्यालय, जोधपुर में बी.एस.सी. में दाखिला ले लिया। इसके पीछे कारण यह था कि अपनी पृष्ठभूमि के कारण मैं सरकारी शिक्षण संस्थानों और हिंदी माध्यम के साथ ज्यादा सहज था। बी.एस.सी. के अंतिम वर्ष 2014 में मैंने सिविल सेवा परीक्षा के बारे में सोचा, क्योंकि अब तक मुझे समझ आ चुका था कि यह सेवा बेहद विस्तृत प्लेटफॉर्म पर कार्य करने का अवसर प्रदान करती है। साथ ही, मेरे जैसी पृष्ठभूमि के लोगों नथमल जी और कानाराम जी को मैंने सफल होते देखा था, तो मेरा विश्वास और सुदृढ़ हो गया।

बी.एस.सी. करने के साथ मैंने सी.डी.एस. और असिस्टेंट कमांडेंट के एग्जाम दिए एवं मुझे 2–3 बार एस.एस.बी. इंटरव्यू देने का भी मौका मिला, लेकिन उसमें सफलता नहीं मिली। ग्रेजुएशन पूरी होने के बाद मैं दिल्ली आ गया। अक्तूबर 2014 में मैंने निश्चय किया कि अगले वर्ष सिविल सेवा परीक्षा में हिस्सा लूँगा। इसी दौरान मैंने जे.एन.यू. में एम.ए. हिंदी में प्रवेश ले लिया और हिंदी साहित्य को वैकल्पिक विषय चुनकर तैयारी शुरू कर दी। पहले प्रयास में ही प्रारंभिक परीक्षा उतीर्ण होने से मेरा आत्मविश्वास काफी बढ़ गया। लेकिन पाठ्यक्रम के पूर्ण नहीं हो पाने तथा समय प्रबंधन की समस्या के कारण मैं उत्तर लेखन अभ्यास नहीं कर पाया। इस वजह से मैं मुख्य परीक्षा में महज 16 अंकों से असफल हो गया।

प्रथम प्रयास में असफलता से मैं बिल्कुल भी विचलित नहीं हुआ और मैंने अगले प्रयास के लिए कमर कस ली। जे.एन.यू. में मेरी कक्षा के साथियों के सकारात्मक सहयोग, पुस्तकालय के साथियों के मार्गदर्शन और प्रोफेसर्स की पढ़ाने की शैली ने मेरी समझ को विकसित किया, जिससे मेरी राह काफी सुगम हो गई। दूसरे प्रयास के लिए मेरी अच्छी खासी तैयारी हो गई थी। साथ ही मेरे एम.ए. हिंदी के सहपाठियों के साथ देश–दुनिया के समसामयिक मुद्दों पर स्वस्थ बहस ने मेरी जानकारी को बढ़ाया और मेरे व्यक्तित्व को भी निखारा। इसी का परिणाम था कि इस बार मुझे जबर्दस्त सफलता मिली और मैंने सिविल सेवा परीक्षा 2016 में ऑल इंडिया 33वीं रैंक प्राप्त की।

सिविल सेवा परीक्षा की तैयारी करने वाले परीक्षार्थियों को मेरी यही सलाह है कि नकारात्मकता एवं डर को अपने जेहन में स्थान ना दें। आपकी पृष्ठभूमि और परीक्षा का माध्यम आदि आपकी सफलता में बाधा नहीं हैं। यू.पी.एस.सी. में सफल होने हेतु अनवरत परिश्रम करते रहें एवं आत्मविश्वास बनाकर रखें। मुझे लगता है कि जब मैं कर सकता हूँ, तो आप भी कर सकते हैं। साथ ही, समस्त युवा साथियों

से मेरा आग्रह है कि अपनी सोच को हमेशा सकारात्मक रखें। किसी भी प्रकार के बहकावे में न आते हुए स्वतंत्र चिंतन करें और अपने क्षेत्र में उत्कृष्ट प्रदर्शन करें। राष्ट्र का सशक्तीकरण युवाओं के सशक्तीकरण से ही संभव है।

'असफलताओं से सफलता तक की राह'

गौरव सिंह सोगरवाल
(राजस्थान)
IAS 2017

गौरव सिंह सोगरवाल—भरतपुर जिले के गाँव जघीना की जमीन पर कृषि एवं ग्रामीण परिवेश में बचपन बीता। बचपन से ही पिताजी ने सिविल सेवा के प्रति आकर्षण पैदा किया। ग्रामीण पृष्ठभूमि के कारण सिविल सेवा के प्रति मेरा आकर्षण निरंतर बढ़ता रहा। आमजन की समस्याओं के समाधान एवं राष्ट्र-निर्माण के रूप में सिविल सेवा मेरे लिए एक मिशन बन गया था। मेरी पारिवारिक पृष्ठभूमि एक निम्न-मध्य ग्रामीण परिवार से जुड़ी हुई है। बचपन से ही कृषि एवं अन्य गतिविधियों में मेरा प्रत्यक्ष अनुभव रहा है। पिताजी अध्यापक थे और माताजी गृहिणी। हम तीन भाई-बहन हैं। बड़ी बहन ने जीव-विज्ञान में स्नातकोत्तर किया है और छोटा भाई एम.बी.ए. के बाद बेंगलुरु में एक बहुराष्ट्रीय कंपनी में कार्यरत है। सिविल सेवा में जाने का सपना मेरे साथ मेरे पिताजी का भी था। एक सड़क दुर्घटना में पिताजी के आकस्मिक देहावसान के बाद दुनिया काफी बदल गई। परिवार एवं आर्थिक संघर्ष के रूप में जीवन के कई सारे उतार-चढ़ावों को देखा। परंतु सिविल सेवा में जाने का सपना अब और भी ज्यादा दृढ़ हो गया। पुणे से इंजीनियरिंग करने के बाद अपनी वित्तीय बाध्यताओं को पूरा करने के लिए लगभग तीन वर्ष तक नौकरी की। वर्ष 2013 में दिल्ली आ गया।

संघर्ष के दिनों में अपनी पढ़ाई एवं पारिवारिक दायित्वों के साथ सामंजस्य स्थापित करना बड़ा दुष्कर रहा। आध्यात्मिकता ने मेरा बहुत साथ दिया। 'श्रीमद्भगवद् गीता' का नियमित पाठन एवं इस्कॉन के साथ जुड़ाव मेरे लिए मार्गदर्शक की भूमिका में सहयोगी रहे। पहले प्रयास में मेरा प्रारंभिक परीक्षा में 1 अंक से चयन रुक गया, तो वहीं दूसरे प्रयास में 1 अंक से मुख्य परीक्षा में चयनित नहीं हो पाया। इन असफलताओं ने मुझे काफी विचलित किया। परंतु अपने संघर्ष के दिनों की याद करके और आध्यात्मिकता का सहारा लेकर मैंने दृढ़ संकल्पित हो फिर से तैयारी की। इस दौरान मेरा चयन असिस्टेंट कमांडेंट के रूप में BSF में

हो चुका था, अत: रोजगार की चिंता अब ज्यादा नहीं रही। अपने तीसरे प्रयास में मैंने मुख्य परीक्षा के लिए उत्तर लेखन-शैली पर ध्यान दिया और अपनी कमजोरियों को दूर करने का प्रयास किया।

मेरी रणनीति में समाचार-पत्र एक महत्त्वपूर्ण स्थान निभाते हैं। मैंने आसपास घटने वाली घटनाओं पर बारीकी से अपनी समझ विकसित करने की कोशिश की तथा अपनी पृष्ठभूमि और अपने अनुभवों को भी अपने उत्तर में सम्मिलित किया, जिसके परिणामस्वरूप मुझे सामान्य अध्ययन मुख्य परीक्षा में बेहतर अंक मिले। निबंध के लिए समय प्रबंधन व लेखन-शैली में भी सुधार किया।

आसपास हो रही घटनाओं पर अपनी समझ विकसित करें। मुद्दे पर नवाचारी समाधान एवं प्रत्यक्ष अनुभवों को विकसित करके उत्तर में शामिल करें। महापुरुषों की जीवनियाँ एवं आध्यात्मिकता आपके व्यक्तित्व को संतुलित करने में मददगार साबित हो सकती हैं। 'निष्काम कर्मयोग' की विचारधारा को भी स्वीकार करने की कोशिश करें।

'गाँव-देहात से कदम-दर-कदम सफलता की यात्रा'

मोहम्मद मुश्ताक
(बिहार)
IPS 2016

मोहम्मद मुश्ताक—बचपन में मैंने कहीं पढ़ा था कि 'जिद करो, दुनिया बदल सकती है।' लेकिन उस समय ये मेरे लिए मात्र शब्द थे। लेकिन आज यह अहसास होता है कि ये मात्र शब्द ही नहीं हैं, बल्कि आपके जीवन को परिवर्तित करने की क्षमता रखते हैं। मेरी सफलता की कहानी काफी हद तक इसी जिद के आसपास घूमती है।

मैं एक अति साधारण ग्रामीण परिवार से हूँ। बिहार का एक ऐसा गाँव, जहाँ बिजली तक नहीं थी। मेरी स्कूली शिक्षा (मैट्रिक, इंटरमीडिएट) गाँव के ही एक सरकारी स्कूल से हुई। स्नातक मैंने पटना विश्वविद्यालय से पत्राचार के माध्यम से वर्ष 2008 में किया।

सिविल सेवा का विचार तो इंटरमीडिएट के समय ही आ गया था, लेकिन कोई मार्गदर्शन देनेवाला, तैयारी के बारे में बतानेवाला नहीं था। शुरुआती दौर में परिवार भी इस क्षेत्र की अनिश्चितता को लेकर चिंतित था। मेरे साथ पढ़नेवाले अधिकतर मित्र मैट्रिक करने के बाद भारतीय वायुसेना, आर्मी, नौसेना में चले गए।

अतः मैंने भी शुरुआत में एन.डी.ए. में जाने का निर्णय किया। लेकिन अंग्रेजी तो आती नहीं थी, इसलिए पी.टी. में ही असफल हो गया। इस तरह प्रतियोगी परीक्षाओं की शुरुआत असफलता के साथ हुई।

एन.डी.ए. में असफलता ने मेरी जिद को और भी मजबूत कर दिया। मैंने तय किया कि मुझे अब सिविल सेवा की तैयारी ही करनी है। वर्ष 2009 में 21 साल की उम्र में सिविल सेवा का पी.टी. दिया, वह भी बिना मुख्य परीक्षा की तैयारी के। प्रथम प्रयास में पी.टी. में उत्तीर्ण भी हो गया। अब तो लगने लगा कि मैं सिविल सेवक बन ही गया हूँ। किंतु यह बहुत बड़ी भूल थी। परिणाम भी तय था। मैं मुख्य परीक्षा में असफल रहा।

वर्ष 2010 में कुछ तैयारी के साथ पुनः प्रयास किया। इस बार तो मैंने मुख्य परीक्षा भी उत्तीर्ण कर ली। साक्षात्कार में भी अच्छे अंक आए, लेकिन एक बार फिर कुछ अंकों से असफलता ही हाथ लगी। अब तो बेचैनी, घबराहट व तनाव बढ़ने लगा था। कहाँ सफलता की उम्मीद लगाकर बैठा था, लेकिन इस असफलता ने मुझे तोड़कर रख दिया था।

सबसे बड़ा आघात तो वर्ष 2011 में सी-सैट के साथ PT में असफलता से लगा। अब तो चारों तरफ तनाव, निराशा, स्वयं के ऊपर विश्वास का कम होना, अकेले पार्क में बैठना और खुद से बात करना—यही मेरी दिनचर्या बन गई थी। घर वालों की तरफ से भी दबाव था कि कोई अन्य नौकरी क्यों नहीं करते।

मेरे परिवारवालों, मित्रों व गुरुजनों के निरंतर प्रोत्साहन और सहयोग से मैं इस निराशा से निकल सका। खैर, मैंने CPF की परीक्षा दी और पहले प्रयास में मेरी वर्ष 2011 की परीक्षा में 121वीं रैंक आ गई। इससे मेरा टूटा हुआ मनोबल व आत्मविश्वास वापस आ गया।

अगले साल फिर से यू.पी.एस.सी. की परीक्षा दी। इस साल तैयारी पहले से कुछ बेहतर थी। अंततः इस साल मेरा चयन आई.आर.एस. के लिए हो गया। यह आश्चर्य था। एक ऐसी सफलता, जिसका किसी को भरोसा नहीं था। लेकिन मेरी जिद, कठोर मेहनत, हार न मानने की दृढ़ इच्छा, घर वालों का निरंतर सहयोग, मित्रों का भरोसा, गुरुजनों का आशीर्वाद और अच्छे मार्गदर्शन ने अंततः मुझे सिविल सेवक बना ही दिया।

हालाँकि मैंने यहाँ भी हार नहीं मानी और निरंतर आगे बढ़ने का प्रयास करता रहा। इसी के फलस्वरूप सिविल सेवा परीक्षा 2015 में एक बार पुनः मेरा चयन आई.पी.एस. के लिए हुआ और मुझे उत्तर प्रदेश कैडर मिला।

'बिना कोचिंग 23 साल की उम्र में बनी आई.ए.एस.'

पूजा कुमारी पार्थ
(राजस्थान)
IAS 2015

पूजा कुमारी पार्थ—मुझे सिविल सेवा परीक्षा 2014 में 163वाँ स्थान मिला। मैं आई.ए.एस. सेवा के लिए चुनी गई और मुझे राजस्थान कैडर मिला। मैं अपने माता-पिता और पाँच भाई-बहनों के साथ रही हूँ। मेरे पिता मेडिकल कॉलेज में लाइब्रेरियन हैं, अत: मुझे परिवार में सदैव शैक्षिक वातावरण मिला। दसवीं कक्षा तक मैं स्थानीय (हिंदी माध्यम) विद्यालय में पढ़ी। उसके पश्चात् मेरे पिता ने मुझे डिप्लोमा इंजीनियरिंग कराने का निर्णय किया। अत: मैंने स्थानीय राजकीय पॉलिटेक्निक कॉलेज, कोटा में इलेक्ट्रॉनिक्स एंड कम्युनिकेशन शाखा में प्रवेश लिया। चूँकि अधिकतर विद्यार्थी इसमें बारहवीं के बाद प्रवेश लेते हैं, पर दसवीं के बाद प्रवेश लेकर मैंने सर्वोच्च मार्क्स के साथ डिप्लोमा उत्तीर्ण किया। इसके पश्चात् यद्यपि मुझे बी.टेक. द्वितीय वर्ष में प्रवेश मिल रहा था, परंतु कुछ पारिवारिक कारणों और सिविल सेवा परीक्षा को ध्यान में रखकर मैंने पुन: अकादमिक शिक्षा की तरफ रुख किया। चूँकि मैंने बारहवीं कक्षा नहीं पढ़ी थी, अत: मुझे ग्रेजुएशन में प्रवेश नहीं मिल सकता था; क्योंकि डिप्लोमा को बारहवीं के समकक्ष नहीं समझा जाता है। अत: इस वर्ष मैंने प्राइवेट स्टूडेंट के तौर पर राजकीय विद्यालय से बारहवीं उत्तीर्ण की।

इसके पश्चात् मैंने वर्ष 2011 में जानकी देवी बजाज राजकीय कन्या महाविद्यालय, कोटा में प्रथम वर्ष में प्रवेश लिया। मैंने प्रथम वर्ष के साथ ही पटवारी की परीक्षा भी दी थी, जिसमें मैं अनुत्तीर्ण रही; परंतु बी.ए. प्रथम वर्ष मैंने 77 प्रतिशत अंकों के साथ उत्तीर्ण किया। इसी प्रकार द्वितीय व तृतीय वर्ष भी उत्तीर्ण कर लिये। ग्रेजुएशन मैंने इतिहास, समाज-शास्त्र व दर्शन-शास्त्र विषय से उत्तीर्ण किया। मैंने बी.ए. तृतीय वर्ष में पुन: पटवारी परीक्षा दी और उत्तीर्ण किया। मुझे पटवारी के रूप में जॉइनिंग लैटर मिला, परंतु मैंने जॉइन नहीं किया।

सिविल सेवा में आने का विचार मेरे मन में विद्यालय समय से ही था। मेरे पिता का मानना था कि मुझे अपने पैरों पर खड़े होना चाहिए। वे एक पिता और मार्गदर्शक के रूप में हमेशा मेरा हौसला बढ़ाते रहे, क्योंकि मैं एक सामान्य मध्यम

वर्गीय परिवार से हूँ और पाँच भाई-बहनों में पली-बढ़ी हूँ। परंतु वे हमेशा मुझे पढ़ने के लिए प्रेरित करते रहे।

ग्रेजुएशन के पश्चात् चूँकि मैं 21 वर्ष की नहीं थी, अत: मैंने पहले एम.ए. में समाज-शास्त्र विषय के साथ प्रवेश किया। इसी के साथ वर्ष 2013 में मैंने RAS (Pre) एग्जाम दिया। उसी समय से मैंने सामान्य ज्ञान से संबंधित तैयारी शुरू कर दी थी। वर्ष 2014 में मैंने एम.ए. फाइनल में प्रवेश लिया। इसी के साथ मैंने IAS (Pre) 2014 का एग्जाम दिया। करंट अफेयर्स के लिए मैं सबसे ज्यादा न्यूजपेपर (हिंदी) पढ़ती थी। 'प्रतियोगिता दर्पण' पत्रिका मैं नियमित रूप से पढ़ती रहती थी। इसी के साथ सी-सैट के गणित संबंधी सवालों के लिए मैंने शॉर्ट ट्रिक मेथड्स का प्रयोग किया। प्रीलिम्स के तुरंत बाद मैंने अपने विषय पर फोकस किया, ताकि यदि प्रीलिम्स क्लियर न हो तो एम.ए. फाइनल के लिए समाज-शास्त्र तैयार हो सके।

अक्तूबर में प्री में चयन हो जाने के बाद मैंने चारों सामान्य ज्ञान के पेपर्स पर ध्यान दिया। इन सबके साथ पत्रिकाएँ और न्यूज पेपर्स के द्वारा नवीनतम जानकारियाँ, देश-दुनिया में होनेवाली घटनाएँ, उन पर विशेषज्ञों के लेख आदि के द्वारा राय बनाने में मदद मिली।

निबंध के लिए मैंने अलग से किसी विशेष टॉपिक पर तैयारी नहीं की; परंतु किसी भी विषय पर लेख लिखने का तरीका क्रमवार होना चाहिए, यह 'प्रतियोगिता दर्पण' के लेख से सीखा। मैंने किसी भी विषय की शुरुआत विभिन्न पहलू और अंत में निष्कर्ष लिखते हुए निबंध लिखना सीखा। दिसंबर में परीक्षा के दौरान मैंने पढ़ा हुआ ही दोहराया। मेंस परीक्षा के बाद 28 दिसंबर मैंने NET की परीक्षा भी दी।

इंटरव्यू के लिए मैंने करेंट अफेयर्स पर सबसे ज्यादा ध्यान दिया। विभिन्न मुद्दों पर क्या और कैसे राय रखी जाए, इस पर प्रैक्टिस की। यद्यपि मैंने किसी संस्थान में कोई मॉक इंटरव्यू नहीं दिया, परंतु मेरे पिता के समक्ष साक्षात्कार जैसी प्रैक्टिस की। मेरा साक्षात्कार हेमचंद गुप्ता सर के बोर्ड में था। बोर्ड ने मुझसे मेरे DAF फॉर्म, गुर्जर आंदोलन, राष्ट्रीय न्यायिक आयोग, बाल अपराधी की उम्र कम करने, सीरियल्स का समाज पर प्रभाव, 26/11 के आतंकी हमले के समय मीडिया की भूमिका एवं कश्मीर समस्या जैसे मुद्दों पर प्रश्न किया। मेरा साक्षात्कार पूर्ण रूप से हिंदी में हुआ। इस प्रकार मैंने पूरी तैयारी में बगैर किसी कोचिंग के सी.एस.ई. 2014 परीक्षा का चक्र पूरा किया।

'स्मार्ट स्टडी' बनाएगी सिविल सेवक

रजत सकलेचा
(मध्य प्रदेश)
IPS 2016

रजत सकलेचा—जिसने भी 'जब वी मेट' देखी है, वे मेरे शहर रतलाम से परिचित होंगे। हालाँकि यह एक फिल्म है और रतलाम का वर्णन तो उसमें और भी ज्यादा फिल्मी है। सच बात तो यह है कि रतलाम सेव नमकीन और सोने के शुद्ध कलात्मक आभूषणों के लिए देश भर में प्रसिद्ध है और यहीं से मैंने अपनी विद्यालयी शिक्षा पूरी की। यहीं मेरे पिताजी भारतीय स्टेट बैंक में कार्यरत हैं और घर में मम्मी, छोटा भाई एवं दादा-दादी भी हैं। छोटे शहर में जनमे लड़के भी पराए धन की तरह होते हैं और एक-न-एक दिन घर छोड़कर लगभग हमेशा के लिए ही निकल पड़ते हैं—पढ़ने के लिए, कुछ करने के लिए। मैंने भी इंदौर से सिविल इंजीनियरिंग की और बचपन से सिविल सेवा में आने के सपने को पूरा करने दिल्ली आ गया। शुरुआत वर्ष 2012 से की थी और हर बार एक कदम आगे बढ़ते हुए पहली बार प्री, दूसरी बार मेंस और तीसरी बार अंततः आई.पी.एस. में चयन हुआ।

मन में सिविल सेवा का विचार बचपन से था। कई कारण थे। सबसे बड़ा था मेरा बचपन से अखबार पढ़ने का चस्का। शहर, देश और दुनिया की हर खबर पढ़ते-पढ़ते ही सामान्य ज्ञान बढ़ता गया। रोजमर्रा की मुश्किलों से पाला पड़ा और समझ आया कि कुछ बेहतर करना है समाज के लिए, परिवार के लिए तो यह सर्वश्रेष्ठ तरीकों में से एक है।

सफलता अर्जन में सिर्फ कठिन परिश्रम ही नहीं, अनेक और उत्प्रेरक भी लगते हैं। भाग्य के अलावा परिवार एवं मित्रों का निरंतर साथ और कभी भी असफलता पर निराशा नहीं, बल्कि और भी ज्यादा जोश से तैयारी में जुट जाना कि चलो, बस, अब कुछ ही अंकों का फासला और बचा है। यह विचार ही मुझे इस मुकाम तक ले आया है। सिविल सेवा परीक्षा की तैयारी में सबसे आवश्यक है आपका अपने आसपास घटित होने वाली चीजों के बारे में ज्ञान और विश्लेषणात्मक दृष्टिकोण। इसे प्राप्त करने के लिए दैनिक अखबार, कुछ साप्ताहिक पत्रिकाएँ, विकीपीडिया, quora वेबसाइट और गूगल अत्यंत मददगार हैं। साथ ही इसी ज्ञान को बेहतर तरीके से प्रस्तुत करने के लिए Insightsonindia और IASbaba जैसी वेबसाइट्स पर आप प्रश्नोत्तर अवश्य लिखना शुरू करें। मैंने स्वयं अधिकांशतः ऑनलाइन ही

पढ़ा है, क्योंकि मुझे कोचिंग के नोट्स बोझिल लगते थे। फिर भी, मेरा मानना है कि अगर समझदारीपूर्वक कुछ नोट्स को पढ़ा जाए तो वे आपका बहुमूल्य समय बचाते ही हैं। मूल सार यह है कि एक ही विषय के लिए अनेक स्रोत न रखें और जो भी पढ़ें, उसका रिवीजन करते रहें।

आप 7-8 घंटे भी रोज तन्मयता से पढ़ेंगे तो पर्याप्त है, ऐसा मेरा मानना है। कभी-कभी मन लगाकर पढ़ने की बजाय कोशिश करें कि निरंतरता बनाए रखें। आज जब हमने बस, परीक्षा पास ही की है, तभी से चहुँओर इतना सम्मान पाया है कि उसे शब्दों में बयाँ करना मुश्किल होगा। मन में कुछ करने का जज्बा हो, जीवन के अर्थ ढूँढ़ना हो, देश के लिए कुछ करते हुए खुद के भी उत्थान का प्रयास करना हो तो उसका एक रास्ता शायद इन सेवाओं से भी गुजरता है। शायद ओशो का मोक्ष यह न हो, पर गांधी और टेरेसा का मोक्ष तो इसी रास्ते, समाज की बेहतरी का प्रयास करते हुए ही मिलता है।

उद्‍देश्य नेक हो, प्रयास में ईमानदारी हो और सही राह पकड़ी हो तो सफलता अवश्य आपके पग चूमेगी। आज जब सबकुछ इंटरनेट पर लगभग मुफ्त ही उपलब्ध है तो बस आप ही हैं, जो खुद को सफल होने से रोक सकते हैं, वरना तो पूरा संसार ही आपके हाथों में है।

'यूँ ही चला-चल राही'

राजेंद्र पैंसिया
(राजस्थान)
IAS 2015

राजेंद्र पैंसिया—भारत के मरुस्थलीय प्रदेश राजस्थान के सुदूर उत्तर में पाकिस्तानी सीमा के पास बसा एक छोटा सा कस्बा श्रीकरणपुर। इतना छोटा कि यहाँ के निवासियों के सपने भी बहुत छोटे से हैं। इन्हीं में से मैं एक हूँ। आसपास का माहौल कृषि का था तो पढ़ाई से हमेशा दूर भागते थे, जिसका प्रमाण यह है कि सेकेंडरी की वार्षिक परीक्षा के दिन हम सभी दोस्त बेर तोड़ने गए थे। इस तरह शिक्षा के प्रति जागरूकता का अभाव था। मैं जब किसी सरकारी कर्मचारी को देखता तो यह सोचता कि हे ईश्वर! मुझे भी पटवारी, ग्राम सचिव, क्लर्क, अध्यापक आदि बना दें। मैं कक्षा में हमेशा औसत दर्जे का रहा और कभी सपने में भी नहीं सोचा कि यह मुकाम मेरे लिए बना है। मैंने बी.कॉम. किया तो मैं निजी क्षेत्र में जाने का इच्छुक था। मैंने एम.कॉम. और सी.एस. के लिए एडमिशन

ले लिया था। तब मेरी मुलाकात संयोगवश बलकरण सर से हुई। उन्होंने मुझे बताया कि यदि बी.एड. कर लें तो सरकारी अध्यापक बना जा सकता है। इसलिए मैंने इन दोनों को छोड़कर बी.एड. की। इसके तुरंत बाद मैं सरकारी अध्यापक बना। उस दिन मेरी खुशी का कोई ठिकाना नहीं था। उस दिन हमारे घर और ननिहाल में दावत दी गई; क्योंकि ननिहाल-ददिहाल के कुल 15 बच्चों में सरकारी नौकरी पाने वाला मैं प्रथम बच्चा था। इस सफलता के बाद मेरे कुछ अध्यापकों ने मुझे प्रेरित किया और सफलता को नए पंख लगे। इसके बाद मैंने अध्यापक का दो वर्ष का प्रोबेशन पूरा किया और आर.ए.एस. की तैयारी के लिए जयपुर आ गया।

उस समय प्रेरक विचारों के साथ-साथ कुछ निराश व हतोत्साही व्यक्तियों ने मुझसे कहा कि यह परीक्षा बहुत कठिन है। तुम्हारी तरह जयपुर हर वर्ष सैकड़ों अभ्यर्थी तैयारी के लिए आते हैं और एक-दो वर्षों में तैयारी करके चले जाते हैं। मुझे भी इन विचारों से हताशा हुई। किंतु मुझे एक बात पता थी—'कर्मण्येवाधिकारस्ते मा फलेषु कदाचन।' मेरी इच्छा थी कि बस, एक बार आर.ए.एस. परीक्षा में पास होकर इंस्पेक्टर ही लग जाऊँ। किंतु नियति को कुछ और ही मंजूर था। मैं आर.ए.एस. के प्रथम साक्षात्कार और व्याख्याता के साक्षात्कार में असफल रहा। इस पर मेरे मित्र ने मुझसे कहा, "यदि आज तुम्हारे साथ अच्छा नहीं हो रहा तो याद रखो कि आगे बहुत अच्छा होने वाला है।" बस, यही सोचकर मैं अपनी पूर्व में रही कमियों को सुधारकर दोगुनी मेहनत के साथ जुट गया कि यदि चयन नहीं हुआ तो करनेवाले ताने मारेंगे कि 'बन गया न एस.डी.एम.'। मन में आशा थी कि मेहनत का फल अवश्य मिलेगा। इसी आशा व विश्वास का परिणाम रहा कि मैं दूसरी बार बी.डी.ओ. और तीसरी बार एस.डी.एम. बना। इस बार मुझे अटूट विश्वास हुआ कि मैं आई.ए.एस. भी बन सकता हूँ। किंतु आर.ए.एस. की ट्रेनिंग, फिर पोस्टिंग और आई.ए.एस. की परीक्षा में लगातार चार असफलताओं के बाद मेरे मन में यह धारणा प्रबल हुई कि मेरा लक्ष्य अब पूरा नहीं होगा और मैं आर.ए.एस. ही रहूँगा।

इसी दौरान घनश्याम मीणा और अनिता यादव (अब दोनों हमसफर हैं और आई.ए.एस. भी) का साथ मुझे मिला तो सपने फिर मचलने लगे। मैं और घनश्याम दोनों ऑफिस के बाद शाम को 6 बजे से लेकर रात्रि 12 बजे तक नियमित तैयारी करते और सोचते कि भगवान् हमारा चयन भारतीय राजस्व सेवा तक तो करवा देना। दोनों के सहयोग और परस्पर तैयारी का प्रभाव इतना अधिक हुआ कि दोनों एक साथ आई.ए.एस. बने, जो असंभव-सा था। इसके बाद मेरी एक दशक की अथक-अनवरत मेहनत सफल हुई। इस तरह मेरी सफलता की यात्रा में उतार-चढ़ाव

की पगडंडी बहुत लंबी और संघर्ष भरी रही। लेकिन अंत भला तो सब भला। आज मैं गर्व के साथ कह सकता हूँ कि मैं भी 'भारतीय प्रशासनिक सेवा' का सदस्य हूँ। कभी हार न मानकर अर्जुन की तरह केवल मछली की आँख को ही लक्ष्य मानकर यदि धैर्य, विश्वास और कठोर मेहनत के साथ तैयारी करें तो सफलता निश्चित ही नहीं, सुनिश्चित है। इसके लिए मैं कहना चाहूँगा कि 'मैंने अपनी तैयारी के लिए उन पलों को खो दिया, जिनके लिए लोग जिया करते हैं।'

'हिन्दी-अंग्रेजी दोनों भाषाओं पर हो अधिकार'

शशांक त्रिपाठी
(उत्तर प्रदेश)
IAS 2016

शशांक त्रिपाठी—मैं बचपन से ही कानपुर में पला-बढ़ा। जुगल देवी सरस्वती विद्या मंदिर से बारहवीं तक की शिक्षा ग्रहण की। पिताजी श्री श्रीनारायण त्रिपाठी जुगल देवी विद्यालय में ही कार्यालय अधीक्षक के पद पर कार्यरत हैं। माता सुमन त्रिपाठी गृहिणी हैं। माता-पिता का दृढ़ संकल्प था कि सभी प्रकार की परेशानियाँ झेलकर भी बच्चों को बिना किसी रुकावट के अध्ययन करने देना है। विद्यालय से आगे की पढ़ाई आई.आई.टी., कानपुर में केमिकल इंजीनियरिंग से हुई।

मेरा संघर्ष एक हिंदी माध्यम के छात्र का संघर्ष है। विद्यालय स्तर पर पूरी शिक्षा हिंदी में और आई.आई.टी. में सबकुछ अंग्रेजी में। मुझे इस बात का अंदाजा दसवीं कक्षा में लग गया था कि हिंदी अपनी ताकत है, परंतु अगर अंग्रेजी में कमजोर रह गए तो समस्या होगी। उसी समय से अंग्रेजी पर भी ध्यान देना शुरू किया। यह कहानी यू.पी.एस.सी. में भी जारी रही, जहाँ संस्कृत की परीक्षा अंग्रेजी माध्यम में लिखी। पूर्व छात्र संपर्क कार्यक्रम और प्लेसमेंट सेल में काम करके विभिन्न नौकरियों के बारे में पता चला। तब निर्णय लिया कि सिविल सेवा में जाना है। कॉलेज में अंतिम वर्ष में मैं यह तय कर चुका था कि सिविल सेवा की तैयारी करनी है। इसलिए प्लेसमेंट में न बैठकर तैयारी पर ध्यान दिया।

प्रथम प्रयास वर्ष 2014 में दिया। 272वें स्थान के साथ आई.आर.एस. (आयकर) मिला। वर्ष 2015 में द्वितीय प्रयास में 5वीं रैंक प्राप्त हुई। आई.ए.एस. में उत्तर प्रदेश कैडर का आवंटन हुआ।

प्रेरणा बनाए रखना मेरे लिए सबसे जरूरी था। सही प्रेरणा होने से हार्ड वर्क और स्मार्ट वर्क दोनों के लिए ही मजबूती मिली। मैंने जहाँ वैकल्पिक विषय में गहराई तक अध्ययन किया, वहीं सामान्य अध्ययन के लिए मूलभूत पुस्तकों से सामान्य स्तर पर तैयारी की। करेंट अफेयर्स बहुत अच्छे से तैयार किया। टेस्ट सीरीज और पिछले वर्षों के प्रश्न-पत्र हल करना बहुत आवश्यक है। निबंध के लिए भी अभ्यास किया था। वैकल्पिक विषय में संस्कृत साहित्य लेना एक महत्त्वपूर्ण फैसला रहा।

हिंदी माध्यम के छात्र हीन भावना से कदापि ग्रसित न हों। हिंदी हमारी ताकत है, कमजोरी नहीं; परंतु इस ताकत को बनाए रखने में अंग्रेजी का ज्ञान हमें मदद करेगा। अत: ताकत बनाए रखते हुए जो कमजोरियाँ हैं, उन्हें पहचानें और दूर करने की कोशिश करें। सफलता अवश्य कदम चूमेगी। अब सफलता के बाद भविष्य में कार्यक्षम एवं ईमानदार ऑफिसर बनने की मेरी प्रबल इच्छा है। वरिष्ठ अधिकारियों के मार्गदर्शन में अपने कार्य को अच्छी तरह से करने का पूरा प्रयत्न करूँगा।

'जिंदादिली और जज्बे से निकली सफलता की राह'

सुकीर्ति माधव
(बिहार)
IPS 2015

सुकीर्ति माधव—हाफ पैंट और मटमैला बुशर्ट पहन धूल उड़ाते हुए मवेशियों को चरते जाते देखना या सबके साथ बस खेलते रहना। कभी पुरानी किताबों के ढेर से कोई कहानी की किताब ढूंढ निकालना और धूल साफ कर एक बार में पढ़ जाना। कभी कटी पतंग के पीछे भागना, कभी गौरैया का पीछा करना। मछली पकड़ना, बेर तोड़ना, कलेवा लेके खेत पे बाबा के पास जाना और मौका मिलते ही खेत के ट्यूबवेल पे नहाना। झोला लेके स्कूल जाना, बोरे पे बैठना और अंतिम घंटी बजने का इंतज़ार करना। गरमी में खुले आसमान के नीचे तारे गिन सोना, बारिश में भीगना और खेलना, ठंड में पुआल की गर्मी में बिस्तर बना लेना- और उनींदी रातों में बड़े-बड़े सपने देखना। कुछ ऐसा सुनहरा था मेरा बचपन।

देखते-देखते बचपन बीत गया और स्नातक और फिर MBA भी हो गया। 2010 में MBA पूरा करते ही कोल इंडिया लिमिटेड में नौकरी लग गई। 2010 एक और वजह से यादगार साल रहा। इसी साल मेरे पिताजी की नौकरी भी माननीय सुप्रीम

कोर्ट के आदेश से बहाल हुई, 22 सालों की लंबी कानूनी लड़ाई के बाद। बहरहाल इस 22 साल के संघर्ष ने काफी कुछ सिखाया-बताया। माता-पिता ने खेती किसानी की, अभाव देखे, मुश्किल वक़्त बिताया, लेकिन हमें हमेशा बड़े सपने देखने को प्रेरित किया।

मैं बिहार के एक जिले जमुई के एक गांव मलयपुर से हूँ। बिहारी होने के नाते सिविल सर्विस के बारे में बहुत सुन रखा था। मेरे पिताजी हमेशा से ये चाहते थे कि मैं UPSC दूं और लोक सेवा के क्षेत्र में आऊं, हालांकि मैं अपने आप को औसत छात्र मानते हुए इस परिचर्चा से दूर रखने की कोशिश करता था।

MBA के बाद एक महारत्न लोक उद्यम, कोल इंडिया लिमिटेड में नौकरी मिल गई थी। एक अच्छी नौकरी, शायद जितना मैंने सोचा था या जितना मैं अपने को योग्य मानता था, उस से बेहतर। मैं खुश था और इसी तरह दिन, महीने और कुछ साल बीत गए। लेकिन कहीं कुछ तो ऐसा था, जो चुभ रहा था। कई सवाल मन मे उमड़-घुमड़ रहे थे। क्या मुझे कहीं और होना चाहिए? क्या मैं कहीं और बेहतर कर सकता हूँ? क्या मैं ज़िन्दगी को और सार्थकता दे सकता हूँ? क्या मुझे सपने देखने चाहिए? क्या मुझे उन सपनों का पीछा करना चाहिए, जो मेरे पिताजी ने मेरे लिए देखे? और इस तरह मेरा मन आकुल और अधीर होने लगा।

लेकिन कैसे? UPSC? जहाँ सबसे तेज़, सबसे प्रतिभाशाली लोग प्रतिभाग करते हैं। आर्थिक बाध्यता की वजह से न तो नौकरी छोड़ना संभव था और न नौकरी के साथ कोलकाता में कोचिंग करना। क्या मैं ये कर पाऊंगा-पता नहीं। लेकिन क्या ऐसे ही छोड़ दूं। कम-से-कम ईमानदारी से भरा एक प्रयास तो कर लूं। कभी ये पछतावा तो नहीं रहेगा कि काश एक बार कोशिश कर ली होती। और इस उहापोह और उधेड़बुन के रास्ते से निकलकर मेरी यात्रा शुरू हुई, UPSC की ओर, जी-जान से, जोशो-खरोश से। नौकरी के साथ तैयारी शुरू कर दी और हर एक गुजरते दिन के साथ निश्चय और दृढ़, और मजबूत होता गया। कुछ परेशानियां आईं, लेकिन इससे प्रेरणा और बढ़ती गई।

प्रथम प्रयास में IRS में चयन हो गया और फिर अगली बार IPS में। मैंने सपना देखा, खुद पे भरोसा किया, मेहनत की और घरवालों के अटूट संबल और सबके आशीर्वाद से मेरी यात्रा एक सुखद पड़ाव पर आके रुकी-लोक सेवा, देश सेवा के पड़ाव पे।

दोस्तो! बड़े सपने देखें, खुद पर भरोसा व आत्मविश्वास रखें, मेहनत करें, आप निश्चित रूप से सफल होंगे।

"देखें जो सपने पीछा कर,
हदों को अपनी खींचा कर,
बीती ताहि बिसार के,
नये सपनों की बात तो कर,
मंज़िल तो मिल ही जाएगी,
एक कदम बढ़ा, शुरुआत तो कर।"

'विवाह के बाद पाई सफलता'

स्वाति कुमारी सुजाता
(बिहार)
IRS 2015

स्वाति कुमारी सुजाता—सफलता एक मंजिल नहीं वरन् सतत परिवर्तनशील एवं गतिमान जीवन के बदलते मायनों से सजी वह राह है, जिसके पथिक बनने की चाह प्राणिमात्र में होती है। यूँ तो मैं स्वयं नहीं जानती कि इस पथ में मैंने कितनी दूर तक का सफर तय किया है, परंतु सिविल सेवा में चयन से यह एहसास निश्चित रूप से हुआ कि कम-से-कम मैंने इस राह में कदम बढ़ाने की एक ईमानदार कोशिश जरूर की है।

मैं मूलत: बिहार के पटना की निवासी हूँ। मेरे पिताजी इंजीनियर हैं। माँ, पिताजी एवं भैया द्वारा बचपन से मिल रहे सुझाव एवं सहयोग ने मुझे सिविल सेवा के लिए प्रेरित किया। धीरे-धीरे मैंने सिविल सेवा के महत्त्व एवं समाज के विकास में इसकी महती भूमिका को समझा और इंजीनियरिंग अंतिम वर्ष तक आते-आते निर्णय ले चुकी थी कि मुझे आगे क्या करना है। मेरा इंजीनियरिंग के क्षेत्र में ही आई.टी. मैनेजर के रूप में चयन हो गया था; परंतु मैंने उसे ज्वॉइन नहीं किया और यू.पी.एस.सी. सिविल सेवा की तैयारी प्रारंभ कर दी।

उसी वर्ष 2011 में मेरी शादी हो गई। मेरे पति बिहार प्रशासनिक सेवा में कार्यरत हैं। विवाह के उपरांत पारिवारिक जिम्मेदारियों एवं व्यक्तिगत आकांक्षाओं के मध्य संतुलन एवं सामंजस्य बनाते हुए मैंने अपनी तैयारी जारी रखी। मेरे पति एवं पूरी ससुराल ने भी मेरे निर्णय में मेरा साथ दिया और मुझे प्रोत्साहित करते रहे। परिवार से मिले इसी स्नेह एवं सहयोग का परिणाम था कि यू.पी.एस.सी. के शुरुआती दो प्रयासों में प्रारंभिक परीक्षा में मिली असफलताओं से भी मैं हतोत्साहित नहीं हुई। आत्मविश्वास की प्राप्ति के लिए मैंने दूसरी प्रतियोगिता परीक्षाओं में भी

प्रयास किया। मेरा चयन बैंक ऑफ इंडिया में सहायक मैनेजर तथा फूड कॉर्पोरेशन ऑफ इंडिया में मैनेजमेंट ट्रेनी के रूप में भी हुआ। इस नौकरी में आने के बाद भी मैंने सिविल सेवा परीक्षा की तैयारी के लिए प्रयास जारी रखा। मेरा वैकल्पिक विषय हिंदी साहित्य था और मेरा माध्यम भी हिंदी था। हालाँकि हिंदी माध्यम में यू.पी.एस.सी. प्रतियोगिता हेतु पठनीय सामग्री अपेक्षाकृत कम उपलब्ध है; परंतु दिल्ली में कोचिंग संस्थानों तथा शिक्षकों से मिले उचित मार्गदर्शन एवं तदनुसार समय प्रबंधन के साथ स्वाध्याय ने इस समस्या को सुलझाने मे काफी मदद की। मेरे लिए हर विषय नया था। इसलिए मैंने अपनी रणनीति में बार-बार उत्तर लेखन अभ्यास को प्राथमिकता दी। सिविल सेवा परीक्षा की तैयारी ने मुझे एक नई मानवीय दृष्टि प्रदान की, जिसके कारण मैं समाज में घट रही घटनाओं का किसी पारंपरिक, पूर्वाग्रही एवं पक्षपाती चश्मे के बिना स्वस्थ नजरिए से विश्लेषण कर पाने में सक्षम हो पाई।

वर्ष 2015 में आए यू.पी.एस.सी. के परिणाम में मुझे 796वीं रैंक के साथ आई.आर.एस. प्राप्त हुआ। इस परिणाम ने मुझे मेरी क्षमताओं से परिचित कराया। मेरा विश्वास है कि हम सभी क्षमतावान् हैं। आवश्यकता है तो एक ईमानदार प्रयास द्वारा उस क्षमता को उचित अवसर प्रदान करने की। यू.पी.एस.सी. की यह सफलता मुझे मेरे रैंक द्वारा दी गई पहचान मात्र नहीं, बल्कि इससे कहीं ऊपर—राष्ट्र-हित में निहित उन उत्तरदायित्वों में है, जिन्हें मानवता की सेवा के मूल्यों में जीकर ही पाया जा सकता है। आत्मावलोकन की यह शक्ति सिविल सेवा से मुझे मिला सर्वश्रेष्ठ उपहार है।

'आदिवासी अंचल से बने आई.ए.एस. अधिकारी'

सुरेश कुमार जगत
(छत्तीसगढ़)
IAS 2018

सुरेश कुमार जगत—मैं परसदा गांव, जिला कोरबा, छत्तीसगढ़ का रहने वाला हूँ। यह एक अति पिछड़ा ट्राइबल गांव है, जो मैकाल श्रेणी पर बसा है। मैं शुरू से ही मेधावी छात्र रहा हूँ। और शायद यही वजह थी कि मैं गांव से बाहर निकल पाया और एक बड़ा सपना देख पाया। हाई स्कूल तक की मेरी पढ़ाई काफी मुश्किलों भरी रही। कुछ कक्षाओं में एक भी शिक्षक नहीं थे। मेरी पढ़ाई गांव के जनभागीदारी स्कूल से हुई। जैसा कि नाम से ही पता चलता है कि यह स्कूल गांव की जनता के सहयोग से चलाया जाता था, जिसमें शिक्षकों की भारी कमी थी।

जैसे-तैसे मैंने अपने सहपाठियों के साथ हाई स्कूल की पढ़ाई पूरी की। यहाँ भी मैंने अच्छे प्रतिशत 90% से परीक्षा पास की। अगली चुनौती थी आगे की पढ़ाई कहाँ से और कैसे की जाए। मेरे भाइयों ने इसमें काफी मदद की और बिलासपुर के भारत माता हिंदी माध्यम स्कूल में मेरा दाखिला हुआ। वहाँ भी काफी कठिनाइयों का सामना करते हुए पढ़ाई करनी पड़ी। 12वीं में मुझे राज्य में 5वां स्थान मिला। यही वो क्षण था, जब मुझे आगे कुछ कर गुजरने का आत्मविश्वास मिला।

मैंने हमेशा से यही समझा था कि ग्रामीण परिवेश के विद्यार्थियों में विश्वास की कमी का सबसे बड़ा कारण होता है अंग्रेजी और गणित के विषय। इसलिए मैंने इन दोनों विषयों पर खास ध्यान दिया। AIEEE पास करके NIT रायपुर में दाखिला मिला और वहाँ भी अपनी मेहनत से 81% के साथ मैकेनिकल डिग्री हासिल की। वहाँ सबसे बड़ा चैलेंज अंग्रेजी का था। मैं एक किसान परिवार से रिश्ता रखता हूँ, तो स्वाभाविक सी बात थी कि मेरा पहला लक्ष्य किसी नौकरी को पाकर आर्थिक रूप से सक्षम होना था। कैंपस से मेरा सेलेक्शन ONGC में हुआ और GATE एग्जाम से NTPC में हुआ और मैंने NTPC जॉइन किया। इस वक्त तक मैं सिविल सेवा परीक्षा के लिए तैयार नहीं था, हालांकि अंदर से एक आवाज जरूर आ रही थी। NTPC में 3 साल काम करके मैंने निर्णय लिया कि अब सिविल सेवा की परीक्षा देनी चाहिए।

भारतीय इंजीनियरिंग सेवा की परीक्षा पास करके केंद्रीय जल आयोग भुवनेश्वर में मेरी पोस्गिं हुई। और इस तरह मेरा दिल्ली जाकर तैयारी करने का सपना अधूरा रह गया। नौकरी करते-करते 2 प्रयास हिंदी माध्यम से देने के बाद मेरे मन में ख्याल आया कि मुझे अंग्रेजी माध्यम से परीक्षा देनी चाहिए और इसके 2 कारण थे, पहला कि मुझे इंटरनेट का सहारा लेना था दिल्ली से दूर रहने की वजह से और दूसरा अंग्रेजी से पढ़ाई को मैं एक चुनौती की तरह लेता था और जब तक चैलेंज नहीं रहेगा, तब तक रास्ते का मजा नहीं है। भूगोल विषय से मैंने हिंदी में तैयारी शुरू की थी और अंग्रेजी में भी भूगोल विषय जारी रखा। 2016 की परीक्षा में मुझे सफलता मिली और मुझे IRTS मिला, लेकिन आईएएस की चाह में चौथे प्रयास में मुझे आईएएस मिला। ये सारे प्रयास मैंने पूर्णकालिक नौकरी करते हुए किया और किसी भी चरण में कोचिंग का सहारा नहीं लिया। तैयारी के दौरान निम्नलिखित समस्याएं आयी-

1. हिंदी माध्यम से अंग्रेजी माध्यम में चले जाने से।
2. भूगोल विषय की व्यापकता।
3. बिना कोचिंग और मार्गदर्शन से बहुत सारे निर्णय गलत साबित हुए।
4. पूर्णकालिक नौकरी के कारण समय योजना और कार्यालयीन कामकाज में सामंजस्य बनाने की चुनौती।

5. समयाभाव के कारण नोट्स नहीं बनाने की वजह से रिवीजन नहीं कर पाने की दिक्कत।
6. भुवनेश्वर में अकेले रहने से समय-समय पर आत्मविश्वास खोने का डर।

शुरू से ही गांव में रहने के कारण गांव की समस्याओं से अवगत था। आईएएस अफसर जो हमारे गाँव में आते थे, उन्हें देखकर मन में कुछ हलचल सी उठती थी। घर की आर्थिक और सामाजिक स्थिति ठीक नहीं होना भी एक कारण था। दादाजी मेरे प्रेरणा स्रोत रहे हैं, उनकी मेहनत और कोर्ट-कचहरी के चक्कर ने मुझे इस दिशा में प्रयास करने के लिए विवश कर दिया।

पहली गलती मेरी ये रही कि मैंने हिंदी माध्यम से तैयारी की पूरी कोशिश नहीं की। अगर हिंदी साहित्य विषय से परीक्षा देता तो सफलता पहले ही मिल गयी होती। नोट्स नहीं बनाना दूसरी गलती थी, जिसके परिणाम स्वरूप रिवीजन में दिक्कत आयी। शुरू के प्रयास अति आत्मविश्वास से दिया, जिससे असफलता मिली। दिल्ली जाकर कुछ मार्गदर्शन लेना चाहिए था मुझे। निबंध और Ethics पेपर में बिना अभ्यास के प्रयास करना भी एक गलती थी। लिखित अभ्यास नहीं करना भी एक भूल थी।

समस्याओं से घिरकर जब मंजिल हासिल होती है, तो उसका मजा ही कुछ और होता है। परेशानियों से घिरा एक व्यक्ति जितना मजबूत होता है, उतना कोई और नहीं हो सकता, तैयारी के दौरान ये बात ध्यान में रहनी चाहिए।

'कांस्टेबल से आई.पी.एस. तक का सफर'

विजय सिंह गुर्जर
(राजस्थान)
IPS 2018

विजय सिंह गुर्जर—मैं राजस्थान के झुंझुनूं जिले के देवीपुरा गाँव का निवासी हूँ। पिताजी श्री लक्ष्मण सिंह किसान है एवं माताजी श्रीमता चन्दा देवी गृहिणी है। 5 भाई-बहनों में मैं तीसरा हूँ। आरम्भिक शिक्षा गाँव में ही हुई है। पढ़ाई में मैं शुरू से ही औसत था, 11वीं कक्षा में पिताजी ने संस्कृत स्कूल में दाखिला दिलवाया, क्योंकि संस्कृत पढ़ने के बाद अध्यापक बनना आसान होता था और पापा चाहते थे कि मैं शिक्षक बनकर परिवार का सहारा बनूं। संस्कृत कॉलेज से शात्री (बी.ए ऑनर्स) करने के बाद मैं सरकारी नौकरी के लिए तैयारी करने लगा।

लेकिन राजस्थान में शिक्षक की भर्ती, सेना की भर्ती, राजस्थान पुलिस कांस्टेबल की भर्ती में मैं असफल रहा, तभी 2009 में दिल्ली पुलिस कांस्टेबल की भर्ती निकली। मेरा एक दोस्त पहले से दिल्ली पुलिस में सिपाही था, उसने मुझे दिल्ली आकर कोचिंग जॉइन करने की सलाह दी। दिल्ली पुलिस में कांस्टेबल के पोस्ट पर मेरा चयन हो गया। जिस दिन मेरा कांस्टेबल का परिणाम आया था, मैंने अपने पिताजी को अपनी जिंदगी में सबसे ज्यादा खुश देखा।

सभी मध्यमवर्गीय बच्चे की तरह मेरे भी मन में आया कि काश मैं भी आईएएस या आईपीएस होता। थोड़े दिन बाद मेरा सब-इंस्पेक्टर का परिणाम आया, जिसमें मैं पास हो गया था। इस परिणाम ने मुझमें आत्मविश्वास बढ़ाया और मैंने निश्चय किया कि मैं भी सिविल सेवा की तैयारी करूँगा।

मैंने एस.एस.सी. सी.जी.एल. का पेपर दिया। ट्रेनिंग से पासआउट होने के बाद एक साल के लिए मुझे दिल्ली के संगम विहार पुलिस स्टेशन में पोस्टिंग मिली। वहां हर सब-इंस्पेक्टर दिन में 15-16 घंटे काम करता था, थाने में आकर पढ़ाई से नाता टूट सा गया। 10-11 महीने के बाद मेरा एस.एस.सी. का परिणाम आया और मुझे केंद्रीय उत्पाद एवं सीमा शुल्क, केरल मिला था। मैंने 2 महीने में दिल्ली पुलिस से त्यागपत्र दे दिया और केरल में कार्य ग्रहण किया। केरल आने के बाद थोड़ा ज्यादा समय पढ़ाई को देने लगा, लेकिन हिंदी माध्यम की पाठ्यसामग्री के लिए दिल्ली जाना पड़ता था, साथ ही अकेले तैयारी करने के कारण मैं हतोत्साहित हो जाता था। मैंने दुबारा एस.एस.सी. की परीक्षा दी, इस बार मेरी अच्छी रैंक होने के कारण मुझे दिल्ली में आयकर निरीक्षक मिला। फरवरी 2014 में मैंने दिल्ली जॉइन किया।

दिल्ली आने के बाद मैंने कुछ कोचिंग में क्लासेज ली, लेकिन उनके पढ़ाने के तरीके मुझे पसंद नहीं आये तो मैंने स्व-अध्ययन का ही निर्णय लिया। 2013, 2014 और 2015 के तीन प्रयासों में मैं प्रारम्भिक परीक्षा भी नहीं उत्तीर्ण कर पाया था। मेरा खुद से विश्वास उठने लगा था, सारी ऊर्जा लगाने के बाद भी कुछ परिणाम नहीं निकल रहा था। इसी बीच घर वाले शादी के लिए दबाव बनाने लगे, क्योंकि मेरी सगाई 2012 में ही हो गयी थी तो 2015 में मेरी शादी हो गयी। शादी के बाद मेरी पत्नी और मेरे एक मित्र ने मुझे 2016 के प्रयास के लिए न केवल प्रोत्साहित किया, बल्कि हमेशा मेरा हौंसला भी बढ़ाया, मेरी कमियां दूर करने में मेरी मदद की। 2016 में मुझे साक्षात्कार के लिए बुलाया गया। फिर वही हुआ, अन्तिम परिणाम में मैं 8 नम्बर से बाहर हो गया। 31 मई को परिणाम आया था, मैंने तय कर लिया था कि अब और नहीं। 2 दिन तक यही सोचता रहा कि

किताबें कबाड़ी को बेच देता हूँ। एक दोपहर अपने घर के बालकनी में कबाड़ी का इन्तजार कर रहा था, कि पीछे से पत्नी सुनीता आयी और बोली, "इतने दिन स्टडी की है, बस 4 महीने की बात है, एक बार और कोशिश करो"। उसके इस विश्वास ने मेरा दिमाग बदला और मैंने पूरी मेहनत से एक बार फिर परीक्षा में बैठने का फैसला लिया। इस बार मैंने अपने पिछले प्रयास की कमियों को दूर किया और आखिरकार 574 रैंक के साथ चयनित हुआ। मेरे आसपास के 15 गांवों में मेरा आजतक का पहला चयन था। जब मैं घर गया तो करीब 2-3 हजार लोग मेरे स्वागत के लिए खड़े थे। पूरे गांव ने साथ रहकर मेरी सफलता का जश्न मनाया।

मैंने हमेशा अपने चयन को सफलता न मानकर बस एक अवसर माना है, जो मुझे उन लोगों के दुख दूर करने में सक्षम बनाएगा, जिनकी परेशानियों को मैंने नजदीक से जाना है। अंत में इतना ही कहूंगा...

जिंदगी की असली उड़ान अभी बाकी है,
जिंदगी का असली इम्तिहान अभी बाकी है।
अभी तो नापी है मुट्ठी भर जमीन हमने,
अभी तो सारा आसमान बाकी है।

□

17

मेरी सफलता की कहानी : 'तुझे चलते जाना है'

"जब आप कोई चीज शिद्दत से पाना चाहते हैं और समय-समय पर मिलनेवाले संकेतों को फॉलो करते हुए आगे बढ़ते जाते हैं तो पूरी कायनात आपकी मदद करने में जुट जाती है।" मुझे लगता है पाओलो कोएलो की मशहूर किताब 'अलकेमिस्ट' का यह संदेश मेरी संघर्ष यात्रा और सफलता की अनकही कहानी पर बखूबी फिट बैठता है।

उत्तर प्रदेश के मेरठ के पुराने शहरी इलाके के एक मोहल्ले से निकलकर धीरे-धीरे सीढ़ी-दर-सीढ़ी आगे बढ़ते-बढ़ते आज मैं किशोरावस्था में देखा अपना सपना सच कर पाया; पर कभी-कभी लगता है कि यह भी एक सपना-सा ही है। कल ही की तो बात है, जब मेरठ से दिल्ली आया था पढ़ाई पूरी करने और U.P.S.C. की तैयारी करने, छोटे शहर की खाली बोर दुपहरी में झोला उठा निकल पड़ा अपने सपनों को पंख लगाने बड़े शहर की ओर। कल ही की तो बात है जब मैं अकसर यूँ ही मेरठ या मुखर्जी नगर, दिल्ली के बुक स्टॉलों पर 'नई किताब या विशेषांक' देखता या हैरान-परेशान युवाओं के चेहरों को पढ़ता सा रहता था।

खैर, अपने बारे में कभी कुछ कहा-लिखा नहीं। अभी भी एक अजीब सा संकोच है। पर बहुत उधेड़बुन के बाद बड़ी मुश्किल से कुछ लिखने की हिम्मत कर रहा हूँ। कोशिश करूँगा कि आपसे साझा करूँ अपने मन के नाजुक से कोने में छुपे हल्के-भारी बोझ, पीड़ाएँ, आकांक्षाएँ, खुशियाँ और मुसकानें।

पुराने शहर के एक मोहल्ले के एक साधारण परिवार में जनमा। दादाजी कचहरी में पेशकार की नौकरी करते थे। हद दर्जे के ईमानदार आदमी। सुबह खाना लेकर घर से कचहरी पैदल जाते और आते। हिंदी-अंग्रेजी-उर्दू तीनों भाषाओं पर अच्छा अधिकार था उनका। दादी ज्यादा पढ़ी-लिखी तो नहीं थीं, पर पढ़ाई और ज्ञान की कीमत बखूबी समझती थीं। मेरे पिताजी चार भाइयों में दूसरे नंबर पर थे। एक प्राइवेट नौकरी करते और जो मिलता, उसी में संतुष्ट रहना उनकी फितरत थी। माँ को भी कम खर्च में घर चलाना बखूबी आता था। हम तीन भाई-बहनों में मैं मझला हूँ। मझला बच्चा एक तरह से सबसे उपेक्षित होता है। स्वाभाविक तौर पर नाते-रिश्तेदारों का ध्यान भी सबसे बड़े और सबसे छोटे बच्चे पर ज्यादा रहता है। कुल मिलाकर एक साधारण से मध्यम वर्गीय परिवार में पला-बढ़ा। पापा हाई स्कूल तक जैसे-तैसे पढ़े थे पर माँ अपने जमाने की ग्रेजुएट थीं। लिहाजा घर में पढ़ाई-लिखाई पर काफी जोर था।

उन दिनों की बात है जब मैं आठवीं या नौवीं कक्षा में पढ़ता था। हम राशन की सरकारी पी.डी.एस. दुकान पर सामान लेने जाते थे। दुकानदार ज्यादातर गायब रहता था। गोल-मोल के किस्से भी सुनते थे हम उसके। मैं पीले राशन कार्ड को पढ़ता था तो नीचे लिखा होता था—'खाद्य और रसद अधिकारी'। मैं सोचता कि यदि अधिकारी बनकर अनियमितताओं और विसंगतियों को दूर किया जा सकता है तो मुझे भी अधिकारी बनना है। घर पर बताया भी। बात आई-गई हो गई।

उधर मेरठ में एक जिलाधिकारी रहे श्री अवनीश अवस्थी। मुझे अखबार पढ़ने का शौक तब भी था। रोज अखबार में पढ़ता कि आज उन्होंने क्या-क्या अच्छे काम किए। मेरा किशोर मन उनकी पहलों, सुधारों और काम-काज से काफी प्रभावित था। अब मेरे मन में यह बात घर करने लगी थी कि मुझे भी कलेक्टर बनना है। भैया ने बताया कि इसके लिए आई.ए.एस. की परीक्षा पास करनी होगी, जो बहुत मुश्किल होती है। किस्मत से पढ़ने-लिखने में मैं अच्छा था और सह-शैक्षिक गतिविधियों जैसे डिबेट-निबंध-क्विज-काव्यपाठ आदि का शौक भी जबरदस्त था। भैया ने कहा कि अगर मन है, तो कोशिश करने में कोई बुराई नहीं। उनको लगता था कि मेरे जैसे छात्रों को आई.ए.एस. के लिए जरूर प्रयास करना चाहिए।

खैर, कॉमर्स स्ट्रीम से बारहवीं कक्षा उत्तीर्ण की हिंदी माध्यम के एक सरकारी इंटर कॉलेज से। सौभाग्य से जिले में सबसे ज्यादा अंक भी हासिल किए। हालाँकि मुझे साइंस और कॉमर्स भी अच्छे लगते थे, पर शुरू से ही मुझमें ह्यूमैनिटीज के विषयों जैसे सामाजिक विज्ञानों और भाषा-साहित्य को लेकर एक प्राकृतिक रुझान सा था। 11वीं-12वीं कक्षा तक यह बात मुझे समझ आने लगी थी। उधर चूँकि आई.ए.एस. की तैयारी का सपना भी जोर मार रहा था और हिंदी पट्टी क्षेत्र में उन दिनों यह धारणा भी थी कि आर्ट्स स्ट्रीम के छात्र U.P.S.C. में बेहतर प्रदर्शन करते हैं। जहाँ मेरे सारे दोस्त सी.ए. (चार्टर्ड एकाउंटेंट) का फॉर्म भर रहे थे, वहाँ मैंने तथा मेरे दो और दोस्तों ने निर्णय लिया कि हम मेरठ कॉलेज से बी.ए. करेंगे। दिल्ली या इलाहाबाद यूनिवर्सिटी जाने के बारे में इसलिए नहीं सोच पाए, क्योंकि वहाँ बाहर रहकर पढ़ने के खर्चे काफी ज्यादा होंगे।

इस तरह इतिहास, राजनीति विज्ञान और अंग्रेजी साहित्य विषयों के साथ ग्रेजुएशन किया और हिंदी साहित्य में पोस्ट ग्रेजुएशन। मेरठ कॉलेज के दिन बेहद यादगार रहे। पढ़ाई के साथ एक्स्ट्राकरिकुलर एक्टिविटी में बहुत व्यस्त रहते थे हम। ग्रेजुएशन के दौरान तो हमने दर्जनों राष्ट्रीय व राज्य स्तर के वाद-विवाद, निबंध, कविता पाठ, क्विज प्रतियोगिताओं में हिस्सा लिया और ज्यादातर में शीर्ष स्थान भी पाया। एन.सी.सी. और एन.एस.एस. में भी बढ़-चढ़कर हिस्सा लिया। मुझे याद है कि कैसे राष्ट्रीय सेवा योजना के कैंप में हमने घर-घर जाकर लोगों के इस्तेमाल में न आनेवाली दवाओं को जरूरतमंद लोगों के लिए इकट्ठा किया था। एन.सी.सी. और एन.एस.एस. जैसे युवाओं के राष्ट्रीय संगठन निश्चित तौर पर राष्ट्रीय एकता, अनुशासन, संघ भावना और सामाजिक सरोकार को मजबूत करते हैं। मेरठ कॉलेज की वार्षिक पत्रिका 'अभिव्यक्ति' में लगातार छात्र-संपादक रहा। भरपूर एक्सपोजर मिला और भरपूर कॉन्फिडेंस भी। इस सबके बावजूद यूनिवर्सिटी की मेरिट लिस्ट में स्थान भी मिल गया।

मेरठ कॉलेज के शिक्षकों को भी मैं कभी नहीं भूलता। विशेषकर तत्कालीन प्राचार्य डॉ. एस.के. अग्रवाल और हिंदी विभाग के शिक्षक डॉ. रामयज्ञ मौर्य। ग्रेजुएशन में हालाँकि हिंदी, संस्कृत, उर्दू और दर्शनशास्त्र मेरे विषय नहीं थे, पर इन विषयों में मेरी रुचि के चलते मेरा इन विभागों में आना-जाना खूब रहता। प्रिंसिपल सर जैसे कर्मठ और सहृदय व्यक्ति आसानी से नहीं मिलते। सकारात्मक मोटिवेशन देना तो कोई उनसे सीखे। जब मैं और मेरा साथी डिबेट में पहला पुरस्कार और शील्ड जीतकर लौटे तो पूरे स्टाफ को अपनी जेब से जलेबी खिलाकर प्रिंसिपल सर ने हमारा उत्साह कई गुना बढ़ा दिया था।

सपने बड़े थे, पर कुछ आर्थिक समस्याएँ भी थीं। मुझे याद है कि मैं और मेरे दो दोस्त दसवीं कक्षा के बाद से ही लिखने-पढ़ने की कोई पार्ट टाइम जॉब करते रहे थे। जैसे किताबों की प्रूफ रीडिंग और क्रिएटिव राइटिंग। इन छोटी-छोटी पार्ट टाइम नौकरियों ने जिंदगी के बड़े सबक सिखाए। पोस्ट ग्रेजुएशन के दौरान घटा एक बड़ा दिलचस्प किस्सा मैं कभी नहीं भूल पाता और कभी-कभी मुझे लगता है कि यह घटना मेरी जिंदगी का टर्निंग पॉइंट बन गई। मेरे एक सहृदय सीनियर थे। वह अकसर मेरा हाल-चाल पूछते और प्रेरित करते। एक बार उन्होंने मुझसे कहा कि "किसी बिजली के बल्ब को अगर एक कमरे में जमीन के पास लाकर लटका दिया जाए तो वह कितनी रोशनी देगा और यदि उसी बल्ब को ऊपर दीवार पर लटकाया जाए, तब वह कितनी रोशनी देगा।" उनका संकेत स्पष्ट था, यदि तुममें उच्च स्तर पर जाकर योगदान करने की क्षमता है तो तुम्हें निश्चय ही इसके लिए प्रयास करना चाहिए।

मैंने हिंदी साहित्य विषय से यू.जी.सी. नेट-जे.आर.एफ. परीक्षा की तैयारी शुरू की और पहले प्रयास में सौभाग्य से उत्तीर्ण भी हो गया। उधर दिल्ली यूनिवर्सिटी और जे.एन.यू. की एम.फिल. प्रवेश परीक्षाएँ दीं और दोनों में क्वालिफाई हो गया। किसी ने बताया कि मुखर्जी नगर डी.यू. के पास है, इसलिए डी.यू. बेहतर रहेगा। बेझिझक डी.यू. में प्रवेश लिया और अपने सपनों को सच करने की उम्मीद लिये आखिरकार दिल्ली पहुँच ही गया। थोड़ा नॉस्टेल्जिक टाइप का, होमसिक सा था मैं। देर से ही सही, पर पहली बार घर छोड़कर बाहर (हालाँकि मेरठ से दिल्ली ज्यादा दूर नहीं है) पढ़ने गया था। मुझे याद है, माँ और घर को मिस करते-करते मेरे मन से एक कविता उपजी थी—'**एक पैगाम माँ के नाम**'। वह आपसे साझा कर रहा हूँ, क्योंकि आप में से ज्यादातर साथी खुद को इस कविता से संबद्ध कर पाएँगे।

"भावों की तू अजब पिटारी, अरमानों का तू सागर,
नाजुक से एहसासों की एक, नर्म-मुलायम सी चादर।

खट्टी-मीठी फटकारें और कभी पलटकर वही दुलार,
जीवन का हर पल तुझमें माँ, तुझसे है सारा संसार।

जिसकी खातिर सबकुछ वारा, अपनी खुशियाँ जानीं ना,
वक्त कहाँ उस पर अब माँ, तेरे दुःख-दर्द चुराने का।

उम्मीदों को पंख लगाने, बड़े शहर को निकला जब,
छुपी रुलाई देखी तेरी, प्यार का तब समझा मतलब।

मिट्टी की तू सोंधी खुशबू, संबंधों की नर्म नमी,
नए शहर में हर मुकाम पर, बस तेरी ही खली कमी।

हैरत है हर चेहरे पर थे, कई मुखौटे और नकाब,
तुझसा भी क्या कोई होगा, चलती-फिरती खुली किताब।

रिश्तों की गरमाहट तुझसे, तुझसे प्यार भरा एहसास,
ले भरपूर दुआएँ अपनी, हरदम थी तू मेरे पास।

किसने कहा फरिश्तों के जग में दीदार नहीं होते,
माँ की गोद में एक झपकी, सपने साकार सभी होते।''

डी.यू. में डेढ़ साल की अवधि में मुझे लगता है कि मैंने बहुत कुछ सीखा। दिल्ली विश्वविद्यालय के एकेडमिक माहौल और हिंदी विभाग के शिक्षकों से जीवन एवं सोच के आयामों का विस्तार करने की सीख मिलती। साहित्य-आलोचना जगत् के बड़े-बड़े दिग्गजों का सान्निध्य मिलना, भावभूमि, चेतना और संवेदना का विस्तार करता है। डॉ. राजेंद्र गौतम, प्रो. अपूर्वानंद, प्रो. गोपेश्वर सिंह, प्रो. हरिमोहन शर्मा, डॉ. कुमुद शर्मा और प्रो. पूरनचंद टंडन (मेरे एम.फिल. के गाइड) जैसे शिक्षकों का व्यक्तित्व स्वयं में अभिप्रेरणा का स्रोत है।

उधर वर्ष 2013 की संघ लोक सेवा आयोग की सिविल सेवा प्रारंभिक परीक्षा दी और साथ ही अपने गृह राज्य उत्तर प्रदेश के पी.सी.एस. की प्रारंभिक परीक्षा भी। तैयारी भी ठीक-ठाक थी और हौंसला भी जबरदस्त था। आज तक जीवन की हर एकेडमिक और प्रतियोगी परीक्षा में अच्छे अंक लाकर सफल होता रहा था। पर हुआ कुछ और ही। दोनों ही प्रारंभिक परीक्षाओं में मैं 2 से 5 अंकों के फासले से असफल रहा। यह मेरे लिए शायद पहली बार था कि मैं किसी परीक्षा में असफलता का स्वाद चख रहा था। एक बार को तो ऐसा लगा जैसे सब टूट सा गया। हिम्मत टूट रही थी और मन अवसाद से ग्रस्त होने

लगा था। शायद मैं अपनी असफलता को सँभाल नहीं पा रहा था। यह मेरी यात्रा का बेहद कठिन दौर था।

अनिश्चिता बढ़ रही थी और अपने कैरियर को डाँवाँडोल सा महसूस कर रहा था। उन दिनों एक दिन महानगरीय जीवन के संत्रास पर बैठे-बैठे एक कविता लिख बैठा—'मैं शहर हूँ', जो बाद में 'कादंबिनी' पत्रिका में छपी भी।

'मैं शहर हूँ...'

मुसकानों का बोझा ढोए,
धुन में अपनी खोए-खोए,
ढूँढ़ता कुछ पहर हूँ,
मैं शहर हूँ।

बेमुरव्वत भीड़ में,
परछाइयों की निगहबानी,
भागता-सा हाँफता-सा
शाम कब हूँ, कब सहर हूँ,
मैं शहर हूँ।

सपनों के बाजारों में क्या,
खूब सजीं कृत्रिम मुसकानें,
आँखों में आँखें, बातों-में-बातें,
खट्‌टी-मीठी तानें,
नजदीकी में एक फासला,
मन-मन में ही घुला जहर हूँ,
मैं शहर हूँ।

मन के नाजुक से मौसम में,
भारी-भरकम बोझ उठाए,
कागज की किश्ती से शायद,
हुआ है अरसा साथ निभाए,

खुद के एहसासों पर तारी,
हूँ सुकूँ या फिर कहर हूँ,
मैं शहर हूँ।

लेकिन इस कठिन वक्त में मेरा परिवार—विशेषकर मेरे भैया प्रशांत और मेरे कुछ दोस्त—संकटमोचक बनकर सामने आए। मुझे भावनात्मक संबल दिया और साथ ही मुझमें विश्वास भी जताया। मैं कह सकता हूँ कि मेरे परिवार और इन शुभचिंतकों को मुझपर मुझसे ज्यादा भरोसा था। कुछ हिम्मत बँधी और दूसरी ओर एक अन्य प्रतियोगी परीक्षा (लोकसभा सचिवालय में हिंदी सहायक) में मेरी सफलता की खबर भी मिली। एम.फिल. का लघु शोध प्रबंध जमा करके मैंने संसद भवन में अपनी यह नौकरी जॉइन कर ली।

इस नौकरी ने भी बहुत कुछ सिखाया और आत्मविश्वास बढ़ाया, सो अलग। साथ ही कैरियर को लेकर एक किस्म की बेफिक्री भी मिली। मुझे लगता है कि इस नौकरी की व्यस्तता के बावजूद मुझे U.P.S.C. की तैयारी तनाव-मुक्त और दबाव-मुक्त होकर करने में और सहज भाव से परीक्षा देने में मदद मिली। वर्ष 2014 में भी मैंने U.P.S.C. और यू.पी.पी.सी.एस. दोनों की प्रारंभिक परीक्षाएँ फिर से दीं। इस बार किस्मत ने साथ दिया और आई.ए.एस. एवं पी.सी.एस. दोनों की प्रीलिम्स परीक्षा उत्तीर्ण हो गई। इस बार मैं कोई भी रिस्क लेने को तैयार नहीं था, अत: मैंने एक माह के अंतराल पर होने के बावजूद संघ व राज्य लोक सेवा आयोग दोनों की मुख्य परीक्षाएँ दीं। इस बार बहुत कम लोगों को पता था कि मैं दो मुख्य परीक्षाएँ लिख रहा हूँ। दोनों मुख्य परीक्षाएँ देकर मैं काफी संतुष्ट था और लगभग आश्वस्त भी। इस बार मैंने अपने तीन मार्गदर्शक सिद्धांतों—निष्काम कर्मयोग (गीता), अनेकांतवाद (जैन दर्शन) और मध्यम मार्ग (बौद्ध दर्शन) का अनुसरण कर तनावमुक्त होकर पूरे मनोयोग से परीक्षा जो दी थी।

U.P.S.C. का इंटरव्यू कॉल आ गया। प्रोफेसर एच.सी. गुप्ता के बोर्ड में करीब पैंतीस मिनट मेरा इंटरव्यू चला। इंटरव्यू के दौरान और उसके बाद भी मेरा मन शांत व सहज था। उधर यू.पी. का मेंस का परिणाम अभी लंबित था, इसलिए वर्ष 2015 की यू.पी. पी.सी.एस. परीक्षा का प्रीलिम्स भी दे दिया था, जो क्वालिफाई भी हो गया था।

अब हर दिन परिणाम की प्रतीक्षा रहती थी। अंतिम रूप से चयन के इतने करीब होना एक अलग ही एहसास देता है। कभी-कभी बड़ी घबराहट होती कि

अगर अंतिम रूप से चयन नहीं हुआ तो? या क्या सचमुच एक दिन में मेरी जिंदगी बदल जाएगी? ऐसे तमाम सवाल और ऊहापोह मन को मथते रहते थे। पर मैं अकसर अपने मन को ऐसे समझाता कि पिछले प्रयास में तो प्रीलिम्स परीक्षा ही उत्तीर्ण नहीं हुई थी। इस बार तो इंटरव्यू तक पहुँचा, यही क्या कम है? और फिर अपने पास एक सम्मानजनक नौकरी तो है ही।

वर्ष 2015 की 3 जुलाई की गरम दोपहर की बात है। इलाहाबाद गया था यू.पी. पी.सी.एस. की मुख्य परीक्षा देने। हालाँकि इस बीच पिछले साल की पी.सी.एस. की परीक्षा की इंटरव्यू कॉल आ चुकी थी। संगम के दर्शन कर दिल्ली लौटा तो मालूम हुआ कि कल यानी 4 जुलाई को U.P.S.C. के सिविल सर्विस एग्जाम का अंतिम परिणाम आ रहा है। शनिवार को ऑफिस की छुट्टी थी तो सोचा, मेरठ में घर पर जाकर ही परिणाम देखूँ। सुबह आनंद विहार बस अड्डे से मेरठ की बस पकड़कर घर पहुँच गया। दोपहर में मालूम हुआ कि कुछ देर में ही रिजल्ट आने की संभावना है। घर वाले मुझसे ज्यादा नर्वस थे। एक बजे एक फोन आया और मालूम हुआ कि 13वीं रैंक आई है और हिंदी माध्यम में पहला स्थान। हिंदी माध्यम में काफी समय बाद ऊँची रैंक आई थी। उसके बाद तो बधाइयों का ताँता लगना ही था, सो लगा ही। बाद में आई अंक तालिका से मालूम हुआ कि मुझे मुख्य परीक्षा में तीसरे सर्वाधिक अंक (851 अंक) प्राप्त हुए थे। साथ ही निबंध में 160 और वैकल्पिक विषय (हिंदी साहित्य) में 313 अंक मिले, जो संभवतया इनमें अब तक के सर्वाधिक अंक हैं। एथिक्स के पेपर में भी 124 अंक मिले और सामान्य अध्ययन में कुल मिलाकर 378 अंक। कुल मिलाकर अंक थे 1001, जो मेरे लिए किसी शुभ शगुन से कम नहीं थे।

सफलता अपने साथ बहुत सारी अपेक्षाएँ और जिम्मेदारियाँ लेकर आती है। इनमें से एक है—सफलता को सँभालने की अपेक्षा। हममें से बहुत से साथी छोटी सी सफलता से विचलित होकर अपने व्यवहार को बदल बैठते हैं और कभी-कभी तो खुशी से फूल कर हमारे पाँव भी जमीन पर नहीं पड़ते। सफलता थोड़ी परिपक्वता और समझदारी की भी माँग करती है। मुझे तसल्ली है कि इस सफलता

के बाद मिले सम्मान और पहचान को मैं अपने परिवार, शिक्षकों एवं दोस्तों की मदद से सँभाल पाया और अमूमन सहज बना रहा।

इस दौरान अनेक सम्मान हुए और अनेक अवसरों पर युवाओं व छात्रों में सकारात्मक अभिप्रेरणा भरने का मौका भी मिला। पर जो दिन शायद मेरी जिंदगी के सबसे बड़े दिनों में से एक था, वह था—माननीय लोकसभा अध्यक्ष महोदया श्रीमती सुमित्रा महाजनजी द्वारा संसद भवन के बालयोगी सभागार में मेरा

अभिनंदन समारोह। इस समारोह में तत्कालीन माननीय संसदीय कार्य राज्यमंत्री श्री राजीव प्रताप रूडीजी, लोकसभा महासचिव श्री अनूप मिश्राजी और सचिव डॉ. डी. भल्लाजी की गरिमामयी उपस्थिति थी। सभागार में उपस्थित थे लोकसभा सचिवालय के सभी अधिकारी और कर्मचारी, जिनके साथ मैं पिछले दो सालों से काम कर रहा था। मुझे लगता है कि यह सम्मान एक व्यक्ति के रूप में महज मेरा सम्मान नहीं था, यह एक साधारण पृष्ठभूमि और हिंदी माध्यम से पढ़कर निकले एक अभ्यर्थी की उपलब्धि का सम्मान था और साधारण पृष्ठभूमि के संघर्षों से निकलकर कई तरह के पिछड़ेपन का सामना करके आगे बढ़नेवाले हिंदी व भारतीय भाषाओं के छात्रों का भी सम्मान था।

आज जब इस सुनहरी याद को मुड़कर देखता हूँ तो कभी-कभी लगता है, बहुत कुछ बदला है; तो कभी लगता है कि कुछ भी तो नहीं बदला। बदला यह कि अब बार-बार कोई नौकरी का फॉर्म नहीं भरना पड़ेगा। घर वाले भी कैरियर को लेकर निश्चिंत हो गए और स्वाभाविक तौर पर सामाजिक सम्मान में भी कुछ बढ़ोतरी हुई; पर बहुत कुछ ऐसा भी है, जो बिल्कुल नहीं बदला और इच्छा है कि कभी न बदले—आगे बढ़ने और कुछ अच्छा करते रहने की इच्छा, निरंतर प्रगतिशील रहने और काम करते रहने का जज्बा और नई चुनौतियों से जूझने की पुरजोर कोशिश।

मुझे लगता है कि मुझे तीन कारणों ने U.P.S.C. में उच्च रैंक दिलाई—एक तो मेरा अब तक का संचित ज्ञान और अनुभव (accumulated knowledge and experience), दूसरा मेरा लेखन कौशल (writing skill) और तीसरा मेरा व्यापक, समग्र व संतुलित दृष्टिकोण (comprehensive and balanced view)। साथ

ही मुझे यह भी लगता है कि मेरी हर नौकरी, हर शिक्षण संस्था, हर शिक्षक और हर साथी ने मुझे कुछ-न-कुछ ही नहीं, बहुत कुछ सिखाया। मेरे दोस्तों का कहना था कि 'मेरी तैयारी खामोश थी, पर सफलता ने शोर मचाया।'

सचमुच, सफलता मंजिल नहीं, बल्कि अपने आप में एक नए सफर की शुरुआत है। एक शायर ने लिखा भी है—

''मंजिल मिले न मिले, मुझे उसका गम नहीं,
मंजिल की जुस्तजू में, मेरा कारवाँ तो है।''

मेरा यही कहना है, जहाँ भी, जैसे भी रहें, जो कुछ भी करें, खुश रहकर करें, व्यस्त रहें और मस्त रहें। निराशा की बातें करनेवालों की बातें सुन-सुनकर हताश न हों। अंत में, हिंदी गजल सम्राट् दुष्यंत कुमार की वे चार पंक्तियाँ, जो मेरे संपूर्ण संघर्ष यात्रा में मेरा साथ निभाती रहीं—

''इस नदी की धार से ठंडी हवा आती तो है,
नाव जर्जर ही सही, लहरों से टकराती तो है।
एक चिनगारी कहीं से ढूँढ़ लाओ ए दोस्तों,
इस दिये में तेल से भीगी हुई बाती तो है॥''

मेरा शहर : मेरा गीत

'शहर जिसे कहते हैं मेरठ'

शहर मेरे तू मेरी मुहब्बत, तू है मेरी जान,
गंगा-जमुनी आन-बान की तू सच्ची पहचान।

शहर छावनी में सोया है, सदियों का इतिहास,
महाभारत से जंग-ए-आजादी तक का एहसास,
सन् सत्तावन की क्रांति की, तूने छेड़ी तान।

हिंदी-उर्दू के लफ्जों में, तेरी महक समाई,
मंत्र-अजानें-गुरुबानियाँ, तूने सदा सुनाईं,
शांति-अमन की परंपरा का, बना रहे सम्मान।

हर जुबान में घुली तेरे, गन्नों की गजब मिठास,
गजक-रेवड़ी स्वाद बिखेरें, मेरठ का वो खास,
काली पलटन-घंटाघर-नौचंदी तेरी शान।

सपनों के आजाद परिंदे, भर लें वो परवाज,
देश और दुनिया में गूँजे, तेरी ही आवाज,
कायम रहे कयामत तक तू, इतना सा अरमान।

—निशान्त जैन

□

18

चलते-चलते
कुछ और काम की बातें...

दैनिक जागरण

हौवा नहीं है अंग्रेजी
-पढ़ें संपादकीय पेज

विश्व का सर्वाधिक प

वर्ष 32 अंक 84
पृष्ठ 22+4 = 26
मेरठ, शनिवार
11 जुलाई 2015
नगर संस्करण
मूल्य ₹ 3.00

दैनिक जागर

जनशक्ति राष्ट्रशक्ति

आडवाणी की भागीदारी से वंचित है भाजपा 14

1.2 क

www.jagran.com

दिल्ली • उत्तर प्रदेश • मध्य प्रदेश • हरियाणा • उत्तराखण्ड • बिहार • झारखंड • पंजाब • ज

हौवा नहीं है अंग्रेजी

सिविल सेवा परीक्षा में हिंदी और अन्य भारतीय भाषाओं के छात्रों की सफलता की संभावनाओं के बारे में बता रहे हैं निशांत जैन निश्चल

सिविल सेवा परीक्षा में हिंदी माध्यम से सफलता की संभावनाओं को लेकर काफी आशंकाएं और ऊहापोह की स्थिति रहती है। यहां तक कि कुछ अभ्यर्थियों में यह धारणा भी घर करती जा रही है कि हिंदी या अन्य भारतीय भाषाओं के साथ सिविल सेवा में सफलता बेहद कठिन और लगभग असंभव ही है। दरअसल इस धारणा को इसकी समग्रता में समझने की जरूरत है। इतना तो तय है कि सिविल सेवाओं में हिंदी माध्यम से सफलता हासिल करना कुछ कठिन है। इसके लिए स्तरीय सामग्री और मार्गदर्शन की कमी जैसे कुछ कारक जिम्मेदार हैं। साथ ही हिंदी माध्यम के अभ्यर्थियों में पसरी एक किस्म की आत्मविश्वास की कमी भी एक बड़ी वजह है। हिंदी पट्टी के बच्चों में असीमित संभावनाएं और भरपूर प्रतिभा तथा ऊर्जा है, लेकिन ऊहापोह, उलझन और अविश्वास के कारण प्राय: ऐसे अभ्यर्थी अपनी ऊर्जा का समुचित दोहन नहीं कर पाते। हिंदी या फिर अन्य भारतीय भाषाओं को लेकर तैयारी कुछ कठिन तो है, लेकिन इस कठिनाई को आसान किया जा सकता है। हिंदी माध्यम के छात्रों में व्याप्त अविश्वास के कुछ अन्य कारण भी हैं। कमजोर सामाजिक-आर्थिक पृष्ठभूमि, उच्च कोटि के शैक्षिक संस्थानों से दूरी, हिंदी में कॅरियर और अवसरों की कमी से जुड़े मिथक और अंग्रेजी को हौवा मानकर उससे बचने की मानसिकता आदि मुख्य वजहें हैं। अगर हिंदी माध्यम के छात्र अंग्रेजी से किसी भी किस्म की हीनभावना या दुराव को त्यागते हुए पूर्ण आत्मविश्वास के साथ आगे बढ़ें तो सफलता पाना अधिक आसान होगा। हिंदी माध्यम के परीक्षार्थियों के समक्ष कुछ और चुनौतियां भी हैं जैसे उच्च कोटि की अध्ययन सामग्री और मार्गदर्शन की कमी, लेकिन इस कमी को अभाव के रूप में देखना सही नहीं होगा। प्राय: प्रामाणिक और परीक्षोपयोगी किताबों के अच्छे हिंदी अनुवाद अब बाजार में उपलब्ध हैं।

हिंदी और अन्य भारतीय भाषाओं के छात्र प्राय: सी-सैट को लेकर आशंकित रहते हैं। सी-सैट को लेकर बहुत चिंतित-परेशान होने की कोई आवश्यकता नहीं है। अब प्रारंभिक परीक्षा में सी-सैट को महज उत्तीर्ण करना होता है और इसके अंक अंतिम योग्यता सूची में नहीं जोड़े जाते। हिंदी या अन्य भारतीय भाषाओं के छात्रों के सामने एक बड़ी चुनौती वैकल्पिक विषय चुनने की भी होती है। मैंने हिंदी माध्यम के अपने साथियों के साथ बातचीत के दौरान अक्सर पाया है कि

आत्मविश्वास का मंत्र

• हिंदी समेत बाकी भारतीय भाषाओं के सहारे भी बेहतर कॅरियर बनाया जा सकता है, बस जरूरत है नकारात्मकता से बचते हुए आत्मविश्वास से आगे बढ़ने की

वे इतिहास, हिंदी साहित्य, दर्शनशास्त्र, राजनीति विज्ञान, भूगोल जैसे मानविकी के विषयों के अलावा अन्य में खुद को सहज महसूस नहीं करते। इसकी एक बड़ी वजह हिंदी में अन्य विषयों की स्तरीय सामग्री की कमी है। नि:संदेह ऐसा भी नहीं है कि बाकी वैकल्पिक विषयों के साथ हिंदी माध्यम के छात्र सफल नहीं होते, लेकिन कमोबेश उनकी संख्या कम ही दिखती है। इस दिशा में हिंदी में मौलिक लेखन और अनुवाद को बढ़ावा देकर इस कमी की पूर्ति की जा सकती है। अभ्यर्थियों को वही विषय चुनना चाहिए जिसमें न केवल उनका रुझान हो, बल्कि संबंधित विषय में पारंगत भी हों। अपनी शैक्षणिक पृष्ठभूमि का विषय चुनना एक बेहतर विकल्प हो सकता है। संबंधित विषय में अध्ययन सामग्री और मार्गदर्शन की उपलब्धता के साथ-साथ सिविल सेवा परीक्षा में उस विषय में मिलने अंकों की संभावना को भी ध्यान में रखना चाहिए।

कोचिंग की प्रासंगिकता को लेकर अक्सर सवाल उठाए जाते हैं, परंतु मेरे विचार से कोचिंग अनिवार्य कतई नहीं है, लेकिन उसकी कुछ हद तक उपयोगिता अवश्य है। कोचिंग का मार्गदर्शन अभ्यर्थियों को एक दिशा तो देता ही है। आजकल हिंदी माध्यम में ठीक-ठाक सामग्री और मार्गदर्शन उपलब्ध है, लेकिन मैं यह भी रेखांकित करना चाहूंगा कि कोचिंग संस्थानों पर पूर्ण निर्भरता ठीक नहीं। इस संदर्भ में स्वाध्याय का कोई विकल्प नहीं है। हिंदी भारत की राजभाषा है और हिंदी का प्रयोग बराबर बढ़ रहा है। हिंदी और अन्य भारतीय भाषाएं इस देश की सामासिक संस्कृति की पहचान हैं, जिन्हें सम्मान मिलना ही चाहिए। हम हिंदी समेत अन्य सभी भारतीय भाषाओं से जनता के जुड़ाव को नजरअंदाज नहीं कर सकते। दृढ़ इच्छाशक्ति और आत्मविश्वास से ही देशज भाषाओं को सम्मान दिला पाना संभव है। यह लगातार कहा जा रहा है कि अंग्रेजी और कॉन्वेंट शिक्षा के प्रति आज ललक बढ़ रही है। इस ललक का कारण अंग्रेजी भाषा में दक्षता के सहारे मिलने वाले अवसरों की संभावना है। हर भारतीय मन से तो यही चाहता है कि उसे उसकी अपनी भाषा में शिक्षा मिले। जब हिंदी और भारतीय भाषाओं में पर्याप्त रोजगार और अवसर मिलने लगेंगे तो उनके प्रति भी ललक बढ़ जाएगी। यहां ध्यान रखना होगा अंग्रेजी तरक्की का माध्यम जरूर है, पर एकमात्र माध्यम नहीं। हिंदी समेत बाकी भारतीय भाषाओं के सहारे भी बेहतर कॅरियर बनाया जा सकता है, बस जरूरत है पूर्वाग्रहों और नकारात्मकता से बचते हुए आत्मविश्वास से आगे बढ़ने की। मेरा हिंदी पट्टी के छात्रों से आग्रह है कि वे तैयारी के दौरान आने वाले तनावों और दबावों से बचने के लिए अन्य विकल्प भी तैयार रखें। यह भी महत्वपूर्ण है कि हम सहजभाव और प्रसन्न मन के साथ पढ़ें और उसे आत्मसात करने की कोशिश करें। संघ लोकसेवा आयोग अभ्यर्थियों से एक स्तर की परिपक्वता और संतुलित दृष्टिकोण की अपेक्षा रखता है। लिहाजा दूसरों के विचारों का भी सम्मान करना सीखें और हर अवधारणा को उसके सभी पहलुओं के साथ समग्रता में समझने की कोशिश करें। मैं अपनी एक कविता सकारात्मक सोच की कुछ पंक्तियां उद्धृत करूंगा-सकारात्मक सोच संग उत्साह और उल्लास लिए। जीतेंगे हर हारी बाजी, मन में यह विश्वास लिए। ऊहापोह-अटकलें- उलझनें, अवसादों का कर अवसान, हों बाधाएं कितनी पथ में, चेहरों पर बस हो मुस्कान। जगें ज्ञान और प्रेम धरा पर, गूंजे कुछ ऐसा संदेश, नई चेतना से जागृत हो, सुप्त पड़ा यह मेरा देश।

(लेखक ने सिविल सेवा परीक्षा में हिंदी माध्यम में प्रथम स्थान अर्जित किया है और यह लेख उनसे बातचीत पर आधारित है)

response@jagran.com

The Times of India

SUNDAY TI

Bennett, Coleman & Co. Ltd.

JULY 5, 2015 | MEERUT | PAGES 32 | INCLUDING TIMESLIFE! AND MEERUT TIMES | TIMESOFINDIA.COM | EPAPER.TIMESOFINDIA

OF INDIA

TIMES CITY

SUNDAY TIMES OF INDIA, NEW DELHI / MEERUT JULY 5, 2015

City lad 13th in UPSC, 1st in Hindi medium

Pankul Sharma | TNN

Meerut: Nishant Jain, a 28-year-old, has done the city proud, securing the 13th rank at the all-India level in the UPSC's civil services examination and topping in the Hindi medium.

Jain's preparation for one of the country's toughest and most prestigious examinations was no less arduous. Jain completed his masters in Hindi from Meerut College and MPhil from Delhi University. He then joined the Lok Sabha secretariat as Hindi assistant.

"After joining the Lok Sabha secretariat, I set the goal of clearing UPSC for myself. In my first attempt I couldn't clear the preliminary but I never gave up and went for the second attempt," said Jain, who also relied, for spiritual support, on the teachings of Mahaveer.

"It is said in the Tattvartha Sutra that living beings benefit by helping each other. So I did not ignore any person I knew whose presence was of help to me. I also kept it in mind that time and energy are both limited and they must not be wasted," he added.

He expressed the hope that his performance, particularly topping in Hindi medium, would encourage those from a Hindi background. "Particularly aspirants from a small city like Meerut. It doesn't matter what subject we choose, we have to have confidence in our choice and must know the subject," Jain added.

Youngest of three siblings, Jain's eldest brother, Prashant, is a journalist with the Times Group, while his elder sister is a government employee. Nishant completed his schooling from Saraswati Shishu Mandir and K K Inter College at Meerut. During his college days, he was student editor of Meerut College's official magazine, 'Abhivyakti', and was also a member of its literary and cultural council. Jain is a prolific writer, with a number of poems and articles published in newspapers and magazines.

The civil services examination is conducted by the UPSC annually in three stages — preliminary, mains and interviews — to select candidates for the elite Indian Administrative Service (IAS), Indian Foreign Service (IFS) and Indian Police Service (IPS), among others.

Munish Kumar

Nishant Jain

After joining the Lok Sabha secretariat, I set the goal of clearing UPSC for myself. In my first attempt I couldn't clear the preliminary but I never gave up and went for the second attempt

NISHANT JAIN
Hindi medium Topper

दैनिक भास्कर

दैनिक भास्कर ▸ बुधवार, 15 जुलाई 2015

मधुरिमा

मधुरिमा • 15 जुलाई 2015 • 07

• चर्चित चेहरा

मेरठ में पले-बढ़े, सामान्य पृष्ठभूमि के निशांत जैन यूपीएससी में 13वां स्थान हासिल कर हिंदी माध्यम से सबसे ऊपर रहे। उनका वैकल्पिक विषय हिंदी साहित्य था। इसके पहले वे प्रारम्भिक परीक्षा में ही विफल हो गए थे। •

नवभारत टाइम्स

1 संडे नवभारत टाइम्स। नई दिल्ली। 5 जुलाई 2015

2 www.sunday.nbt.in

एजुकेशन-करियर

12वीं से ही चढ़ गया था सिविल का भूत

यूपीएससी एग्जाम में ऑल इंडिया लेवल पर 13वीं रैंक लाने वाले निशांत जैन ने अपनी खुशी एनबीटी से भी साझा की। इस दौरान उन्होंने यूथ्स को कई टिप्स भी दिए। मेरठ के रहने वाले निशांत ने हिंदी मीडियम से पढ़ाई की है। मेंस सब्जेक्ट में भी उन्होंने हिंदी लिटरेचर ही भरा था। पेश हैं उनके साथ मनीष अग्रवाल की बातचीत के खास अंश :

क्या हिंदी वालों के लिए यूपीएससी एग्जाम क्रैक करना कठिन है?

हिंदी माध्यम से पढ़ाई करने वाले स्टूडेंट्स भी बड़ी आसानी से सिविल सर्विसेज एग्जाम पास कर सकते हैं। बस कमी एक है कि हिंदी मीडियम वाले इंग्लिश में अपने आप को कमजोर समझते हुए इसे हौव्वा मान बैठते हैं। इससे उनका कॉन्फिडेंस गिर जाता है और यही वह कमजोरी है जिस वजह से वे इससे डरते हुए इसमें फेल हो जाते हैं। लगन और मेहनत के साथ इसकी तैयारी की जाए तो यह मुश्किल भरा काम नहीं है।

आपने कितनी पढ़ाई की है?

मैंने 2013 में दिल्ली यूनिवर्सिटी से एमफिल की है। इससे पहले मेरठ घंटाघर के पास स्थित सरस्वती शिशु मंदिर से 10वीं क्लास में 77 फीसदी मार्क्स हासिल किए। केके इंटर कॉलेज मेरठ से 12वीं में 81 फीसदी नंबर हासिल किए। मेरठ कॉलेज से ग्रैजुएशन में 75 फीसदी और एमए हिंदी में 77 प्रतिशत मार्क्स हासिल किए।

रिजल्ट सुनकर कैसा लगा?

मुंह खुला का खुला रह गया। इतनी खुशी की बस पूछो मत। हां इसमें एक बात जरूर है और वह है ऑल इंडिया लेवल पर 13वीं रैंक, जिसके बारे में मैंने खुद भी नहीं सोचा था। लग रहा था कि सिलेक्शन हो जाएगा लेकिन इतना अंदाजा नहीं था कि इतनी अच्छी रैंक आ जाएगी। मैं ही नहीं मेरा पूरा परिवार और यार-दोस्त बहुत खुश हैं। बधाई देने वालों का तांता लग गया है।

इंटरव्यू में कैसे-कैसे सवाल पूछे गए?

इंटरव्यू में 14-15 सवाल पूछे गए थे। इसमें दिल्ली में उपराज्यपाल और मुख्यमंत्री के बीच क्या विवाद चल रहा है? प्रधानमंत्री नरेंद्र मोदी की चीन यात्रा से भारत को क्या फायदा होगा? क्या भारत में एक भाषा की नीति अपनाई जानी चाहिए? और भारत में इस्लाम लिबरल क्यों है? जैसे सवाल थे। चूंकि इससे पहले भी मैं अपनी जॉब के लिए कई इंटरव्यू दे चुका हूं, इसलिए इस इंटरव्यू से जरा भी नहीं घबराया।

इसका क्रेडिट किसे देते हैं?

इसका क्रेडिट मैं भगवान महावीर, पूरे परिवार और खासतौर से बड़े भाई प्रशांत जैन को देता हूं, जिन्होंने उस वक्त भी मुझे हताश नहीं होने दिया जब इससे पहले प्रयास में मैं सफल नहीं हो पाया था। उस नाजुक वक्त वक्त में उन्होंने मेरा मनोबल बढ़ाकर फिर से जोश के साथ तैयारी करने की बात कही थी। पिता सुशील कुमार जैन, माता सुशीला जैन और शादीशुदा बड़ी बहन निकिता का भी इसमें खासा योगदान रहा।

क्या आपने कोचिंग ली थी? क्या कोचिंग लेना जरूरी है?

हां, इसके लिए कोचिंग तो लेनी पड़ी, लेकिन बिना कोचिंग के भी इसे पास करना इतना मुश्किल नहीं है। बस कोचिंग से यह फायदा मिल जाता है कि हमें कैसे और क्या पढ़ाई करनी है, यह पता लग जाता है और दिशा मिल जाती है। इससे पहले भी मैंने 2013 में यूपीएससी का एग्जाम दिया था, लेकिन प्री ही क्लियर नहीं हो सका था। मैंने हिम्मत नहीं हारी और अपनी जॉब के साथ-साथ हर रोज इसके लिए मेहनत करनी शुरू कर दी।

हर रोज कितने घंटे की पढ़ाई?

बहुत ज्यादा नहीं, बस हर रोज तीन से चार घंटे। ज्यादातर लोग सोचते हैं कि 24 घंटे में 12 से 16 घंटे पढ़ने वाले स्टूडेंट ही इसे क्रैक कर सकते हैं। ऐसा कुछ नहीं है। अगर कुछ कम घंटे भी पढ़ाई की जाए मगर ध्यान लगाकर, तो वह काफी है। जॉब करने की वजह से शनिवार और रविवार को जरूर 7-8 घंटे पढ़ता था। पढ़ाई के वक्त पूरी तरह से इसी पर ध्यान रखता था। मुझे 12वीं पास करने के बाद ही सिविल सर्विसेज का भूत सवार होने लगा था।

तैयारी करने के लिए कैंडिडेट्स को क्या सलाह देंगे?

ध्यान लगाकर पढ़ाई करने से सफलता जरूर मिलती है। आपको यह सुनिश्चित करना होगा कि आप जितनी देर स्टडी कर रहे हो, वह आपके उस एग्जाम के लिए पर्याप्त हो जिसे आप क्रैक करना चाहते हैं। यह पढ़ाई आपको पूरी तरह से ध्यान लगाकर करनी होगी। एग्जाम देने से पहले पूर्वाग्रह में न फंसें और हां जिन स्टूडेंट्स की इंग्लिश बहुत कमजोर है, वे बिल्कुल भी इस बात की फ्रिक न करें। बस ट्राई जरूर करें। लगन और आस्था रखते हुए पढ़ाई की जाए तो गारंटी से सफलता मिलेगी।

सोशल मीडिया पर भी एक्टिव रहते हैं?

बहुत ज्यादा, लेकिन यह उनके टारगेट में रुकावट नहीं बना। मन में जो बातें चलती रहती हैं, अगर उन्हें पूरा करते हुए पढ़ा जाए तो स्टडी में मन लगता है। हां इसके लिए यह भी जरूरी है कि वह बातें ऐसी न हों जोकि आपके बहुत अधिक परेशानी में डाल दें।

तैयारी से पहले कोई जॉब हो तो फायदा मिलता है?

100 फीसदी। यूपीएससी की तैयारी करने से पहले अगर करियर के लिए कोई ऐसा कोर्स कर लिया जाए जिससे हमारा भविष्य सुरक्षित हो तो फिर हम आसानी से इसे क्रैक कर सकते हैं। मैं खुद लोकसभा सचिवालय नई दिल्ली में राजभाषा प्रभाग में नौकरी करता हूं। इसका फायदा यह होता है कि अगर आप पास भी नहीं हो पाते तो करियर नष्ट होने का डर नहीं रहता।

प्रभात खबर

गुरुवार, 23 जुलाई, 2015 ■ कुल पृष्ठ : 8 ■ epaper : www.prabhatkhabar.com

आइएएस में सफलता हासिल करना हर किसी का सपना होता है. इसके लिए देशभर के युवा लंबी जद्दोजहद करते हैं. लगभग डेढ़ साल तक चलने वाली देश की प्रतिष्ठित परीक्षा के लिए तैयारी करना और आत्मविश्वास बरकरार रख पाना किसी चुनौती से कम नहीं है. कुछ ऐसी चुनौतियों से निपट कर बेमिसाल कामयाबी हासिल की निशांत जैन ने. प्रस्तुत है उनसे ब्रह्मानंद मिश्र की बातचीत के प्रमुख अंश...

आइएएस के लिए जरूरी है आत्मविश्वास

निशांत जैन, ऑल इंडिया रैंक -13, माध्यम - हिंदी, वैकल्पिक विषय - हिंदी साहित्य, शिक्षा - एमए, एमफिल

■ यूपीएससी-2014 हिंदी माध्यम से ऑल इंडिया-13 रैंक. इस मुकाम के लिए बधाई. इस सफलता के प्रति कितना आश्वस्त थे आप और इसे किस नजरिये से देख रहे हैं?

धन्यवाद, मुख्य परीक्षा और इंटरव्यू देने के बाद मुझे लगने लगा था कि मेरा सेलेक्शन हो रहा है. लेकिन इतनी अच्छी रैंक की उम्मीद नहीं थी. मैं इस बात को इस तरह से लेता हूं कि अगर मेरी सफलता से हिंदी पट्टी और हिंदी माध्यम से तैयारी कर रहे छात्र, जिनके अंदर एक निराशा का भाव छाया हुआ है, मैं एक अगर एक उम्मीद की किरण जगती है तो मेरे लिए इससे बड़ी कोई उपलब्धि नहीं है.

■ आपने हिंदी साहित्य में अकादमिक शिक्षा हासिल की है, नतीजतन आपने इसे वैकल्पिक विषय के रूप में चुना. इसके अलावा भी कोई ठोस वजह?

हां, मैंने हिंदी साहित्य से पढ़ाई की है. बीए में हिंदी नहीं था मेरे पास, लेकिन हिंदी के प्रति एक सहज रुचि थी और साहित्य के प्रति रुझान था. बचपन से ही कविताएं लिखा करता था. मुझे लगा यह मेरे लिए बेहतर होगा, इसलिए इसकी पढ़ाई करनी चाहिए. मैंने एक बड़ा रिस्क भी लिया था क्योंकि अंगरेजी में कैरियर के विकल्प मिल जाते हैं, हिंदी में उतनी आसानी से नहीं मिल पाते हैं. लेकिन मुझे हमेशा से लगता था कि मैं इसमें अच्छा कर पाऊंगा, अंततः इसे वैकल्पिक विषय के रूप में चुना.

■ आमतौर पर यह धारणा है कि हिंदी माध्यम से कम अंक आते हैं. आपके लिखित के अंक देखें, तो आप पहली और दूसरी रैंक के बाद तीसरे सबसे अधिक स्कोर करने वाले कैंडिडेट हैं, लेकिन इंटरव्यू में आपके अंक टॉप-50 में सबसे कम है. इस पर टिप्पणी?

मुझे बहुत खुशी है कि मुख्य परीक्षा में अंकों के लिहाज तीसरे स्थान पर हूं. इंटरव्यू में कुछ अंक और मिल जाते हैं, रैंक थोड़ी और ऊपर होती है. लेकिन मुझे खुशी है कि दोनों में मेरा प्रदर्शन बेहतर रहा. साक्षात्कार में हिंदी माध्यम चुनने का कोई प्रभाव नहीं पड़ा. बोर्ड बहुत सकारात्मक था. उन्होंने हिंदी और अंगरेजी में इंटरव्यू [illegible]

लेकर छात्रों में असमंजस की स्थिति रहती है. आपके अनुसार इसे चुनते हुए किन-किन बातों का ध्यान रखना जरूरी होता है. वैकल्पिक विषय की तैयारी शुरू करने का सही समय कब होता है?

वैकल्पिक विषय चुनते समय सबसे पहले अपना रुझान देखना चाहिए. अभिरुचि को पहचानते हुए वैकल्पिक चुनें. ऐसे चुने हुए विषय को पढ़ने में आपको आनंद आयेगा और अच्छा प्रदर्शन कर पायेंगे. दूसरी बात, यह देख लें कि सिविल सेवाओं में उस विषय का प्रदर्शन कैसा है. वह विषय अंकदायी है या नहीं. वैकल्पिक विषय [illegible]

हां, अगर आप अलग से विषय को चुन रहे हैं तो पहले बेसिक को मजबूत करें.

■ पहली बाधा प्रीलिम्स की होती है. हिंदी माध्यम के कैंडिडेट सीसैट और अंगरेजी की तैयारी करने और स्ट्रेटजी बनाने में ही काफी समय जाया कर देते हैं. इससे मुख्य परीक्षा की तैयारी पर भी असर पड़ता है. ऐसी स्थितियों से निपटने के लिए क्या कुछ करना जरूरी होता है?

2015 से सीसैट क्वालीफाइंग हो गया है. अंगरेजी के अंक 2014 से ही नहीं जुड़ रहे हैं. अब प्रारंभिक और मुख्य परीक्षा के तैयारी में काफी समानता [illegible] करनी होगी. इससे हिंदी और अन्य भारतीय भाषाओं में तैयारी करनेवालों के लिए काफी सहूलियत हो गयी है.

■ आइएएस की तैयारी में काफी धैर्य और आत्मविश्वास की आवश्यकता होती है. लंबे समय तक इसे कैसे बरकरार रखें?

यह मेरे साथ भी रहा है, लगभग सभी को ऐसे स्थितियों से दो-चार होना पड़ता है. आइएएस की तैयारी और परीक्षा की प्रक्रिया काफी लंबी होती है, लेकिन विश्वास बना कर रखना जरूरी होता है. परिवार के साथ जुड़े रहें, वहां से आपको प्रेरणा मिलती रहेगी. दूसरा हमेशा एक वैकल्पिक रोजगार का विकल्प खुला रखें. मैं खुद नौकरी कर रहा था. आइएएस परीक्षा काफी डायनेमिक हो गयी. खुद को बंद कमरों में समेट कर तैयारी नहीं की जा सकती है.

■ इस परीक्षा में सामान्य अध्ययन का दायरा काफी बढ़ गया है. इसकी तैयारी के लिए किन-किन माध्यमों का सहारा लेना चाहिए.

जीएस की तैयारी के लिए आपको बहुआयामी सोच विकसित करनी होगी. इसकी तैयारी के लिए किताबों के अलावा रेडियो, टेलीविजन और इंटरनेट एक अच्छा स्रोत हैं. ऑल इंडिया रेडियो पर सामाचार विश्लेषण, डीडी न्यूज आदि से प्रसारित होनेवाले समाचार और कार्यक्रम तैयारी के लिहाज से महत्वपूर्ण हैं. हां, वेबसाइट से तैयारी करते समय प्रमाणिक स्रोतों पर ही भरोसा करें.

■ अच्छे अंक के लिहाज से निबंध के [illegible]

अध्ययन और अनुभवों का निचोड़ है. निबंध की तैयारी के लिए दीर्घकालीन रणनीति होनी चाहिए, इसके लिए आपको लगातार पढ़ने की आदत डालनी होगी. टेक्स्ट बुक के अलावा समाचार पत्र-पत्रिकाओं, साहित्यिक पत्रिकाओं से अच्छी समझ विकसित होती है. सूचना का भंडार उड़ेलने का नाम निबंध नहीं है. संतुलित दृष्टिकोण और समग्रता में अभिव्यक्त करने की शैली का होना जरूरी है. निबंध में अलग प्रकार का प्रवाह होता है, इसको जीएस की भांति नहीं लिखना चाहिए.

■ अंतरराष्ट्रीय मामलों से संबंधित कई प्रश्न पूछे जाते हैं. हिंदी माध्यम के छात्र, जो छोटे शहरों और कस्बों में रहकर तैयारी करते हैं, उनको हिंदी में स्तरीय अध्ययन सामाग्री नहीं मिल पाती है. इन छात्रों को कैसी रणनीति अपनानी चाहिए?

भारत सरकार के विदेश मंत्रालय की वेबसाइट पांच भाषाओं में है. इस पर सभी जानकारियां हैं. हर देश के साथ भारत के संबंधों की पूरी जानकारी उपलब्ध है. हिंदी माध्यम में अध्ययन सामाग्री उपलब्ध नहीं है, यह बात अब पुरानी हो चुकी है. अब हर कस्बे में इंटरनेट की सुविधा पहुंच चुकी है.

■ काफी संख्या में छात्र कोचिंग का सहारा लेते हैं. इनमें से ज्यादातर कोचिंग से मिलनेवाली अध्ययन सामाग्री पर ही निर्भर हो जाते हैं. यह प्रवृत्ति कितनी सही है?

कोचिंग सेंटर पर पूरी तरह से निर्भर नहीं होना चाहिए.कोचिंग अनिवार्य भी नहीं है, लेकिन यहां से मार्गदर्शन मिलता है, इसमें कोई संदेह नहीं है. कोचिंग सेंटरों के स्टडी मैटीरियल पर पूर्ण रूप से निर्भर न होकर, मीडिया के अलग-अलग माध्यमों से जानकारी हासिल करते रहना चाहिए.

■ आइएएस की तैयारी कर रहे छात्र अलग-अलग पृष्ठभूमि से आते हैं और अलग-अलग परिस्थितियों का सामना करते हैं. उनके लिए आपका सुझाव?

सबसे जरूरी है आत्मविश्वास. अगर आपकी पृष्ठिभूमि बेहतर है आत्मविश्वास खराब तो आप कुछ नहीं कर पायेंगे और आपकी स्थिति [illegible]

अमर उजाला

अमर उजाला
मेरठ | सोमवार | 13 जुलाई 2015
इंडिया 360°

सक्सेस मंत्र

राशन कार्ड से मिली IAS बनने की प्रेरणा

बचपन में जब राशन कार्ड पर लगी मोहर पर 'खाद्य रसद अधिकारी' पढ़ता था, तो वह 'अधिकारी' शब्द बहुत आकर्षित करता था। तब से ही मन में आईएएस बनने का सपना संजो लिया था।

यूपीएससी परीक्षा 2014-15 का परिणाम जब जारी हुआ, तो उसमें मुझे 13वां रैंक मिला। यह जानकर मेरी खुशी का ठिकाना नहीं रहा। इंटरव्यू के समय मुझे विश्वास तो हो गया था कि इस बार मेरा सेलेक्शन आईएएस में हो जाएगा, लेकिन उसमें इतनी अच्छी रैंक मिलेगी, यह भरोसा नहीं था। यह मेरा इस परीक्षा के लिए दूसरा प्रयास था। जहां तक इसकी प्रेरणा की बात है, तो मैं कहूंगा कि मुझे राशन कार्ड से इसकी प्रेरणा मिली थी। राशन कार्ड को खाद्य रसद अधिकारी द्वारा जारी किया जाता है। बचपन में अपने परिवार के राशन कार्ड पर अधिकारी शब्द को देखता था, तो वह बहुत आकर्षित करता था। जब दसवीं क्लास में था, तब समझ आया कि अधिकारी बनने के लिए सिविल सेवा की परीक्षा पास करनी होती है। सपना तो मैट्रिक से ही था, लेकिन परिस्थितियों और संघर्ष के चलते सीधे ग्रेजुएशन के बाद इस एग्जाम में बैठने की हिम्मत नहीं हुई। मैं अपने कॅरियर को सेफ जोन में रखकर आईएएस की तैयारी करना चाहता था, इसलिए जब मैं लोकसभा में हिंदी असिस्टेंट के पद पर नौकरी करने लगा, तब मैंने अपने इस सपने के लिए प्रयास शुरू किए। शुरुआत में मन में थोड़ा डर भी था कि इस एग्जाम के लिए लोग जो जान से जुड़कर मेहनत करते हैं वहां मैं नौकरी करते हुए आईएएस बनने का सपना देख रहा हूं। लेकिन, जब पढ़ाई शुरू की, तो मेरे लिए यह अपने विषयों की रिविजन ही थी, हिंदी साहित्य मेरा विषय था। दूसरा, स्कूल में मैंने जिन विषयों को पढ़ा था, मैं उन्हें भूला नहीं था। इसलिए उनकी तैयारी में मुझे बहुत ज्यादा तकलीफ नहीं हुई। आपने देखा होगा कि आईएएस की तैयारी करने वाले छात्र एनसीईआरटी की इंटर तक की किताबों को पढ़ते हैं। अगर आपका लक्ष्य स्पष्ट हो, तो उस तक पहुंचने का रास्ता आप ढूंढ ही लेते हैं। आईएएस बनना कोई रॉकेट साइंस नहीं है, जिससे आप डर जाएं। बस खुद को पॉजिटिव रखें और नकारात्मकता फैलाने वालों से दूर रहें। हिंदी माध्यम के छात्र अक्सर अंग्रेजी भाषा से डरते हैं, लेकिन इसे हौव्वा न समझें और इसकी अच्छे से तैयारी करें। सीसैट के बदलाव से छात्रों की मुश्किलें आसान हुई हैं। बाकी अंग्रेजी के प्रति एक बात ध्यान में रखें कि वह हिंदी से ज्यादा आसान होगी। हिंदी वर्णमाला में 52 अक्षर हैं, तो अंग्रेजी में 26 हैं। मुझसे इंटरव्यू में पहला प्रश्न भाषा को लेकर ही पूछा गया था कि आप हिंदी में इंटरव्यू देना चाहेंगे या अंग्रेजी में। मैंने कहा, 'मेरी प्राथमिकता हिंदी होगी, लेकिन यदि आप अंग्रेजी में करना चाहें, तो मुझे ऐतराज नहीं है।' इसके बाद पैनल ने मुझसे भाषा, अंग्रेजी, समाज, धर्म, भारतीय अर्थव्यवस्था, राजनीति आदि विषयों पर 35 मिनट तक चर्चा की। मैं किसी भी प्रश्न पर घबराया नहीं, सहजता से जवाब दिए।

निशांत जैन
UPSC Exam (Rank-13)

हिन्दुस्तान

हिन्दुस्तान

मेरठ LIVE

मंगलवार, 21 जुलाई 2015, मेरठ

सिविल सर्विस की परीक्षा में 13वीं रैंक लाने पर हुआ आयोजन

मेरठ के बेटे का संसद में सम्मान

मेरठ | वरिष्ठ संवाददाता

नौकरी करते हुए हिन्दी मीडियम में टॉपर और सिविल सर्विसेज में देशभर में 13 वीं रैंक लाने वाले मेरठ के निशांत जैन का सोमवार को संसद में सम्मान किया गया। लोकसभा अध्यक्ष और संसदीय कार्य राज्यमंत्री ने सचिवालय के अधिकारियों और कर्मचारियों की मौजूदगी में निशांत को सम्मानित करते हुए दूसरों के लिए बेहतर उदाहरण करार दिया। उन्होंने कहा कि निशांत की इस सफलता से लोकसभा सचिवालय को भी गर्व है।

बालयोगी सभागार में हुए सम्मान समारोह के वक्त सचिवालय में सांसद, अधिकारी और कर्मचारी मौजूद थे। लोकसभा अध्यक्ष सुमित्रा महाजन और संसदीय कार्य राज्यमंत्री राजीव प्रताप रुडी ने निशांत को सम्मानित करते हुए प्रतीक चिह्न भेंट किया। उन्होंने कहा कि निशांत की इस सफलता से सचिवालय का नाम भी ऊंचा हुआ है।

निशांत जैन सचिवालय में कार्यरत हैं। हाल में उन्होंने 13वीं रैंक पाते हुए मेरठ का नाम रोशन किया है। निशांत हिन्दी मीडियम से टॉपर भी हैं। लोकसभा अध्यक्ष सुमित्रा महाजन ने कहा कि निशांत ने सचिवालय की जिम्मेदारियों का निर्वाह करते हुए श्रेष्ठ रैंक पाकर दूसरों के लिए उदाहरण पेश किया है। यह निशांत की यात्रा की शुरुआत है। उन्होंने निशांत के उज्ज्वल भविष्य की कामना करते हुए बेहतर कार्य करने की उम्मीद जताई। समारोह में सचिवालय के सचिव डॉ. डी भल्ला सहित सभी अधिकारी एवं कर्मचारी मौजूद रहे।

लोकसभा अध्यक्ष सुमित्रा महाजन और संसदीय कार्य राज्यमंत्री राजीव प्रताप ने शील्ड देकर निशांत जैन का संसद में सम्मान किया। • हिन्दुस्तान

दैनिक जागरण

दैनिक जागरण मेरठ, 14 जुलाई 2015 www.jagran.com

भारतीय सिविल सेवा में हिंदी माध्यम से टॉपर निशांत जैन ने युवाओं को दिखाई नई राह

रिश्तों की गर्माहट ने दिखाई सफलता की राह

यंग अचीवर

विवेक राव, मेरठ

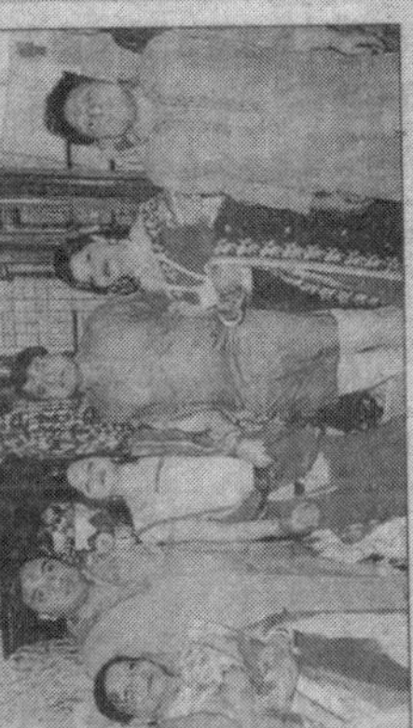
परिजनों के साथ भारतीय सिविल सेवा में हिंदी माध्यम से टॉपर निशांत जैन।

भौतिकता की अंधी दौड़ में हम रिश्ते, नातों को भूल जाते हैं, जबकि असली सफलता इन्हीं से मिलती है। रिश्तों से निकली ऊर्जा से कोई आसमान की बुलंदियों तक कैसे पहुंचता है, इसे साबित किया है भारतीय सिविल सेवा में हिंदी माध्यम से सर्वोच्च स्थान हासिल करने वाले निशांत जैन ने। निशांत जैन के सफलता के पीछे किताबों के साथ सबसे बड़ा योगदान उनकी रिश्तों को लेकर संवेदना का है।

मध्यम वर्गीय परिवार से ताल्लुक रखने वाले निशांत जैन ने सिविल सेवा में हिंदी माध्यम से टाप किया है। कभी पत्रकार तो कभी प्रोफेसर बनने का सपना देखने वाले निशांत ने एमफिल के बाद तय किया कि सिविल सेवा में जाना है। निशांत के अंदर भी सिविल सेवा की परीक्षा को लेकर भय था। इसके लिए एक सुरक्षित विकल्प बनाने के लिए लोक सभा में हिंदी सहायक की नौकरी हासिल की। निशांत कहते हैं कि मुझे सफलता केवल पढ़ाई के दम पर नहीं मिली, बल्कि उन रिश्तों की वजह से मिली, जिनसे उन्होंने हमेशा ऊर्जा प्राप्त होती रही। निशांत युवाओं को सलाह देते हैं कि जो भी व्यक्ति दोस्त, दादा, दादी, मां, बाप, भाई, बहन आदि सभी रिश्तों से जुड़ा रहता है, उसके अंदर कभी तनाव नहीं आता। इससे वह अपने काम को बेहतर तरीके से कर पाता है।

80 साल की अम्मा से ली सीख : निशांत के घर में उनकी 80 साल की दादी विद्यावती जैन हैं, जिसे वह अम्मा कहते हैं, उनसे निशांत ने धर्म, अध्यात्म की जानकारी हासिल की। वहीं अपनी मां सुशीला जैन से वह संवेदना सीख ली, जिसे सिविल सेवा के इंटरव्यू में मदद मिली। निशांत ने अपनी दादी पर और मां दोनों पर कविता लिखी।

फेसबुक को बनाया प्लेटफार्म : निशांत ने फेसबुक को सकारात्मक तरीके से लिया। छात्र जीवन से फेसबुक पर सक्रिय रहे, फेसबुक पर उन्होंने अलग अलग विचारधारा के लोगों, केंद्र सरकार की वेबसाइट, न्यूज साइट की वेबसाइट से खुद को लिंक किया। फेसबुक ने एक ऐसा प्लेटफार्म दिया, जिससे वह खुद का एक नजरिया विकसित कर पाए।

सारे अंडे एक टोकरी में नहीं : निशांत कहते हैं कि दो पेशे पत्रकारिता और प्रशासनिक सेवा में युवा को जैक आफ आल ट्रेड्स होना चाहिए। सिविल सेवा में प्रतिस्पर्धा को देखते हुए हमें एक सुरक्षित विकल्प जरूर बनाना चाहिए। सारे अंडे एक टोकरी में रखने की सोच कर, तैयारी नहीं करनी चाहिए। सफलता का शार्टकट नहीं है, इसलिए स्कूल से लेकर कालेज की पढ़ाई को गंभीरता से लें, मंजिल जरूर मिल जाएगी।

मैरीकाम की फिल्म से मिली प्रेरणा : सिविल सेवा में इंटरव्यू से पहले निशांत ने मैरीकाम फिल्म देखकर अपने भय पर काबू पाया। इस फिल्म से उन्हें सीख मिली कि सफलता के बाद भी सफलता के लिए संघर्ष करना पड़ेगा। इस सोच ने इंटरव्यू में कमाल किया। निशांत कहते हैं कि ओलंपिक से कहीं कठिन है सिविल सेवा की परीक्षा। क्योंकि वहां फाइनल में हारने के बाद भी मेडल मिलता है, लेकिन सिविल सेवा में इंटरव्यू में फेल होने पर क्लर्क की नौकरी भी नहीं मिलती।

निशांत की प्रोफाइल

पिता– सुशील जैन, मां सुशीला जैन
निवास– पंजाबी पुरा, दिल्ली रोड मेरठ
उम्र– 28 वर्ष
शैक्षणिक योग्यता– दसवीं (78 प्रतिशत) सरस्वती शिशु मंदिर पूर्वा महावीर
इंटर– (81 प्रतिशत) केके इंटर कालेज
बीए, व एमए – मेरठ कालेज से
एमफिल – दिल्ली युनिवर्सिटी
नौकरी– कुछ समय डाक विभाग में, वर्तमान में लोकसभा में हिंदी सहायक के पद पर कार्यरत।

निशांत जैन।

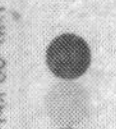

अमर उजाला

मेरठ | शुक्रवार | 1 जनवरी 2016

[शान] अमर उजाला 08

खेतों की बात करें या खेतों की, मेरठियों जैसा कोई नहीं। यही नहीं, सिविल सर्विसेज और समाजसेवा के क्षेत्र में भी मेरठी नई इबारत लिख रहे हैं। खेलों की ओर रुख करें तो मेरठ के तेज गेंदबाज शुभम मावी ने अंडर-19 क्रिकेट वर्ल्ड कप के लिए चुनी गई टीम में जगह बनाकर सीनियर टीम की ओर कदम बढ़ा दिए हैं तो शूटर मोहम्मद असब ने नेशनल चैंपियनशिप में पहली बार गोल्ड जीतकर ओलंपिक में सुनहरी सफलता का दम भरा है। वहीं, कराटे गुरु सुनील कुमार के शिष्य विभिन्न स्पर्धाओं में मेरठ का मान बढ़ा रहे हैं। खेतों की तरफ नजर घुमाएं तो किसान विवेक विहान को विदेश में सीनियर मैनेजर की नौकरी से बेहतर फूलों की खेती लगी। जबकि, इरशाद अहमद रिजवी गन्ना उत्पादन के मामले में नये कीर्तिमान स्थापित कर रहे हैं। इन सबके बीच हाल में आईएएस बने निशांत जैन युवाओं के लिए रोल मॉडल बनकर उभरे हैं तो प्रसिद्ध चिकित्सक डॉ. विश्वजीत बैंबी स्वच्छ और सुंदर शहर के सपने को साकार करने निकल पड़े हैं।

सितारों से रोशन जहां

निशांत जैन | आईएएस

10वीं-12वीं में टॉप किया, तभी लगा कुछ बड़ा करेंगे

शांत स्वभाव और बहुमुखी प्रतिभा के धनी निशांत जैन ने वर्ष-2015 में सिविल सर्विस में मेरठ का नाम रोशन किया। सिविल सर्विस में 13वीं रैंक हासिल कर छोटे शहरों के युवाओं की आंखों में बड़े सपने जगा दिए। इससे भी बड़ा काम हिंदी मीडियम का टॉपर बनकर किया। एक मध्य वर्गीय परिवार से बड़ी सफलता हासिल करने तक उनके सफर में कई अहम मोड़ आए, जहां उन्होंने खुद को साबित किया।

निशांत का परिवार दिल्ली रोड पर पंजाबी पुरा कॉलोनी में रहता है। पिता सुशील जैन और मां सुशीला जैन हैं। वह शुरू से ही पढ़ाई में तेज रहे। 10वीं और 12वीं में यूपी बोर्ड में जिला टॉप किया। इससे माता-पिता को भी अहसास हो गया था कि निशांत कुछ बड़ा करेंगे। निशांत ने बीए और एमए हिंदी मेरठ कॉलेज से किया। यूनिवर्सिटी की मेरिट लिस्ट में आए। एमए के बाद दिल्ली विवि से एमफिल का एंट्रेंस दिया, जिसे वह टॉप कर गए। इस दौरान यूजीसी नेट जेआरएफ क्वालीफाई कर लिया। फेलोशिप के साथ रिसर्च की राह पकड़ ली। इस तरह निशांत एक मध्यम वर्गीय सोच के साथ कॅरियर को स्थिर करते हुए आगे बढ़ते चले। दिल्ली मुखर्जी जिसे कोचिंग की मंडी भी कहा जाता है, वहां का रुख किया। निशांत ने कोचिंग पर बहुत फोकस नहीं किया। कुछ एक्सपर्ट्स की मदद से सेल्फ स्टडी शुरू कर दी। इस बीच, संसद में राजभाषा अधिकारी के पद पर चयन हो गया। नौकरी के दौरान निशांत की तैयारी जारी रही। पहले प्रयास में प्री भी क्वालीफाई नहीं हुआ, पर हिम्मत नहीं हारी। दूसरे प्रयास में सफलता का झंडा गाड़ दिया। हिंदी मीडियम के टॉपर बनकर मेरठ का नाम देश में रोशन किया। निशांत को राजस्थान कैडर मिला है। फिलहाल, उनकी मसूरी स्थित लाल बहादुर शास्त्री एकेडमी में ट्रेनिंग चल रही है।

सिविल सेवा में 13वीं और हिंदी मीडियम से पहली रैंक हासिल की

छोटे शहरों के युवाओं की आंखों में जगा दिए बड़े सपने

मध्यम वर्गीय परिवार से असाधारण सफलता हासिल कर बढ़ाया मेरठ का गौरव

हिन्दुस्तान

गुरुवार, 31 दिसंबर 2015, मेरठ

निशांत जैन ने बढ़ाया हिन्दी का मान

मेरठ। संघ लोक सेवा आयोग की परीक्षा में निशांत जैन ने हिन्दी माध्यम से परीक्षा देकर राष्ट्रीय स्तर पर 13वीं रैंक पाते हुए मेरठ को नया नाम दिया। तीन दशक बाद निशांत ने आईएएस में श्रेष्ठ रैंक में मेरठ की उपस्थिति दर्ज कराई।

नवभारत टाइम्स

एजुकेशन-करियर/विविधा

IAS के लिए यह हो स्ट्रैटिजी

आईएएस, आईपीएस, आईएफएस और आईआरएस जैसी ऑल इंडिया सर्विसेज और सेंट्रल सर्विसेज के अधिकारियों के सिलेक्शन के लिए आयोजित किया जाने वाला यूपीएससी सिविल सर्विसेज का प्रिलिम्स एग्जाम 7 अगस्त को होगा। यूपीएससी 2014 (आईएएस) में 13वीं रैंक हासिल कर चुके निशान्त जैन इस एग्जाम को क्रैक करने की रणनीति बता रहे हैं:

क्या है पूरा प्रॉसेस

- यूपीएससी आमतौर पर अप्रैल-मई में सिविल सर्विसेज प्रिलिम्स के लिए नोटिस जारी करता है। अगस्त में प्रिलिम्स एग्जाम होता है, जिसमें चुने गए कैंडिडेट्स आमतौर पर दिसंबर में होने वाले मेंस एग्जाम के योग्य माने जाते हैं। मेंस पास कर लेने वाले कैंडिडेट्स अगले साल अप्रैल-मई में होने वाला इंटरव्यू देते हैं और मई-जून में फाइनल रिजल्ट घोषित कर दिया जाता है। जनरल कैटगरी के लिए अधिकतम उम्र सीमा 32 साल है और कोई भी कैंडिडेट अधिकतम 6 बार इस एग्जाम में हिस्सा ले सकता है।
- प्रिलिम्स में ऑब्जेक्टिव टाइप सवाल पूछे जाते हैं। इसमें दो पेपर होते हैं। पहले पेपर में जनरल स्टडीज से जुड़े सवाल पूछे जाते हैं, जिसमें भारत का स्वतंत्रता आंदोलन, भारत का भूगोल, राजव्यवस्था, अर्थव्यवस्था, पर्यावरण, संस्कृति, विज्ञान-प्रौद्योगिकी और करंट अफेयर्स से जुड़े प्रश्न होते हैं। दूसरा पेपर एप्टिट्यूड का होता है, जिसमें कॉम्प्रिहेंशन, बेसिक मैथ्स, रीजनिंग, कम्यूनिकेशन और मेंटल एबिलिटी का टेस्ट लिया जाता है। दोनों पेपर 200-200 नंबरों के होते हैं और इनमें 1/3 नेगेटिव मार्किंग भी होती है।
- प्रिलिम्स सिर्फ छटनी के लिए है। मेंस एग्जाम में इसके नंबर नहीं जोड़े जाते।
- प्रिलिम्स क्वॉलिफाई करने पर मेंस देना होता है, जिसमें कुल नौ पेपर होते हैं। निबंध का एक पेपर, जनरल स्टडीज के चार पेपर, ऑप्शनल सब्जेक्ट के दो पेपर और क्वालिफाइंग भाषा (कम्पलसरी इंग्लिश और हिंदी/इंडियन लैंग्वेज) के पेपर लिए जाते हैं।
- मेंस एग्जाम में अब पेपर के साथ आंसर बुकलेट दी जाती है, जिसमें तय शब्द सीमा में उत्तर लिखने होते हैं।
- मेंस एग्जाम का माध्यम इंग्लिश, हिंदी और संविधान की आठवीं अनुसूची में दर्ज सभी भारतीय भाषाएं हो सकती हैं।
- जो कैंडिडेट मेंस पास कर लेते हैं, उनका इंटरव्यू होता है। फाइनल मेरिट में मेंस एग्जाम और इंटरव्यू के नंबर जोड़े जाते हैं।

तैयारी कब और कैसे

सिविल सर्विसेज की तैयारी शुरू करने का बेस्ट टाइम है ग्रैजुएशन के फौरन बाद। हालांकि ग्रैजुएशन के दौरान आप अपना ओरिएंटेशन थोड़ा-थोड़ा सिविल सर्विसेज की तैयारी की ओर मोड़ सकते हैं मसलन अखबार और करंट अफेयर्स मैगजीन पढ़ने की आदत विकसित करना। सबसे पहले एक अखबार, एक करंट अफेयर्स की मैगजीन और एनसीईआरटी की 9वीं से 12वीं क्लास तक की सोशल स्टडीज की किताबों से शुरुआत करें।

चाहें तो छठी से आठवीं तक की एनसीईआरटी की किताबों को भी देख सकते हैं। साथ ही इंटरनेट की मदद लें और भारत सरकार की वेबसाइटों के साथ-साथ ऑल इंडिया रेडियो को भी फॉलो करते रहें।

करें प्रीलिम्स की सीढ़ी पार

- प्रिलिम्स की तैयारी में प्रैक्टिस और रिविजन का बड़ा महत्व है। सिलेबस बहुत विस्तृत है। कोशिश करें कि करंट अफेयर्स को बेसिक नॉलेज से कनेक्ट करके पढ़ें।
- स्पष्ट और सटीक उत्तर देने की कला सीखना जरूरी है क्योंकि इसमें नेगेटिव मार्किंग भी है। सारे सवाल हल करने की कोशिश न करें। पहले उन सवालों को करें, जो आपको अच्छी तरह आते हैं। इसके बाद फिफ्टी-फिफ्टी टाइप सवालों को हल करने कोशिश करें। जो सवाल बिल्कुल न आता हो, उसे न छुएं। तुक्कों से बचें।
- कुछ कैंडिडेट्स किसी विषय पर ढेर सारी किताबें पढ़कर दबाव में आ जाते हैं। एनसीईआरटी की किताबों के अलावा जनरल स्टडीज के हर हिस्से (इतिहास, भूगोल, इकॉनमी, पॉलिटी, संस्कृति, साइंस-टेक्नॉलजी, पर्यावरण) के लिए एक-एक अच्छी किताब खरीद लें। स्टडी मटीरियल कम पढ़ें पर अच्छी तरह से पढ़ें और रिविजन करते रहें।
- पेपर-2 यानी सीसैट मे प्रैक्टिस अहम है। हालांकि अब सी-सैट केवल क्वालिफाइंग पेपर है, लेकिन इसे नजरअंदाज न करें। कअच्छी टेस्ट सीरीज जॉइन करना या लगातार टेस्ट देना आपको मजबूत और कॉन्फिडेंट बनाता है और एग्जाम से ठीक पहले के तनाव से बचाता है।

तोड़ें मेंस का तिलिस्म

यूपीएससी सिविल सर्विसेज एग्जाम में कामयाबी का आधार यही एग्जाम है। इसमें बेहतर प्रदर्शन आपकी बेहतर रैंक तय करने में अहम भूमिका निभाता है। जनरल स्टडीज के चार पेपरों के लिए देश-दुनिया में घट रही घटनाओं और बदलावों की एक समझ विकसित करें। जनरल स्टडीज का चौथा पेपर इथिक्स का होता है। इसके लिए केस स्टडी हल करने की प्रैक्टिस बनाए रखें। निबंध का पेपर गेम चेंजर की तरह है। किसी को 150 नंबर या उससे ज्यादा मिलते हैं, तो किसी को 50-60 की रेंज में। मुझे 160 मिले थे जो शायद सबसे ज्यादा थे। मेंस एग्जाम में ऑप्शनल सब्जेक्ट के भी 2 पेपर होते हैं। यहां आपको यूपीएससी द्वारा तय कई ऑप्शनल सब्जेक्ट्स में से कोई एक सब्जेक्ट चुनना होता है। ऑप्शनल सब्जेक्ट वही चुनें जिसमें आपकी सहज रुचि हो और आप जिसमें अच्छे अंक ला सकें। ऑप्शनल सब्जेक्ट भी स्कोर के मामले में गेम चेंजर की भूमिका निभा सकता है। इन सात पेपरों के अलावा क्वालिफाइंग लैंग्वेज के भी दो पेपर होते हैं।

इंटरव्यू का आखिरी पड़ाव

इंटरव्यू के दौरान सहज बने रहें। जो भी सवाल पूछा जाए, उसे पूरी तरह सुनकर ही जवाब दें। झूठ न बोलें। मेंस एग्जाम से पहले आपने जो ऐप्लिकेशन फॉर्म भरा था, उसमें आपने अपनी फैमिली और एजुकेशनल बैकग्राउंड, एक्सपीरियंस आदि के बारे में लिखा होगा। इन सब चीजों की तैयारी अच्छे से कर लें।

रुक जाना नहीं, तू कहीं हार के

सिविल सेवा एग्जाम में कई स्तरों पर असफलता का स्वाद चखना पड़ सकता है। ध्यान रहे ऐसे बहुत से कैंडिडेट होते हैं जो दो या ज्यादा प्रयासों में सिलेक्ट होते हैं। घबराएं नहीं और प्रयास जारी रखें।

सितारों से आगे जहां...

तनावमुक्त ढंग से इस एग्जाम की तैयारी के लिए जरूरी है कि आप एक करियर ऑप्शन सोचकर रखें।

(ये लेखक के निजी विचार हैं।)

दैनिक जागरण

www.jagran.com दैनिक जागरण | 02 रविवार, 23 सितंबर 2018 झंकार

दैनिक जागरण

मेरी कहानी मेरा जागरण

एक घटना भी बदल सकती है जिंदगी। मेरी कहानी मेरा जागरण के तहत भारी संख्या में मिली पाठकों की कहानियां उनके सच्चे अनुभव बयान करती हैं। इस सप्ताह संपादक मंडल द्वारा चुनी गई दो श्रेष्ठ कहानियां:

हिंदी से छुआ शिखर

एक आईएएस अधिकारी के कार्यों को पढ़कर युवक ने लिया संकल्प और मेहनत से खुद भी हासिल किया वही मुकाम...

चित्रांकन: ओम सिंह

उत्तर प्रदेश के मेरठ के पुराने शहरी इलाके के एक मुहल्ले से निकलकर सीढ़ी-दर-सीढ़ी आगे बढ़ते हुए आज मैं किशोरावस्था में देखा अपना सपना सच कर पाया, पर कभी-कभी लगता है कि यह भी एक सपना सा ही है। आज भी ताजा हैं वो यादें, जब मेरठ से दिल्ली यूपीएससी की तैयारी करने, अपने सपनों को पंख लगाने आया था।

मैं एक साधारण से मध्यमवर्गीय परिवार में पला-बढ़ा। पापा हाईस्कूल तक पढ़े थे पर मां अपने जमाने की ग्रेजुएट थीं। लिहाजा घर में पढ़ाई-लिखाई पर काफी जोर था। हम राशन की सरकारी पीडीएस दुकान पर सामान लेने जाते थे। दुकानदार ज्यादातर गायब रहता था। गोल-मोल से किस्से भी सुनते थे हम उसके। मैं पीले राशन कार्ड को पढ़ता था तो नीचे लिखा होता था- खाद्य और रसद अधिकारी। मैं सोचता कि यदि अधिकारी बनकर अनियमितताओं और विसंगतियों को दूर किया जा सकता है तो मुझे भी अधिकारी बनना है। घर पर बताया भी। बात आई-गई हो गई।

जब मैं आठवीं या नवीं कक्षा में पढ़ता था, उन दिनों मेरठ में जिलाधिकारी थे अवनीश अवस्थी। मुझे अखबार पढ़ने का शौक था। रोज पढ़ता कि आज उन्होंने क्या-क्या अच्छे काम किए। मेरा किशोर मन उनकी पहलों, सुधारों और काम-काज से काफी प्रभावित था। मन में यह बात घर करने लगी थी कि मुझे भी कलेक्टर बनना है। भैया ने बताया कि इसके लिए आईएएस की परीक्षा पास करनी होगी। मैं पढ़ने-लिखने में अच्छा था और सह-शैक्षिक गतिविधियों जैसे डिबेट-निबंध-क्विज-काव्यपाठ आदि का शौक भी था। भैया को लगता था कि मेरे जैसे विद्यार्थियों को आईएएस के लिए जरूर प्रयास करना चाहिए।

मैं मेरठ कॉलेज में पढ़ाई के साथ एक्स्ट्राकरिकुलर एक्टिविटी में बहुत व्यस्त रहता था। ग्रेजुएशन के दौरान मैंने दर्जनों नेशनल व स्टेट लेवल वाद-विवाद, निबंध, कविता पाठ, क्विज प्रतियोगिताओं में हिस्सा लिया। कॉलेज की वार्षिक पत्रिका 'अभिव्यक्ति' में लगातार छात्र-संपादक रहा। भरपूर एक्सपोजर और कॉन्फिडेंस मिला। यूनिवर्सिटी की मेरिट लिस्ट में स्थान भी मिला। मैंने इतिहास, राजनीति विज्ञान और अंग्रेजी साहित्य विषयों के साथ ग्रेजुएशन और हिंदी साहित्य में पोस्ट ग्रेजुएशन किया।

सपने बड़े थे पर कुछ आर्थिक समस्याएं भी थीं। मैं और मेरे दो दोस्त दसवीं कक्षा के बाद से ही लिखने-पढ़ने की पार्ट टाइम जॉब करते रहे थे। जैसे किताबों की प्रूफ रीडिंग और क्रिएटिव राइटिंग। इन्हीं जरूरतों के चलते मैंने कुछ समय डाक विभाग में असिस्टेंट की नौकरी भी की। नौकरी करते-करते यह बात समझ में आ गई थी कि कुछ बड़ा करना है तो कुछ रिस्क भी लेना होगा।

उस दौर का एक बड़ा दिलचस्प किस्सा मैं कभी नहीं भूल पाता और कभी-कभी मुझे लगता है कि यह घटना मेरी जिंदगी का टर्निंग प्वाइंट बन गई। मेरे एक सीनियर थे। वह अक्सर मेरा हाल-चाल पूछते और मोटिवेट करते। एक बार उन्होंने मुझसे कहा, 'किसी बिजली के बल्ब को अगर एक कमरे में जमीन के पास लाकर लटका दिया जाए, तो वह कितनी रोशनी देगा और यदि उसी बल्ब को ऊपर दीवार पर लटकाया जाए, तब वह कितनी रोशनी देगा।' उनका संकेत स्पष्ट था, यदि तुममें उच्च स्तर पर जाकर योगदान करने की क्षमता है, तो तुम्हें निश्चय ही इसके लिए प्रयास करना चाहिए। मुझे यह बात जम गई और इसी के साथ एक बड़े बदलाव की तैयारी शुरू हो गई।

मैंने हिंदी साहित्य विषय से यूजीसी नेट-जेआरएफ परीक्षा की तैयारी शुरू की और पहले प्रयास में उत्तीर्ण भी हो गया। डीयू में प्रवेश लिया और सपनों को सच करने की उम्मीद लिए आखिरकार दिल्ली पहुंच ही गया।

मैंने 2013 की संघ लोक सेवा आयोग की सिविल सेवा प्रारंभिक परीक्षा दी। आज तक जीवन की हर अकादमिक और प्रतियोगी परीक्षा में अच्छे अंक लाकर सफल होता रहा था पर प्रारंभिक परीक्षा में मैं असफल रहा। एक बार को तो ऐसा लगा जैसे सब टूट सा गया। हिम्मत टूट रही थी और मन अवसाद से ग्रस्त होने लगा था। यह मेरी यात्रा का बेहद कठिन दौर था। कंफ्यूजन बढ़ रहा था और करियर को डावांडोल सा महसूस कर रहा था।

इस कठिन वक्त में मेरा परिवार विशेषकर मेरे भैया प्रशांत और कुछ दोस्त संकटमोचक बनकर सामने आए। मुझे भावनात्मक संबल दिया और साथ ही मुझमें हिम्मत बंधी। दूसरी ओर एक अन्य प्रतियोगी परीक्षा लोकसभा सचिवालय में ट्रांसलेटर में मेरी सफलता की खबर भी मिली।

एम.फिल का लघु शोध प्रबंध जमा करके मैंने संसद भवन में यह नौकरी ज्वॉइन कर ली। इस नौकरी ने भी बहुत कुछ सिखाया और आत्मविश्वास बढ़ाया, सो अलग। अगले साल मैंने यूपीएससी की परीक्षा फिर से दी। इस बार किस्मत ने साथ दिया और प्रीलिम्स परीक्षा उत्तीर्ण हो गई। मुख्य परीक्षा भी उत्तीर्ण हो गई। इंटरव्यू भी दे दिया।

3 जुलाई, 2015 को दोपहर एक बजे फोन आया और मालूम हुआ कि 13वीं रैंक आई है और हिंदी माध्यम में पहला स्थान। हिंदी माध्यम में काफी समय बाद ऊंची रैंक आई थी। बाद में आयी अंकतालिका से मालूम हुआ कि मुझे मुख्य परीक्षा में तीसरे सर्वाधिक अंक प्राप्त हुए थे। साथ ही निबंध और वैकल्पिक विषय (हिंदी साहित्य) में भी सर्वाधिक अंक मिले। कुल मिलाकर अंक थे 1001, जो मेरे लिए किसी शुभ शगुन से कम नहीं थे।

आज सेवा में आए तीन साल हो गए हैं। पहले लाल बहादुर शास्त्री राष्ट्रीय प्रशासन अकादमी, मसूरी में ट्रेनिंग और अब एसडीएम के पद पर कार्य। तमाम प्रशासनिक कार्यों से वक्त निकालकर आज भी स्कूल और हॉस्टल जाकर बच्चों से संवाद करने में असीम सुख मिलता है। लिखने का जबरदस्त शौक था। आज तीन किताबें; 'मुझे बनना है यूपीएससी टॉपर', 'राजभाषा के रूप में हिंदी' और 'शादी बंदर मामा की' (बाल कविता संकलन) प्रकाशित हुई हैं।

मेरा यही कहना है जहां भी जैसे भी रहें, जो कुछ भी करें, खुश रहकर करें, व्यस्त रहें और मस्त रहें। निराशा की बातें करने वालों की बातें सुन-सुनकर हताश न हों। अंत में, दुष्यंत कुमार की वे चार पंक्तियां, जो मेरी संपूर्ण संघर्ष यात्रा में मेरा साथ निभाती रहीं,

इस नदी की धार से ठंडी हवा आती तो है,
नाव जर्जर ही सही, लहरों से टकराती तो है,
एक चिंगारी कहीं से ढूंढ लाओ दोस्तों,
इस दिये में तेल से भीगी हुई बाती तो है।

निशान्त जैन, मेरठ (उ.प्र.)

परिशिष्ट

ट्रेनिंग की एक झलक : फाउंडेशन कोर्स

आखिर नजदीक आ ही गई वह तारीख, जिसका सपना किशोरावस्था से ही मैंने सँजोया था। सपनों की मंजिल कही जानेवाली 'लाल बहादुर शास्त्री राष्ट्रीय प्रशासन एकेडमी, मसूरी' (एल.बी.एस.एन.ए.ए.) में ट्रेनिंग शुरू होने का दिन करीब आ गया था। 7 सितंबर, 2015 के दिन यह बहुप्रतीक्षित प्रशिक्षण शुरू होना था।

मैं और मेरे परिवार के सदस्य 6 सितंबर की दोपहर पहाड़ों की रानी मसूरी पहुँच गए। संयोग से मैं पहली बार ही मसूरी आया था। मसूरी के लाइब्रेरी प्वॉइंट से जैसे-जैसे हम एकेडमी की ओर बढ़ रहे थे, मेरी धड़कन भी तेज हो रही थी। कैसी होगी सपनों की एकेडमी? कैसे होंगे साथी और कैसा होगा माहौल?

एकेडमी के मुख्य द्वार से आगे का सफर मुझे खुद तय करना था। भीतर जाकर पाया कि यह एकेडमी बाहर से जितनी छोटी है, भीतर से उतनी ही बड़ी और भव्य भी। एकेडमी की सुंदरता के बारे में क्या कहूँ? अद्‌भुत और अविश्वसनीय। प्रकृति की गोद में बसी यह एकेडमी प्राकृतिक सौंदर्य के बीच खूबसूरत आर्किटेक्चर का उदाहरण है। इमारतों के नाम भी दिलचस्प हैं—कर्मशिला, ज्ञानशिला, ध्रुवशिला एवं आधारशिला और हॉस्टलों के नाम नदियों के नाम पर हैं—नर्मदा, गंगा, कावेरी।

मुझे कावेरी हॉस्टल आवंटित हुआ था। मैं सामान के साथ हॉस्टल की ओर बढ़ रहा था कि एक साथी ने मुझसे कावेरी हॉस्टल का पता पूछा। मैं अपने कमरे में पहुँचा, कुछ देर में घंटी बजी तो यह वही साथी था। यानी वह मेरा रूममेट था। केरल से आए इस प्रशिक्षु अधिकारी (ऑफिसर ट्रेनी) को भारतीय राजस्व सेवा मिली थी। दरअसल एकेडमी में ट्रेनिंग ले रहे नव चयनित अधिकारियों को इसी पद नाम से पुकारा जाता है। संक्षेप में यह ओ.टी. हो जाता है।

मसूरी में ट्रेनिंग की शुरुआत जिस कोर्स से होती है, उसे 'फाउंडेशन कोर्स' कहा जाता है। हमारा फाउंडेशन कोर्स '90वाँ फाउंडेशन कोर्स' था। यह भारत की विभिन्न ग्रुप-ए सिविल सेवाओं, जैसे आई.ए.एस./आई.एफ.एस./आई.पी.एस./आई.आर.एस. आदि के प्रशिक्षु अधिकारियों का एक एंट्री लेवल कोर्स है, जो आम तौर पर मसूरी स्थित इस एकेडमी में ही आयोजित किया जाता है। भारतीय प्रशासनिक सेवा और भारतीय विदेश सेवा के प्रशिक्षु अधिकारियों के लिए फाउंडेशन कोर्स में हिस्सा लेना अनिवार्य होता है, क्योंकि वे सेवा में रहते हुए पुनः सिविल सेवा परीक्षा में नहीं बैठ सकते। इस शुरुआती कोर्स की अवधि आम तौर पर सवा तीन महीने की होती है।

फाउंडेशन कोर्स, जैसा कि इसके नाम से ही स्पष्ट है, एक बेसिक कोर्स है, जो एकेडमी में नवागत युवा अधिकारियों को लोक सेवक बनाने के लिए अपेक्षित कौशलों, ज्ञान और अभिवृत्ति का विकास करता है। इसके उद्देश्य हैं—प्रशिक्षु अधिकारियों को देश के प्रशासनिक, सामाजिक, आर्थिक और राजनीतिक पर्यावरण से अवगत कराना, विभिन्न सिविल सेवाओं में परस्पर सहयोग एवं समन्वय विकसित करना और एक प्रशिक्षु अधिकारी के व्यक्तित्व का सर्वांगीण विकास करना। एकेडमी फाउंडेशन कोर्स में जिस भावना के विकास पर सबसे ज्यादा बल देती है, वह है—'esprit de corps' यानी संघ भावना। इसका मतलब है—इस बहुसांस्कृतिक देश के विभिन्न क्षेत्रीय, धार्मिक, भाषायी, सामाजिक, आर्थिक, जनजातीय पृष्ठभूमि वाले युवा अधिकारियों में परस्पर सामंजस्य और जुड़ाव महसूस करानेवाली भावना का विकास करना।

खैर, वापस आते हैं अपनी डायरी की ओर। 7 सितंबर यानी ट्रेनिंग का पहला दिन। सुबह 6 बजे हमारा दिन शुरू हो जाता। मुँह अँधेरे करीब 350 युवा अधिकारी पी.टी. के लिए मैदान की ओर निकल पड़े। ऊँचे-नीचे पहाड़ी रास्तों से होकर निर्धारित समय पर पी.टी. में पहुँचते। सुबह की मीठी-मीठी ठंडक में करीब 45 मिनट की शारीरिक कसरत के बाद लौटे। एकेडमिक कक्षाएँ करीब सुबह 9 बजे शुरू हो जातीं। आज 90वें फाउंडेशन कोर्स का उद्घाटन समारोह था। हम लोगों के लिए उद्घाटन के अवसर पर सेरेमोनियल ड्रेस पहनना अनिवार्य था। सेरेमोनियल ड्रेस का मतलब है पुरुषों के लिए जोधपुरी बंद गला सूट और महिलाओं के लिए साड़ी। इस वेशभूषा में प्रशिक्षु अधिकारियों का लुक बहुत आकर्षक लग रहा था।

पहला दिन उद्घाटन समारोह, कोर्स ब्रीफिंग और आइस ब्रेकिंग को समर्पित था। समारोह के मुख्य अतिथि थे भारत सरकार के कार्मिक और प्रशिक्षण विभाग के सचिव श्री संजय कोठारी। समारोह में एकेडमी का गीत 'हओ धरमेते धीर, हओ करमेते बीर, हओ उन्नत शिर—नहीं भय' का भी सस्वर गान हुआ। एकेडमी के चिह्न में लिखित आदर्श वाक्य—'शीलं परम भूषणम्' का संदेश भी याद दिलाया गया।

शाम को आइस ब्रेकिंग के रोचक और दिलचस्प सत्र हुए। आइस ब्रेकिंग का मतलब है—विभिन्न गतिविधियों और खेलों के माध्यम से संवाद में जमी हुई बर्फ तोड़ना, ताकि सब एक-दूसरे को जानें और घुलें-मिलें। उन गतिविधियों में बहुत आनंद आया और उस दिन की कही-सुनी बातें आज भी भुलाना मुश्किल है।

दूसरे दिन से विधिवत् कक्षाएँ शुरू होनी थीं। हर रोज की तरह सुबह पोलो ग्राउंड में पी.टी. के बाद 9 बजे से कक्षाएँ शुरू होतीं। पी.टी. के बाद फटाफट नहा-धोकर फॉर्मल वेशभूषा में तैयार ऑफिसर्स मेस में नाश्ता करने जाते। समय का मैनेजमेंट कितना भी कर लें, लेकिन हम रोजाना भागते-दौड़ते ही क्लास तक पहुँचते।

दूसरे दिन कोर्स ब्रीफिंग हुई, जिसमें फाउंडेशन कोर्स के विभिन्न आयामों और एकेडमिक व सह-शैक्षिक गतिविधियों की विस्तार से जानकारी दी गई। मैं आपसे संक्षेप में फाउंडेशन कोर्स की वैविध्यपूर्ण और समग्र गतिविधियों की जानकारी साझा करता हूँ। यदि फाउंडेशन कोर्स के एकेडमिक इनपुट्स की बात करें तो इसमें दिनभर चलनेवाली कक्षाओं में प्रमुख रूप से छह विषय विभिन्न संकाय सदस्यों और बाहर से आनेवाले विशेषज्ञों द्वारा पढ़ाए जाते हैं। संकाय सदस्यों में प्रोफेसरों के अतिरिक्त विभिन्न सिविल सेवाओं में सेवारत वरिष्ठ अधिकारी भी होते हैं।

वहीं अतिथि वक्ताओं में वरिष्ठ जन प्रतिनिधि और अधिकारी, प्रशासक, प्रोफेसर, विद्वान् एवं सामाजिक हस्तियाँ शामिल होते हैं।

फाउंडेशन कोर्स में पढ़ाए जानेवाले ये प्रमुख विषय-क्षेत्र हैं—

1. लोक प्रशासन
2. अर्थशास्त्र
3. विधि यानी कानून
4. मैनेजमेंट
5. राजनीतिक अवधारणाएँ और भारत का संविधान
6. भारतीय इतिहास और संस्कृति।

चूँकि उपर्युक्त विषयों का दायरा सामान्य तौर पर काफी विस्तृत है, अत: एकेडमी इन विषयों के उन पक्षों को ही ज्यादा महत्त्व देती है, जो प्रशासन और सिविल सेवाओं में काम-काज की दृष्टि से अधिक महत्त्वपूर्ण हैं।

इन छह विषयों के साथ ही दो अन्य विषय पढ़ाए जाते हैं—एक तो सूचना एवं संचार प्रौद्योगिकी (आई.सी.टी.) और दूसरा भाषा। इसमें अनेक उपलब्ध भारतीय भाषाओं में से कोई एक भाषा चुननी होती है। बतौर उदाहरण, मैंने उर्दू सीखने का निर्णय लिया। हिंदुस्तान की इस मीठी जुबान को सीखने के अपने अनुभव का जिक्र मैं बाद में करूँगा।

एकेडमिक इनपुट्स के अलावा फाउंडेशन कोर्स में दो प्रमुख असाइनमेंट हिंदी या अंग्रेजी में लिखकर नियत समय पर जमा करने होते हैं। ये हैं—निबंध और पुस्तक समीक्षा। निबंध के विषय क्षेत्र—राष्ट्रीय सुरक्षा, राष्ट्रीय एकता और सांप्रदायिक सद्भाव, मानवाधिकार और विज्ञान व मानव विकास जैसे क्षेत्रों तक विस्तृत होते हैं। इसी तरह किसी गैर-फिक्शन किताब की समीक्षा करनी होती है।

एकेडमी की बहुरंगी जिंदगी में किस्म-किस्म के रंग भरती हैं यहाँ की सह-शैक्षिक गतिविधियाँ। मुझे लगता है कि ये रोचक गतिविधियाँ प्रशिक्षु अधिकारियों को न केवल ट्रेनिंग की एकरसता से बचाती हैं, बल्कि उनकी ओवरऑल पर्सनैलिटी डेवलपमेंट कर उन्हें आपस में घुलने-मिलने में भी मदद करती हैं। इन गतिविधियों में शामिल हैं—ट्रेकिंग, घुड़सवारी, गाँव भ्रमण, सांस्कृतिक गतिविधियाँ, क्लबों और सोसाइटियों की विविध सृजनात्मक गतिविधियाँ, श्रमदान, रक्तदान कैंप आदि।

इन सब गतिविधियों का बाद में मूल्यांकन होता है, जिसके आधार पर विभिन्न मेडल और पुरस्कार भी दिए जाते हैं।

एकेडमी में हमारी जिंदगी धीरे-धीरे रफ्तार भरने लगी। एकेडमिक कक्षाएँ पूरे जोर-शोर से शुरू हो चुकी थीं। सभी कक्षाएँ नियमित तौर पर अटेंड करना और उनमें नियत समय पर पहुँचना एकदम अनिवार्य था।

पहले हफ्ते एकेडमिक कक्षाओं के अलावा कुछ और इनपुट्स भी दिए जाने शुरू हुए। इसमें से एक है—एक्स्ट्रा करिकुलर मॉड्यूल (ई.सी.एम.)। प्रत्येक प्रशिक्षु अधिकारी की सह-शैक्षिक गतिविधियों में भागीदारी सुनिश्चित करने के लिए उन्हें कोई एक ई.सी.एम. चुनना अनिवार्य होता है। इनमें बैडमिंटन, टेनिस, बिलियर्ड्स, संगीत, गायन और वादन, पेंटिंग, फोटोग्राफी, कुकिंग, बेकिंग, हॉर्स राइडिंग आदि शामिल होते हैं। इन्हें सिखाने के लिए अलग से सत्र होते हैं।

पहले हफ्ते ही एक और दिलचस्प गतिविधि हुई। यह थी एकेडमी के विभिन्न क्लबों, सोसाइटियों के चुनाव। ये क्लब/सोसाइटियाँ आपकी रुचि के क्षेत्रों में काम करने और कुछ नया सीखने का अनूठा अवसर प्रदान करती हैं। इन सोसाइटीज में शामिल हैं—फिल्म सोसाइटी, फाइन आर्ट्स एसोसिएशन, हॉबीज क्लब, हाउस जर्नल सोसाइटी (साहित्यिक क्लब), मैनेजमेंट सर्किल, नेचर लवर्स क्लब, ऑफिसर क्लब, ऑफिसर मेस, सोशल सर्विस सोसाइटी, राइफल एंड आर्चरी क्लब, कंटेंपररी अफेयर्स सोसाइटी आदि। इन क्लबों/सोसाइटियों के नामों से ही स्पष्ट है कि ये कितनी विविधतापूर्ण और अनूठी हैं।

प्रशिक्षु अधिकारियों में से ही इन सोसाइटियों के सचिव व सदस्य चुने जाते हैं। प्रशिक्षु अधिकारी ही इनका चुनाव करते हैं। नामांकन भरे जाने के बाद प्रचार का अवसर भी मिलता है। प्रचार के लिए सभी उम्मीदवारों को सभी प्रशिक्षु अधिकारियों के सामने यह बताने का मौका भी मिलता है कि उन्हें ही क्यों चुना जाए। मैं एकेडमी की साहित्यिक संस्था 'हाउस जर्नल सोसाइटी' के सेक्रेटरी के लिए नामांकित हुआ था। ऑनलाइन वोटिंग के बाद अंततः मुझे चुन लिया गया।

पहले हफ्ते के अंत के साथ ही साप्ताहिक ट्रेकिंग की शुरुआत हो गई। ट्रेकिंग का अनुभव कई मायनों में दिलचस्प और अनूठा रहा। मसूरी की अद्‍भुत प्राकृतिक सुषमा के बीच टेढ़े-मेढ़े, सँकरे और ऊँचे-नीचे रास्तों से होकर ट्रेक करना रोमांच से भरपूर होता है। मसूरी में अच्छे, प्रचलित और खूबसूरत ट्रेक भी हैं। मसूरी में शुरुआती तीन हफ्तों में से हर वीकेंड होनेवाले ये शॉर्ट ट्रेक एकेडमी से केंपटी फॉल, बिनोग हिल्स और लाल टिब्बा तक के थे।

एकेडमी में कहा जाता है कि ऑफिसर ट्रेनी ट्रेक के अनुभवों और एहसासों को जिंदगी भर नहीं भूलते। मुझे भी ऐसा ही महसूस होता है। तीन शॉर्ट ट्रेक के बाद एक लंबा हिमालयन ट्रेक ट्रेकिंग के अनुभव को इसकी पूर्णता तक ले जाता है।

रोजमर्रा की भाग-दौड़ भरी जिंदगी से अलग, प्रकृति की मीठी सी गोद में साथियों के साथ कठिन रास्तों का थकान भरा सफर तय करना एक अलग एहसास देता है। ट्रेक के बीच में अनेक स्थानों पर बेहद थकान के चलते ऐसा भी महसूस होता है कि अब आगे बढ़ना मुश्किल है, पर नए-नए बने दोस्तों के साथ और उत्साह के सहारे हम अपनी मंजिल तक पहुँच ही जाते हैं।

एकेडमी में फाउंडेशन कोर्स की विविधता और रोचकता का भी जवाब नहीं। विभिन्न सेवाओं के करीब 350 प्रशिक्षु अधिकारियों को साथ रखकर उनका एक विविधतापूर्ण और रंग-बिरंगा गुलदस्ता तैयार करना एकेडमी की खूबी है। यह रोचक, किंतु आश्चर्यजनक ही है कि इतनी अधिक संख्या में प्रशिक्षुओं के होने के बावजूद करीब साढ़े तीन महीने के इस कोर्स के बाद आप लगभग सभी को जानने-पहचानने लगते हैं और किसी के भी दर्जनों खास दोस्त बनना भी तय है। इसका कारण है विभिन्न आधारों पर आपका अलग-अलग समूहों में अलग-अलग कक्षाओं/गतिविधियों में हिस्सा लेना।

आपका लेक्चर ग्रुप/क्लास अलग होगी तो काउंसलर ग्रुप अलग, ट्रेकिंग ग्रुप अलग है और विलेज विजिट ग्रुप अलग। आपके हॉस्टल के साथी अलग हैं और एक्स्ट्रा करिकुलर गतिविधि के साथी अलग। आप जिस भाषा को सीख रहे हैं, वहाँ आपके दोस्त अलग होंगे और जिस क्लब/सोसाइटी से आप जुड़े हैं, वहाँ के साथी अलग। इसके अलावा, आपकी सर्विस और कैडर के साथी तो अलग हैं ही।

इसके अलावा एकेडमी में हर साल होनेवाले एक बहुरंगी एक खास सांस्कृतिक कार्यक्रम 'इंडिया डे' में आपके क्षेत्रीय जोन के साथी भी अलग होते हैं।

इतनी जबरदस्त विविधता का फायदा यह होता है कि किसी-न-किसी मोड़ पर आपका हर किसी से सामना हो ही जाता है और आप एक-न-एक बार लगभग हर किसी से रूबरू हो ही जाते हैं। एकेडमी में एक और बेहतरीन व्यवस्था है, इसमें प्रशिक्षु अधिकारियों को काउंसलर ग्रुपों में बाँट दिया जाता है। हर ग्रुप के काउंसलर होते हैं फैकल्टी के कोई सदस्य, जो हर दो-तीन हफ्ते में एक बार अपने ग्रुप के प्रशिक्षक से मिलते हैं। इस बैठक में आप अपनी कोई भी परेशानी या समस्या साझा कर सकते हैं, जिसका समाधान आपके काउंसलर, यानी फैकल्टी सदस्य निकालने की कोशिश करते हैं और साथ ही वह आपके शिक्षक और मार्गदर्शक की भूमिका भी निभाते हैं।

आइए, फिर डायरी की ओर लौटते हैं। फाउंडेशन कोर्स की संरचना कुछ ऐसी है कि यह प्रशिक्षु अधिकारियों को काफी व्यस्त रखता है और आम तौर पर इस बीच छुट्टियाँ भी नहीं मिलतीं। अवकाश का दिन किन्हीं रचनात्मक गतिविधियों में ही बीतता है। दशहरा भी इसी दौरान आया। यूँ तो त्योहारों को घर से दूर मनाना नॉस्टेल्जिक महसूस कराता है, पर एकेडमी में विविध रचनात्मक गतिविधियाँ इस रिक्तता को कुछ हद तक भरने का काम करती हैं। दशहरे पर 'हॉबीज क्लब' ने बहुत सी क्रिएटिव गतिविधियाँ आयोजित कीं, जिनमें से जिस गतिविधि ने मुझे सबसे ज्यादा गहरे तौर पर प्रभावित किया, वह थीं इस अवसर पर सजी बेहद आकर्षक, पारंपरिक और थीम आधारित रंगोलियाँ।

कहीं महिषासुर मर्दिनी माँ अपने विराट् रूप में प्रत्यक्ष थीं तो कहीं विघ्नहर्ता विनायक मुसकरा रहे थे। कहीं मयूर अपनी पूर्णता में इठला रहा था तो कहीं कमल अपनी बहुरंगी छटा बिखेर रहा था। कहीं दशहरे के विविध प्रतीकों के माध्यम से हमारी उत्सवधर्मिता झलक रही थी, कहीं प्रकृति और मानव का अंतर्संबंध व्याख्यायित हो रहा था। सचमुच हमारे सांस्कृतिक वैविध्य और उसमें अंतर्निहित ऐक्य का जवाब नहीं! यह भी कहना होगा कि एकेडमी के प्रशिक्षु अधिकारियों की सृजनात्मकता का भी जवाब नहीं।

इसी तरह समय-समय पर एकेडमी प्रशिक्षु अधिकारियों में संस्कृति और विरासत के प्रति संवेदनशीलता विकसित करने के लिए विभिन्न प्रसिद्ध कलाकारों की सांस्कृतिक संध्याएँ आयोजित करती रहती है। इस तरह के वृहद् आयोजन संपूर्णानंद ऑडिटोरियम में होते हैं। फाउंडेशन कोर्स में अतिथि कलाकारों की इन

सांस्कृतिक संध्याओं में एक शाम थी—सूफी संगीत और अदब की एक शाम, जिसे 'चार यार' नामक मशहूर सूफी म्यूजिक ग्रुप ने संचालित किया।

LBSNAA के प्रशिक्षु अधिकारियों के लिए यह शाम बेहद खास और खुशनुमा थी। रोम-रोम को रूहानियत और रूमानियत के रंग से सराबोर कर देनेवाली ये शाम ताउम्र यादों की एलबम में जड़ी रहेगी, ऐसा मुझे यकीन है। पूरब और पश्चिम के चार प्रभावी वाद्य यंत्रों—सरोद, तबला, हारमोनियम और गिटार पर ये चार सूफी यार क्रमश: हिंदू, मुसलिम, सिख और ईसाई समुदायों की नुमाइंदगी करके मानो इस मुल्क की गंगा-जमुनी तहजीब की ही नुमाइंदगी कर रहे थे।

परम पिता की वंदना से शुरुआत कर 'आनंद' शब्द को फिजाओं में गुँजाकर दरअसल वे श्रोताओं के दिलों में उतरकर उनसे दिल के तार जोड़ रहे थे—

"आनंद मंगल भवो मोरी सजनी,
भयो परभात सखी, बीत गई रजनी।"

रूह में और गहरे उतरने के लिए 'चार यार' ने 18वीं सदी के सूफी बाबा बुल्लेशाह की कविताओं का सहारा लिया। 'थैया-थैया' की धुन और 'तेरे सदके में मौला' की पुकार दरअसल आत्मा के परमात्मा में विलय की पुकार ही थी। फिर पूरब और पश्चिम के फ्यूजन के माध्यम से रूमी से कबीर तक होते हुए 'इमेजिन' की धुनों तक की यह यात्रा भूगोल और सभ्यताओं की सीमाओं से परे संगीत की बादशाहत की कहानी कह रही थी। सूफी सिलसिले का रहस्यवाद कबीर के इस दोहे में खूब ध्वनित होता है—

"लाली मेरे लाल की, जित देखूँ तित लाल।
लाली देखन मैं गई, मैं भी हो गई लाल॥"

यह संगीतमयी शाम 'दमादम मस्त कलंदर' के साथ अपने चरम पर पहुँच रही थी। श्रोता मस्ती में झूमते हुए 'झूलेलाल-झूलेलाल' पुकार रहे थे और तालियों की ताल से संगत दे रहे थे। हिंदुस्तान की सूफी परंपरा के चार स्तंभों—ख्वाजा मुईनुद्दीन चिश्ती, कुतुबुद्दीन काकी, बाबा फरीद और हजरत निजामुद्दीन औलिया की याद के साथ शाम अपनी पूर्णता पर पहुँची। अपने गुरु निजामुद्दीन औलिया के इंतकाल पर खुसरो ने कहा था—

"गोरी सोवे सेज पर, सिर पर डाले केश।
चल खुसरो घर आपने, रैन भई चहुँ देस॥"

और इस तरह संकाय सदस्यों एवं प्रशिक्षु अधिकारियों के स्टैंडिंग ओवेशन और तालियों की लंबी गड़गड़ाहट से शाम का समापन हुआ।

इसी तरह कुछ अन्य सांस्कृतिक कार्यक्रम भी हुए, जिनमें बॉम्बे जयश्री रामनाथ की कर्नाटक संगीत की अद्भुत संध्या और उत्तर-मध्य क्षेत्र सांस्कृतिक केंद्र की ओर से लोक-नृत्य संध्या आदि महत्त्वपूर्ण रहे। इसके अलावा, प्रशिक्षु अधिकारियों की सांस्कृतिक संध्या भी इस दौरान हुई। इसमें हम सबने बढ़-चढ़कर भाग लिया। नाटक, नृत्य, गायन समेत विविध विधाओं से संयोजित को देखकर ऐसा लगता था जैसे ये सब साथी अपनी-अपनी विधाओं में पारंगत हैं। यह और बात है कि सिविल सेवा परीक्षा की तैयारी को नीरस समझा जाता है; पर यहाँ प्रशिक्षु अधिकारियों ने अपनी बहुमुखी प्रतिभा से साबित किया कि वे एकेडमिक ही नहीं, साहित्यिक-सांस्कृतिक गतिविधियों में भी अव्वल हैं। संयोग से, मुझे भी इस संध्या में एंकरिंग का अवसर मिला।

हमें एक दिन के शैक्षणिक भ्रमण पर देहरादून भी ले जाया गया, जहाँ हमने 'राष्ट्रीय दृष्टि-बाधितार्थ संस्थान' (NIVH) और मानसिक रूप से कमजोर बच्चों के एन.जी.ओ. 'रफेल' का भ्रमण किया और वहाँ चलनेवाली विभिन्न गतिविधियों को समझा। दोनों ही संस्थानों में दिव्यांगों के लिए बेहतरीन सुविधाएँ उपलब्ध कराई गई हैं और यहाँ इन बच्चों की शिक्षा, प्रशिक्षण एवं पुनर्वास का प्रयास किया जाता है। उन बच्चों से मिलकर निश्चित रूप से संवेदना जगीं; पर उनके जीवट और हिम्मत को देखकर स्कॉट हेमिल्टन की यह उक्ति भी याद आती है कि 'नकारात्मक दृष्टिकोण ही जीवन की एकमात्र विकलांगता है।' यहाँ हमने इन बच्चों द्वारा निर्मित कुछ उत्पाद भी खरीदे।

गांधी जयंती पर एकेडमी में साहित्य उत्सव (लिटरेरी फेस्टिवल) का भव्य आयोजन हुआ। दो दिन के इस समग्र आयोजन में साहित्य जगत् की नामचीन हस्तियाँ शामिल हुईं। इनमें रामचंद्र गुहा, अशोक वाजपेयी, मृणाल पांडे, मैना भगत, उर्वशी बुटालिया, अनुजा चौहान, अंजुम हसन, शेख महमूद, विक्रम संपत, आफताब सेठ, इरा त्रिवेदी जैसे चर्चित नाम शामिल थे। मैं अशोक वाजपेयीजी का एस्कॉर्ट ऑफिसर था। (एकेडमी में आनेवाले हर अतिथि और अतिथि व्याख्याता के साथ किसी प्रशिक्षु अधिकारी को एस्कॉर्ट ऑफिसर के रूप में नियुक्त किया जाता है)। संयोग से हिंदी के जाने-माने कवि और आलोचक अशोक वाजपेयीजी के साथ दो दिन बिताने का अवसर मुझे मिला। मैंने भी इस अवसर का बखूबी इस्तेमाल किया। अशोक वाजपेयी रिटायर्ड आई.ए.एस. हैं और बहुत दिलचस्प शख्सियत भी। उनके साथ वक्त बिताकर आप बोर तो बिल्कुल नहीं हो सकते। दो दिनों तक उनके प्रशासनिक व साहित्यिक जीवन की समांतर यात्रा के दिलचस्प और मजेदार किस्से सुनने से बड़ा सुख मेरे लिए क्या हो सकता था!

खैर, लिटरेरी फेस्टिवल में ढेरों सत्र और कार्यक्रम हुए। पहले सत्र में डॉ. सैफ महमूद ने उर्दू शायरी का पाठ कर कविता की ताकत का एहसास कराया। फिर भाषाओं की जीवंतता को बनाए रखने के विषय पर एक सामूहिक सत्र हुआ, जिसमें विभिन्न लेखकों ने अपने-अपने विचार रखे। इनके अलावा, लेखकों ने विभिन्न सत्रों में अपने लेखन, अपनी पसंदीदा किताबों, सृजन की प्रक्रिया आदि पर भी सार्थक चर्चा की। शाम के वक्त चाय के साथ प्रशिक्षु अधिकारियों ने विभिन्न लेखकों की किताबें खरीदकर उनसे किताबों पर हस्ताक्षर लिये। पहले दिन की शाम को पार्वती दत्ता द्वारा भारतीय शास्त्रीय नृत्यों का समन्वित रूप 'सन्निधि' प्रस्तुत किया गया।

गांधी जयंती पर गांधीजी और शास्त्रीजी को 'रघुपति राघव राजा राम' और 'वैष्णव जन तो तेने कहिए' आदि भजनों के माध्यम से श्रद्धांजलि दी गई। मशहूर लेखक रामचंद्र गुहा ने 'भारत के लिए गांधी और अंबेडकर की प्रासंगिकता' पर व्याख्यान दिया। प्रशिक्षु अधिकारियों की सहभागिता बढ़ाने के लिए कुछ रोचक कार्यशालाएँ भी आयोजित की गईं, जिनमें कला को समझना, क्ले पॉटरी, मिथिला लोकचित्र कला और कैलिग्राफी शामिल थे। साहित्य उत्सव के इस शानदार आयोजन का अंत काव्य संध्या से हुआ। इस तरह इस साहित्यिक-सांस्कृतिक उत्सव का भव्य समापन हुआ।

फाउंडेशन कोर्स के सबसे महत्त्वपूर्ण अवयवों में से एक है हिमालय की गोद में ट्रेक/ एन.जी.ओ. अटैचमेंट। इसके लिए सभी प्रशिक्षु अधिकारियों को कुछ समूहों में बाँटा जाता है और उन्हें उत्तराखंड के अलग-अलग स्थानों पर ट्रेकिंग के लिए भेजा जाता है। यह एकेडमी की जिंदगी के सबसे यादगार दिनों में से एक होता है और इस दौरान अच्छे दोस्त बनते हैं, सो अलग।

हम प्रकृति की गोद में जितना सीखते हैं, दरअसल वह हमारे उम्र भर के किताबी ज्ञान पर भारी पड़ता है। पहाड़ की जिंदगी, जीवंतता, सरोकार और सौंदर्य-बोध की समझ के लिए कुछ ऐसा ही काम हमारे लिए इस हफ्ते भर के एन.जी.ओ. अटैचमेंट ने किया।

पहाड़ की खूबसूरती और यहाँ की जिंदगी को लेकर मेरे मन में हमेशा से एक अजीब सा कौतूहल और जिज्ञासा सी रही है। हम मैदान के लोग कभी-कभी यह भी सोचते हैं कि क्या पहाड़ पर हमेशा के लिए भी रहा जा सकता है ? मैदान के लोग अमूमन पहाड़ का रुख गरमियों की छुट्टियों में सैर-सपाटे और ठंडक के एहसास की खातिर ही करते हैं। तीन-चार दिन या बमुश्किल एक हफ्ता टिककर

मैदान के लोग अपने घरों को लौट जाते हैं पहाड़ की एक रूमानियत भरी छवि मन में बसाए हुए। इस दौरान वे मौज-मस्ती में इस कदर मशगूल रहते हैं कि पहाड़ के जनजीवन और समस्याओं को लेकर शायद ही कोई सवाल या बेचैनी उनके मन में कौंधती हो।

लाल बहादुर शास्त्री राष्ट्रीय प्रशासन एकेडमी, मसूरी के हम 18 प्रशिक्षु अधिकारियों के दल की यह संक्षिप्त यात्रा एक ओर जहाँ प्रकृति और उसके विराट् सौंदर्य को करीब से निहारने का एक अवसर थी, वहीं दूसरी ओर यह पहाड़ के जनजीवन और उसकी जीवंतता, समस्याओं और सरोकारों की समझ विकसित करने की ईमानदार कोशिश भी। पहाड़ के लोगों की पहाड़ सी जिंदगी को महसूस करने की कोशिश करती यह यात्रा स्वयं में इसी तरह के कुछ सवालों से जूझती सी नजर आई।

3 अक्तूबर की सुबह हम एकेडमी से गढ़वाल मंडल विकास निगम की बस में सवार होकर गोपेश्वर (जिला चमोली) के लिए रवाना हुए। धनौल्टी होते हुए कद्दूखाल में चाय-पकौड़ों का नाश्ता कर हम चंबा, टिहरी, श्रीनगर, रुद्रप्रयाग, कर्णप्रयाग और नंदप्रयाग होते हुए गोपेश्वर पहुँचे। बस के इस बारह घंटे के उबाऊ सफर को हमारी बहुभाषी अंताक्षरी ने रोचक बनाए रखा। बहुभाषी इसलिए कि इस अनूठी अंताक्षरी में हिंदी के साथ-साथ तमिल, तेलुगु, बँगला, अंग्रेजी और यहाँ तक कि स्पेनिश के भी सुरीले नगमे शामिल थे। रास्ते में बस की खिड़की से पहाड़ के सौंदर्य के विविध आयाम दिखते थे। कहीं सीढ़ीदार खेतों के नमूने दिखते थे तो कहीं भूस्खलन के अवशेष भी। इस तरह झूमते-गाते गोपेश्वर (चमोली) पहुँचकर दिन खत्म हुआ।

हमें सात दिन बिताने थे 'गांधी शांति पुरस्कार' और 'रेमन मैग्सेसे पुरस्कार' विजेता जाने-माने गांधीवादी और पर्यावरण व सामाजिक कार्यकर्ता चंडी प्रसाद भट्टजी के साथ, जिन्होंने उत्तराखंड समेत देश भर में पर्यावरण संरक्षण की अलख जगाई। इस दौरान हमने उनकी संस्था 'दशोली ग्राम स्वराज्य मंडल' के विभिन्न कार्यों का अवलोकन भी किया। यहाँ गाँव-के-गाँव 'महिला मंगल दल' की रचनात्मक गतिविधियों में संलग्न रहते हैं। हमने उन दलों का काम भी देखा और वह जगह भी देखी, जहाँ 'चिपको आंदोलन' की शुरुआत हुई थी। जंगलों में किस तरह वनीकरण किया गया, इसकी झलक भी हमने देखी और राजकीय कन्या इंटर कॉलेज व डिग्री कॉलेज में छात्रों से संवाद भी किया।

चंडी प्रसाद भट्टजी के सरल और सादगी भरे व्यक्तित्व से मैं बहुत प्रभावित हुआ। 'पद्म भूषण' से सम्मानित हो चुके भट्टजी के व्यक्तित्व की सहजता को

देख कोई भी हतप्रभ रह जाएगा। वही सीधा-सादा जीवन एवं रहन-सहन और वृद्धावस्था के बावजूद अभी भी सक्रियता और कुछ अच्छा काम करते रहने की ललक। उनका व्यक्तित्व ही बहुत कुछ सिखा गया। चलते-चलते उन्होंने मुझे अपने संस्मरणों की किताब 'पर्वत-पर्वत बस्ती-बस्ती' भेंट की, जिस पर मैंने एकेडमी लौटकर पुस्तक समीक्षा भी लिखी।

अकादमी की जिंदगी काफी वैविध्यपूर्ण है। सुबह से शाम तक और दिन-प्रतिदिन की दिनचर्या में इतनी सारी चीजें एक साथ घटती हैं कि आप तनाव-दबाव के बीच मस्ती और क्रिएटिविटी के साथ जिंदगी बिताने और मल्टीटास्किंग के आदी होने लगते हैं। साथ ही आप पढ़ाई-लिखाई, खेल-कूद, दोस्ती, अपने शौकों/अभिरुचियों को जीना, पब्लिक स्पीकिंग समेत तमाम चीजों को साथ-साथ जीते हैं और नित नए कौशलों का विकास करते जाते हैं। आइए, अकादमी की इस दिलचस्प जिंदगी के कुछ और पहलुओं की चर्चा करें।

अकादमी में चूँकि नियमित तौर पर सुबह से शाम तक विभिन्न कक्षाएँ होती हैं, अत: स्वाभाविक तौर पर उनकी परीक्षाएँ भी। हमने करीब साढ़े तीन महीने लंबे इस फाउंडेशन कोर्स के दौरान दो बार मिड-टर्म परीक्षाएँ और अंत में एक फाइनल परीक्षा भी दी। चूँकि रोजमर्रा की जिंदगी में विविध गतिविधियों में व्यस्तता के चलते पढ़ने-लिखने का उतना वक्त नहीं मिल पाता, लिहाजा परीक्षा के दिनों में अकादमी का माहौल बहुत गंभीर-सा हो जाता है। इन दिनों से जब सुबह से शाम तक चाय की चुस्कियों के सहारे जोर-शोर से पढ़ाई चलती है तो हर किसी को यू.पी.एस.सी. की तैयारी के संघर्षपूर्ण दिन याद आ ही जाते हैं।

मैंने हमेशा यह महसूस किया है कि परीक्षा कोई भी हो, न चाहकर भी आखिरी दिनों में तनाव होता ही है। साथ ही यह भी कि आखिरी दिनों में दबाव के बीच कार्यक्षमता बढ़-सी जाती है। कहने का मतलब है कि जब परीक्षा करीब हो और पढ़ने एवं सिलेबस निपटाने के अलावा और कोई विकल्प न हो तो दबाव के चलते पढ़ने की गति में इजाफा हो ही जाता है, बशर्ते आप विचलित न हों।

इस पूरे फाउंडेशन कोर्स की बहुरंगी जिंदगी में नए-नए रंग भरने का काम करते हैं यहाँ प्रशिक्षु अधिकारियों के क्लब/सोसाइटी। जैसा कि मैंने पहले भी जिक्र किया था कि फाउंडेशन कोर्स के पहले सप्ताह में ही इन सोसाइटियों के सेक्रेटरी और सदस्यों के लिए चुनाव हो जाते हैं। मुझे हाउस जर्नल सोसाइटी (साहित्यिक सोसाइटी) के सेक्रेटरी के रूप में काम करने का मौका मिला। इस सोसाइटी में

अपनी अभिरुचि के अनुरूप काम होने के कारण और भी आनंद आया। मैं और इस सोसाइटी के चार अन्य सदस्य मिलकर अकादमी का मासिक न्यूज लेटर निकालते, वहीं समय-समय पर कैंपस में साहित्यिक व सृजनात्मक गतिविधियों का वातावरण बनाते। हमने एक ओर जहाँ अपने साथियों के बीच कविता लेखन प्रतियोगिता, लघुकथा लेखन प्रतियोगिता, कवि सम्मेलन जैसे आयोजन कराए, वहीं दूसरी ओर संभवतया पहली बार प्रशिक्षु अधिकारियों की स्व-रचित कविताओं का बहुभाषी संकलन 'अभिव्यक्ति' भी प्रकाशित किया। उधर फाउंडेशन कोर्स के अंत में सभी लगभग 350 प्रशिक्षु अधिकारियों के एक 'मेमोयर' (स्मारिका) का भी प्रकाशन किया गया, जिसमें सब साथियों ने एक-दूसरे के बारे में अपनी खट्टी-मीठी यादें साझा कीं। मुझे लगता है कि इस सोसाइटी से जुड़ा काम करने से हम अकादमी में सृजनात्मकता का माहौल विकसित करने के साथ टीम भावना से काम करना और नेतृत्व कौशल भी सीख सके।

कोई भी प्रशिक्षु अधिकारी किसी भी सोसाइटी की गतिविधियों में हिस्सा ले सकता है। अन्य क्लबों/सोसाइटियों ने भी निरंतर और विशेषकर वीकेंड में रोचक गतिविधियाँ आयोजित कर कैंपस की जीवंतता एवं रोचकता और नए आयाम दिए। चाहे क्रिकेट, कबड्डी, लॉन टेनिस, बैडमिंटन, स्क्वैश, रस्साकशी आदि प्रतियोगिताएँ रही हों या आसपास के वंचित बच्चों को ट्यूशन, काउंसलिंग और साप्ताहिक चिकित्सा क्लीनिक, मिस्टर एंड मिस LBSNAA प्रतियोगिता हो अथवा नेचर फोटोग्राफी प्रतियोगिता, सांस्कृतिक संध्याएँ हों या नई-पुरानी फिल्मों का प्रदर्शन, बंजी जंपिंग और रीवर राफ्टिंग जैसे साहसिक खेल हों या कंप्यूटर आधारित गेम, मैनेजमेंट गेम हों या समसामयिक मुद्दों पर डिबेट—इन तमाम गतिविधियों ने फाउंडेशन कोर्स को और अधिक जीवंत बनाया तथा बहुमुखी व्यक्तित्व के विकास में हम सबकी मदद तो की ही।

फाउंडेशन कोर्स के आखिरी के दिनों में होनेवाली कुछ नियमित गतिविधियाँ हैं—विलेज विजिट, मेला (fete), एथलेटिक मीट, रक्तदान, श्रमदान, एकांकी (नाटक) और 'इंडिया डे' का अद्‌भुत सांस्कृतिक आयोजन।

सबसे पहले चलते हैं गाँव की ओर। अकादमी में प्रशिक्षु अधिकारियों को ग्रामीण जीवन के वास्तविक स्वरूप से रू-बरू कराने के लिए लगभग एक हफ्ते के लिए भारत के किसी एक चयनित गाँव में भेजा जाता है। आम तौर पर आपको आपके गृह राज्य के अलावा किसी अन्य राज्य के गाँव में भेजा जाता है। संयोग से

मुझे अपने पाँच अन्य साथियों के साथ हिमाचल प्रदेश के मंडी जिले के एक सुदूर गाँव 'चुराग' में एक सप्ताह रहने का मौका मिला।

यहाँ हम प्रशिक्षु अधिकारियों को गाँव के वास्तविक जीवन से रू-बरू होने के अलावा गाँव की विभिन्न समस्याओं के परिदृश्य को समझने का भी मौका मिला। हमने पूरे गाँव में घूमकर गाँव का एक नक्शा बनाया, शिक्षा व स्वास्थ्य की स्थिति तथा पंचायती राज संस्थाओं के कार्यकरण की स्थिति का अध्ययन किया और स्वच्छ भारत की मुहिम भी चलाई।

देवभूमि हिमाचल की अपनी इस अनूठी यात्रा के बीच हमने गाँव में प्रकृति द्वारा भरे गए अद्‌भुत रंग भी देखे और यहाँ की प्राकृतिक सुषमा को भी महसूस किया। एक दिन शाम के वक्त यूँ ही एक कविता लिख बैठा, जिसे आपसे साझा कर रहा हूँ—

आओ मन की परतें खोलें...

लाल-लाल से बादल ऊपर,
और नीचे धानी-सी चादर,
दूर क्षितिज पर ढलता सूरज,
क्या कहता है हौले-हौले।
आओ मन की परतें खोलें॥

जिनका जीवन है पहाड़-सा,
पर चेहरों पर मुसकानें हैं,
उन मुसकानों की मिठास को,
आओ अपने संग सँजो लें।
आओ मन की परतें खोलें॥

मिट्‌टी की सोंधी खुशबू में,
जीवन की हर महक बसी है,
इस मिट्‌टी का कतरा-कतरा,
लेकर जीवन में रस घोलें।
आओ मन की परतें खोलें॥

रिश्तों की मीठी गरमाहट,
अरमानों की नाजुक आहट,
खोल के रख दें दिल की टीसें,
मिलकर हँस लें, मिलकर रो लें।
आओ मन की परतें खोलें॥

दरअसल पहाड़ के गाँवों में बसे सीधे-सादे लोगों का कठिन जीवन के बावजूद कर्मशील, स्वावलंबी और सादगी भरा जीवन हम सबको भी मन की परतें खोलने और खुश रहने का संदेश देता है। कुल मिलाकर विलेज विजिट पूरे फाउंडेशन कोर्स के कुछ सबसे यादगार लमहों में से एक बन जाती है।

ट्रेक और विलेज विजिट के बाद यदि कोई आयोजन सबसे यादगार होता है तो वह है अकादमी में 'इंडिया डे' का आयोजन। यह आयोजन होता तो एक दिन ही है, पर इसकी तैयारियाँ कई हफ्ते चलती हैं। 'इंडिया डे' प्रशिक्षु अधिकारियों द्वारा मनाया जानेवाला भारतीय संस्कृति का एक महोत्सव है, जो तीन घटकों में विभाजित है—शोभायात्रा, प्रदर्शनी और सांस्कृतिक संध्या। यानी कुल मिलाकर एक ही दिन में पूरी भारतीय संस्कृति का एक अद्‌भुत सिंहावलोकन है यह आयोजन।

सभी प्रशिक्षु अधिकारियों को भारत के चार जोन—उत्तर, दक्षिण, पूर्व, पश्चिम में बाँट दिया जाता है। 'इंडिया डे' किसी रविवार को मनाया जाता है। सुबह सबसे पहले अकादमी के गेट से भीतर तक एक भव्य शोभायात्रा निकली, जिसमें सब साथियों ने पारंपरिक भारतीय वेशभूषाएँ धारण कीं। महाराणा प्रताप, शिवाजी, झाँसी की रानी, कुचिपुड़ी नर्तक समेत न जाने कितने रूप प्रशिक्षुओं ने धारण किए थे। हर जोन ने भारत के लगभग हर राज्य की संस्कृति को अभिव्यक्त करने की भरपूर कोशिश की। सभी समूह अपने-अपने लोक-नृत्यों और परंपराओं का प्रदर्शन करते हुए चल रहे थे। यह नजारा सचमुच अप्रतिम और अभूतपूर्व था।

दोपहर में सभी चारों जोनों की सांस्कृतिक प्रदर्शनी लगी और शाम को हुई क्षेत्रवार भव्य सांस्कृतिक संध्या। युवा अधिकारियों में अपने-अपने क्षेत्र की सांस्कृतिक विशिष्टताओं के प्रदर्शन की एक स्वस्थ प्रतिस्पर्धा-सी होती है। कुचिपुड़ी नृत्य के दौरान जीवन की विभिन्न भावनात्मक दशाओं और भाव-भंगिमाओं की अभिव्यक्ति हो या संगम युग की तमिल कविताओं का नाट्‌य रूपांतरण, कथकली नृत्य की प्रस्तुति हो या मालाबार की मुसलिम शादी की रस्मों का प्रदर्शन, बिहार की छठ पूजा हो या झारखंड-बंगाल का छऊ नृत्य, उड़ीसा का संबलपुरी नृत्य

हो, बंगाल का रवींद्र संगीत या फिर मिजोरम का बाँस नृत्य—चहुँओर भारत की वैविध्यपूर्ण बहुरंगी सामासिक संस्कृति के रंग बिखरे हुए थे।

'इंडिया डे' की एक और खासियत है इस दिन ऑफिसर्स मेस में परोसे जानेवाले विविध भारतीय व्यंजन। एक ही दिन में हमने भारत के विभिन्न राज्यों के स्वादिष्ट व्यंजनों का स्वाद चखा। इस तरह कुल मिलाकर 'इंडिया डे' का यह भव्य सांस्कृतिक आयोजन एक विराट् सांस्कृतिक उत्सव बन गया।

आखिरी दिनों की अन्य गतिविधियों में महत्त्वपूर्ण है एकांकी रंगमंच। इसमें भी युवा अधिकारी विविध नाट्य प्रस्तुतियों के माध्यम से अपने अभिनय और निर्देशन कौशलों को प्रस्तुत करते हैं। पोलो ग्राउंड में हुई विशाल 'एथलेटिक मीट' में बहुत सारे खेलों की स्पर्धाओं का दिन भर आयोजन हुआ। इससे पहले सुबह मार्चपास्ट भी हुआ, जिसमें पैदल युवा अधिकारियों के साथ-साथ घुड़सवार युवा अधिकारी भी शामिल थे। इन गतिविधियों के अतिरिक्त स्वैच्छिक रक्तदान के माध्यम से हम युवा अधिकारियों ने अपने सामाजिक सरोकारों को निभाना भी सीखा। समय-समय पर होनेवाला श्रमदान श्रम की गरिमा के प्रति हमें संवेदनशील बनाता है।

फाउंडेशन कोर्स के दौरान विभिन्न विषयों के अतिथि वक्ताओं और वरिष्ठ प्रशासनिक अधिकारियों के साथ-साथ अनेक विशिष्ट विभूतियों का भी अकादमी में आगमन हुआ। इनमें आंध्र प्रदेश-तेलंगाना के महामहिम राज्यपाल श्री ई.एस.एल. नरसिम्हन, माननीय गृह राज्यमंत्री श्री किरेन रिजीजू, माननीय वित्त राज्यमंत्री श्री जयंत सिन्हा, जाने-माने पत्रकार शेखर गुप्ता, लेखक रामचंद्र गुहा, जगदीश खट्टर, प्रताप भानु मेहता आदि हस्तियाँ सम्मिलित हैं।

मैं जिंदगी भर फाउंडेशन कोर्स को इसलिए भी याद रखूँगा कि अपनी जिंदगी में बहुत सारी नई चीजें मैंने यहाँ पहली बार सीखीं। और इस तरह अकादमी की ट्रेनिंग का पहला और सबसे दिलचस्प चरण—फाउंडेशन कोर्स भी समाप्त हो गया। अकादमी की रूमानी और खुशनुमा फिजाओं में बैचमेट्स के साथ बीते वे मस्ती भरे पल—सुबह जल्दी उठकर पी.टी. की भाग-दौड़, लगभग दौड़ते हुए सुबह टाइम पर क्लास पहुँचना, साथ-साथ पढ़ना, हँसना, बोलना, घूमना, खाना, खेलना, गाना-गुनगुनाना, शरमाना-इठलाना और हरदम मुसकराना—इस दौरान जिए हर एहसास को भुलाना ताउम्र नामुमकिन ही है।

इस अनूठे कोर्स ने हम सबको देश की विविधतापूर्ण विरासत के प्रति संवेदनशील तो बनाया ही, व्यक्तित्व के हर पहलू को मथकर सँवारा भी। ट्रेनिंग में जाने-अनजाने कितने हुनर और कितने सबक सीखे, गिनाना मुश्किल है। आज जब पीछे मुड़कर देखता हूँ तो पाता हूँ मेरे व्यक्तित्व में बड़ा गुणात्मक अंतर आया

है, विशेषकर परिपक्वता और सर्वांगीण व्यक्तित्व के विकास के स्तर पर। तमाम गतिविधियों से संवेदनशीलता और ग्रुप डायनेमिक्स (समूह में साथ रहकर काम करने का कौशल) का जबरदस्त विकास होता है। हम देश के वैविध्यपूर्ण भौगोलिक-सामाजिक-सांस्कृतिक लोक जीवन और भाषा-संस्कृति-धर्म-जाति-क्षेत्र-विरासत के प्रति तो सजग होते ही हैं, साथ ही भारतीय प्रशासन के चुनौतीपूर्ण आयामों और वास्तविकताओं से भी अवगत होते हैं। मशहूर शायर बशीर बद्र की ये चार पंक्तियाँ फाउंडेशन कोर्स की यादों को हमेशा जीवंत करती हैं—

'चरागों को आँखों में महफूज रखना,
बड़ी दूर तक रात ही रात होगी।
मुसाफिर हैं हम भी, मुसाफिर हो तुम भी,
किसी मोड़ पर फिर मुलाकात होगी॥'

□

भारत-दर्शन : अपनी धरती, अपने लोग

'धूप में निकलो, घटाओं में नहाकर देखो,
जिंदगी क्या है, किताबों को हटाकर देखो।'

निदा फाजली साहब की ये पंक्तियाँ यूँ तो हमेशा मुझे अपील करती थीं, पर इन्हें सही मायने में साकार करने का मौका मिला हम प्रशिक्षु आई.ए.एस. अधिकारियों के विंटर स्टडी टूर के दौरान, जिसे 'भारत-दर्शन' के नाम से जाना जाता है।

यूँ तो अपना भारत इतना वैविध्यपूर्ण, विराट् और बहुरंगी है कि दो महीने के समय में इसकी पूरी झलक भी नहीं मिल सकती। लेकिन हम 58 दिनों में देश के 16 राज्यों/केंद्र-शासित क्षेत्रों का भ्रमण कर सके। इस दौरान हमने कोशिश की

देश की नब्ज पकड़ने की; उसकी प्राकृतिक, सामाजिक, सांस्कृतिक, ऐतिहासिक, आर्थिक, औद्योगिक, आध्यात्मिक विशिष्टताओं को महसूस करने की और साथ ही कोशिश की गांधीजी के बताए जंतर के मुताबिक आखिरी छोर पर खड़े आम आदमी के मन की थाह लेने की।

हमारा यह भारत-दर्शन महज पर्यटन स्थलों की सैर या प्रकृति की सुंदरता की झलक लेने तक सीमित नहीं, बल्कि समग्र भारत का दर्शन था। इसका मतलब था इस विराट् देश की अद्‌भुत ऐतिहासिक व सांस्कृतिक विरासत के प्रति जागरूकता; देश के राजनीतिक, प्रशासनिक व लोकतांत्रिक एवं पंचायती ढाँचे की समझ; जल-थल-वायु सीमाओं के प्रहरी सैन्य व अर्धसैनिक बलों के जीवट और जज्बे का अनुभव; पहाड़, दर्रे, पठार, नदी, सागर, द्वीप समेत हर भौगोलिक विविधताओं का एहसास; मुख्यधारा से कटे जनजातीय व हाशिए के लोगों की जिंदगियों की झलक; उग्रवाद व नक्सल-प्रभावित क्षेत्रों की जिंदगी के मुश्किल हालात की समझ और कृषि, उद्योग, ऊर्जा, संचार, परिवहन, ग्रामीण व शहरी विकास जैसे तमाम क्षेत्रों में देश की लंबी विकास यात्रा और सरकारी व गैर-सरकारी प्रयासों की समग्र समझ विकसित करना। दिसंबर 2015 के अंत में मसूरी की कड़ाके की ठंड के बीच हम निकले अपनी इस अद्‌भुत, विराट् और वैविध्यपूर्ण यात्रा के लिए।

हमारे भारत-दर्शन का पहला पड़ाव था बुद्ध और महावीर के विहार की भूमि बिहार। राजधानी पटना रेलवे स्टेशन पर भीड़-भाड़ में एक अजीब सी रौनक थी। अतिथि गृह में सामान रखा और निकल पड़े घूमने और कुछ नया सीखने। बाढ़ कस्बे में एन.टी.पी.सी. संयंत्र का अवलोकन कर उसकी कार्य-प्रणाली समझी तो वहाँ की मशहूर मिठाई लाई का भी स्वाद चखा। शाम को खाए लिट्टी-चोखा का जायका भुलाए नहीं भूलता। पटना में अगले दिन हमने कलेक्ट्रेट परिसर, पुलिस हेल्पलाइन, आई.सी.ए.आर. और बिहार पावर कॉरपोरेशन का भ्रमण कर प्रशासन के कुछ नए सबक सीखे। रात को पटना साहिब गुरुद्वारा में मत्था टेका। गुरु गोविंद सिंह के जन्म-स्थान का दर्शन स्वयं में एक अनूठा अनुभव था।

बिहार में नालंदा और गया भी गए। सुबह-सुबह कोहरे में पटना से नालंदा तक की यात्रा लाजवाब थी, खासकर सड़क की गुणवत्ता जबरदस्त थी। हिंदू-बौद्ध-जैन धर्मों के तीर्थस्थल राजगीर का भ्रमण सचमुच अद्‌भुत था। यहाँ हर कदम पर कोई-न-कोई सांस्कृतिक स्थल है। हमने यहाँ विश्व शांति स्तूप, घोड़ा कटोरा और प्राचीन नालंदा विश्वविद्यालय के अवशेष देखे। राजगीर के इस स्तूप तक जाने के लिए बना रोप-वे दरअसल देश का सबसे पुराना रोप-वे है। नालंदा विश्वविद्यालयों

के भग्नावशेषों को देखकर आप विस्मित हुए बिना नहीं रह पाते। क्या हजारों साल पहले भी इतनी विकसित शिक्षा-प्रणाली हो सकती है? नालंदा में हमने थीम पार्क पांडु पोखर का भी भ्रमण किया। यहाँ झील के बीच महाभारत काल के राजा पांडु की विराट् प्रतिमा भी है। इस झील के किनारे ठंडी हवा भरे खूबसूरत मौसम को छोड़कर जाने का मन नहीं हो रहा था। अगले दिन सुबह तीर्थंकर महावीर की निर्वाण भूमि पावापुरी स्थित विख्यात जल मंदिर के दर्शन भी किए। विशाल तालाब के बीचोबीच मंदिर और तालाब में असंख्य कमल व बत्तखों की वजह से पूरा परिसर बेहद सुंदर लग रहा था। बोधगया में बुद्ध के ज्ञान की भूमि पर महाबोधि मंदिर के दर्शन करना एक आध्यात्मिक अनुभव था। ध्यानस्थ बुद्ध किसी के भी मन को परम शांति की ओर ले जाते हैं। विदेशी श्रद्धालु बोधि वृक्ष के नीचे ध्यान और आत्मचिंतन में रत थे। सचमुच अलौकिक और अद्भुत! विष्णुपद मंदिर में भगवान् विष्णु के चरणों को नमन करके हम खनिजों के राज्य झारखंड की ओर रवाना हो गए।

झारखंड में हमारा प्रवास LWE प्रभावित जनपद लातेहार और बोकारो में रहा। लातेहार का भ्रमण किया। LWE प्रभावित क्षेत्रों की समस्याओं को यहाँ समझा जा सकता है। यह भी कि इन क्षेत्रों में पर्यटन व रोजगार-सृजन की अपार संभावनाएँ हैं। बस, जरूरत है तो उन्हें विकास की मुख्यधारा से जोड़ने की। नेतरहाट के अनूठे सूर्योदय का आनंद लेकर स्टील सिटी बोकारो पहुँचे। बोकारो स्टील व थर्मल प्लांट के कारण नगर का पर्याप्त विकास हुआ है। बिहार और झारखंड के बारे में हमारे नजरिए में काफी बदलाव आया है। दोनों राज्यों में पर्याप्त विकास हुआ है। अगर आप इनके बारे में किसी स्टीरियो टाइप सोच के शिकार हैं, तो आपको दोबारा सोचना पड़ सकता है।

झारखंड से सीधे हमने अनदेखे-अनछुए स्वर्ग भारत के पूर्वोत्तर में प्रवेश किया। पूर्वोत्तर में सबसे पहले हमारा आर्मी अटैचमेंट था। डिब्रूगढ़ से शुरू हुआ यह आर्मी अटैचमेंट अरुणाचल के आखिरी छोर पर चीन बॉर्डर तक जाकर खत्म हुआ। एक हफ्ते तक सैन्य बलों के जवानों और अधिकारियों के साथ रहना; उनके जीवन, जज्बे और भावनाओं को नजदीक से समझना एक अविस्मरणीय अनुभव था। हाड़ कँपा देनेवाली ठंड में स्लीपिंग बैग में कँपकँपाते हुए रात बिताना, अँधेरी रात में नदी किनारे पेट्रोलिंग, पहाड़ों पर खतरनाक रास्तों पर ट्रेक, निशानेबाजी द्वारा लक्ष्य साधने का अभ्यास, ट्रकों में बैठकर बॉर्डर पर जाना और भारत की ऑब्जरवेशन पोस्ट तक ट्रेकिंग हमारे आर्मी अटैचमेंट के कुछ यादगार पलों में से थे। आर्मी यूनिटों में देश की रक्षा चुनौतियों एवं संबंधित तैयारियों को समझना और

अपने वीर जवानों के शौर्य के प्रति संवेदनशील होना इस अटैचमेंट का उद्देश्य भी था और उपलब्धि भी।

इसके बाद हम असम के तिनसुकिया जिले पहुँचे। चाय के बागानों की धरती पर चारों ओर प्राकृतिक सौंदर्य बिखरा है। हम मोंगुरी झील गए, जहाँ नौका विहार कर पक्षियों की अनेक प्रजातियों को करीब से देखना दिलचस्प था। डिगबोई की तेल रिफाइनरी और मार्घेरिटा की कोयला खानें बताती हैं कि राष्ट्र-निर्माण में सबकी अपनी-अपनी प्रभावी भूमिका है। उत्तर-पूर्व के सौंदर्य के साकार स्वरूप मेघालय में हमारा प्रवेश हुआ। शिलांग एक बेहद शांत और सुंदर नगर है। बारिश के बीच हम एशिया के सबसे स्वच्छ गाँव मावलिननोंग पहुँचे। रास्ते में पहाड़ों के बीच तैरती धुंध देखकर लगता है कि हम बादलों के बीच हैं। सचमुच 'मेघालय' नाम सार्थक प्रतीत होता है। विस्मित कर देनेवाले 'लिविंग रूट ब्रिज' और बाँस का बना 'स्काईवॉक' स्वयं में रोमांचक एहसास कराते हैं।

पूर्वोत्तर की इस यात्रा का आखिरी पड़ाव था त्रिपुरा। क्लाउडेड लेपार्ड नेशनल पार्क में चश्मेवाले बंदर हों या फिर स्नेक शो में पूर्वोत्तर के साँपों की प्रजातियों का प्रत्यक्ष अवलोकन, त्रिपुरेश्वरी मंदिर के दर्शन हों या फिर स्थानीय बाँस के हस्तशिल्प का अवलोकन, त्रिपुरा मेरे दिल में बस गया। अगरतला को छोड़कर जाने का मन नहीं था। वहाँ से हम सीधे पश्चिम बंगाल के लिए रवाना हुए।

ब्रिटिश साम्राज्य की राजधानी रहा कोलकाता आज भी स्वयं में ब्रिटिश राज की यादें सँजोए हुए है। विक्टोरिया मेमोरियल भारत में ब्रिटिश शासन के दौर की दास्ताँ कहता है। दुर्गा-पूजा के लिए विश्व प्रसिद्ध इस नगर के दक्षिणेश्वरी और कालीघाट मंदिर मातृ-शक्ति के प्रति श्रद्धा के भाव से भर देते हैं। कोलकाता की जीवन-रेखा हावड़ा ब्रिज पर असंख्य लोगों की भाग-दौड़ भरी जिंदगी को आप ठिठककर देखते रह जाते हैं तो पार्क स्ट्रीट की चाय, गपशप और रौनक आपको यहाँ से जाने नहीं देती। सचमुच कोलकाता भारत की सांस्कृतिक राजधानी और 'सिटी ऑफ जॉय' है। यहाँ हमने 'गार्डन रीच शिप बिल्डर्स' भी देखा और गणतंत्र दिवस भी मनाया। भव्य गणतंत्र दिवस परेड देखकर हम सीधे पहुँचे सुदूर पूर्व और दक्षिण में स्थित अंडमान-निकोबार द्वीप समूह। पोर्ट ब्लेयर एयरपोर्ट पर उतरते ही भारी गरमी और आर्द्रता का एहसास हुआ। सेल्युलर जेल में लाइट एंड साउंड शो ने जीवंत कर दिया ब्रिटिश राज में क्रांतिकारियों को दी जानेवाली कालेपानी की सजा के जुल्मो-सितम को। अंडमान में हमारा नौसेना और तटरक्षक बल का भी अटैचमेंट था। नौसेना के जहाज पर समुद्र में जाकर नौसेना की तत्परता और

मुश्किलों को समझना रोमांचक था। कोस्ट गार्ड भारतीय तटों की निगरानी के काम में पूरी ऊर्जा के साथ तत्पर हैं।

द्वीप की भौगोलिक परिस्थितियों और जीवन को समझने हम हैवलॉक द्वीप गए। यहाँ स्कूबा डाइविंग से लेकर राधानगर और काला पत्थर बीच पर मस्ती तक काफी दिलचस्प अनुभव रहा। यहाँ इतना मन लगा कि यहाँ से जाने का मन नहीं था। खासकर राधानगर बीच तक स्कूटर की ड्राइव और दोनों ओर नारियल के पेड़ों से आती मीठी-मीठी हवा मैं कभी नहीं भूल सकता। अंडमान-निकोबार द्वीप समूह कुछ मायनों में पूरे देश के लिए अनुकरणीय उदाहरण है। परस्पर मैत्री, कोई सांप्रदायिक या भाषाई तनाव नहीं। ऐसी विशेषताएँ इस द्वीप समूह को विशिष्ट बनाती हैं। यहाँ की संपर्क भाषा हिंदी है और विविध भाषा-भाषी लोग परस्पर प्रेम से हिंदी का व्यवहार करते हैं।

अंडमान के बाद हमने दक्षिण भारत में प्रवेश किया। चेन्नई एक बड़ा और सांस्कृतिक रूप से बेहद समृद्ध शहर है। वहाँ की सड़कें, खाना-पीना और खुद की विरासत को सँजोने की प्रवृत्ति प्रशंसनीय भी है और अनुकरणीय भी। राजकीय संग्रहालय और कोर्ट म्यूजियम, मरीना बीच और विवेकानंद हाउस, कपालीश्वर और पार्थसारथी मंदिर तमिलनाडु की ऐतिहासिक-सांस्कृतिक विरासत के साक्षी हैं। अगर आपको मंदिरों की स्थापत्य कला देखनी है तो दक्षिण आ जाएँ। चेन्नई में हमने प्राइवेट सेक्टर की कंपनियों अशोक लीलैंड और टी.वी.एस. के परिसरों का भी भ्रमण किया और सेंट्रल लेदर रिसर्च इंस्टीट्यूट का योगदान भी समझा। रही बात दक्षिण भारतीय भोजन की, तो मैं दक्षिण भारतीय थाली का बड़ा शौकीन था और पूरे दक्षिण प्रवास में मैंने एक बार भी नॉर्थ इंडियन भोजन की माँग नहीं की।

तमिलनाडु से हमने कर्नाटक की राह पकड़ी। बेहद विकसित आई.टी. हब बेंगलुरु में ट्रैफिक जाम एक बड़ी समस्या है। शहर सुव्यवस्थित और आकर्षक है। हमने विज्ञान प्रौद्योगिकी संग्रहालय देखा तो लाल बाग बोटैनिकल गार्डन की भी सैर की। कर्नाटक विधानसभा भवन के स्थापत्य को देखकर कोई भी रोमांचित हो सकता है। भवन के मुख्य द्वार पर उत्कीर्ण वाक्य 'Government work is God's work' सेवा की प्रतिबद्धता की प्रेरणा देता है। अक्षय पात्र फाउंडेशन का अवलोकन कर हमने देश भर में मिड डे मील कार्यान्वयन में उनकी निस्स्वार्थ भूमिका को समझा, साथ ही 'जनाग्रह सेंटर फॉर सिटीजनशिप एंड डेमोक्रेसी' और नारायण हृदयालय परिसर का भी दौरा किया।

यहाँ से पहुँचे जुड़वाँ शहर सिकंदराबाद-हैदराबाद। हुसैन सागर झील के बीच आशीष देते बुद्ध बहुत अच्छे लगते हैं। चारमीनार इस शहर की शान है। अगर चारमीनार के बाजार की रौनक नहीं देखी तो कुछ नहीं देखा। हैदराबाद में हमारा वायुसेना का अटैचमेंट भी था। कॉलेज ऑफ एयर वॉरफेयर, नेविगेशन ट्रेनिंग स्कूल और भव्य वायुसेना अकादमी का भ्रमण कर सिमुलेटर, नाइट विजन, ऐरो मेडिसिन, विमानों की उड़ान और संचालन के कंट्रोल को समझा। 'Touch the sky with glory' के मंत्र के साथ भारतीय वायुसेना ऊँचाइयों की ओर निरंतर बढ़ रही है। यहाँ हमने सी.एस.आई.आर. के केंद्र 'सेंटर ऑफ सेल्युलर एंड मॉलिक्युलर बायोलॉजी' परिसर का भी अध्ययन व भ्रमण किया।

हम तेलंगाना के दूसरे पड़ाव भद्राचलम (खम्मम) पहुँचे। श्रीराम के वन-गमन मार्ग का प्रमुख स्थल भद्राचलम बड़ा तीर्थ है। यहाँ हमारा मंदिर ट्रस्ट प्रबंधन का अटैचमेंट भी था। भद्राचलम मंदिर के दर्शन के साथ-साथ श्रीराम, लक्ष्मण, सीता के वन-गमन की स्मृतियों की साक्षी पर्णशाला भी गए। यहाँ का एक और अविस्मरणीय अनुभव था, सिंगरेनी की कोयला खानों में खुद भीतर जाकर कोयला खनन की प्रक्रिया को समझना। खम्मम जिला नक्सल प्रभावित जिला है। हमने जनजातीय क्षेत्रों में जाकर शिक्षा एवं स्वास्थ्य के प्रयास देखे और ग्रामीण महिलाओं व छात्राओं से बातचीत भी की।

दक्षिण भारत की इस अविस्मरणीय यात्रा के बाद संतरों के शहर नागपुर में MIHAN और MOIL (मैगनीज ऑफ इंडिया लि.) भ्रमण के माध्यम से औद्योगिक विकास की कहानी समझते हुए मध्य प्रदेश के छिंदवाड़ा पहुँचे। नवगठित नगर निगम की कार्य-प्रणाली समझना और जन-प्रतिनिधियों से चर्चा का अनुभव बहुत कुछ सिखा गया। यहाँ से दिल्ली पहुँचे और राष्ट्रीय सुरक्षा गार्ड (NSG), राष्ट्रीय आपदा मोचन बल (NDRF) और नेशनल म्यूजियम का भ्रमण किया।

अपने इस दो महीने के भारत-दर्शन के बारे में अगर मैं यह कहूँ कि यह मेरे जीवन का सबसे यादगार समय था तो अतिशयोक्ति न होगी। जिंदगी में बहुत सारी चीजें पहली बार हुई हैं। न केवल नए सबक सीखे, बल्कि चेतना, भाव-बोध और संवेदना का विस्तार भी हुआ। जीवन को लेकर नजरिए में परिपक्वता आई और देश की विविधता में एकता की संस्कृति की जीवंतता हमेशा-हमेशा के लिए दिल में बस गई। इस्माइल मेरठी ने क्या खूब कहा है—

"सैर कर दुनिया की गाफिल, जिंदगानी फिर कहाँ,
जिंदगानी गर रही तो, नौजवानी फिर कहाँ।"

□

राजस्थान-दर्शनः मानसून में राजस्थान का सफर

हम आठ प्रशिक्षु अधिकारी सड़क मार्ग से एक टेंपो ट्रेवलर से अठारह दिन के इस यादगार सफर 'राजस्थान-दर्शन' पर रवाना हुए। हमारे बड़े-बड़े बैग देखकर ड्राइवर ने बताया कि इतने बड़े-बड़े बैग भारतीय पर्यटक ही रखते हैं। विदेशी यात्रियों की पूरी गाड़ी का सामान एक भारतीय यात्री के सामान के बराबर होता है।

खैर, ड्राइवर के इस मासूम, पर दिलचस्प व्यंग्य के साथ हमने जयपुर से बीकानेर की राह पकड़ी। रास्ते में लैंडस्केप धीरे-धीरे बदलता है। दूरियाँ ज्यादा होने पर भी सड़कें अच्छी होने के कारण दूरियाँ कम हो जाती हैं। बीकानेर का सर्किट हाउस बहुत खूबसूरत है और लीगेसी का एहसास देता है। सुबह सबसे पहले लालगढ़ पहुँचे। लालगढ़ किला बीकानेर के राजपरिवार का नया किला है, जिसके एक हिस्से में वे रहते भी हैं। लालगढ़ किला परिसर में ही लक्ष्मी निवास महल भी है। लालगढ़ किला बीकानेर के राजवंश की कीर्ति की कहानी बखूबी बयाँ करता है। यहाँ एक स्वर्ण-मंडित कमरा भी है, जिसकी दीवारों पर सोने की नक्काशी की गई है।

इसके बाद हम बीकानेर के पुराने किले जूनागढ़ गए। सन् 1488 में स्थापित बीकानेर शहर के इस राजमहल के किले को कोई शत्रु कभी जीत नहीं सका है। फूल महल, बादल महल, दरबार हाल किले की शान हैं। बादल महल का कंसेप्ट दिलचस्प है। बीकानेर में बारिश बहुत कम होती है। जब कभी अचानक बरसात होती तो राजकुमार बुरी तरह डर जाते। उनका डर दूर करने के लिए एक महल बनवाया गया, जिसमें बादल, बिजली और बरसात का वास्तविक चित्रण करके

राजपरिवार के बच्चों को बारिश के लिए मानसिक रूप से तैयार किया जाता।

बीकानेर जाएँ तो राज्य अभिलेखागार (स्टेट आर्काइव्ज) जरूर देखें। अपनी विरासत और ऐतिहासिक दस्तावेजों को कैसे सहेजा व सँजोया जाए, यह राजस्थान से सीखा जा सकता है। यह आर्काइव्ज देश के सबसे अच्छे आर्काइव्ज में से एक है। शाम को हम घूमते-फिरते जेल रोड पहुँचे। यहाँ चुन्नीलाल तँवर का मशहूर शरबत पिया। बेला (जेस्मिन), सफेद गुलाब और सूखे धनिए का शरबत पिया। बीकानेर की मशहूर भुजिया भी खरीदी। बीकानेर शहर के पुराने हिस्से में कुछ पुरानी हवेलियाँ हैं। रामपुरिया हवेली जरूर देखें। इतनी बड़ी, इतनी सुंदर और इतनी भव्य; मुझे इन विराट् हवेलियों को देखकर यूरोप के पुराने शहरों के कलात्मक भवनों की याद आ गई।

फिर हम देशनोक स्थित करणी माता के विश्वप्रसिद्ध मंदिर गए। मंदिर के भीतर चूहे-ही-चूहे थे, जिन्हें मंदिर में 'काबा' कहते हैं। ये चूहे न मंदिर के बाहर जाते हैं और न बाहर के चूहे अंदर आते हैं। अमूमन ये चूहे सुस्ताते रहते हैं और किसी को कोई नुकसान नहीं पहुँचाते। यहाँ चार-पाँच सफेद चूहे भी हैं, जिनका दिख जाना बहुत शुभ माना जाता है। बीकानेर से नोखा होते हुए नागौर में लंच किया। रास्ते में हरियाली की कोई कमी नहीं। मुझे लगता है कि हम लोग आम तौर पर पूरे राजस्थान को ही रेतीला राज्य समझ लेते हैं, जबकि यहाँ के ज्यादातर जिलों में रेत का नामोनिशान नहीं है।

अगले दिन हम ब्लू सिटी जोधपुर पहुँचे। यहाँ पर मेहरानगढ़ का प्रसिद्ध किला देखा। सन् 1459 में बने इस किले में आखिरी बार निर्माण सन् 1808 में हुआ था। किले में जय पोल, फतह पोल समेत सात गेट हैं। किले के शीर्ष से ब्लू

सिटी का विहंगम दृश्य बहुत आकर्षक लगता है। जिस तरह जयपुर में नाहरगढ़ के किले से पूरा शहर गुलाबी दिखता है, वैसे ही मेहरानगढ़ के किले से पूरा शहर नीला। शिखर पर तोपें प्रदर्शित हैं। यह विशाल किला हिंदू-मुसलिम कला का मिश्रण प्रतीत होता है। यहाँ अहमदाबाद से लाई गई स्वर्ण पालकी और अकबर की तलवार खास है। राजस्थान की खासियत है कि यहाँ आप जिस भी नए शहर में जाते हैं, वहाँ का किला पहले देखे गए किलों से ज्यादा सुंदर लगता है और नए ढंग से विस्मित करता है।

मेहरानगढ़ के बाद हम उम्मेद भवन पैलेस पहुँचे, जिसे भारत का बेस्ट होटल माना जाता है। बीसवीं सदी में बना यह विशालतम आवासीय भवन जोधपुर के वर्तमान महाराजा का निवास है और साथ में होटल भी है। यहाँ आपको राजसी वैभव का एहसास होता है। शाम को जोधपुर से भी कुछ खास नमकीनें खरीदीं।

सुबह जोधपुर से जैसलमेर के लिए रवाना हुए। पहला पड़ाव ओसिया था। यह पूरे देश के ओसवाल जाति के लोगों का मूल स्थान माना जाता है। 2500 साल पुराना माना जानेवाला यह मंदिर कॉम्पलेक्स चार संप्रदायों—शैव, वैष्णव, शाक्त और जैन को समर्पित है। पत्थर से निर्मित इस मंदिर में चूने का प्रयोग नहीं है। पूरे ओसिया नगर में मंदिर के चारों ओर हरिहर मंदिर आदि अनेक प्राचीन लाल पत्थर के मंदिर हैं। वहाँ से रामदेवरा की ओर रवाना हुए।

राजस्थान में सड़क मार्ग से सफर करना आरामदायक और सुरक्षित लगता है। साथ ही सड़क मार्ग से यात्रा करना आसपास के भूगोल और साथ ही लोक जीवन की झलक पाने का अवसर देता है। रामदेवरा और पोकरण से पहले धूल भरे बादल दिखने लगे थे। धूल भरी आँधियाँ यहाँ आम हैं। सड़कों पर ट्रैफिक कम ही है और पश्चिमी राजस्थान की ओर बढ़ने पर यह कम होता जाता है। पंद्रहवीं सदी के आध्यात्मिक गुरु बाबा रामदेव की समाधि रामदेवरा पहुँचे। बाबा रामदेव ने अपने समय में छुआछूत और जातिप्रथा के विरुद्ध आवाज उठाई थी। यहाँ स्थित तालाब रामसरोवर हमेशा कुछ दिनों में ही सूख जाता है। हर साल भादों के महीने में यहाँ बड़ा मेला लगता है। मंदिर के पास सभी दुकानों पर कपड़े के सजे-धजे घोड़े बिक रहे थे।

बूँदाबाँदी होने लगी थी। हम एक अनूठे स्थान भादरियाजी पहुँचे। यहाँ एक विशाल पुस्तकालय और 25,000 गौवंश की एक विशाल गौशाला है। यहाँ थारपार नस्ल की गायें भी हैं, जो 50 डिग्री और -2 डिग्री दोनों में दूध दे सकती हैं। गौशाला में जब कर्मचारियों ने गायों को पुकारा तो गायें रँभाती हुई दौड़कर आने

लगीं, मानो श्रीकृष्ण की नारायणी सेना हो। यहाँ माता का मंदिर भी है। बीसवीं सदी के अंत में यहाँ पंजाब मूल के एक संत हरबंस सिंहजी निर्मल (भादरियाजी महाराज) पधारे। उनका विजन था कि बेसहारा गायों का भी संरक्षण हो। बाबाजी मिलनेवालों को भरपूर लस्सी पिलाते थे। अत: आज भी यहाँ आनेवालों को लस्सी पिलाई जाती है। खाना (यहाँ 'प्रसाद' कहते हैं) इतना स्वादिष्ट था मानो अमृत चख रहे हों।

रास्ते में कुछ स्थानों के नाम बड़े दिलचस्प थे। 'बाप', 'चाचा' और 'लाठी' नाम के स्थानों से होते हुए हम जैसलमेर पहुँचे। मजे की बात यह रही कि बीकानेर, जोधपुर और यहाँ तक कि जैसलमेर में भी, हमारे पहुँचने पर भरपूर बारिश हुई।

जैसलमेर को पीले पत्थर की इमारतों का शहर होने की वजह से 'गोल्डन सिटी' कहा जाता है। इसके अलावा, इसे 'झरोखों का नगर' भी कहते हैं। यहाँ की पटवा हवेली मशहूर है, जो उन्नीसवीं सदी में बनी थी। यहाँ हमने खास सैंडस्टोन नाम का पत्थर देखा, जिसे आधा घंटा पानी में रखो तो वह लकड़ी जैसा मुलायम हो जाता है। यहाँ के जैन मंदिर भी मशहूर हैं, जिन्हें देखकर आपको दिलवाड़ा के जैन मंदिरों की याद आ जाएगी। जैसलमेर के किले से गोल्डन सिटी का विहंगम दृश्य नजर आता है।

किले के बाद हम कुलधरा गए। कुलधरा नाम का ये उजड़ा गाँव जैसलमेर की स्थापना के वक्त से ही विद्यमान था और व्यवसाय का बड़ा केंद्र था। सैकड़ों साल पहले पालीवाल ब्राह्मण कुलधर जाति के लोग दीवान के अत्याचार से परेशान होकर गाँव छोड़कर पाली की ओर चले गए। हमने यहाँ एक तत्कालीन घर की संरचना भी देखी। यहाँ बहुत सारी बावड़ियाँ हैं। 80 फीट गहरा सीढ़ियों वाला एक कुआँ है। सार्वजनिक स्थानों पर एक छोटा सा स्तंभ होता था, जिसे 'गोवर्धन' कहा जाता था।

उसी रात हम 'सम' नामक एक जगह गए, जहाँ रेत के टीलों से हमारा पहला साक्षात्कार हुआ। किसी भी प्राकृतिक संरचना के बारे में स्कूल-कॉलेज की किताबों में कितना भी पढ़ो, पर उससे रूबरू होने के एहसास की तुलना मुश्किल है। दूर-दूर तक फैले लाल-लाल रेत के अंतहीन टीले और उन पर हाल ही में हुई बारिश का नूर—कुल मिलाकर यह नजारा अद्भुत था। सजे-धजे ऊँटों का काफिला ऊँचे-नीचे टीलों से चढ़ता-उतरता हिलता-डुलता निकलता तो उसका रोमांच महसूस करना एक अलग ही आनंद देता। हम लोग सैंड ड्यूंस में काफी आगे निकल गए। यहाँ 'सम' में कुछ सालों पहले ही यह ऊँट की सवारी शुरू की गई। इसका भी हमने लुत्फ लिया।

सुबह हम जैसलमेर से बाड़मेर के लिए रवाना हुए। इस रेतीले इलाके में जगह-जगह ऊँची-नीची सड़कें आती हैं, जिनकी चढ़ाई-उतराई से होकर गुजरने का अलग ही रोमांच है। रेल मार्ग या वायु मार्ग में आप यह आनंद नहीं उठा सकते। भला सड़क किनारे चरती काली-सफेद भेड़-बकरियों के झुंड और किस मार्ग से यात्रा करने पर दिखेंगे! सड़क के दोनों ओर ऊँची-ऊँची पवन चक्कियाँ भला किसको नहीं लुभाएँगी। बाड़मेर के कुछ पहले यहाँ भी बारिश शुरू। अभी तक जहाँ भी गए हैं, बारिश हुई ही है। ऐसा लग रहा है मानों मानसून लगातार हमारा पीछा कर रहा है।

बाड़मेर एक कस्बानुमा शहर है। जिंदगी में शहरीपन कम और कस्बाई असर ज्यादा है। शहरों जैसी रफ्तार भरी जिंदगी नहीं है यहाँ। बाड़मेर के पास 'किराडू' जाया जा सकता है, जिसे 'राजस्थान का खजुराहो' कहा जाता है।

बाड़मेर से सीधे हम माउंट आबू के लिए रवाना हुए। हमने यह भी पाया कि रास्ते भर दुकानों के नाम देवी-देवताओं के नाम पर थे—बालाजी, करणी माता, बाबा रामदेव, हनुमान आदि। यह राजस्थान के लोगों के धर्म के प्रति गहरे रुझान को दर्शाता है। सांचोर, रानीवाड़ा होते हुए हम आबू रोड पहुँचे। आबू रोड पहुँचने के घंटा भर पहले ही खूबसूरत हरियाली से झाँकते पहाड़ देख यह अंदाजा लगाना मुश्किल था कि हम राजस्थान में हैं या मेघालय जैसे किसी पहाड़ी राज्य में। झमाझम बारिश ने माहौल को और भी मनभावन व रूमानी बना दिया था। आबू रोड से माउंट आबू की 27 कि.मी. की चढ़ाई भी स्वयं में अविस्मरणीय अनुभव है। इस चढ़ाई ने हम ट्रेनी अधिकारियों को मसूरी स्थित लाल बहादुर शास्त्री अकादमी के ट्रेनिंग के दिनों की याद दिला दी। हल्की-हल्की बारिश और चटक हरियाली के बीच सफेद धुएँ में सिमटी पहाड़ियों का अद्भुत नजारा कम-से-कम अरावली में अनपेक्षित-सा है।

आबू पर्वत में राजस्थान और गुजरात दोनों राज्य सरकारों के सर्किट हाउस हैं। माउंट आबू गुजरातियों का फेवरिट डेस्टिनेशन भी है। यहाँ गुजराती में साइन बोर्ड और गुजराती में बतियाते पर्यटक खूब मिलते हैं। शाम को हम पैदल टहलते हुए नक्की झील पहुँचे। नक्की झील के चारों ओर पैदल टहलकर यहाँ के सौंदर्य को निहारा जा सकता है। मार्केट में मेले जैसा माहौल रहता है। बोटिंग भी की।

सुबह विश्व-प्रसिद्ध दिलवाड़ा के जैन मंदिरों के दर्शन हेतु गए। ग्यारहवीं सदी में विमलशाह द्वारा निर्मित ये मंदिर भारतीय कला और संस्कृति का अद्‌भुत स्मारक हैं। सफेद संगमरमर से बने इस मंदिर परिसर में पाँच मंदिर हैं। 'विमलवसहि' आदिनाथ भगवान् को समर्पित है। यहाँ मंदिर के परिक्रमा पथ में हर तीर्थंकर प्रतिमा के आगे छत पर 125 चौकोर खाने हैं, जिनमें से प्रत्येक की कलाकारी और शिल्प अलग-अलग हैं। कई आकृतियों में भारतीय पौराणिक मिथकों का अद्‌भुत चित्रण है। 'लूनवसाहि' मंदिर तीर्थंकर नेमिनाथ को समर्पित है, जिसमें देवरानी-जेठानी के दो मोखले बने हुए हैं। इस मंदिर के निर्माता वस्तुपाल-तेजपाल की पत्नियाँ चाहती थीं कि सदियों बाद लोग हमें भी जानें। दोनों ने अपने मायके से पैसा माँगकर दो सुंदर मोखलों का निर्माण कराया, जिनमें मामूली सा अंतर है, जिसे पहली नजर में पहचानना मुश्किल है।

माउंट आबू में ही आध्यात्मिक संस्था 'ब्रह्माकुमारीज' का अंतरराष्ट्रीय मुख्यालय है, जहाँ 'राजयोग' का प्रशिक्षण भी दिया जाता है। यहाँ सफेद वस्त्रों में हजारों अनुयायी हमेशा मौजूद रहते हैं। वहाँ से लौटकर उदयपुर के लिए प्रस्थान किया। एन.एच. 27 से होकर उदयपुर पहुँचे। रास्ते भर दोनों ओर हरियाली से भरे पहाड़ मन को अजीब सा सुकून दे रहे थे। दोनों ओर बरसात में भीगी दूर-दूर तक फैली हरियाली के बीच लाल-सुनहरी बड़ी-बड़ी चट्टानें बहुत खूबसूरत लगती हैं। उदयपुर शहर से ठीक पहले 'कविता' नाम की भी एक जगह है।

रास्ते में रणकपुर के 1,444 स्तंभोंवाले जैन मंदिर के दर्शन किए, जो कलाकृति का अद्‌भुत नमूना है। इसके बाद कुंभलगढ़ का किला भी देखा, जो भारत का सबसे बड़ा किला है। इस किले की सबसे बड़ी खासियत है कि यह पहाड़ियों के बीच इस तरह से बना हुआ है कि जब तक आप इसके बेहद नजदीक न पहुँच जाएँ, तब तक इसके होने का पता ही नहीं लगा सकते। यही वजह थी कि कई बार इस किले पर हमले के लिए आनेवाले आक्रांता दूर से ही वापस लौट जाते थे। किले में शाम को 'लाइट एंड साउंड शो' देखकर आप इसकी सारी कहानी जान सकते हैं।

उदयपुर प्रवास के दौरान मुझे सिटी पैलेस ने बहुत आकर्षित किया। लगभग 1 किलोमीटर लंबा यह महल देश का दूसरा सबसे बड़ा महल है। इसे सन् 1559 में राजा उदय सिंह ने बनवाना शुरू किया और अगले 400 वर्षों तक उनके वंशज इसे पूरा करने में ही लगे रहे। महल के बड़े दरवाजों को 'पोल' और छोटे दरवाजों को 'ड्योढ़ी' कहा जाता है। गाइड ने एक दिलचस्प बात बताई कि छोटे दरवाजे इसलिए लगाए जाते थे, जिससे आक्रांताओं को अंदर आने में दिक्कत होती थी। इसके अलावा हमने 'सहेलियों की बाड़ी' और 'मोती मगरी' भी देखे। सहेलियों की बाड़ी में रानियाँ क्रीड़ा के लिए आती थीं। वहीं मोती मगरी महाराणा प्रताप को समर्पित स्मारक है। उदयपुर प्रवास के दौरान ही राणाओं के आराध्य देव एकलिंगजी के दर्शन किए। वहीं नाथद्वारा के मशहूर मंदिर के दर्शन करने का सौभाग्य भी मिला। रात को जगमंदिर पैलेस में भी गए। पिछोला झील के बीच स्थित जगमंदिर का माहौल और दृश्य अद्भुत है। यहाँ मैंने वाद्य 'जल तरंग' का वादन पहली बार सुना।

उदयपुर से सुबह हम बाँसवाड़ा के लिए रवाना हुए। रास्ते में सुर्ख हरियाली और दूर-दूर तक दिखते पहाड़। वाह, क्या राइड थी! खूबसूरत रास्तों से गुजरते हुए बाँसवाड़ा पहुँचे। ज्यादातर जनजातीय जनसंख्यावाला यह जिला काफी दिलचस्प है। भील जाति की बहुलतावाला यह जिला स्वयं में देश के विभिन्न स्थानों के लोगों को समाहित किए हुए थे। जब माही बाँध बना था, तब दक्षिण भारत और देश के बाकी हिस्सों से आए लोग यहीं बस गए थे। मजे की बात यह है कि यहाँ दोपहिया बाइक की बिक्री बहुत ज्यादा है। जनजातियों के लोग भी गरीबी के बावजूद बाइक खरीदना पसंद करते हैं। हम लंच करके माही डैम पहुँचे। यह एक विशाल बाँध है, जिसका जलाशय देश के तमाम बाँध जलाशयों में प्रमुख है। बाँध पर हमने ठीक-ठाक वक्त बिताया।

अगले दिन बाँसवाड़ा शहर से हम चाचाकोटा की ओर चल दिए। जिस तरह जैसलमेर में रेत के टीले देखे थे, वैसे यहाँ हरियाली के टीले हैं। इतना सुंदर, सचमुच अद्भुत! प्रकृति ने जी भरकर यहाँ अपना नूर लुटाया है। इसे अतिशयोक्ति न समझें। अगर देश में स्विट्जरलैंड का लुत्फ उठाना हो तो बाँसवाड़ा आ जाइए। चाचाकोटा में दूर-दूर तक फैली अरावली की इन ऊँची-नीची घासभूमियों में मुक्त विचरण जीवन का बहुत बड़ा सुख है। फोटोग्राफी के शौकीनों का दिल यहाँ आकर मचल उठेगा। सचमुच 'इनक्रेडिबल इंडिया' के 'म्हारो राजस्थान' में 'जाने क्या दिख जाए' वाली बात यहाँ बिलकुल सटीक बैठती है। यह एक बेहद शांत व सुरम्य जगह है और कहीं-कहीं घास चरती गायें और बकरियों के सिवा यहाँ कोई नहीं दिखता।

बाँसवाड़ा से लंच कर हम वाया प्रतापगढ़, निंबाहेड़ा, चित्तौड़गढ़ के लिए रवाना हुए। बचपन में स्कूल के दिनों में पढ़ी श्यामनारायण पांडेय की कविता 'थाल सजाकर किसे पूजने, चले प्रात: ही मतवाले' याद आ गई थी, जिसमें पीतांबरधारी एक संन्यासी की आँखें तीर्थराज चित्तौड़ के दर्शन को प्यासी थीं। मेवाड़ में मानसून इस बार जमकर बरसा। उदयपुर के दो दिन जहाँ रिमझिम बरसात के नाम रहे, वहीं बाँसवाड़ा और चित्तौड़गढ़ में खुशकिस्मती से बारिश थमी थी। चित्तौड़गढ़ में तो पिछले एक महीने में हुई जबरदस्त बारिश से कमोबेश बाढ़ जैसे हालात थे। अब, जब हम चित्तौड़ पहुँचने वाले थे तो मौसम खुल चुका था और कुनमुनी धूप मस्ताने लगी थी।

सुबह चित्तौड़गढ़ का किला देखा। यह देश के सबसे बड़े किलों में से एक है। यहाँ प्रसिद्ध विजय स्तंभ और कीर्ति स्तंभ भी हैं। यहाँ सौ से ज्यादा मंदिर और वाटर बॉडीज हैं। यह एक जीवंत किला है। जैसलमेर के किले की तरह यहाँ भी परिवार रहते हैं।

चित्तौड़ से रावतभाटा होते हुए कोटा पहुँचे। कोटा शहर बहुत सुव्यवस्थित है। शहरी सौंदर्य-बोध का यहाँ ध्यान रखा गया है और हर चौराहे को बखूबी सजाया गया है। कॉम्पिटीशन की तैयारी करनेवाले बच्चे यहाँ देश भर से खूब आते हैं। कोटा से निकले तो रास्ते में पंक्चर हो गया। हमारी पूरी यात्रा का यह पहला पंक्चर था। जहाँ अटके, वहाँ के लोगों ने चाय-पानी पिलाया। इस तरह का आतिथ्य राजस्थान में आम है। रात को अजमेर पहुँचे। सर्किट हाउस आनासागर झील पर स्थित है। सर्किट हाउस से दिखनेवाला झील का दृश्य अद्भुत है। सुबह-शाम को चलनेवाली सुहानी हवा के बीच झील को निहारना शानदार अनुभव है। वहाँ से ख्वाजा गरीब नवाज मुईनुद्दीन चिश्ती की दरगाह भी गए और विश्व-प्रसिद्ध 'पुष्कर मेले' के स्थान यानी पुष्कर भी, जहाँ ब्रह्माजी का इकलौता मंदिर है। दरगाह शरीफ का माहौल बड़ा जीवंत और रौनक से भरपूर है। यहाँ अकबर और जहाँगीर द्वारा भेंट की गई दो बड़ी देग (कड़ाहियाँ) भी रखी हैं। बेशुमार भीड़ है यहाँ।

कुल मिलाकर राजस्थान का भ्रमण—और वह भी मानसून के मौसम में—बेहद दिलचस्प, मस्ती भरा और विस्मयपूर्ण रहा। सचमुच 'राजस्थान-दर्शन' दरअसल किलों-महलों और मंदिरों-तीर्थों के सहारे लोक-संस्कृति और लोक-जीवन की एक विराट् परिक्रमा है।

□□□